Dreisbach-Lesebuch

Dreisbach-Lesebuch

CHRISTLICHES VERLAGSHAUS
STUTTGART

1.–15. Tausend 1994
16.–25. Tausend 1994

© 1994 Christliches Verlagshaus GmbH, Stuttgart
Umschlaggestaltung: Dieter Betz, Weissach
Satz: Druckhaus West GmbH, Stuttgart
Druck- und Bindearbeit: Clausen & Bosse, Leck
ISBN 3-7675-7032-7

Inhalt

Vorwort	7
Wort zum Geleit	8
Die Aussiedler	11
Bückling und die Krummhölzer	61
Die geheimnisvolle Truhe	121
Der Kläff	133
Winifred	197
Wege im Schatten	255
Unsere Ehe wird geschieden	353
Ev-Marie	371

Gott ist immer bereit, uns zu helfen, und seine Liebe ist immer über uns. Nur wünschen wir die Hilfe und die Liebe oftmals anders, als er sie uns zugedacht hat. Darum müßte man viel mehr um Glaubenskraft beten, durch die Gottes Wirken an uns ins rechte Licht gerückt wird.

Aus: Aus dem Alltag für den Alltag

Vorwort

Am 20. April 1994 vollendet Elisabeth Dreisbach ihr 90. Lebensjahr. Doch nicht nur sie selbst, sondern auch ihre schriftstellerische Tätigkeit hat ein Jubiläum: 1934, genau vor 60 Jahren, erschien ihr erstes Buch im Christlichen Verlagshaus in Stuttgart, das in diesen sechs Jahrzehnten ihre Bücher veröffentlicht hat.

Elisabeth Dreisbach schreibt Geschichten für Kinder, Jugendliche und ältere Menschen, Geschichten, die dem Leben nacherzählt sind. Es geht ihr nicht darum, ihre Leser zu unterhalten. Wie ihr ganzes Leben, so wollen auch ihre Bücher den Missionsauftrag Jesu weitertragen. Viele haben durch ihre Bücher Lebenshilfe erfahren; vielen sind sie Anstoß zum Glauben geworden.

Mit ihren noch heute 42 lieferbaren Titeln zählt sie zu den bekanntesten und herausragendsten christlichen Erzählerinnen unserer Zeit.

Im vorliegenden *Dreisbach-Lesebuch* sind einige ältere, doch nach wie vor gehaltvolle Erzählungen enthalten. Sie sollen damit wieder einer großen Leserschaft verfügbar gemacht werden.

Der Verlag

Wort zum Geleit

»Schreiben Sie immer noch?« Wie oft ist mir in den letzten Jahren diese Frage gestellt worden. Und bis jetzt konnte ich sie immer mit einem freudigen Ja beantworten. Wenn ich neuerdings aber hinzufüge, ich arbeite augenblicklich an meinem achtzigsten Buch, und danach will ich endgültig aufhören, kann es vorkommen, daß man mich ungläubig ansieht.

»Haben Sie das nicht schon vor zehn Jahren gesagt? Ich meine mich zu erinnern, daß Sie nach Ihrem 70. Geburtstag der festen Überzeugung waren, jetzt sei es Zeit, mit der schriftstellerischen Tätigkeit aufzuhören.«

Ich senke schuldbewußt die Augen. »Ja, Sie haben recht. Man sollte so etwas nicht äußern und danach doch weitermachen.«

Lachend erwidert mein Gegenüber: »Wir haben es damals nicht geglaubt und glauben es Ihnen auch heute nicht. Wie können Sie aufhören? Schreiben ist doch Ihr Lebenselement.«

Ja, so ist es. In den 52 Jahren, in denen ich schriftstellerisch tätig bin, habe ich dies mit wachsender Freude getan; und je länger desto mehr wurde mir bewußt, welch eine große Verantwortung ein christlicher Autor gegenüber seinen Lesern hat.

»Sie schreiben in erster Linie über Frauenschicksale«, meinen viele. Ja, das stimmt. Aber nicht nur, auch Jugend- und Kinderbücher habe ich verfaßt. Natürlich habe ich viele Frauenschicksale geschildert und tat es besonders für die im Lebenskampf stehende Frau, die am Abend oder wann auch immer eine freie Stunde erübrigen kann –

und dann oft zu müde und abgekämpft ist, um sich mit großen Problemen zu befassen.

Aus diesem Grund war es mir wichtig, einfach und allgemein verständlich zu schreiben, um meinen Lesern Hilfe, Trost und Ermutigung weiterzugeben. Viele Leserbriefe bestätigen mir, daß ich verstanden worden bin. Weil meine Bücher ihren Ursprung im wirklichen Leben haben, werden sie auch von vielen bejaht. Nicht nur Frauen, auch Männer lesen sie.

»Wollen Sie damit sagen, daß Sie alles, was Sie schreiben, selbst erlebt haben?« Nein, das kann gar nicht sein. Aber irgendein Erlebnis liegt jedem Buch zugrunde. Viele Menschen, deren Schicksale ich schildere, sind mir begegnet. Natürlich mußte ich in der Darstellung Veränderungen vornehmen, indem ich ihnen einen anderen Namen gab, sie an einen anderen Ort versetzte, den Ablauf der Ereignisse veränderte und manches wegließ oder anderes hinzufügte. Ich darf nicht so schreiben, daß der Betreffende sich in meiner Schilderung wiedererkennt und dadurch möglicherweise schockiert wird.

»Empfindet man deshalb Ihre Bücher so wirklichkeitsnah, weil sie letztlich dem Leben entnommen sind?« Ja, ich glaube, daß es so ist.

Aus: . . . aber die Freude bleibt. Erschienen 1987

Die Aussiedler

»Ich zünd' ihm das Haus an! Es ist mein Ernst, Hede, ich tu's.«

Groß und breitschultrig stand der junge Knecht vor dem schmächtigen blonden Mädchen, das mit traurigem Blick zu dem Bruder aufsah. Er lehnte wie ein Bild urwüchsiger Kraft an der moos- und efeubewachsenen Steinmauer, die den Lindenhof umgab. Sein Gesicht war gerötet, das volle, braune Haar fiel ihm in die schweißbedeckte Stirne. Seine Brust wogte, der Atem ging keuchend. Er mußte eilig gelaufen sein.

Die kleine Schwester war das Gegenstück des Burschen, der in all seinen Bewegungen wuchtig und kraftvoll wirkte. Schmalgliedrig und zart, mit blassem Gesicht, aus dem ein Paar Rehaugen immer ein wenig ängstlich blickten, hob sie in diesem Augenblick bittend die Hände zu ihm empor.

»So darfst du nicht sprechen, Gustel, und noch weniger darfst du so etwas Gräßliches sagen. Denk doch, sie würden dich einsperren.«

»Es wär' mir gleich«, grollte der Bursche, »erst müßten sie mich aber haben.«

»Dann wäre ich ja ganz allein.« Die Stimme des Mädchens klang wie ein zersprungenes Glöckchen. Ihre Augen füllten sich mit Tränen. Flehend blickte sie zu ihm empor.

»Gustel, das darfst du mir nicht antun.«

Da strich er mit einer scheuen Bewegung über ihren blonden Scheitel. »Wenn ich nicht an dich dächte, hätt's schon lang ein Unglück gegeben.«

Aus dem Gehöft, hinter dem die beiden von Weißdornhecken verdeckt standen, hallte eine gellende Stimme: »Hede! Hede!«

Das Mädchen schrak zusammen. »Hörst du's, sie ruft! Ich muß gehen.« Sie streckte dem Bruder die Hand entgegen, die er fast zärtlich mit seiner breiten, ausgearbeiteten umfaßte.

»Ich komme morgen wieder, Hede.«

Dann huschte sie davon und war gleich zwischen den Bäumen des Lindenhofes verschwunden. Gustav, der Bursche, aber ging mit gesenktem Haupt und grimmig gefurchter Stirne davon.

Es war wie ein Verhängnis über dem Leben der Geschwister. »Aussiedler«, sagten die Dorfleute und wandten sich achselzuckend ab. »Sie gehören nicht hierher.«

Das war ihr gewöhnliches Urteil solchen gegenüber, die sich in ihrer Ortschaft, von anderen Gegenden kommend, niederließen. Aussiedler hatten es immer schwer, zwischen ihnen heimisch zu werden und manche zogen es vor, das Dorf wieder zu verlassen und sich anderswo eine Heimat zu suchen, wo man sie nicht bis an ihr Lebensende als Fremde betrachtete. Der neue Bürgermeister versuchte allerdings, diese ungesunde Einstellung der Dorfleute zu bekämpfen. Er sprach von Volksverbundenheit und Volksgemeinschaft und stellte glücklicherweise auch wachsendes Verständnis für diese gemeinnützigen Ideen fest. Besonders die jüngeren Leute stellten sich darauf ein. Bei manchen der Alten hielt es aber schwerer. So galten die Geschwister Höster da und dort noch immer als Aussiedler, obgleich sie schon mehr als zehn Jahre am Orte wohnten.

Fritz Höster, der Vater, war Maurer gewesen. Als man damals die neue Kirche baute, war er aus irgend einer Gegend Deutschlands mit anderen Arbeitern gekommen. Da er tüchtig und fleißig war, fand er nach Beendigung des Kirchenbaues Anstellung bei dem einzigen Maurermeister des Dorfes und ließ sich dort nieder. Nach einiger Zeit ließ er seine Frau mit beiden Kindern, dem damals siebenjährigen Gustav und der fünfjährigen Hede, nachkommen. Neugierig standen die Frauen des Dorfes hinter den Geranienstöcken ihrer Fenster und zogen die Gardinen ein Spältchen zur Seite, um so viel wie möglich von dem Einzug der »Aussiedler« zu erleben. Der war allerdings so armselig wie nur irgend möglich. Auf einem gewöhnlichen Ziehkarren war Hösters ganzes Hab und Gut untergebracht. – Während der Mann in verlegener Scham nicht aufzublicken wagte und mit gesenktem Haupt den Wagen mit dem alten Gerümpel hinter sich herzog, ging die Frau auf ihren niedergetretenen Schuhen mit wirren Haarsträhnen, die unter ihrem Kopftuch vorwitzig hervorguckten, neugierig und herausfordernd um sich blickend, hinter ihm her durch das Dorf, an dessen äußeren Ende Fritz Höster eine baufällige Hütte gemietet hatte. Bald war das Urteil der Börnsdorfer fertig. Mit »ihm« ging es noch, aber »sie« wurde einstimmig abgelehnt. Solch eine Schlampe, die ihren Haushalt vernachlässigt, die Kinder schlecht versorgt und ihre Zeit mit Anhören und Verbreiten von Klatschgeschichten vergeudet, das konnte eben nur ein »Aussiedler« sein, und eben darum – nein, man verzichtet. Solche Leute brauchten nicht damit zu rechnen, je Heimatrecht in Börnsdorf genießen zu dürfen. Sie hatten von vornherein das Vertrauen der Dorfleute verwirkt.

Fritz Höster war ein stiller, fleißiger Mensch. Hätte er eine andere Frau gehabt, seine Tage hätten sich gewiß weniger auf der Schattenseite des Lebens bewegt. Was er aufbaute durch saubere und gewissenhafte Arbeit, das riß sie durch ihre Liederlichkeit nieder. So kam es, daß der Mann sich in der stets ungeordneten Häuslichkeit nicht mehr wohlfühlte und gerne zugriff, wenn sich ihm außerhalb des Ortes Arbeit bot und er so wenig wie möglich zu Hause sein mußte. Gustav und Hedwig wuchsen in diesen verwahrlosten Verhältnissen ohne eigentliche Erziehung auf. Der Junge wurde ein echter Dorfbub, der sich mit seinen Schulkameraden herumbalgte und bei allen Schlägereien in der vordersten Linie stand. Hedwig, die in ihrer stillen Art dem Vater glich, stand während ihrer ganzen Kinderzeit ziemlich abseits und fand mit den robusten und kernigen Dorfmädchen keine rechte Verbindung. In der Schule war sie aufmerksam und fleißig und daher vom Lehrer wohl gelitten. Es bedeutete für die Mitschülerinnen aber eine Kränkung ihrer Ehre, daß er sie ihnen manchmal als Vorbild hinstellte. Das war doch unerhört, diese Aussiedlerin aus der zerfallenen Hütte am Dorfende. Sie rächten sich, indem sie sich kaum um sie kümmerten. Hedwig litt darunter, noch mehr aber unter den häuslichen Verhältnissen, in denen sie leben mußte. Sie empfand es beschämend, daß die Mutter nichts unternahm, um den Zerfall der Häuslichkeit aufzuhalten; es war ihr schrecklich, in zerlumpten Kleidern herumzulaufen, und sie versuchte, ihre und des Bruders Sachen notdürftig zusammenzuflicken. Weil ihr aber die rechte Anleitung fehlte, gelangen solche Versuche nur kläglich. Gustav begegnete der feindseligen Einstellung der Dorfgenossen ganz anders als die schüchterne Schwester. Er gebrauchte seine Fäuste, gewann jedoch dadurch keine Freunde. Rührend war seine Anhänglichkeit an die kleine Schwester, die er stets ritterlich beschützte. Sie hingegen versuchte ihn immer in seiner aufbrausenden jähzornigen Art zu besänftigen. So wuchsen die Kinder heran und waren nur auf sich selbst angewiesen. Der Vater arbeitete meistens auswärts, die Mutter kümmerte sich so wenig wie möglich um sie.

Als Gustav im letzten Schuljahr war, kam eines Tages die Nachricht aus dem benachbarten Städtchen, wo der Vater Arbeit gefunden hatte, daß dieser bei einem Bau schwer verunglückt und ins Krankenhaus gebracht worden sei. Frau Höster fuhr mit den Kindern zu ihm. Sie fanden ihn jedoch bereits in den letzten Zügen liegen. Mit brechendem Auge blickte er noch einmal seine Kinder an, griff nach Hedwigs Hand und bewegte die Lippen, als wollte er ein Abschiedswort sagen. Dann war er tot.

Aufschluchzend stand das Mädchen am Totenbett des Vaters, den sie innig geliebt hatte. Frau Höster fing an, laut zu jammern und wollte als nächstes wissen, wer sie und ihre Kinder jetzt ernähren solle. Gustav aber stand mit zuckendem Gesicht daneben und streichelte mit unbeholfener Zärtlichkeit über den Arm der weinenden Schwester. In diesem Augenblick nahm er sich vor, sie nie zu verlassen.

Einige Wochen später stellte sich ein Besuch in Hösters alter Hütte ein: Johann Mölker, ein berüchtigter Trunkenbold, im ganzen Dorf als Faulenzer und Tagedieb bekannt. Mit Entsetzen sahen die Kinder, wie sich zwischen ihm und der Mutter ein Verhältnis anbahnte. Eines Tages erklärte letztere ihnen, sie gedächte Mölker zu heiraten. Kein Wort erwiderten die Geschwister. Stumm verließen sie die Hütte. Gustav warf krachend die wurmstichige Türe zu, so daß sie in Gefahr war, aus den rostigen Angeln zu springen. Hedwig aber setzte sich auf den Holzklotz hinter dem Haus und weinte in ihr zerrissenes Schürzchen. Da spürte sie plötzlich die Hand des Bruders auf ihrer Schulter.

»Laß sie«, sagte er in rauhem Ton. »Ich sage nicht Vater zu ihm. Und hab nur keine Angst, ich verlasse dich nicht.«

Wenige Tage später war Frau Höster mit ihrem Genossen verschwunden. Auf einem aus Hedwigs Schreibheft gerissenen Blatt, das sie auf den Tisch gelegt hatte, war die letzte Nachricht an ihre Kinder geschrieben.

»Er kann euch nicht auch noch ernähren. Ihr seid jetzt alt genug, um für euch selbst zu sorgen. Wir ziehen in eine große Stadt. Mutter.«

»Und so etwas schimpft sich Mutter«, entrüsteten sich die Dorfleute und sahen wieder einmal, daß ihr Urteil über die Aussiedler zutreffend war.

Die Kinder wurden im Gemeindehaus untergebracht. Es ging ihnen dort nicht schlechter, als es ihnen bei ihrer Mutter gegangen war, im Gegenteil, sie lebten in weit geordneteren Verhältnissen als vorher, aber sie empfanden es beide beschämend, von der Gemeinde versorgt zu werden, und die spitzen Bemerkungen mancher Dorfleute über die Handlungsweise ihrer Mutter trieb ihnen die Röte ins Gesicht. Gustav, der nun aus der Schule entlassen war, wurde bei den Bauern zu allerlei Arbeiten herangezogen und verdiente sich auf diese Weise wenigstens das Essen. Hedwig nahm gemeinsam mit den beiden alten Frauen, die im Gemeindehaus wohnten, die Mahlzeiten ein. Die Geschwister waren aber froh, daß sie nicht voneinander getrennt wurden und sich wenigstens am Abend einer gemeinsamen Feierstunde erfreuen durften. Dann saßen sie in der sinkenden Abendsonne zusammen in der Wiese am Bächlein hinter dem Gemeindehaus und besprachen die Erlebnisse des Tages. Von der Mutter war bisher keine Nachricht gekommen.

Aber auch diese Feierabendstunden nahmen ein Ende. Das Gemeindehaus, das schon alt und baufällig war, sollte abgerissen und durch ein neues ersetzt werden. Die beiden alten Frauen wurden irgendwo im Dorf untergebracht, und den Geschwistern Stellen zugewiesen. Gustav wurde als Knecht auf dem einsamen Hof des Waldbauern, der weit draußen hinter dem Dorf am Waldesrand lag, verdingt, während seine Schwester Hedwig als Kindermädchen beim Lindenhofbauern ihren Platz fand. – »Das gibt es nicht«, brauste der junge Bursche auf, »sie dürfen uns nicht trennen. Wir bleiben zusammen.« Und er war aufs Amt gelaufen, hatte gebeten und gefordert, aber es blieb bei der Abmachung. Zuletzt war er zum Waldbauern, der ihn als Knecht angestellt hatte, gegangen und hatte diesen flehend gebeten, seine Schwester auch auf den Hof zu nehmen.

»Ich will auch ohne Lohn arbeiten, nur fürs Essen, aber laßt Hede mit mir kommen. Sie kann der Bäuerin im Hause helfen.«

Doch der Bauer war unzugänglich gewesen. »Wir haben die Liese schon zwanzig Jahre, die ist meiner Frau eine gute Hilfe. Ich selbst hätte nichts dagegen, aber ich kann das der Frau nicht antun.«

Da hatte Gustav die Fäuste geballt und war wütend davongegangen. Am liebsten hätte er dem Bauern ins Gesicht geschrien: »Dann komme ich auch nicht zu euch.« Aber er wußte, das wäre zwecklos gewesen; so lange er nicht mündig war, wurde über ihn bestimmt.

»Ein feiger Hund ist er«, sagte er zu seiner Schwester. »Er kann das seiner Frau nicht antun, dich anzustellen? Zu geizig ist er, der – der –«

Noch ehe das Schimpfwort ausgesprochen war, hatte ihm die kleine Schwester die Hand auf den Mund gelegt.

»Still, Gustel, du verdirbst dir alles. Wir können jetzt halt nichts anderes tun, als uns fügen. Einmal wird doch die Zeit kommen, wo wir beieinander bleiben können.« Dann aber war doch das Weh mit Macht über sie gekommen. Aufschluchzend hatte sie den Bruder umschlungen.

»Gustel, Gustel, warum sind wir heimatlos?« Der Kummer seiner Schwester steigerte in ihm nur noch die Rachegedanken. Am liebsten hätte er ihnen allen, von denen er glaubte, daß sie ungerecht an ihnen handelten, ein Leid angetan. So wogte und wütete es in ihm. – Sie mußten ihren Dienst antreten, Hede auf dem Lindenhof und Gustav beim Waldbauern. Gewiß hieß es, Hede sei nur für die Kinder da. So war anzunehmen, daß die Arbeit ihren schwachen Kräften angepaßt war. Aber im Lindenhof wuchsen zehn Kinder heran. Das älteste war im letzten Schuljahr und das jüngste wenige Wochen alt. Es stimmte, Hede war nur für die Kinder da. Aber das bedeutete, daß sie für sie die Wäsche wusch, die Kleider flickte, die Schuhe putzte, die Kleinen fütterte, sie versorgte und betreute, denn die Frau mußte ständig auf dem Felde und im Garten mitarbeiten. Vom frühen Morgen bis spät in die Nacht war das schwache Mädchen auf den Füßen. Die Arbeit ging weit über ihre Kraft. – Gustel konnte den Anforderungen, die auf dem Waldhof an ihn gestellt wurden, schon besser genügen. Er war ein starker, kräftiger Bursche, der schon jetzt wie ein erfahrener Bauer hinter dem Pflug herging, das Vieh versorgte und alle auf dem Hofe vorkommenden Arbeiten zur Zufriedenheit des Waldbauern verrichtete. Aber er tat es freudlos und mit mürrischem Gesicht. Er trug es dem Bauer nach, daß er seine Schwester nicht ins Haus nahm. Arbeit wäre genug auch für das junge Mädchen gewesen, aber so wie auf dem Lindenhof hätte sie hier nicht schaffen müssen. Der Bauer gönnte es ihnen nicht, er freute sich an dem Kummer der Geschwister, die unter der Trennung litten. So dachte wenigstens Gustav, und er grollte seinem Arbeitgeber und steigerte sich in diesen Empfindungen, daß sie beinahe zum Haß wurden. So oft er es machen konnte, stahl er sich vom Hof fort, um wenigstens ein paar Minuten bei der Schwester sein zu können.

»Ich möchte nur wissen, wo der Bursch steckt«, sagte an einem der ersten Tage der Waldbauer. »Ohne ein Wort zu sagen, verschwindet er und taucht erst nach einer Stunde wieder auf. So etwas kann man doch nicht dulden.«

Als ihn aber die Bäuerin eines Tages vom Dorfe her keuchend über das Feld laufen sah, dachte sie sich ihr Teil und verwandte sich für ihn bei ihrem Manne. »Ich glaube, er schaut nach seiner Schwester. Gewöhnlich tut er es ja zu einer Zeit, wo die Hauptarbeit bereits geschehen ist. So laß ihn halt gehen.« – »Aber fragen könnte er doch wenigstens«, erwiderte der Bauer, doch er ließ ihn gewähren, zumal Gustav nur dann ging, wenn keine dringliche Arbeit zu tun war.

Eines Abends war er wieder davongelaufen. Schweißbedeckt und abgehetzt kam er an der Lindenhofmauer an. Hinter den Weißdornsträuchern versteckt, pfiff er. Aber seine Schwester erschien nicht. Er wartete und pfiff wieder. Sicher konnte sie sich nicht freimachen, wie schon einige Male. Gustav war enttäuscht. Jetzt hatte er sich vergeblich abgehetzt. Aber dort hinten aus dem Waschhaus kroch Rauch aus dem Kamin. Vielleicht war Hede dort. Wie aber sollte er dahin gelangen ohne gesehen zu werden? Er wartete noch eine Weile, pfiff ein drittes Mal, aber Hede ließ sich nicht sehen. Kurz entschlossen sprang er über die Mauer und behende von einem Baum zum andern, sich immer hinter den Stämmen so gut wie möglich verbergend. An der Waschhaustüre lauschte er einen Augenblick. Er hörte nur das Plätschern mit der Wäsche.

Leise öffnete er die Türe und stand gleich darauf vor seiner Schwester, die in einer Dampfwolke stehend ihn nicht einmal gleich erkannte.

»Du, Gustel?« rief sie dann aus. »Wie froh bin ich, daß du kommst, aber hat dich auch niemand gesehen?«

»Hede, du weinst ja?«

Das schmächtige, blasse Mädchen beugte sich über den großen, bis an den Rand gefüllten Wäschezuber, um dem

Bruder die Tränen zu verbergen, die nun unaufhaltsam wie eilige Bächlein über ihre schmalen Wangen liefen.

»Hede, was hast du? Kannst du nicht mehr? Hast du schon den ganzen Tag waschen müssen? Deine Finger bluten ja.« Und nun polterte er los: »So eine Schinderei, so eine Ausnutzerei, und kein Mensch hilft dir bei der schweren Arbeit?«

Sie sah ihn aus schwimmenden Augen flehend an.

»Gustel, schrei doch nicht so, ich bitte dich, wenn es die Bäuerin hört!«

Er schrie nur noch lauter: »Es ist mir gleich. Ich sag ihr's ins Gesicht, es ist eine Lumperei, sie richten dich hier zugrunde. Dem Bürgermeister sag ich's auch. Das ist ein Rechter, der will so etwas nicht. Oder ich zünd' ihnen auch den Hof an, und den meinen dazu, dem ganzen Lumpengesindel werd' ich's zeigen.«

»Gustel, Gustel«, bat das Mädchen. »So sei doch still!« Aber er mußte seiner Empörung Luft machen und schimpfte noch eine ganze Weile vor sich hin, während die kleine Schwester wieder nach den Wäschestücken griff.

»So will ich dir wenigstens helfen«, sagte er endlich und zog aus der Seifenbrühe ein Kinderhemd. Da mußte Hedwig unter Tränen lachen.

»Du kannst doch nicht waschen.«

»Warum sollte ich das nicht können? Meinst du, ich lasse dich die ganze Nacht hier stehen? Ich gehe nicht eher, als bis du fertig bist.«

»Der Waldbauer wird dich schön schelten.«

»Das ist mir gleich.«

»Und wenn meine Frau kommt?«

»Das ist mir nur recht, dann kann ich ihr einmal die Meinung sagen. Sieh mich nur nicht so ängstlich an. Ich fürchte mich nicht vor ihr.«

So standen die Geschwister nebeneinander am Waschzuber und rieben die Wäschestücke der zehn Lindenhofkinder. Es wurde Nachtessenszeit. Die Lindenhofbäuerin gab ihrer ältesten Tochter den Auftrag, Hedwig zum Essen zu rufen. Das Kind kam in wichtigtuender Aufregung zurück.

»Mutter, Mutter, die Hede hat einen Kerl bei sich im Waschhaus.«

»Was? Du träumst wohl?«

»Nein, nein, ich hab's ganz deutlich durch's Fenster gesehen und ganz nah steht er bei ihr.«

»Da soll doch – geh, sag's dem Vater, er ist im Stall, er wird da schon Ordnung schaffen. Wer hätte das von dem stillen Mädel gedacht! So eine Heimtückische. Ja, ja, die Aussiedler!«

Ein paar Minuten später schlichen der Lindenhofbauer und seine Frau dem Waschhaus zu. Warum ersterer die Mistgabel mitgenommen hatte, wußte er wohl selbst nicht zu sagen. Hinter den Eltern bewegten sich die sechs ältesten Kinder auf den Zehenspitzen herbei. Mit einem energischen Ruck riß der Lindenhofbauer die Tür auf und stand im nächsten Augenblick in dem dampfgefüllten Raum. Wirklich. – – Hedwig war nicht allein, das Mädchen hatte recht berichtet, ein Kerl war bei ihr. »Was soll das heißen?« schrie der Lindenhofbauer mit Donnerstimme. Seine Frau aber rief ganz enttäuscht: »Ach, es ist ja nur der Gustel.« Dann aber zeigten sich beide entrüstet.

»Was, waschen hilft der? Da sieh nur einer das faule Ding an. Muß ihren Bruder zu Hilfe rufen, als ob sie mit dem bißchen Arbeit nicht fertig wird. Und wie kommst du hierher? Wir wollen doch mal hören, was der Waldbauer dazu sagt, wenn sein Knecht sich als Waschfrau verdingt.«

Hedwig war beim Öffnen der Türe erschrocken zusammengefahren und zitterte vor Angst am ganzen Körper,

21

als sie die Lindenhofbäuerin und ihren Mann vor sich sah, so daß sie kein Wort hervorbrachte. Gustav aber wusch in verhaltenem Grimm weiter und überlegte ernstlich, ob er dem Bauer nicht den ganzen Kübel Wäsche vor die Füße schütten solle. Dann aber polterte er los: »Meine Schwester hat mich nicht zu Hilfe gerufen, ich bin ganz unverhofft dazugekommen und finde sie hier mit blutenden Händen. Der Rücken tut ihr weh, daß sie nicht mehr gerade stehen kann. Ist das eine Art, ein fünfzehnjähriges Mädchen vor eine solche Wäsche zu stellen? Seit heute morgen um fünf quält sie sich hier im Waschhaus ab und keiner fragt danach, ob sie es auch leisten kann. Das ist eine . . .«

Er kam nicht weiter. Wie ein Wildgewordener stürzte sich der Lindenhofbauer auf den Burschen, packte ihn am Kragen und schüttelte ihn hin und her.

»Du unverschämter Kerl, du hergelaufener Tagedieb, du zugezogener Landstreicher, du wagst es, anständige Leute zu beschimpfen? Scher dich zum Loch hinaus!«

Und ehe Gustav sich versah, war er in gröbster Weise aus dem Waschhaus geworfen.

Dann ging es über Hedwig her. »Du faules Ding, ist das der Dank, daß man dich hier duldet und füttert? Du willst dich über zu viel Arbeit beklagen? Hast du bei uns schon einmal mit aufs Feld oder in den Stall müssen? Aber du bist wohl zu vornehm, als Kindermädchen Wäsche zu waschen? Du hast wohl vergessen, woher du gekommen bist? Geh doch zu deiner sauberen Mutter, wenn du es hier nicht aushalten kannst. Dem Bürgermeister wird man die Sache melden, der wird dir schon beibringen, wie du dich zu benehmen hast.«

Wie Hagelkörner prasselte es auf das arme Mädchen nieder, das kein Wort erwiderte und nur leise vor sich hinweinte. Allerdings wagte der Lindenhofbauer nicht zum

Bürgermeister zu gehen. Er wußte, der hätte es nicht geduldet, daß man dem Mädchen derartig viel Arbeit auflud, aber er hatte doch erreicht, was er wollte, nämlich daß Hedwig in unbeschreibliche Angst geriet.

Größer aber als die Angst um sich selbst war die um den Bruder. Als der Lindenhofbauer ihn hinausgeworfen hatte, war Gustav in derartige Wut geraten, daß er einen mächtigen Stein aufgegriffen und an die Waschhaustüre geworfen hatte. Dabei schrie er: »Ich zünd' euch noch den Hof über dem Kopf an, ihr werdet's erleben.«

Nun fand Hedwig keine Ruhe mehr. Sie kannte die jähzornige Art des Bruders und wußte, daß er in Augenblicken sinnloser Wut schon manches getan hatte, was er später bereute. Wenn er sich nun tatsächlich zu einer solch entsetzlichen Handlung hinreißen ließ? Die Angst um ihn verzehrte das junge Mädchen schier. Sie lag nachts stundenlang schlaflos, verlor den Appetit und wurde zusehends elender. Seit dem Erlebnis im Waschhaus hatte sie den Bruder nicht mehr gesehen. Der Lindenhofbauer war mißtrauisch geworden und paßte mit rachedurstigem Spürsinn auf. Gustav war schon einige Male in der Nähe des Hofes gewesen, aber es war nicht möglich, die Schwester unbeobachtet zu sprechen. Einmal hatte er sie von ferne gesehen und war erschrocken über ihr blasses, verhärmtes Aussehen. Tränen drängten sich in seine Augen, aber es waren Tränen des Zornes und der Empörung. Rachegedanken stiegen wie lodernde Flammen in seinem Innern hoch, besonders gegen seinen Arbeitgeber, den Waldbauern. Er war der Überzeugung, daß es diesem eine Kleinigkeit sei, dem Elend seiner Schwester eine Ende zu machen, indem er sie auf den Hof nähme.

Die Sorge um den Bruder wurde unerträglich. Hedwig hielt die Ungewißheit nicht mehr aus. Sie schrieb einen Zettel.

»Lieber Gustel, ich frage am Sonntag, ob ich in die Kirche gehen darf, frage du auch, dann können wir uns treffen. Ich halte es nicht mehr aus. Die Angst um dich tötet mich noch. Ich flehe dich an, tue nichts Unrechtes, du bringst dich und mich ins Unglück, wenn du deine entsetzlichen Drohungen wahr machst. Denke an unseren Vater, der so redlich war, und bezähme um meinetwillen deinen Zorn. Deine Schwester Hede.«

Dieses Brieflein legte sie auf die Mauer hinter der Weißdornhecke und beschwerte es mit einem Stein, daß es der Wind nicht forttragen konnte. Und wirklich, Gustav fand es. Die Sehnsucht, seine Schwester zu sehen, hatte ihn wieder in die Nähe des Lindenhofes getrieben. Als er ihre Zeilen gelesen hatte, riß er ein Blatt aus seinem Notizbüchlein und schrieb darauf:

»Liebe Hede! Ich kann am Sonntag leider nicht kommen, ich muß mit dem Waldbauern in die Stadt, aber ich komme acht Tage später. Dann sprechen wir über alles. Wundern brauchst du dich aber nicht, wenn was passiert. Ich ertrage die Ungerechtigkeit nicht länger. Viele Grüße! Gustel.«

Er versuchte, Hede zu sprechen, pfiff einige Male aus dem Winkel hinter der Mauer, aber Hedwig konnte sich nicht freimachen. Sie hörte wohl den bekannten Pfiff und wäre zu gerne zu dem Bruder geeilt, aber die Bäuerin war mit ihr im selben Raum beschäftigt, so daß sie es nicht wagen konnte, ihn zu verlassen.

Gustavs Zeilen aber kamen nie in ihre Hände. Der Lindenhofbauer hatte, hinter einem Baum stehend, den jungen Knecht beobachtet. Als Gustel traurig und enttäuscht, weil auch dieser Gang wieder vergeblich war, davonging, schlich er aus seinem Lauscherwinkel hervor und bemächtigte sich des Briefes. »Ha«, lachte er schadenfroh, als er ihn gelesen hatte, »das ist mir ein geglückter Fang. Jetzt, Bürschlein, bist du in meiner Hand. Ich warte nur den rechten Augenblick ab.«

Als Gustav am darauffolgenden Sonntag beim Kirchgang nach seiner Schwester Umschau hielt, wartete seiner aufs neue eine Enttäuschung. Hede kam nicht.

Hoch oben am Waldeshügel, auf dem sonnigsten Platz über dem Dorfe, war ein schönes, kleines Haus gebaut worden. »Die Villa« nannten es die Dorfleute und blickten größtenteils mit ablehnendem Gesichtsausdruck hinaus. Es war nicht zu verwundern, denn die Besitzerin der »Villa« war ebenfalls eine Aussiedlerin. Frau Ullmann war Witwe. Ihre sehr glückliche Ehe hatte ein jähes Ende gefunden durch ein schreckliches Autounglück, bei dem nicht nur ihr Mann, sondern auch die beiden Söhne, Knaben von zehn und zwölf Jahren, ums Leben gekommen waren. Nun stand sie, die noch nicht vierzig Jahre alt war, allein da. Sie hatte einige Male mit ihrer Familie glückliche Ferienzeiten in dieser Gegend verbracht. Dieser Gedanke mochte sie leiten, als sie sich das Häuschen an den Waldesrand, oberhalb Börnsdorf, bauen ließ, das sie mit einer treuen Magd bewohnte. In der Stille suchte sie Genesung von den schweren Wunden, die ihr das Leid geschlagen hatte. Aber sie war nicht haltlos in ihrem Schmerz, denn sie war eine Christin. Oft saß sie in dem sonnigen Gärtchen oder auf der breiten Terrasse vor dem Haus. Rosen und Nelken blühten duftend in ihrer nächsten Umgebung, und aus dem Steingarten, den sie mit besonderer Liebe pflegte, leuchtete es in allen Farben zu ihr empor. Dann blickte sie wohl in das Tal zu ihren Füßen und in die Weite hinter den Bergen, und ihre Sehnsucht suchte ihre von ihr gegangenen Lieben. Gerne unternahm sie auch ausgedehnte Spaziergänge. Da war ihr die Schönheit der sie umgebenden Landschaft wie Balsam für ihr verwundetes Herz. Bei einem solchen Wege gewahrte sie eines Tages ein junges Mädchen, das sich bemühte, einen Kinderwagen, in dem sich zwei Kinder befanden, den Berg hinaufzuschieben. Ein drittes hing ihr am Rock, während ein viertes plärrend hinterhertrottete. Frau Ullmann betrachtete die nahende Gruppe. Die kleineren Kinder mußten einer Bauernfamilie angehören. Das größere Mädchen mit dem blassen, schmalen Gesicht, den eingefallenen Schultern und den tiefen Schatten um die Augen war gewiß nicht von hier. Übrigens ein liebliches Mädchen. Zwei lange, blonde Zöpfe fielen ihr über den Rücken, freundlich blickte sie aus ihren großen braunen Augen die Kinder an und versuchte den kleinen Murrer, dem der Berg zu steil war, zu ermutigen. Die Stirne des jungen Mädchens war schweißbedeckt, so hatte es sich angestrengt. Aufatmend blieb es auf einer Steinhalde stehen und blickte in die Tiefe. Frau Ullmann trat zu der Gruppe.

»Das war ein schwerer Aufstieg«, sprach sie das junge Mädchen freundlich an. Hedwig – sie war es – fuhr erschrocken zusammen. Sie hatte erst jetzt die Fremde gesehen. Dann grüßte sie scheu.

»Mußtest du unbedingt mit den Kindern hier herauf?« fragte Frau Ullmann. Hedwig errötete verlegen. Dann stotterte sie: »Ich – ich wollte nur mal sehen, ob ich – von hier aus was sehen kann.«

»Was hättest du denn gerne gesehen?«

Hede blickte die Dame, die in so freundlichem Ton mit ihr sprach, forschend an. Ob sie es sagen sollte? Schließlich kam es leise von ihren Lippen: »Meinen Bruder, der ist da unten auf dem Waldhof.«

Die Kinder spielten auf der Wiese, das Kleinste war im Wagen eingeschlafen, und Frau Ullmann saß neben dem blassen Mädchen im roten Röckchen und tat ungewollt einen Blick in ein verängstetes, zitterndes Kinderherz.

War es die freundliche Art der Fremden, die dem Mädchen den Mund öffnete oder geschah es aus dem unerträglichen Empfinden heraus, daß sie mit der Angst und der Not ihres Inneren nicht länger allein fertig würde, kurz, Hede hatte noch nie im Leben ein so starkes Vertrauen einem anderen Menschen gegenüber empfunden. Wenn auch mit großer Schüchternheit kämpfend und oft ängstlich und stockend nach passenden Worten suchend, gestand sie Frau Ullmann die ganze Not vergangener Tage, sprach vom Sterben des Vaters, von der Sorge um den Bruder, den sie so liebte, und erzählte schamvoll errötend von dem Fortgehen der Mutter. Es war kein Erzählen aus einem Geltungsbedürfnis hervorgehend, das empfand die feinfühlende Frau sofort, es war einfach das Überlaufen eines bis zum Rand gefülltes Gefäßes. Das Kind trug die Last nicht länger allein. Sie ging über seine Kraft. Mit inniger Teilnahme blickte Frau Ullmann in die angstvollen, leiderfüllten Augen, die trotz allem noch rechte Kinderaugen waren, und sie wünschte, etwas für das Mädchen tun zu können.

Staunend und fragend sah Hede die Fremde an, die in einfachen und doch so bewußten Worten davon sprach, daß man all seine Not dem lieben Gott anvertrauen dürfe. Ganz unbegreiflich schien es ihr, daß auch sie damit gemeint sei, wenn der Herr Jesus sagt: »Kommet her zu mir alle, die ihr mühselig und beladen seid, ich will euch erquicken.« – Wunderbar verstand es Frau Ullmann, die selbst durch so unendlich viel Leid gegangen war, dem Mädchen an ihrer Seite das Verständnis für die Liebesabsichten Gottes zu wecken.

Und dann falteten sie beide die Hände und staunend hörte Hede, wie die Fremde mit dem lieben Gott sprach, gerade so, als säße er hier neben ihnen. Das war ihr etwas ganz Neues. Niemand hatte ihr je derartiges gesagt. Die Religionsstunde in der Schule war ihr immer interessant gewesen, aber daß dabei ihr etwas persönlich gelten könne, war ihr vollkommen fremd. Als Frau Ullmann betete, der liebe Gott möge sich auch Gustavs annehmen, da faßte das Mädchen sie ganz erregt am Arm, deutete mit der anderen Hand hinunter ins Tal, wo der Waldhof lag und sagte: »Ja, o ja, dort unten wohnt er.« – Lange hatte Frau Ullmann neben diesem Mädchen gesessen. Endlich erinnerte sie Hede daran, daß sie jetzt gewiß mit den Kindern den Heimweg antreten müsse, damit man sie nicht schelte. Da ging es wie ein Schatten über deren Gesicht. Sie hatte die Wirklichkeit vollkommen vergessen.

»Wage es nur und sage dem Herrn Jesus alles, was dich bedrückt. Sei gewiß, er hört dich und wird zur rechten Zeit helfen.«

Mit diesen Worten verabschiedete sich Frau Ullmann von Hedwig Höster. Diese aber nahm sich vor, den Worten der gütigen Frau Folge zu leisten.

An diesem Abend war es den Geschwistern nach langer Zeit wieder einmal möglich, sich zu treffen. Mit finsterem Gesicht stand Gustav hinter der Weißdornhecke.

»Hede, wie siehst du nur aus? Ich ertrage das nicht länger. Wenn das so weiter geht, lebst du nicht mehr lange.« Da streichelte die Schwester ihn über das sonnenverbrannte Gesicht und lächelte ihn zuversichtlich an.

»Gustel, jetzt brauchen wir keine Angst mehr zu haben. Ich weiß was dagegen.« Und dann erzählte sie ihm mit begeisterten Worten von ihrem heutigen Erlebnis und der Begegnung mit der Fremden. Gustav war ganz erstaunt über die lebhafte Art, in der sie sprach. Aber dann schüttelte er den Kopf.

»Hede, so was gibt's nicht. Beten hat keinen Zweck.«

»Aber Gustel, sie hat's doch gesagt, und sie ist so klug,

sie weiß es bestimmt.« Er aber sah wieder finster vor sich hin.

»Ich glaub' nicht dran.«

»Aber ich versuch's.«

Sie schmiegte sich an den großen Bruder.

»Probier's doch auch einmal, Gustel. Vielleicht wird doch noch alles gut.«

In dieser Nacht lag Frau Ullmann lange schlaflos. War es die tragische Geschichte des Mädchens, das sie heute getroffen hatte, oder ihr eigenes Geschick, das ihr, wie schon so oft, den Frieden der Nacht störte? Sie stand schließlich auf, kleidete sich an und trat vor das Haus. Sternenklar war die Nacht. Der herbe und doch angenehme Duft des Waldes wehte zu ihr herüber. Alles sah so friedlich aus.

Plötzlich stutzte sie. Was war das? Unten im Tal züngelten Flammen aus dem nächtlichen Dunkel und breiteten sich blitzschnell aus. Kurze Zeit später fuhr bereits eine leuchtende Feuergarbe zum Himmel. Der klagende wimmernde Ton der Feuerglocke tönte zu ihr herauf. Einzelheiten konnte sie nicht erkennen. Dazu war die Entfernung zu groß. Gewiß waren die Dorfbewohner bereits zu Lösch- und Hilfeleistungen zusammengeströmt.

Von hier oben gesehen war es eigentlich ein schaurigschöner Anblick, aber Frau Ullmann dachte mitfühlend an die Betroffenen. Plötzlich durchzuckte sie ein Erschrekken. Lag nicht dort in dieser Richtung der Hof des Waldbauern? Sie meinte die Stimme des Mädchens zu hören, glaubte die ängstlichen Augen vor sich zu sehen. Ach, der junge Knecht würde doch nicht etwa ein Unglück angerichtet haben? Sie hatte genügend aus dem Bericht seiner Schwester entnommen, um Zusammenhänge finden zu können.

Nach etwa einer Stunde ließ der Feuerschein nach. Gewiß war aber doch mancher Schaden angerichtet worden. Frau Ullmann begann zu frösteln und wandte sich, um ins Haus zu gehen.

Da schrak sie zusammen. Ein röchelnder Ton drang an ihr Ohr, jetzt vernahm sie auch Schritte, hastend, stolpernd. Und nun schluchzende Laute. Frau Ullmann war nicht ängstlich, aber unwillkürlich trat sie doch mehr in den Schatten eines Baumes. Wer mochte zu solcher Nachtstunde hier heraufkommen? Im nächsten Augenblick stieß sie einen leichten Schrei aus. Nur notdürftig bekleidet, mit aufgelöstem Haar, auf bloßen Füßen, hastete Hedwig Höster den Berg zu ihr empor. Jetzt bog sie in den schmalen Weg ein, der zur Villa führt. Frau Ullmann trat hervor.

»Kind, was tust du mitten in der Nacht hier oben?«

Da warf sich das Mädchen ihr entgegen und weinte laut auf. »Es hat nichts genützt, ich habe gebetet, aber es war wohl schon zu spät. Jetzt ist das Unglück geschehen. O helfen Sie mir, helfen Sie mir, man soll ihn nicht einsperren!«

Zitternd umklammerte sie die Fremde. Der Atem des Mädchens keuchte, die Lippen waren schneeweiß, zwei fieberheiße Flecken brannten auf den schmalen Wangen.

»Kind, Kind, beruhige dich! Du darfst jetzt nicht verzweifeln! Es wird sicher noch alles gut.«

Sie führte das junge Mädchen, das am Zusammenbrechen zu sein schien, in ihr Haus.

»Nicht einsperren, nicht einsperren!« wimmerte es noch einige Male, dann wurde es in den Armen der Fremden besinnungslos.

»Armes Ding«, flüsterte diese, »hast du niemand gehabt, dem du deine Angst bringen konntest! Mußtest du mitten in der Einsamkeit der Nacht den Berg hinauf, um einen Menschen zu finden, dem du glaubtest vertrauen zu können?«

Sie bettete Hede mit Hilfe ihrer Magd behutsam, wie Mutterhände es tun, in ihrem Hause und wachte bei ihr bis zum Morgen.

Inzwischen war im Dorfe der reinste Aufruhr entstanden. Des Lindenhofbauern Stunde war gekommen. Triumphierend eilte er mit seinem Beweismaterial zum Bürgermeisteramt. Es war kein Zweifel, Gustav war der Brandstifter. Seine Frau und sechs seiner Kinder waren Zeugen, daß er selbst gesagt habe, auch ihren Hof würde er anzünden. Und der an seine Schwester gerichtete Brief war der letzte Beweis.

Etwas später führte man einen jungen Menschen gefesselt durchs Dorf. Obgleich es Nacht war, standen die Dorfbewohner gruppenweise auf der Straße und sahen dem seltenen Schauspiel neugierig zu. Manch hämisches Wort drang an das Ohr des Burschen. – »Das hat man kommen sehen. Von einem solchen ist nichts Besseres zu erwarten.«

»So jung noch und so verdorben!«

»Seht nur, wie herausfordernd er um sich blickt, kein bißchen Schuldbewußtsein und Reue, wie es sich gehören würde!«

»Na, hinter den Eisenstäben wird ihm schon die Frechheit vergehen.«

»'s ja kein Wunder, 's ist eben einer von den Aussiedlern. Wer weiß, was die schon alles hinter sich haben!«

Mit erhobenem Haupte und zusammengepreßtem Munde schritt Gustav, geführt von zwei Landjägern, dem Rathaus zu. Als er aber allein in der Zelle saß, da verging ihm die zur Schau getragene Gleichgültigkeit: Gebrochen lehnte er an der kahlen Wand. Sein Hauptgedanke war: Hede!

Ganz wirr war es ihm im Kopfe. Wie war denn das alles gekommen? Feuer auf dem Waldhofe. Man würde es ihm nicht glauben, des war er sich klar, aber er war unschuldig an diesem Brand. Eine furchtbare Nacht verbrachte Gustav in der Einsamkeit der Zelle. Jetzt war es Tatsache geworden, was seine kleine Schwester schon lange befürchtet hatte, er war eingesperrt, und man betrachtete ihn als Brandstifter. Wie merkwürdig war das alles! Er selbst hatte oft diese schreckliche Drohung ausgesprochen, und wer weiß, wahrscheinlich wäre er in seinem Jähzorn auch zu solcher Tat fähig gewesen. Nun bricht ohne sein Zutun auf dem Gehöft Feuer aus. Er erlebt die Schreckensszenen und erschaudert. Sollte Hede doch recht gehabt haben, als sie zu ihm von Gott sprach? Sollte Gott eingegriffen haben, sollte er den Ausbruch des Feuers zugelassen haben, um ihn vor der gräßlichen Tat zu bewahren?

Daß er hier eingesperrt war, schien ihm in diesen Augenblicken nicht einmal das Furchtbarste. Es mußte sich ja herausstellen, daß er unschuldig war, wenn vielleicht auch erst nach langer Zeit. Aber daß er an dem Entsetzlichen vorübergegangen war, daß nicht er die Ursache zu sein brauchte, das wurde ihm plötzlich unsagbar groß. Und während man in den Dorfhäusern nicht zur Ruhe kommen konnte und ein hartes Urteil über den vermeintlichen Brandstifter fällte, beugte dieser sich zum erstenmal in seinem Leben vor Gott und stammelte ungeschickte, aber aufrichtige Worte des Dankes. Dann aber erkannte er auch im Lichte Gottes, an welchem Abgrund er gestanden war und in welche unbeschreiblichen Gefahren er geraten konnte, wenn er nicht von seinem Jähzorn befreit würde. Niemand war da, der ihm den Weg zeigte, aber er ließ sich leiten von dem, das in ihm selbst zur Wahrheit strebte. Er bat Gott um Vergebung seiner Schuld und um Kraft, ein neues Leben anzufangen, und schließlich legte er ihm auch die Sorge um seine kleine Schwester hin. Endlich schlief er ein.

Am nächsten Morgen – es war noch sehr früh – wurde er durch Schlüsselgerassel geweckt. Schlaftrunken richtete er sich auf und glaubte sich zuerst im Waldhof zu befinden und das Zerren der Kühe an den Eisenketten zu vernehmen.

Dann aber kam es ihm zum Bewußtsein, wo er war. Das schreckliche Erlebnis der Nacht stand wieder vor seinen Augen, und nun wollte die Angst auch über ihn wie unheilschweres Gewölk kommen.

Man führte ihn in das Sitzungszimmer. Dort waren der Bürgermeister, einige Beamte und – der Waldhofbauer versammelt.

»Ich bin gekommen«, begann letzterer mit fester Stimme, »um zu sagen, daß mein Knecht, Gustav Höster, an dem Brandunglück auf meinem Hofe unschuldig ist. Die von ihm im Jähzorn gemachten Äußerungen gehen mich nichts an. Ich traue ihm eine schlechte Tat nicht zu. Das Brandunglück aber ist so geschehen: Meine Frau, die herzleidend ist, fühlte in der vergangenen Nacht eine Schwäche über sich kommen. Sie wollte mich nicht wecken und ging mit einer brennenden Kerze ins Nebenzimmer, weil dort am Abend vorher die elektrische Birne ausgebrannt war. Während sie nach den Tropfen, die ihr der Arzt verschrieben hat, suchte, wurde sie ohnmächtig und sank mit dem offenen Licht in der Hand zur Erde. Die Gardinen fingen Feuer, und so ist der Brand entstanden. Ich habe wohl allerlei Schaden erlitten, Gott sei Dank ist aber kein Menschenleben umgekommen. Vor allem aber bin ich froh, daß mir meine Frau geblieben ist. Uns beiden aber war es das Wichtigste, unserem unschuldig verdächtigten Knecht wieder zur Freiheit zu verhelfen. Ich denke, Sie haben nichts dagegen, Herr Bürgermeister, wenn ich ihn jetzt gleich wieder mitnehme. Wir haben nach dem Brande mächtig zu tun, bis alles wieder geordnet ist.«

Gustav bekam noch einige gute Lehren, dann durfte er mit dem Waldhofbauern gehen.

Diesmal aber trug er das Haupt nicht hocherhoben. Er war tief bewegt über den wunderbaren Ausgang der Sache, aber auch beschämt über die edle Handlungsweise seines Arbeitgebers. Der reichte ihm die Hand.

»Komm, Gustav, schlag ein! Wir wollen uns gegenseitig volles Vertrauen entgegenbringen. Du kannst dir gar nicht denken, wie dankbar ich bin, daß ich meine Frau noch nicht hergeben mußte. Als wir vor 15 Jahren unsere einzige Tochter durch den Tod verloren, da habe ich mir gelobt, sie auf Händen zu tragen. Sie hat das Sterben unserer Tochter nie ganz verwinden können. Das ist auch der Grund, daß sie kein junges Mädchen um sich herum ertragen kann. Sie müßte dann Tag und Nacht weinen. Glaube mir, wenn dem nicht so wäre, dann hätte ich deine Hede längst schon auf den Hof geholt.« Der Bauer schwieg. Gustav aber senkte sein Haupt noch tiefer. Schließlich stammelte er: »Das habe ich alles nicht gewußt, verzeiht mir, daß ich Euch für hart und ungerecht gehalten habe.«

Der Waldhofbauer, der wußte, wie schwer dem Burschen dieses Geständnis fiel, winkte ab.

»Laß gut sein, Gustel, von heute an steht volles Vertrauen zwischen uns. Aber jetzt wirst du gewiß gerne zuerst auf den Lindenhof gehen wollen. So troll dich. Zum Mittagessen erwarte ich dich zu Hause.«

Gustav eilte davon. Diesmal aber wollte er nicht hinter der Weißdornhecke auf seine Schwester warten, sondern direkt durch das große Tor in den Lindenhof treten. Der Lindenhofbauer sollte als erster sehen, daß man ihn wieder freigelassen hatte. Ganz verstört trat ihm die Bäuerin entgegen.

»Was willst du?«

»Ich will zu meiner Schwester.«

»Ja, Gustav, ich – ich weiß nicht, wo sie ist.«

Der Bursche ging noch einen Schritt näher. Angst und Schrecken sprachen aus seinen Zügen.

»Wie meint Ihr das?«

»Sie ist seit dieser Nacht verschwunden. Kein Mensch weiß, wo sie ist.«

»Lindenhofbäuerin!« Gustav schrie auf. »Wo habt ihr meine Hede?« Ganz weiß war er im Gesicht. Ein Zittern ging durch die starke Gestalt. In diesem Augenblick knarrte aufs neue das Hoftor. Eine große vornehme Frau kam auf das Haus zu. Es war Frau Ullmann.

»Sind Sie die Lindenhofbäuerin?«

»Ja, die bin ich.« Mißtrauisch sah die Frau die Fremde an.

»Ich bringe Ihnen Nachricht von Hedwig Höster.«

Da war der Bursche mit einem Satz bei ihr, zog die Mütze vom Kopf und stammelte: »Ich – ich bin der Gustel, der Bruder von der Hede. Wo ist sie? Sagt, was Ihr wißt von meiner kleinen Schwester?«

»Sie sind der Gustel? O das ist gut, daß ich Sie hier treffe. Ich habe mit Ihnen zu sprechen.«

Sie wandte sich der Bäuerin zu: »Ihnen aber habe ich zu sagen, daß das Kind nicht mehr zu Ihnen zurückkehrt. Das weitere werden Sie durch das Bürgermeisteramt erfahren. Hedwig bleibt bei mir.«

Ohne eine Antwort abzuwarten, drehte sie der Frau den Rücken zu und verließ den Hof, gefolgt von Gustav Höster.

Die Lindenhofbäuerin warf die Türe krachend zu. Sie ärgerte sich maßlos, daß sie die Arbeitskraft verlor. – – »Das paßt ja«, brummte sie vor sich hin, »da ist die Clique der Aussiedler beieinander.« Als der Lindenhofbauer nach Hause kam, winkte er seiner Frau, die ihm die Neuigkeit brühwarm erzählen wollte, ungeduldig ab. Er wußte bereits alles.

»Wir haben eine Dummheit gemacht«, brummte er. »Der Gustel war gar nicht der Brandstifter, und der Bürgermeister hat mir schwer die Meinung gesagt, auch wegen der Hede. Es ist alles rausgekommen. Die Neue aus der Villa da oben hat sich mächtig für die beiden eingesetzt, und was meinst du – der Bürgermeister hat ihr recht gegeben. Er sagt, das sei wahre Volksverbundenheit und ich soll mir ein Beispiel nehmen.«

Da ging die Lindenhofbäuerin hinaus und hatte einen ganz roten Kopf.

Frau Ullmann aber stieg mit Gustav Höster den Berg hinauf, der Villa zu. Sie hatte eine lange Unterredung mit ihm. Er fand es für selbstverständlich, daß sie ihn dabei mit dem vertrauten »Du« anredete. Eine Welle innigen Dankes wogte ihr aus seinem ungestümen Jünglingsherzen entgegen. Durch's Feuer wäre er für sie gegangen, die sich der kleinen Schwester in höchster Not so liebevoll angenommen hatte und er war zu den größten Opfern bereit.

Frau Ullmann aber erkannte schon nach den ersten Worten, die sie mit dem jungen Knecht an ihrer Seite wechselte, daß es sich hier niemals um einen rohen, gewalttätigen Menschen handeln konnte, der in leichtsinniger Weise zum Brandstifter wurde. Hier lag edles Gut verborgen, wohl ziemlich verschüttet von allerlei Geröll, vielleicht auch von mancherlei Unkraut überwuchert; aber es lohnte sich an diesen beiden jungen Menschen, die ihr auf so eigenartige Weise in den Weg gestellt waren, zu arbeiten. Ob es sich hier wohl um eine neue Aufgabe handelte, die ihr Gott in die Hände legte, ihr, die gemeint hatte, sich von allem Getriebe zurückziehen zu wollen und nur noch ihrem Schmerz und der Erinnerung an die Vergangenheit zu leben? Sie meinte, die ängstlichen Kinderaugen des schmächtigen Mädchens vor sich zu sehen, die kleinen, fleißigen Hände flehend erhoben, und hörte ihre Stimme. »O helfen Sie, helfen Sie, man soll ihn nicht einsperren.« Angst und Sorge um den geliebten Bruder hatten ohnehin schon beinahe die schwachen Kräfte aufgezehrt. Ja, hier mußte geholfen werden, und zwar beiden, dem Mädchen sowie dem Burschen. Und sie wiederholte diesem noch einmal ihren Entschluß, den sie der Lindenhofbäuerin bereits mitgeteilt hatte: »Hedwig bleibt bei mir.«

Da blieb Gustel mitten auf der Straße stehen und griff nach der Hand der gütigen Frau. Plötzlich aber stieg aus seinem Innern ein krampfhaftes Schluchzen empor. In grenzenloser Verlegenheit wandte er sich ab. Es war ihm, der sich sonst nur von der rauhen Seite zeigte, unsagbar peinlich, daß es jetzt so über ihn kam. Aber Frau Ullmann, die mütterliche Frau an seiner Seite, verstand die Regungen seines so lange gequälten Herzens. Gütig streichelte sie ihm über das widerspenstige Haar und sagte: »Du brauchst dich nicht zu schämen, Gustel, ich weiß gut, wie schwer das alles war, aber jetzt darfst du ganz getrost in die Zukunft blicken. Es wird gewiß noch alles gut.«

Und plötzlich kam ihr der Wunsch, auch ihm eine Heimat zu bieten. Ihr Haus hatte Raum genug. Er konnte den Garten besorgen und die verschiedenen Arbeiten, die eine männliche Kraft erforderten, übernehmen. Vielleicht konnte man ihn auch noch etwas schulen. Er machte den Eindruck eines aufgeweckten Jungen. Gewiß war in seinem Wissen manche Lücke zu füllen und Versäumtes nachzuholen. Ganz froh und leicht wurde es ihr bei diesem Planen ums Herz. Ach ja, für diese Armen, Herumgestoßenen da zu sein, das war doch ein Lebenswerk.

»Gustel«, sagte sie, während sie nun gemeinsam bergauf stiegen, »ich will nicht nur deiner Schwester ein Heim bieten, sondern auch dir. Sieh, auch ich bin fremd hier, eine Aussiedlerin, wie die Dorfleute sagen. Vielleicht hast du schon davon gehört, wie hart mich das Leben angefaßt hat. An einem Tag verlor ich meinen Mann und meine beiden Kinder und wurde ganz einsam. Jetzt aber scheint es mir, als habe Gott selbst mir noch eine Aufgabe zugeteilt. Mein Häuschen ist groß genug für uns alle. Komm auch du zu mir auf den Berg und laß mich an euch beiden Mutterstelle vertreten. Wir drei Aussiedler wollen zusammenstehen und den Leuten unten im Dorf beweisen, daß auch wir imstande sind, etwas Rechtes zu leisten. Wohl kenne ich deine Schwester erst seit gestern und auch dich habe ich heute zum erstenmal gesehen, aber es gibt Stunden im menschlichen Leben, die sind voll gewaltigen Inhaltes und können ausschlaggebend für das weitere Dasein eines Menschen sein. Solche bedeutungsvolle Stunden verlebte ich in dieser Nacht am Bette deiner Schwester, und jetzt sehe ich meine Zukunftsaufgabe deutlich vor mir.«

Gustel hatte Frau Ullmann mit keinem Wort unterbrochen. Ihr Vorschlag überwältigte ihn schier. War es nicht gerade wie ein Märchen oder gar wie ein Wunder? – Diese Nacht noch im Gefängnis, von Dunkelheit erfüllt und umgeben, heute solche Zukunftsmöglichkeiten? – Er konnte es kaum fassen. Die Verwirklichung dieses Planes bedeutete ja, eine Heimat zu besitzen, und zwar eine solche, wie weder Hede noch er sie je gekannt hatten. Man würde wissen, wohin man gehörte, die kleine Schwester würde nicht mehr ausgenützt werden und über ihre Kräfte arbeiten müssen. Man konnte beieinander bleiben und würde nicht mehr unter dem Bewußtsein leiden, nur geduldet zu sein und Almosen zu empfangen.

Während Gustel sich dies alles mit den schönsten Farben ausmalte, stand plötzlich ein »Aber« vor ihm. Im gleichen Augenblick erkannte er, daß es ihm nicht möglich war, Frau Ullmanns gütiges Anerbieten anzunehmen.

Sie waren beinahe oben, als er aufs neue stehenblieb.

Treuherzig blickte er Frau Ullmann an und sagte: »Daß Sie meine Hede bei sich behalten und als Ihr Kind betrachten wollen, das ist das größte Glück, das ihr begegnen kann, und ich danke Ihnen vielmals dafür; daß Sie aber auch mir anbieten, zu Ihnen zu kommen und den Garten und was sonst noch zum Hause gehört, zu besorgen, das ist, – ja – das ist beinahe zu viel. Nun seien Sie mir aber nicht böse, wenn ich Ihnen absage, aber Sie werden das verstehen. Ich kann den Waldbauern nicht verlassen, besonders jetzt nach dem Brande geht das nicht. Außerdem habe ich auch noch etwas bei ihm gutzumachen. Ich muß also wirklich dort bleiben. Wenn Sie mir aber erlauben wollen, sooft wie möglich nach meiner Schwester zu sehen, dann bin ich recht froh und dann mach' ich Ihnen den Garten und was drum und dran hängt noch nebenbei.«

Einesteils bedauerte Frau Ullmann es sehr, daß der Bursche nicht einwilligte, zu ihr zu ziehen, gleichzeitig aber freute sie sich über seine bewußte, männliche Art. Wahrlich, sie hatte sich nicht in ihm getäuscht, er war das, was sie von ihm gehalten hatte, ein aufrechter, ehrlicher junger Mensch, der bestrebt war, seine Pflicht in Treue zu erfüllen. Sie reichte ihm die Hand.

»Du hast recht, Gustav, und es wäre verkehrt von mir, dich überreden zu wollen. Eines aber sollst du wissen: Mein Haus wird immer für dich offen sein. Wie deine Schwester sollst auch du es von jetzt an als deine Heimat betrachten. Hede aber soll mir ein liebes Töchterchen werden. Ich will dafür sorgen, daß sie noch manches Brauchbare lernt, und auch du sollst neben der Arbeit beim Waldbauern Gelegenheit finden, dich weiterzubilden.«

Jetzt waren sie vor der Villa angelangt. Hede, der es nicht erlaubt worden war, aufzustehen, lag in dem sauberen Gastzimmer und sehnte Frau Ullmanns baldige Rückkehr herbei. Wenn sie nur endlich Nachricht von Gustel bekäme! Bange klopfte ihr Herz, wenn sie an den Bruder dachte und doch versuchte sie sich an den tröstenden Worten Frau Ullmanns aufzurichten.

»Du darfst es dem lieben Gott zutrauen«, so hatte sie heute morgen, bevor sie ins Dorf hinuntergestiegen war, gesagt, »daß er auch jetzt noch, wo du vielleicht keinen Ausweg mehr siehst, in wunderbarer Weise eingreifen und helfen kann.«

Jetzt hörte Hedwig Schritte und nun Stimmen. Erwartungsvoll richtete sie sich auf. Nun wurde die Tür geöffnet.

»Gustel, mein Gustel!« Mit einem Aufschrei sank sie zurück in die weißen Kissen. Ein Tränenstrom machte ihrem angstgequälten Herzen Luft. Da saß nun der junge Knecht am Bett seiner Schwester und streichelte in unbeholfener Zärtlichkeit ihre kleine Hand.

»Hede, liebe Hede, weine doch nicht so, ich bin doch nun da, und ich habe es nicht getan, du darfst es mir glauben, ich bin unschuldig an dem Brand. Gott hat mich wunderbar bewahrt. Ja, jetzt glaube ich es auch, daß seine Hand über mir war. In dieser Nacht, als sie mich eingesperrt hatten, habe ich es ganz deutlich erkannt. O Hede, ich bin so dankbar!«

Kein Wort konnte die Schwester erwidern. Es war zu viel des Glückes. Die furchtbare Angst und Not der letzten Stunden und vergangenen Wochen fiel von ihr ab. Ganz regungslos lag sie da und ließ des Bruders Hand nicht los. Aus ihren Augen aber strahlte die unbeschreibliche Freude über diese wunderbare Fügung.

Gustav hatte sich inzwischen staunend im Zimmer umgesehen. »Hede, wie hast du's fein!« wunderte er sich. »Gerade wie eine Prinzessin, und hier, hier darfst du bleiben?«

Sie sah ihn fragend an. »Hier bleiben?« wiederholte sie. »Ich muß doch wieder auf den Lindenhof.« Bei diesen

Worten glitt ein Schatten über ihr Gesicht, die Lichtlein in ihren Augen schienen verlöschen zu wollen.

»Ja, weißt du es noch nicht?« fragte Gustel, »hat Frau Ullmann dir nicht gesagt, daß du für immer bei ihr bleiben darfst?«

»Gustel!«

Jubelnde Freude über solche Aussicht und gleichzeitig Zweifel, ob so etwas Wunderbares wirklich möglich sei, klangen aus ihrem Schrei. Frau Ullmann, die soeben ins Zimmer getreten war, hatte Gustavs letzte Worte gehört. Sie beugte sich liebevoll über das Mädchen, hob ihr den Kopf und fragte: »Möchtest du bei mir bleiben, Hede?«

Da warf diese sich wortlos an die Brust der mütterlichen Freundin und umschlang sie mit beiden Armen. Auch jetzt vermochte sie kein Wort zu erwidern. Frau Ullmann aber spürte, wie der ganze Körper des Kindes in Erregung bebte. Wie ein Sturm war die Freude über sie gekommen. Eine Mutter, eine wahre, liebevolle Mutter zu haben, nicht mehr heimatlos zu sein! – Plötzlich blickte sie fragend den Bruder und dann Frau Ullmann an.

»Und Gustel?« flüsterte sie.

Da drückte diese ihr einen Kuß auf die Stirn. »Auch Gustel soll bei mir sein Zuhause haben. Jederzeit darf er kommen und muß sich jetzt nicht länger um seine kleine Schwester bangen. – Willst du nun mein Töchterlein sein, Hede?«

Da schluchzte diese auf in Seligkeit und Glück: »Mutter!« und nichts als »Mutter!«

»Jetzt mußt du aber wieder etwas ruhen«, bestimmte Frau Ullmann, die mit Besorgnis sah, wie das Mädchen erschreckend blaß geworden war. Ihre Lippen färbten sich blau, und schwer ging der Atem. Das arme, leidgequälte Herz schien nicht fähig zu sein, Glück zu ertragen. Jetzt lag sie ganz still, ein glückliches Lächeln auf dem Gesicht.

»Gustel«, flüsterte sie nach einer Weile, »es hat doch genützt.«

»Was meinst du, Hede?« fragte er.

»Das Beten.«

Da verstand er sie und nickte ihr froh und überzeugt zu. »Ja, du hast recht gehabt, das Beten hat genützt.«

Gustav Höster war wieder auf dem Waldhof. Daß er ein tüchtiger, leistungsfähiger Arbeiter war, hatte der Bauer schon längst, gleich in den ersten Tagen, entdeckt, was er aber in Wirklichkeit zu schaffen vermochte, bewies er jetzt, da er mit Freudigkeit und Eifer an die Arbeit ging.

»Was für ein froher, angenehmer Mensch ist doch der Gustel geworden!« sagte die Waldbäuerin, die nach dem Brandunglück noch recht schonungsbedürftig war und meistens im Liegestuhl ruhte, zu ihrem Mann.

»Ja, seit jener unvergeßlichen Nacht«, erwiderte er. »Da hat er eine Lektion für sein ganzes Leben gelernt, aber nicht allein er, sondern auch ich. Wie leicht kann man doch einem Menschen Unrecht tun und ihn falsch beurteilen, wenn man sich nicht Zeit nimmt, sein Inneres kennenzulernen! Wir glaubten immer, Gustav sei ein unzufriedener, mürrischer Bursche. Im Grunde war es nur die Sorge um die Schwester, die sich auf diese Art äußerte. Jetzt, wo das Mädchen versorgt ist, scheint er ein anderer Mensch zu sein. Alles Mürrische ist von ihm abgefallen, und aus der rauhen, harten Schale hebt sich ein guter Kern. So geht man an der Not eines Menschen vorüber und könnte ihm vielleicht ohne große Mühe zurechthelfen und ihn von seiner Sorgenlast befreien.«

»Ja«, stimmte die Kranke ihm zu, »ich habe mir auch schon Vorwürfe gemacht. Ich hätte dir damals, als er dich so flehentlich bat, seine Schwester ins Haus zu nehmen, zureden sollen. Daß er so für das Mädchen eintrat, zeugte nur von seinem guten Charakter. Ich aber meinte es nicht ertragen zu können, ein junges Mädchen um mich zu haben, nachdem ich unsere Hanni in diesem Alter hatte hergeben müssen. Heute glaube ich, es wäre richtiger gewesen, ich hätte mich überwunden und Gustel seinen Wunsch erfüllt.«

»Laß gut sein«, tröstete der Bauer, »die Hede ist jetzt am rechten Platz. Für die schwere Arbeit auf dem Land hätte das schwache Ding nie recht getaugt. Bei der Frau Ullmann aber ist sie gut versorgt, und nun ist ihnen beiden geholfen. Die junge Witwe ist auch noch nicht alt genug, um die Hände in den Schoß zu legen. Wir aber wollen in unserem Teil versuchen, dem Gustav das Elternhaus zu ersetzen. Der arme Mensch hat ja noch nie eine rechte Heimat gehabt.«

Gustav spürte das Wohlwollen, das ihm die beiden Leute entgegenbrachten, und es tat ihm wohl. Durch fleißiges und gewissenhaftes Schaffen versuchte er sie seinerseits zu erfreuen, und so entstand ein gegenseitiges Verhältnis vollkommener Harmonie.

Seitdem sich der wahre Sachverhalt jener Nacht, da das Feuer auf dem Waldhof ausgebrochen war, im Ort herumgesprochen hat, begegneten manche der Dorfleute Gustav Höster freundlicher als bisher. Sie mochten einsehen, daß man dem jungen Menschen unrecht getan hatte, und schämte sich ihres lieblosen Redens. Ob sie ahnten, wie es ihm wohltat, hoffen zu dürfen, daß die Zeit wohl auch einmal kommen würde, wo er und seine Schwester nicht mehr als die »Aussiedler« betrachtet, sondern ihresgleichen sein würden?

Nur einer hatte es nicht vergessen, daß ihm durch diese »Hergelaufenen«, wie der Lindenhofbauer die Geschwister noch immer nannte, solche Schmach geschehen war. Als eine solche betrachtete er es, daß der Bürgermeister ihm damals ernst ins Gewissen geredet hatte.

»Ein Getue haben sie mit diesem Armenhäusler«, grollte er. »Es fehlt nur noch, daß sie ihm eine Belohnung dafür geben, daß er so freundlich war und dem Waldbauern seinen Hof nicht angezündet hat. Aber das ist mal gewiß, sie werden noch ihre blauen Wunder erleben an dem Strolch, dem elenden.«

»Schrei doch nicht so laut«, ermahnte ihn seine Frau. »Es braucht dich nur einer beim Bürgermeister anzukreiden, dann kannst du sehen, was daraus wird. Der läßt nicht mit sich spaßen. Meinst du vielleicht, mir paßt die ganze Sache? Ich wollte, wir hätten wieder jemand für die Kinder. Es mag gewesen sein, wie es will, die Hede war auf jeden Fall zuverlässig. Wir werden lange suchen können, bis wir wieder so eine bekommen, wie sie war.«

»Ach, hör mir auf mit der«, schimpfte der Bauer. »Die ist genau von derselben Sorte wie ihr sauberer Bruder.«

Da schwieg die Frau verdrossen und dachte sich ihren Teil. Als ob es so einfach wäre, ein Mädchen zu zehn Kindern zu bekommen.

Beide sollten es noch erfahren, wie dankbar sie eines Tages für die »Aussiedler« sein würden.

Hede hatte sich vollständig erholt. Der Arzt, den Frau Ullmann zu Rate gezogen hatte, war der Überzeugung, daß die körperliche Schwäche des jungen Mädchens nur darauf zurückzuführen sei, daß sie bisher nicht die rechte Pflege und Ernährung gehabt habe. Daran ließ man es nun im Hause auf dem Berge nicht fehlen. Frau Ullmann wetteiferte mit ihrer getreuen Hausstütze, Hede zu Kräften zu bringen, und beide freuten sich über ihren Erfolg, der nicht ausblieb.

So kam der Winter. Kurz vor Weihnachten trug der Postbote eine Nachricht den Berg hinauf und in die Villa »Heimat«, wie Frau Ullmann ihr Haus neuerdings nannte, die auf das Glück der Geschwister einen Schatten warf.

Die Armenbehörde einer größeren Stadt im Rheinland teilte ihnen mit, daß ihre Mutter vor einigen Wochen gestorben sei. Erst nach langem Nachforschen habe man herausgefunden, daß Nachkommen vorhanden seien. Die Beerdigung sei auf Kosten der Armenpflege vollzogen worden.

Die Mutter tot! In Armut und Not gestorben, begraben, ohne daß eines ihrer Kinder ihrem Sarge folgen konnte. Und wenn sie auch die Kinder verlassen und sich nie mehr um ihr Schicksal gekümmert hatte, es war doch ihre Mutter gewesen.

»Nun kann ich nichts mehr für sie tun«, klagte Gustel der Schwester. »Ich habe es mir oft heimlich ausgemalt, wie ich sie suchen und für sie sorgen wollte, wenn ich erst einmal richtig verdiene. Jetzt ist sie tot.«

Frau Ullmann aber war sich darüber klar, daß sie jetzt erst recht beauftragt war, für die Geschwister zu sorgen. »Eine Mutter ist dahingegangen, die keine Mutter war«, sagte sie sich. »Wie hätte sie sonst ihre Kinder Fremden überlassen können!«

Weihnachten kam, und auch im Haus auf dem Berg rüstete man zum Fest. »Ich möchte Ihnen so gerne eine Freude machen«, sagte Gustel zu Frau Ullmann, als er wieder einmal wie gewöhnlich den Sonntagnachmittag bei der Schwester zugebracht hatte. »Was kann ich Ihnen schenken oder für Sie tun?«

»Ich habe einen Weihnachtswunsch«, erwiderte Frau Ullmann, »ich möchte, daß auch du, wie Hede es schon lange tut, ›Mutter‹ zu mir sagst.«

Gustav errötete. »Ich habe es bisher nicht gewagt.« Und dann streckte er ihr die Hand entgegen. »Ich danke dir, Mutter!« Ein solches Fest hatten die beiden noch nie erlebt. Zum erstenmal erfuhren sie etwas vom wahren Weihnachtswunder, von der austeilenden, wunderwirkenden Liebe. Zum erstenmal nahmen sie die frohe Botschaft bewußt in sich auf: »Euch ist heute der Heiland geboren.«

Frau Ullmanns Frömmigkeit war so selbstverständlich und hatte nichts von süßlicher, unnatürlicher Art an sich, daß jeder, der in die Atmosphäre des Hauses kam, sich darin wohl fühlen mußte. Ihre größte Freude bestand darin, daß die Geschwister sich bewußt dem göttlichen Einfluß erschlossen. Nun wußte sie, daß der Dienst an ihnen nicht vergeblich war.

Jetzt, da die Landarbeit nicht mehr so große Anforderungen an Gustel stellte wie im Frühjahr, saßen sie oft gemeinsam in dem gemütlichen Wohnzimmer, lasen ein gutes Buch oder unterhielten sich über wichtige, anregende Dinge. Hede lernte feine Handarbeiten zu machen, und Gustel ließ sich von Frau Ullmann, die ihrem Mann geschäftlich viel geholfen hatte, in die Grundsätze der Buchführung einführen.

In diesem Jahr setzten zu selten früher Zeit heftige Gewitter ein. Warmer Föhnwind ließ den Schnee schmelzen, so daß ganze Wasserfälle von den Höhen ins Tal stürzten. Starke Regengüsse hielten tagelang an. Die Folge war, daß der schmale, unscheinbare Dorfbach in wenigen Tagen zu einem gewaltigen Strom anschwoll. Zuerst legte man dem wechselnden Bild keine Bedeutung bei. Man war es gewöhnt, daß im Frühjahr die Wasser stiegen. Als seine gurgelnden Wellen jedoch die Ufer übertraten, als sie Holz, Reiser und Äste in Massen vom Berg heruntertrugen, ja ganze Baumstämme mitgerissen wurden, da blickte manch einer doch besorgt zum Himmel. Wollte es denn gar nicht aufhören zu regnen? Immer neue Gewitterwolken ballten sich drohend und unheimlich zusammen. Das Grollen des Donners wollte kein Ende nehmen.

Und dann kam jene unheilschwere Nacht. Baumstämme, Holzklötze und Geröll anderer Art hatte sich derart gestaut, daß dem wilden Gewässer der Durchgang verwehrt wurde. Zischend und schäumend lehnte es sich auf und bahnte sich einen anderen Weg. Vernichtend ergoß es sich in die Tiefe.

Um Mitternacht wurden die Dorfbewohner durch ein furchtbares Getöse aus ihrem Schlaf gerissen. Donnern und Krachen, gellende Hilferufe, unheimliche Geräusche hallten durch die Nacht.

Hilfsbereite Männer stürmten aus den Häusern. Stockfinster war es. Nur grelle Blitze erhellten sekundenlang die Nacht. Zum Glück standen die meisten der Häuser ziemlich weit vom Bach entfernt, nur wenige vereinzelt in seiner unmittelbaren Nähe. Jähes Entsetzen befiel die Herbeieilenden, als sie entdeckten, daß drei dieser Häuser von den Fluten des zu unglaublicher Stärke angeschwollenen Baches vollkommen niedergerissen waren.

Es konnte nicht anders sein, die Bewohner derselben mußten unter ihren Trümmern begraben oder aber von dem reißenden Gewässer mitgeschwemmt worden sein. Das Furchtbare war, daß man nicht zu den Trümmerstätten gelangen konnte. Das Wasser, das sich gewaltsam einen neuen Weg gebahnt hatte, stieg von Augenblick zu Augenblick, so daß die Männer sich auf erhöhte Plätze zurückziehen mußten. In dieser Nacht schlief keiner mehr im ganzen Ort.

Als der junge Morgen erwachte und mit seinem fahlen Licht das Schreckensbild deutlicher hervorhob, erkannte man Trostloses. Der untere Teil des Dorfes glich einem großen See, in den von den Bergen herunter noch immer gurgelnd und gischend neue Wassermassen stürzten. Zum Glück ließ jetzt der Regen nach. Nun hieß es vor allem nach den Verunglückten zu suchen. Die Männer des Dorfes waren zu einer Mannschaft angetreten, die unter dem Kommando des Bürgermeisters jetzt ans Rettungswerk ging. Bewußt und ruhig klangen seine Befehle durch den frühen Morgen. In großer Eile zimmerte man Flöße, um an die eingestürzten Häuser gelangen zu können. Nach langer, mühevoller Arbeit zog man neun Leichen, Männer, Frauen und Kinder, unter den Trümmern hervor. Um das ertrunkene oder erschlagene Vieh konnte man sich jetzt noch nicht kümmern. Frauen und Kinder, die auch herzugeeilt waren, brachen beim Anblick der Toten in lautes Weinen aus. Einige Verunglückte waren nicht aufzufinden. Die Fluten mußten sie hinweggeschwemmt haben.

Jetzt folgten Stunden anstrengendster Arbeit. Von Schweiß und Wasser bis auf die Haut durchnäßt, setzten die Männer ihre Kräfte ein. Alle, ohne Ausnahme, selbst die ältesten Männer, die nur noch Handlangerdienste tun konnten, waren auf dem Posten. Jetzt galt es vor allen Dingen den angestauten Damm einzureißen, damit die Fluten sich in das alte Bett zurückfanden. Da hieß es, schwerklotzigen Stämmen auszuweichen und sich vor den noch immer tosenden Fluten in acht zu nehmen.

Der Waldhofbauer und mit ihm Gustav Höster waren ebenfalls schon während der Nacht zur Unglücksstelle geeilt und betrachteten es auch jetzt als ihre Pflicht, ihre ganze Kraft einzusetzen. Gustel stand bei den Vordersten. Er hatte mitgeholfen, die Verunglückten zu bergen, hatte auf starken Armen die Leiche eines alten Mannes durch das Wasser getragen und griff jetzt beim Einreißen des Dammes, bis zu den Hüften im Wasser stehend, tatkräftig zu. Sein entschlossenes Handeln fiel dem Bürgermeister besonders auf.

»Recht so, Gustel«, rief er ihm zu. »Dich kann man brauchen.« Dieses Lob trieb dem Burschen die Röte ins Gesicht und spornte ihn gleichzeitig zu neuem Eifer an. Ob er den haßerfüllten Blick gewahrte, der ihn aus den Augen des Lindenhofbauern traf? Dieser murmelte unverständliche Laute vor sich hin. Als der Bürgermeister an einer anderen Stelle zu tun hatte, drangen an das Ohr des jungen Knechtes Worte, die ihn aufhorchen ließen.

»Einschmeicheln will er sich, der Hund, der feige. Als ob es ihm nicht gleichgültig wäre, wie viele im Wasser umkommen, einer, der anderen das Dach über dem Kopf anzündet.«

Die weiteren Worte gingen unter im Getöse des Wassers. Aus Gustels Gesicht aber war alle Farbe gewichen. Er taumelte und wäre wohl in die Fluten gestürzt, hätte ihn der Waldhofbauer nicht rechtzeitig halten können. Diesen durchfuhr heißes Erschrecken, als er in das wutverzerrte Gesicht seines Knechtes blickte. Gustels Atem keuchte. Die Fäuste geballt, würde er sich im nächsten Augenblick auf den Lindenhofbauern stürzen, ihn würgen oder sonst etwas tun, was sein frisch auflodernder Haß ihm eingab. Zu all dem Unglück der vergangenen Nacht würde sich ein neues gesellen. Gerade wollte der Waldhofbauer ihm ein beruhigendes und zugleich warnendes Wort zurufen, als er plötzlich und zu seiner großen Verwunderung wahrnahm, daß sich die krampfhafte Spannung Gustels löste.

Sein wutentstelltes Gesicht glättete und entspannte sich, tief holte er Atem und fuhr sich mit der nassen Hand über Augen und Stirne, als müsse er dort etwas wegwischen. Dann begann er wieder eifrig zu arbeiten, so als sei nichts geschehen. Der Waldhofbauer suchte vergeblich nach einer Erklärung dieser ihm unverständlichen Wandlung. Es blieb aber keine Zeit zu Frage und Antwort. Jede Minute mußte ausgenutzt werden.

Noch einigemal vernahm Gustav halblaut gesprochene Bemerkungen, von denen er wußte, daß sie ihm galten.

Der Lindenhofbauer schien ihn herausfordern zu wollen.

»Hergelaufenes Lumpenpack, zugezogenes Gesindel, das zu allem fähig ist«, und anderes mehr. Ein paar unfertige Burschen in seiner Nähe beteiligten sich, einige stimmten dem Bauern zu, andere versuchten Gustel zu verteidigen. Dieser aber nahm weder von den einen noch von den andern Notiz, keine der Redensarten war mehr imstande, ihn aus seinem Gleichgewicht zu bringen. Er wußte, hier handelte es sich um mehr als um eine gekränkte Ehre, und warf sich mit aller Kraft seines jungen, starken Körpers dem nassen Element entgegen.

An diesem Tage wurde in den Häusern nur die nötigste Arbeit getan, das Vieh versorgt und die Mahlzeiten gerichtet, die man den schaffenden Männern zu ihrer Arbeitsstätte hinuntertrug.

Außerhalb des Dorfes hatte man drei von den Verunglückten, vom Wasser in das Gestrüpp des Waldes geworfen, gefunden. Vier weitere Personen wurden noch vermißt. Unglaubliche Erregung bemächtigte sich aller Dorfbewohner. Wer hätte aber auch an die Möglichkeit eines solch schauerlichen Unglücks gedacht?

Auch der Lehrer war unter den schaffenden Männern und setzte wie sie alle Kräfte ein, um größeres Unglück zu verhüten. Die Schulkinder standen in Gruppen beieinander und betrachteten das grauenhafte Bild der Verwüstung. Noch immer wurde man nicht Herr der Wassermengen, die sich nicht zurück in ihre gewiesene Bahn drängen lassen wollten. Der Lindenhofbäuerin neue Kindsmagd, ein sechzehnjähriges Mädchen aus dem Nachbarort, stand ebenfalls bei den Zuschauenden. Auf dem Arm trug sie das jüngste der ihr anvertrauten Mädchen, während die anderen sich ängstlich und zugleich neugierig in ihrer nächsten Nähe aufhielten und hin und wieder wie Schutz suchend nach ihren Rockfalten griffen.

Da passierte das Unglück. Niemand konnte später sagen, wie es eigentlich zugegangen war. Ein gellender Aufschrei durchschnitt plötzlich die Luft. Sekundenlang hielten die Arbeitenden erschrocken inne. Was war geschehen?

Da – da – ein Kind im Wasser. Angstvoll schlagen zwei kleine Ärmchen um sich. Entsetztes Schreien vom Ufer her. In diesem Augenblick stürzt sich Gustav Höster in die Fluten, die nach einem neuen Opfer gegriffen haben. Mit wuchtigen, kraftvollen Bewegungen teilt er das Wasser, um zu dem mit dem Tode ringenden Kind zu gelangen. Das Kind aber ist des Lindenhofbauern Töchterlein Ännchen, drei Jahre alt, das seine Schwester besonders lieb gehabt hatte.

In solchen Augenblicken scheinen Sekunden zu Stunden zu werden. Die Menschen am Ufer halten den Atem an, Männer mit Stangen in den Händen waten so weit wie möglich ins Wasser, um helfen zu können. Gustel aber bemüht sich eine Weile vergeblich, das von den Wellen forttreibende Kind zu erfassen. Auch über ihm schlagen die Wogen zusammen; inzwischen wird das Kind weitergerissen.

Dies alles spielt sich in wenigen Augenblicken ab, aber sie reichen aus, um den Lindenhofbauern dem Wahnsinn nahe zu bringen. Es ist wahr, er ist ein Polterer, ein ungerechter, jähzorniger Mensch, aber er hat ein Herz für seine Kinder, das kleine Volk geht ihm über alles – sein Kind, sein kleines Ännchen, sein herziges, anhängliches Mädelchen! In erster Linie ist es natürlich die unbeschreibliche Angst um die Kleine, die sich in seine Seele krallt und ihn, den starken, selbstsicheren Mann schüttelt, ihn, der bisher von allen anderen gering, von sich selbst aber riesengroß dachte. Und dann das andere: Der, den er eben noch geschmäht und verleumdet, den er mißachtet und mit Füßen getreten, der Aussiedler, Hergelaufene, der wagt sein Leben für sein Kind. Das packt ihn noch mehr als das andere. Er zittert und bebt wie ein Blatt im Winde. Sein Oberkörper ist vornübergebeugt, die Augen treten ihm aus den Höhlen, er stiert in die brodelnde Gischt, aus der augenblicksweise das rote Röcklein seines Kindes aufleuchtet.

»O Gott! O Gott!« – Der Lindenhofbauer weiß nicht, daß er den Namen des Allmächtigen in den Morgen hinausschreit. Für ihn ist in dieser Stunde das Gericht angebrochen, und Ankläger ist sein eigenes Gewissen.

Da, aufs neue ein Schrei vom Ufer, der aber wirkt wie eine Erlösung. Gustel hat das Mädchen ergreifen können. Fest hält er's an sich gedrückt und schwimmt mit seiner letzten Kraft ans Ufer, die kostbare Last zu bergen. Hilfsbereite Hände nehmen ihm das ohnmächtige Kind ab und wollen auch nach ihm greifen. Da wirft das wilde Wasser in schäumender Wut, daß es gelungen ist, ihm seine Beute zu entreißen, einen mächtigen Baumstamm daher. Mit voller Wucht schlägt dieser dem Knecht in die Kniekehlen. Gustel stürzt zurück, taumelt und schlägt mit dem Kopf auf den Stamm. Am Ufer heulen sie auf. Das Wasser färbt sich an der Stelle, wo Gustel gestürzt ist, rot. Man gibt ihn auf, sein Schicksal hat ihn erreicht. Da schreit ein Mann wie in furchtbarer Not. Der Lindenhofbauer. Sein Kind, das Annchen, das man ihm in die Arme gelegt hat, läßt er in den Schoß einer Frau, die am Boden kauert, gleiten und dann stürmt er los, direkt ins Wasser. Männer versuchen, ihn zurückzuhalten. »Sind nicht genug Opfer gefordert?« Es ist vergeblich. Er aber schlägt um sich, reißt sich los. Hat er den Verstand verloren?

Inzwischen ist es dem Bürgermeister und dem Waldbauern gelungen, mit einer Stange in Gustels Jacke einzuhaken. Vorsichtig ziehen sie den leblos scheinenden Körper, der in breiter Bahn Blutspuren hinterläßt, ans Land.

Der Lindenhofbauer hilft mit Einsetzung seiner ganzen Kraft. Sorgsam bettet man Gustel aufs Gras.

»Da ist nichts mehr zu hoffen«, sagt ein alter Mann und entblößt sein Haupt. »Gott sei seiner Seele gnädig!«

In dieser Ergriffenheit umstehen sie den jungen Knecht, der da reglos am Boden liegt, ein Opfer seiner Liebestat.

In diesem Augenblick wirft sich der Lindenhofbauer neben ihm zur Erde, umfaßt die nasse Gestalt und stöhnt auf wie ein verwundetes Tier.

Und sie spüren es plötzlich alle, was ihn quält, was auf ihm lastet, so stark, daß er davon schier erdrückt wird. Sie alle haben ja seine gehässigen, verleumderischen Worte gehört. Und mit einer solchen Tat hatte der Geschmähte geantwortet.

»Gustel«, flehte der Bauer, »ich nehme alles zurück, es tut mir leid, hörst du's, Gustel, hörst du's!«

Wie eine Flamme schlägt die Reue in ihm hoch, und o Wunder, der Totgeglaubte schlägt die Augen auf, ein tiefes Stöhnen entringt sich seiner Brust. Dann sinkt er wieder zurück in die Nacht tiefster Ohnmacht. Dem andern aber entfährt ein Dankesschrei.

»Er lebt, gottlob, er lebt!« Dann kommt der Arzt. Behutsam untersucht er die Kopfwunde. Es steht ernst um den jungen Menschen, ernst, aber nicht hoffnungslos. Sie tragen ihn fort, in des Waldbauern Hof, der duldet es nicht anders. Die Männer aber schaffen weiter an jenem denkwürdigen, unvergeßlichen Tag.

So war es gewesen, und alle, die es miterlebten, waren sich des Ernstes jener Stunde bewußt. Oben auf dem Berge hatten sie keine Ahnung von dem Geschehen im Tal. Sie hatten wohl davon gesprochen, daß der starke Regenfall Hochwasser zur Folge haben würde. Welche Folgen aber entstehen konnten, das ahnten sie nicht, bis dann ein Bote sich den steilen Weg hinaufarbeitete und die Nachricht brachte. Hede erbleichte. Gustel verunglückt und es steht sehr bedenklich um ihn.

»Mutter!« schrie sie auf. »Ich muß zu ihm, o Gustel, mein Gustel!« Frau Ullmann eilte mit dem zitternden Mädchen hinunter ins Dorf. Sie meinten ihren Augen nicht trauen zu können, als sie an der Unglücksstelle vorbeikamen, wo sich die Männer noch immer im Schweiße ihres Angesichts mühten. Lähmendes Entsetzen wollte sie befallen, als sie statt der drei Häuser, die bisher so traulich am Ufer des Baches gestanden hatten, nichts als Trümmerhaufen erblickten. Aber sie wagten nicht stehenzubleiben oder eine Frage zu tun, weiter, nur weiter hasteten sie bis hinüber zum Waldrand, wo der große saubere Hof des Waldbauern lag.

In der Tür stand die Bäuerin und hielt bereits nach Gustavs Schwester Ausschau. Herzlich begrüßte sie Frau Ullmann. Das junge Mädchen aber schloß sie in die Arme.

»Wie muß er dich liebhaben«, sagte sie. »Er hat schon einige Male nach dir gefragt.«

Und dann saß die kleine Schwester an dem Bette des Verunglückten, der jetzt bei voller Besinnung, aber sehr schwach war.

Aus dem unförmigen Kopfverband blickte sein erschreckend blasses Gesicht. Trotz aller Schmerzen aber leuchtete es hell in seinen Augen auf, als er Hede eintreten sah.

»Mußt dich nicht erschrecken«, flüsterte er, »'s ist nicht so schlimm.« Dabei preßten ihm die Schmerzen die Tränen aus den Augen.

Laut aufschreien hätte das Mädchen mögen. Aber um des Bruders willen bezwang sie sich. Mit linder Hand streichelte es ihm die Wange. »Du darfst jetzt nicht sprechen, Gustel, kein Wort, mußt ganz still liegen. Schau, ich bleibe jetzt bei dir, bis du wieder ganz gesund bist.« Da schloß er die Augen wie ein Kind, das nach einem großen Kummer beruhigt werden konnte.

»Ja, dableiben!« flüsterte er kaum hörbar. Die Waldhofbäuerin, die an der Tür gestanden hatte, wandte sich mit tränennassen Augen zu Frau Ullmann und sagte mit leiser Stimme: »Die Not hat ihre Herzen so zusammengeschmiedet, die viel Not, die sie gemeinsam getragen haben.«

Hedwig aber saß stundenlang bei dem Kranken, ohne sich zu rühren. Sie spürte, ihre Gegenwart war ihm jetzt das beste Heilmittel, und als Frau Ullmann am Abend vom Heimkehren sprach, bat sie, auf dem Waldhof bleiben zu dürfen. Die Bäuerin erfüllte ihr gerne die Bitte und machte ihr ein Lager im Zimmer des Bruders zurecht. Der Arzt kam an diesem Tag noch zweimal. »Wir müssen ihn sehr sorgsam pflegen«, sagte er, »es ist gut, daß die Schwester bei ihm ist, sie wird sich am besten dafür eignen.«

In den nächsten Tagen stand das Tor des Hofes nicht still. Immer wieder wurde ein Bote aus dem Dorfe geschickt, um nach Gustels Ergehen zu fragen. Der Lindenhofbauer selbst war schon viermal dagewesen. Er meinte, es erzwingen zu können, in das Krankenzimmer einzudringen. »Ich muß mit ihm sprechen, so glaubt mir's doch, es ist von großer Wichtigkeit.« Aber die Bäuerin blieb fest. »Nein, der Arzt hat jeden Besuch aufs strengste untersagt.«

Schließlich kam Hede für einen Augenblick heraus. Ein wenig ängstlich reichte sie ihrem früheren Brotherrn die Hand. Er aber sah sie schier flehend an. »Hede, sag es dem Gustel, ich will von jetzt an zu ihm halten, nie wieder soll er in mir seinen Feind sehen müssen. Ich habe eine Nacht hinter mir, Gott im Himmel, das war schlimmer, als wenn ich vor den Schranken des Gerichts gestanden wäre, und jetzt meine ich's dem Gustel selbst sagen zu müssen: ›Vergiß, was ich dir angetan habe!‹ Hede, wir sind deinem

Bruder unendlich viel Dank schuldig, unser Kind, unser Annchen hat er vom Tode errettet.«

Der starke Mann konnte vor Bewegung nicht weitersprechen. Tränen erstickten seine Stimme.

»Das kleine, liebe Annchen!« sagte Hede leise.

»Meine Frau wäre selbst schon längst gekommen, um sich zu bedanken«, fuhr der Lindenhofbauer fort, »aber sie kann doch nicht fort. Unsere neue Kindsmagd ist in dem Augenblick, wo das Kind ins Wasser stürzte, vor Angst und Entsetzen auf und davon, hat unser Kleinstes in seine Wiege gelegt und ist zu ihrer Mutter gelaufen und nicht mehr zu bewegen, in unser Haus zurückzukehren. Ach, Hede, jetzt wissen wir, was wir an dir hatten, ich scheue mich nicht, es zu sagen, der gestrige Tag und die letzte Nacht haben uns, meine Frau und mich, zur Einsicht gebracht.«

Das Bekenntnis des Bauern überwältigte das junge Mädchen derart, daß sie kein Wort erwidern konnte. Es war allen sichtbar: Hier hatte Gott selber eingegriffen.

Zwei Tage später trug man die Opfer der Hochwasserkatastrophe zu Grabe. Sechzehn Menschen, zu denen der Tod wie ein Dieb in der Nacht gekommen war. Das ganze Dorf trug Leid um sie.

Während die Glocken zu ihrem letzten Weg läuteten, saß Hede bei ihrem Bruder und dankte Gott in ihrem Herzen. Wie gut hätte es sein können, daß auch er bei denen war, denen man jetzt das letzte Geleit gab!

Nur langsam erholte sich der Kranke von seinen inneren Verletzungen. Außerdem hatte das lange Arbeiten im tiefen Wasser eine Lungenentzündung zur Folge gehabt. Tagelang hing sein Leben an einem Faden.

Täglich kamen irgendwelche Grüße aus dem Dorf ins Krankenzimmer. Butter, Eier, Obst, Fruchtsäfte – körbeweise schleppten sie es an. Es war, als ob alle das Bedürfnis hatten, gutzumachen, was sie dem jungen Höster unrecht getan hatten.

Staunend betrachtete er all diese Beweise herzlicher Freundlichkeit. »Ich verstehe das gar nicht«, sagte er dann wohl zu seiner Schwester, »sonst haben sie uns doch immer links liegen lassen und uns die ›Aussiedler‹ und ›Hergelaufenen‹ genannt. Wie kommt das nur, daß sie sich so umgestellt haben?«

Und Hede antwortete: »Verstehen kann ich es auch nicht, Gustel, aber vielleicht hängt es mit dem zusammen, was Mutter Ullmann so oft gesagt hat: ›Weg hat er allerwegen, an Mitteln fehlt's ihm nicht.‹ – Schau, ich denke halt, der liebe Gott hat uns zeigen wollen, daß er uns nicht vergessen und wohl von unserer Not gewußt hat.«

Dann nickte Gustel still vor sich hin. »Ja, Hede, du magst recht haben.«

Einen ganz großen Festtag erlebte er. Das war, als der Bürgermeister selbst ihm einen Besuch abstattete und ihm im Namen des ganzen Dorfes für seine tapfere Tat dankte. »Du hast dich wacker benommen«, sagte er, »wir alle können uns ein Vorbild an dir nehmen.«

Der Lindenhofbauer hatte jetzt endlich auch mit Gustel selbst sprechen können. Beide hatten sich die Hand gereicht und für immer den alten Haß begraben. Als sich aber Hede anbot, sobald Gustel wieder hergestellt sei, wenigstens aushilfsweise auf den Lindenhof zu kommen, um die Kinder zu hüten, bis ein wirklich zuverlässiges Mädchen gefunden sei, wehrte der Bauer ab. »Nein, Hede, das auf keinen Fall. Ja, zu Besuch darfst du kommen, so oft du willst, aber noch einmal soll dir eine solch schwere Arbeit nicht aufgebürdet werden. Da muß eine her, die anders, robuster ist als du.«

Und dann kam der Tag, da durfte Gustel zum erstenmal wieder das Bett verlassen. Wie froh waren alle, obgleich er noch so schwach war, daß er nur mühsam bis zum sonnigen Platz am Fenster kam. Da trat der Waldhofbauer zu ihm.

»Gustel, der Doktor hat gesagt, du brauchtest jetzt unbedingt noch eine Erholungszeit. Ich sehe das ein. Wir haben leider auf dem Hofe nicht genügend Zeit, uns dir so zu widmen, wie es nötig ist. Nun habe ich mit Frau Ullmann gesprochen. Du sollst für ein paar Wochen hinauf in ihr Haus. Dort wird man dich ganz gesund pflegen, und erst, wenn du wieder bei Kräften bist, kommst du zu uns zurück. Dein Platz bleibt dir in meinem Hause, und wenn du dann wieder fähig bist, Zukunftspläne zu schmieden, dann möchte ich dir einen Vorschlag machen.«

Wenige Tage später fuhr der Dorfarzt seinen Patienten in seinem Auto auf den Berg. Weit geöffnet waren die Türen der Villa. Frau Ullmann aber reichte Gustel mit strahlenden Augen die Hand.

»Willkommen daheim!«

Und nun folgten Wochen, die für Gustel schier traumhaft waren. Mit unbeschreiblicher Liebe und Sorgfalt wurde er gepflegt, so daß seine Kräfte fast zusehends zurückkehrten. Als Frau Ullmann eines Tages bei ihm auf der Veranda saß und wieder einmal auf die Schreckensnacht zu sprechen kam, machte er ihr ein Geständnis.

»Es ist das zweitemal, daß Gott mich so beschämt hat« sagte er. »Das erstemal war es in jener Nacht, wo er das Feuer im Waldhof zuließ, damit ich nicht zum Brandstifter wurde, und das andere Mal beim Hochwasser. Als der Lindenhofbauer mich so schmähte, kam ein solch lodernder Haß über mich, daß ich imstande gewesen wäre, ihn umzubringen. Plötzlich aber mußte ich deiner Worte gedenken, die du mir einmal gesagt hattest, als ich bitter über die gesprochen hatte, die mir unrecht getan. ›Mein ist die Rache, spricht der Herr.‹ Und diese Worte bewahrten mich vor dem Schlimmsten. Daß ich dann aber noch Gelegenheit bekam, dem, der mein Feind war, Gutes zu erweisen, indem ich sein Kind retten konnte, das ist doch etwas ganz Wunderbares. In den langen Krankheitswochen, die nun hinter mir liegen, bin ich zu der Erkenntnis gekommen, daß mich Gott damit beschämt hat. Wirklich, seine Wege sind wunderbar! Früher habe ich manches Mal gedacht, Christen seien schwächliche Menschen, heute aber weiß ich es, Christentum bedeutet Kraft. Ohne diesen inneren Halt wäre ich gewiß an jenem Tage zum Verbrecher geworden. Mein Haß hätte mich soweit gebracht.«

Frau Ullmann hatte die Hände gefaltet: »Mein Junge!« sagte sie leise und sonst nichts. Da wurde sie plötzlich von zwei Armen umschlungen, eine weiche Wange schmiegte sich an ihr Gesicht. Es war Hede, die herzutretend die letzten Worte vernommen hatte.

»Wie bin ich froh«, sagte sie jetzt, und in ihren Augen leuchtete es hell auf, »wie bin ich froh, daß wir drei ›Aussiedler‹ uns gefunden haben!«

Jahre sind seitdem vergangen. Die Hausmutter der Villa »Heimat« hat schneeweißes Haar bekommen, aber ihr Herz ist jung geblieben. Wie sollte es auch anders sein! Hede, ihre Tochter, hat dafür gesorgt, daß der Frühling auf dem Berg blieb und selbst im kältesten Winter nicht verscheucht wurde. Haus Heimat ist ein Kinderheim geworden. Arme, heimatlose, herumgestoßene Mädchen und Buben haben Zuflucht auf dem Berg gefunden. »Mutter Hede!« Gibt es ein schöneres Amt? Und wenn die Kinder zur Großmutter Ullmann eilen, um ihr von all den wichtigen Erlebnissen in der Schule, beim Spazierengehen usw. zu berichten, dann ist diese überglücklich über den Reichtum, den ihr Gustels Schwester ins Haus gebracht hat. Wahrlich, sie würde wohl nie dazu kommen, die Hände in den Schoß zu legen! Und das war gut so. Oft aber steht Hede mit ihrer kleinen Schar am Bergabhang, weist mit der Hand ins Tal und erzählt den Kindern: »Seht, da unten ist der Waldhof, wo Onkel Gustav mit seiner Frau und dem kleinen Bübchen wohnt. Am Sonntag kommen sie alle drei zu uns herauf. Das wird fein werden.«

Gustel Höster hat den Hof des Waldbauern übernommen. Dieser war mit seiner Frau einig geworden, da sie keine eigenen Kinder oder Verwandten hatten, dem gewissenhaften treuen Knecht das Anwesen zu übergeben. Freudig hatte die Bäuerin zugestimmt, ohne zu ahnen, daß sie sowie ihr Mann in Bälde kurz hintereinander sterben würden.

Und nun ist Gustel Waldhofbauer. Seit zwei Jahren ist er verheiratet, und zwar mit der ältesten Tochter des Lindenhofbauern, mit der, die vor Jahren behauptet hatte, ein Kerl sei bei der Hede in der Waschküche. Sie hat mit der Zeit diesen »Kerl« recht liebgewonnen und war überglücklich, als er sie zur Frau begehrte, obgleich er ein »Aussiedler« war.

Sie sind längst alle in Börnsdorf heimisch geworden, die drei »Aussiedler«, und haben sich durch ihr pflichttreues Schaffen das Vertrauen aller Dorfbewohner erwirkt. Vielleicht war es auch die Not jener unvergeßlichen Nacht, die die Herzen zusammengeführt hat und sie alle lehrte, das Kleine gering und das Große wichtig zu halten.

Bückling und die Krummhölzer

»Hast du ihn auch gesehen!«
»Wen?«
»Den Maler.«
»Wo?«
»Drüben unterm krummen Tor. Er hat eine Staffelei aufgestellt und malt die alte Bude vom Hering.«
»Den will ich auch sehen!«
»Dann komm schon.«
»Wo geht ihr hin?« riefen zwei Schulkameraden.
»Zum krummen Tor, dort sitzt ein Maler.«
Als die vier Jungen angehetzt kamen, war der Fremde bereits umringt von einer Schar neugieriger und aufgeregt durcheinanderschwatzender Jungen und Mädchen. Immer enger wurde der Kreis um ihn.

»Ihr dürft zuschauen«, sagte der Maler, »aber kommt der Staffelei nicht zu nahe, und seid nicht so laut.«

Es war immer das gleiche. Wo Heinz Krummholz auftauchte, liefen ihm die Kinder zu. Auch einige Erwachsene umstanden ihn jetzt. Kopfschüttelnd fragte ein älterer Mann: »Sagen Sie einmal, reizt es Sie denn, so eine alte Spelunke zu malen? Ich würde mir ein anderes Motiv aussuchen. Etwa eines der schönen Fachwerkhäuser in der Hauptstraße oder die Kirche.«

»Nein, gerade die winkligen Gassen locken mich.«
»Na, da kann sich der Hering etwas einbilden, wenn seine Villa porträtiert wird.«
»Der Hering?«
»Ja, der Alte, der in der windschiefen Hütte wohnt.«
»Und er heißt Hering?«

Höhnendes Gelächter schallte über den Platz. Der ältere Mann gab jedoch bereitwillig Antwort. »Nein, um alles in der Welt, reden Sie ihn nicht so an, sonst wird er böse. Wissen Sie, er ist jahrelang mit einem alten Karren, auf dem ein Faß Heringe stand, durch die Stadt gefahren. Mit einem langgezogenen ›Heee-ring‹ hat er seine Fische zum Verkauf angeboten. Später bekam er die Gicht in die Beine, dann konnte er seine Heringe nicht mehr verkaufen. Jetzt lebt er von einer mageren Rente. Und seit jener Zeit hat er seinen Spottnamen. Wehe, wenn er hört, daß ihn jemand Hering nennt. Er kann ganz schön wütend werden. Die Lausbuben aus der Gegend rufen ihm den Namen jedoch immer wieder nach, wenn er an seinen Krückstökken einherhumpelt.«

Nun folgte ein zustimmendes Gelächter derer, denen es anscheinend große Freude bereitete, den alten Mann zu ärgern.

»Und das hier ist der Bückling!« rief lachend ein großer Junge und gab einem kleinen, schmächtigen Burschen einen solchen Stoß, daß er beinahe über die Staffelei gestürzt wäre.

Der Maler stand verärgert auf. »Das geht nun doch zu weit. Ich hatte euch gebeten, mich nicht zu stören.«

Der schmale blonde Junge, den der andere Bückling genannt hatte, trat einen Schritt näher.

»Entschuldigen Sie«, sagte er leise und blickte den Fremden verlegen aber zutraulich an. »Es tut mir leid, daß das da vorhin fast umgefallen wäre.«

Er deutete auf die Staffelei.

»Zum Glück steht sie noch«, erwiderte der Maler und sah dem Kleinen freundlich ins Gesicht, in dem zwei dunkelblaue Augen leuchteten. »Heißt du wirklich Bückling?«

»Ja«, antwortete der Junge leise und wurde rot, als müsse er sich seines Namens schämen. Unzähligemal hatten die andern ihn deswegen verspottet.

»Aber du hast doch auch einen Vornamen?« forschte der Maler weiter.

Der Kleine nickte eifrig. »Ja, ich heiße Karl-Heinz.«

»Schön, ich werde immer Karl-Heinz zu dir sagen.«

Der Fremde schien seine Gedanken erraten zu haben.

»Aber Bückling klingt auch schön. Du brauchst dich deines Namens nicht zu schämen.«

Dem Jungen war nicht entgangen, daß der Maler gesagt hatte, er werde ihn immer Karl-Heinz nennen. Als würde er wiederkommen.

»Darf ich Ihnen jedesmal zuschauen?« fragte er. »Kommen Sie jetzt öfter hierher?«

»Ich denke, schon einige Tage. Und wenn es dir Freude macht, darfst du gerne wiederkommen.«

»Soll ich auch meinen Zeichenblock mitbringen?«

»Ja, tu das.«

»Aber ich kann nicht so gut malen wie Sie.«

»Das schadet nichts. Vielleicht kannst du bei mir ein wenig abgucken.«

»Oh, das wird fein! Wie – wie«, Karl-Heinz wurde ganz rot, »wie heißen Sie denn?«

»Ich heiße wie du, Heinz. Heinz Krummholz. Aber sag' einmal, Karl-Heinz, fährst du denn morgen nicht mit den anderen ins Waldheim?«

Der Kleine schüttelte den Kopf. »Nein, ich möchte nicht.«

»Aber ist es im Wald nicht viel schöner als hier?«

Der Maler sah in die engen Gassen und auf die schiefen Häuser des Altstadtviertels.

»Doch, schöner ist es dort schon«, pflichtete Karl-Heinz bei. »Aber im Waldheim sind so viele Kinder. Von einigen Schulen gehen fast alle hin, die nicht verreisen. Und dann sind sie so wild und so laut. Und die Großen schlagen und stoßen uns Kleineren immer herum.«

»Sind dort keine Lehrer, die auf euch aufpassen?«

»Doch, Tanten und Onkel sagen wir zu ihnen. Aber es sind viel zu wenig für so viele Kinder. Sie können nicht zur gleichen Zeit auf alle achten. Manche sind nett, aber manche lachen einen aus, wenn man ...«

»Wenn man was?«

»Ach, ich sag' es lieber nicht.« Karl-Heinz lief rot an und wandte das Gesicht ab. Er konnte diesem fremden Mann nicht sagen, daß er manchmal weinen mußte, wenn die Großen grob zu ihm waren. »Wehr dich doch!« sagte dann der Onkel, der selbst fast noch ein Junge war. Er hatte gut reden, wie sollte er sich denn gegen drei oder vier viel größere Jungen wehren? Und dann schrien sie immer »Feigling« oder »alte Memme« hinter ihm her. Und außerdem sah er den ganzen Tag seine Mutter nicht, wenn er im Waldheim war. Jetzt konnte sie wenigstens in der Mittagspause für fünf Minuten zu ihm in den Kinderhort laufen. Den ganzen Vormittag freute er sich auf die kurzen Minuten mit seiner Mutter. Sie nahm ihn immer in die Arme und strich ihm liebevoll übers Haar und sagte, sie wollten sich einen schönen Abend machen. Und er wußte, daß sie ihm vorlesen oder mit ihm spazierengehen würde. Und das war Grund genug für ihn, am Nachmittag sich auf den Augenblick zu freuen, wenn sie ihn nach Fabrikschluß holen kam. Und deshalb mußte ihn die Kindergärtnerin öfter fragen, wovon er träume, wenn er über seinen Schulaufgaben saß. Aber das konnte er ihr ebensowenig sagen wie dem Maler, obwohl er sehr nett zu sein schien. Nein, er hatte seine Mutter gebeten, ihn nicht ins Waldheim zu schicken. Gewiß, er fühlte sich wohl im Wald. Aber nur mit seiner Mutti. Wenn sie dabei war, konnte ihm kein Mensch etwas Böses tun.

»Nein, ich gehe nicht ins Waldheim!« sagte er noch einmal mit fester Stimme, als müsse er sich in seinem Entschluß bekräftigen.

Der Maler hatte den Kleinen eine ganze Weile aufmerksam betrachtet. »Aber wo bleibst du, wenn der Kinderhort geschlossen ist?« fragte er dann. »Deine Eltern gehen doch sicher zur Arbeit.«

»Ich habe nur eine Mutter, und die arbeitet in der Schuhfabrik am Kanal. Aber in unserem Haus wohnt eine alte Frau. Zu ihr darf ich kommen, wenn es regnet. Sie gibt mir zu meinem Brot auch eine Tasse Tee. Und wenn Mutti abends heimkommt, kochen wir zusammen unser Nachtessen.«

»Du sagst wir?«

»Ja, ich kann ihr schon gut helfen. Ich kann Gemüse putzen und Kartoffeln schälen. Die Schalen seien zwar ein wenig zu dick, sagt Mutti. Aber das wird sich mit der Zeit bestimmt bessern. Und Salat kann ich richten . . .«

»Dann bist du aber schon ein tüchtiger Junge. Das muß ich meinen Kindern erzählen.«

»Wieviel Kinder haben Sie, Herr Krummholz?«

»Einen Buben und ein Mädchen. Der Junge heißt Alexander und das Mädchen Petrina. Sie ist neun Jahre alt.«

»Oh, dann sind wir gleich alt. Und Ihr Junge, der Alexander, wie alt ist der?«

»Der ist letzte Woche elf Jahre alt geworden.«

»Kommen Ihre Kinder auch hierher?«

»Nein, sie haben noch Schule. Und in den Ferien fahren wir in die Schweiz.«

Der kleine Junge sagte darauf nichts. Und Herr Krummholz ärgerte sich, daß er die Reise erwähnt hatte. Doch was mochte dieses Kind aus den engen, schmutzigen Gassen der Altstadt von der Schweiz wissen. Aber nötig wäre es dennoch nicht gewesen, den Jungen daran zu erinnern, daß er im Vergleich zu andern Kindern vieles entbehren mußte.

Herr Krummholz saß einige Stunden vor seiner Staffelei und malte. Immer wieder blieben Neugierige stehen und blickten ihm über die Schulter. Manche sprachen halblaut Lob und Anerkennung aus. Andere gingen schweigend wieder weg. Karl-Heinz aber blieb unentwegt bei dem Maler stehen. Eine ganze Zeitlang sprach er kein Wort. Als jedoch Herr Krummholz seine Sachen zusammenpackte, fragte er: »Kommen Sie auch ganz gewiß morgen wieder?«

»Wenn das Wetter so bleibt, kleiner Freund.«

Strahlend blickte der Junge dem Auto nach. »Toller Wagen«, murmelte er vor sich hin. »Und kleiner ›Freund‹ hat er zu mir gesagt.«

An den zwei folgenden Tagen war Karl-Heinz mit seinem Zeichenblock lange vor Herrn Krummholz zur Stelle.

Am Sonntag danach saß Herr Krummholz nachmittags bei der schöngewachsenen Edeltanne vor seinem Einfamilienhaus und las in einem Buch. Seine Frau saß an einem kleinen Gartentisch und schrieb Briefe. Alexander und Petrina hatten Tischtennis gespielt und überlegten gerade, was sie als nächstes unternehmen könnten. Da entdeckte Petrina das Skizzenbuch ihres Vaters. Es lag neben ihm im Gras.

»Darf ich, Papi?« fragte sie. Sie wußte genau, daß sie nicht ohne Erlaubnis darin blättern durfte. Der Vater nickte.

Petrina setzte sich ins Gras und begann ein Blatt ums andere bedächtig umzuwenden. Alexander kniete hinter ihr und schaute ihr über die Schulter.

»Vati, wo gibt es denn noch solche alten, schiefen Häuser?« fragte der Junge.

»Drunten in der Altstadt«, antwortete Herr Krummholz.

»Aber Menschen wohnen gewiß nicht mehr drin?«

»Doch, Petrina, und sogar viele. Vor allem aber gibt es eine Menge Kinder dort.«

»Und wo spielen die? Doch nicht auf den schmutzigen Höfen zwischen den alten Kisten und Fässern?«

»Doch, dort toben sie herum. Nur jetzt sind die meisten von ihnen in dem städtischen Waldheim, weil sie nicht verreisen können wie wir. Ihre Väter und Mütter gehen in die Fabrik zur Arbeit. Habt ihr noch nichts von Schlüsselkindern gehört? Sie alle sind Schlüsselkinder.«

Petrina wußte nicht, warum man die Kinder so nannte.

Ihr Vater erklärte: »Sie tragen den Wohnungsschlüssel an einer Schnur um den Hals, weil sie tagsüber immer alleine sind. Wenn sie nicht im Kinderhort sind, treiben sie sich auf der Straße herum. Haben sie Hunger, holen sie sich ein Stück Brot aus der Küche. Regnet es oder frieren sie, dann bleiben sie in der Wohnung. Aber gewöhnlich zieht es sie schnell wieder auf die Straße.«

Petrina hatte inzwischen weitergeblättert und blickte nachdenklich auf eine Zeichnung, die eine kleine zierliche Blume darstellte. Sie blühte auf einem Abfallhaufen zwischen Steinen und Gerümpel.

»Hast du diese Blume auch in der Altstadt gesehen, Papa?« fragte Petrina.

»Ja, es ist eine besondere Blume.«

»Wie heißt sie denn?«

»Bückling.«

Nun lachte auch das kleine Mädchen hell auf. »Aber, Vati, es gibt bestimmt keine Blume, die Bückling heißt. Ein Bückling ist doch ein geräucherter Fisch.«

»Aber diese Blume heißt wirklich Bückling«, beteuerte Herr Krummholz. »Blättert nur weiter. Ihr werdet sie noch einigemal sehen.«

Petrina blätterte vor und zurück. »Nein, da ist keine Blume mehr, Papa. Nur ein kleiner Junge mit großen, traurigen Augen.«

Der Vater legte sein Buch aus der Hand und sagte: »Ja, die Blume, die mitten im Unrat wächst, ist mein Freund Bückling. Karl-Heinz Bückling. Er ist der Junge, von dem du ganz richtig sagst, Petrina, er habe große, traurige Augen. Soll ich euch von ihm erzählen?«

»O ja, Papa, bitte!«

Alexander und Petrina setzten sich vor ihren Vater ins Gras und hörten ihm aufmerksam zu. Er erzählte ihnen von seiner ersten Begegnung mit Karl-Heinz und daß er ihm so leid getan habe, weil die anderen Kinder ihn mit seinem richtigen Namen verspotteten. Einmal hatten sie ihm sogar einen alten, stinkenden Bückling in seine Schultasche gesteckt, hatte Karl-Heinz erzählt, so daß seine Schulhefte voll Fettflecken geworden waren. Und weiter berichtete Herr Krummholz, fast alle Kinder der Altstadt seien jetzt in einem Ferienwaldheim. Karl-Heinz hätte auch hingehen sollen, er habe sich aber geweigert. Er wollte seine Ferien lieber in den engen, übelriechenden Gassen zubringen.

»Aber warum nur?« wollte Petrina wissen. »Im Wald ist es doch viel schöner.«

Und der Vater erzählte, wie die großen Jungen Karl-Heinz immer plagten. Der Hauptgrund sei jedoch, daß er den ganzen Tag seine Mutter nicht sehen könne, wenn er ins Waldheim ginge. An ihr scheine er sehr zu hängen.

»Er ist ein wohlerzogener Junge«, fuhr der Vater fort. »Er kommt mir wirklich vor wie eine schöne zarte Blume zwischen Disteln, Abfall und Steinen. So müßt ihr die Zeichnung verstehen.

Es tut mir wirklich leid, ihn in den nächsten Wochen aus den Augen verlieren zu müssen. Ich habe es bisher nicht fertiggebracht, ihm das zu sagen. Er wird sehr betrübt sein. Ich weiß es gewiß, denn ich habe gestern mit seiner Mutter gesprochen.«

»Seine Mutter hast du auch kennengelernt?«

»Ja, weil gestern ein so schöner, klarer Tag war, blieb ich länger als sonst in der Altstadt. Plötzlich schlug es vom Kirchturm fünf.

›Jetzt kommt gleich meine Mutti‹, rief Karl-Heinz. ›Ich habe gar nicht gemerkt, daß es schon so spät ist. Sie wird sich wundern, daß ich sie heute nicht von der Fabrik abhole. Über dem Zeichnen, habe ich es ganz vergessen. Da kommt sie ja schon!‹ Er sprang auf und lief seiner Mutter, einer jungen, zierlichen Frau, mit ausgebreiteten Armen entgegen. ›Mutti, komm nur schnell, jetzt kannst du meinen Malerfreund kennenlernen!‹ Die Frau errötete verlegen und wehrte ab: ›Das darfst du doch nicht sagen.‹ Der Kleine sah mich ganz erschrocken an. Dann aber rechtfertigte er sich: ›Doch, er hat kleiner Freund zu mir gesagt.‹

Da sie nur zögernd näherkam, stand ich auf, ging ihr entgegen und sagte: ›Sie sind also die Mutter von meinem kleinen Freund. Ja, es stimmt, wir haben vor einigen Tagen Freundschaft geschlossen.‹

Sie reichte mir die Hand und sagte höflich: ›Ich bin Frau Bückling. Karl-Heinz erzählt mir schon seit einigen Tagen ganz beglückt von seiner Freundschaft mit Ihnen. Und eigentlich habe ich mir gewünscht, den Mann kennenzulernen, zu dem mein kleiner Junge schon nach so kurzer Zeit solches Zutrauen gefaßt hat. Er ist sonst sehr scheu. Es macht mir Kummer, daß er seinem Lehrer noch fremd gegenübersteht. Er gibt sich gewiß Mühe, Karl-Heinz zu verstehen. Er meint, mein Junge sei zu weich, zu zimperlich, kein richtiger Junge. Er solle mehr mit den anderen herumtollen und sich mit ihnen prügeln. Ich habe schon einigemale versucht, dem Lehrer klarzumachen, daß das nicht die Art meines Kindes ist. Aber er versteht mich nicht und Karl-Heinz vielleicht noch weniger. Wie sollte er auch.

Er hat fünfzig Buben in seiner Klasse und kann sich nicht um den einzelnen kümmern, wie es nötig wäre. Außerdem weiß er nicht, wie Karl-Heinz in schweren Tagen schon mein richtiger Freund gewesen ist, wie er mit mir gelitten und gebangt hat –‹

Hier hielt sie erschrocken inne und sagte: ›Du liebe Zeit, was müssen Sie von mir denken. Wir kennen uns nicht, und ich erzähle Ihnen wie ein geschwätziges Weib Dinge, die Sie gar nicht interessieren. Verzeihen Sie bitte.‹«

Als Herr Krummholz den Kindern von seiner Begegnung mit Frau Bückling erzählte, hatte seine Frau den Kugelschreiber aus der Hand gelegt, um ihrem Mann zuzuhören. Er fuhr fort:

»Ihr glaubt nicht, wie armselig und trostlos die Altstadt ist. Wenn ich daran denke, daß ein so zartes und empfindsames Kind wie der kleine Karl-Heinz dort aufwächst, dann überkommt mich tiefes Mitleid. Eine ganze Anzahl übler Spelunken gibt es dort. Am Vormittag schon grölen Betrunkene. Aus den Häusern hört man keifende Frauenstimmen und das klägliche Weinen der Kinder. Überlaute Radiomusik dringt auf die Straße. Halbwüchsige Burschen lungern an den Ecken herum. Und hier wächst Karl-Heinz auf – ein Blümchen im Schatten. Wenn ich mir vorstelle, daß er in den vielen Ferienwochen auf dieses Viertel angewiesen ist, dann tut mir das Herz weh.«

Eine ganze Weile war es still. Jeder war in Gedanken mit dem kleinen Jungen aus der Altstadt beschäftigt. Petrina sagte plötzlich: »Vati, könnten wir den kleinen Karl-Heinz nicht mit in die Schweiz nehmen?«

Die Eltern wechselten fragende Blicke.

Alexander stimmte Petrina sofort zu. »O ja, das wäre

schön. Dann hätte ich einen Spielkameraden. Und der Junge würde gewiß gerne mitgehen.«

Zuerst schien dies jedoch nicht der Fall zu sein. Freudig erzählte Herr Krummholz am anderen Tag seinem Freund, was der Familienrat beschlossen hatte. Karl-Heinz blickte ihn verständnislos an. Er schien nicht zu begreifen, was für ein Angebot ihm gemacht wurde.

»Wir möchten dich am Montag mit in die Schweiz nehmen. Hast du Lust?«

Kein Jubelgeschrei folgte, nicht einmal die leiseste Erwiderung. Der Junge fühlte, daß er Herrn Krummholz für sein gütiges Angebot danken sollte. Aber er vermochte es mit dem besten Willen nicht. Fest preßte er die Lippen zusammen, und seine Augen blickten noch betrübter als sonst. Stumm schüttelte er den Kopf.

»Du magst nicht?« fragte der Maler erstaunt. »Denke doch, du darfst eine herrliche Autofahrt machen. In die Schweiz fahren wir. Du hast doch schon von diesem wunderschönen Land gehört, oder nicht? Dort gibt es Berge, deren Gipfel auch im heißesten Sommer mit Schnee bedeckt sind.«

Karl-Heinz schüttelte aufs neue den Kopf.

Herr Krummholz konnte sich das Verhalten des Jungen nicht erklären. Er war doch sonst so zutraulich zu ihm. »Du willst also wirklich nicht mit?«

Endlich schien Karl-Heinz die Sprache wiedergefunden zu haben. »Ich kann doch nicht«, stammelte er. Er wurde über und über rot, und seine Augen füllten sich mit Tränen. »Sonst ist meine Mutti ganz allein, wenn sie abends von der Arbeit kommt.«

»Du bist ein guter Junge«, sagte der Maler bewegt und zog seinen kleinen Freund an sich. Dann nahm er ein Blatt Papier aus seiner Mappe, schrieb einige Zeilen darauf, steckte es in einen Umschlag und gab ihn dem Kind.

»Bring diesen Brief deiner Mutter, Karl-Heinz. Morgen, also am Samstag, komme ich und hole sie und dich in unser Häuschen. Oder arbeitet deine Mutter morgen?«

Karl-Heinz schüttelte stumm den Kopf und nahm den Brief. Sein Gesicht war noch immer traurig.

Herr Krummholz strich ihm übers Haar. »Es wird schon alles recht werden, mein Junge. Hab nur keine Sorge.«

Karl-Heinz ging, um seine Mutter abzuholen. Als sie auf dem Weg nach Hause waren, merkte sie gleich, daß er etwas auf dem Herzen hatte. »Was ist denn mit dir, Kind?« fragte sie besorgt.

»Ich habe einen Brief für dich, und ich soll fort ohne dich, und, und –« Tränen kullerten ihm über die Wangen. »Ich möchte schon, aber ich will dich nicht alleine lassen, falls, falls –« Er schluchzte kurz auf. Dann aber stieß er hervor: »Falls Vater doch wiederkommt und betrunken ist.«

Mitten auf der Gasse blieb Frau Bückling stehen und nahm ihren kleinen, unglücklichen Jungen in die Arme. »Was redest du denn für einen Unsinn. Wem sollte es einfallen und wer sollte das Recht haben, uns zu trennen. Nein, nein, mein Kind, wir bleiben beieinander.«

Zu Hause las sie den Brief immer wieder. Sie konnte es kaum glauben, daß ihrem Sohn eine so große Freude bevorstand. Natürlich sollte er mitfahren. Hatte sie nicht selbst auf den ersten Blick Zutrauen zu dem fremden Maler gefaßt? Aber sie kannte ihren Jungen. Er mußte Zeit haben, um sich an den Gedanken zu gewöhnen. Und wirklich, schon nach einer Weile kam er und fragte: »Wärst du sehr traurig, Mutti, wenn ich mit meinem Freund für kurze Zeit in die Schweiz fahren würde? Ich könnte ja nach zwei oder drei Tagen wieder zurückkommen.«

Da nahm Frau Bückling ihren Jungen auf den Schoß, strich ihm die Haare aus der Stirn und erwiderte: »Natürlich werde ich Heimweh nach dir haben, Karl-Heinz. Aber es wird nicht sehr schlimm werden, denn ich will daran denken, daß du so viel Schönes sehen und erleben und nachher mir alles erzählen wirst. Dann wird es geradeso sein, als wäre ich selbst dabeigewesen. Aber weißt du, zwei oder drei Tage sind zu wenig für eine so weite Reise. Du mußt dich schon auf ein paar Wochen einstellen.«

»Ach Mutti, dann bleibe ich lieber bei dir.«

Frau Bückling wußte, daß sie die Ängstlichkeit ihres Jungen nicht unterstützen durfte. Es war nicht gut für ihn, wenn er so unselbständig war. Einmal würde die Zeit der Trennung doch kommen. Und es war sicher besser, wenn er sich jetzt schon überwinden lernte. Lachend stellte sie ihn auf die Füße und sagte: »Ach was, du bist doch kein Baby mehr. Komm, sei mein vernünftiger großer Junge. Freue dich, daß du eine solche Gelegenheit hast. Denk einmal, wie die andern Kinder froh wären, wenn sie in die Schweiz reisen könnten. Glaube mir, es wird dir zum Schluß so gut gefallen, daß du gar nicht mehr nach Hause möchtest.«

»Aber Mutti«, entgegnete Karl-Heinz und blickte sie beinahe vorwurfsvoll an, »wie kannst du so etwas sagen.«

Am nächsten Tag holte Herr Krummholz mit seinen Kindern Frau Bückling und ihren Sohn ab. Alexander und Petrina taten, als kennten sie Karl-Heinz schon lange und plapperten lustig auf ihn ein.

»Was glaubst du, was wir in der Schweiz alles erleben werden«, sagte Alexander. »Wir fahren mit der Gondel auf die Engstligenalp. Die liegt beinahe zweitausend Meter hoch. Und auf die Schwanfeldspitze können wir mit dem Sessellift. Dann sind wir fast in den Wolken.«

Petrina merkte gleich, daß diese Aussichten nichts Verlockendes für Karl-Heinz hatten. Seine Augen blickten ängstlich. »Du brauchst dich nicht zu fürchten«, beruhigte sie ihn. »Du bist ja nicht allein. Und Vati unternimmt nichts mit uns, was gefährlich wäre.«

Es dauerte nicht lange, und Herr Krummholz hielt vor seinem Haus. »Wie schön ist es hier«, sagte Frau Bückling bewundernd. »Sieh nur, Karl-Heinz, die vielen herrlichen Blumen rings um den Rasen.«

Karl-Heinz vermochte jedoch nichts zu erwidern. Es gab so vieles für ihn zu bestaunen. Schön wie im Märchen schien ihm das Leben hier zu sein.

Frau Krummholz hatte auf der Terrasse den Kaffeetisch gedeckt. Wenn sie hohen Besuch erwartet hätte, würde sie ihn nicht schöner und festlicher gedeckt haben können. Frau Bückling konnte es nicht fassen, daß all dies für sie sein sollte. Aber bald saßen sie beieinander, als wären sie alte Freunde.

Petrina wollte Karl-Heinz immer noch einmal mit Obstkuchen und Schlagsahne versorgen. Aber Frau Bückling wehrte dankend: »Es wird zu viel für ihn. Er ist es nicht gewohnt.«

»Nun zeigt eurem neuen Freund den Garten und das Schwimmbassin«, schlug Frau Krummholz vor.

»Dürfen wir baden?« fragte Alexander. Er wollte gerne seine Schwimmkünste vorführen.

Die Mutter erlaubte es. »Aber seid nicht zu wild. Nicht daß Karl-Heinz Angst bekommt.«

Karl-Heinz warf seiner Mutter einen flehenden Blick zu und schüttelte den Kopf.

»Du mußt nicht, wenn du nicht willst«, sagte Frau Krummholz einsichtig. Frau Bückling erklärte daraufhin, daß ihr Junge im Schwimmbad einmal von größeren Schülern ins Wasser geworfen worden sei und beinahe ertrunken wäre. Nun könne sie ihn nicht mehr bewegen, zum Baden zu gehen.

»Armer kleiner Kerl«, sagte Frau Krummholz mitfühlend. »Was hat er nur schon für böse Erfahrungen gemacht.«

Es wurde ein schöner Nachmittag, den auch Frau Bückling nicht so schnell vergaß und an dem Herr und Frau Krummholz auch erfuhren, daß Frau Bückling von ihrem Mann, einem Trinker, verlassen worden war.

Und dann kam der Tag der Abreise. Schon früh am Morgen, noch bevor Frau Bückling zur Arbeit ging, stand der Opel Kapitän von Herrn Krummholz in der engen Gasse vor dem alten, verwahrlosten Haus. Struppige Köpfe und ungewaschene Gesichter drückten sich an die Fensterscheiben. Wie kam der Bückling zu der Freundschaft mit dem Maler?

Die Kinder trafen sich erst um sieben Uhr morgens an einem bestimmten Platz, von wo sie ein Bus zum Waldheim brachte. Jetzt umringten sie das Auto und sparten nicht an neidvollen, höhnischen oder bewundernden Bemerkungen.

»Mensch, so ein Wagen.«

»Das ist Klasse.«

»Ach Quatsch, das ist nichts anderes als ein Fischkutter, sonst würde doch der Bückling nicht darin befördert werden.«

»Du bist bloß neidisch, weil du nicht an seiner Stelle bist.«

»Also ich muß schon sagen, der Bückling ist ein Glückspilz.«

Inzwischen war Frau Bückling mit Karl-Heinz an der Hand die schmale und steile Treppe heruntergekommen. Tapfer beherrschte sie sich. Sie durfte ihrem Jungen nicht zeigen, wie schwer ihr der Abschied fiel. Es war das erste Mal, daß sie sich für länger als einige Stunden von ihm trennte. Nun aber war eine Trennung von vier Wochen vorgesehen. Suchend blickte Karl-Heinz seiner Mutter ins

Gesicht. Würde sie weinen? Heiß stiegen ihm selbst die Tränen in die Augen.

»Bist du traurig, Mutti?« fragte er besorgt.

Sie schüttelte den Kopf. »Ich freue mich für dich, mein Junge. Du wirst mir viel zu erzählen haben. Und du schreibst mir doch, nicht wahr?«

»Ja, jeden Tag. Schreibst du mir auch?«

»Aber natürlich.«

Bald darauf setzte sich das Auto in Bewegung. Frau Bückling blieb stehen und blickte ihm nach, bis sie die kleine winkende Hand ihres Kindes durch ihre Tränen nicht mehr sehen konnte.

Karl-Heinz war eine Weile wie benommen. Wie im Traum kam ihm alles vor. Frohe Erwartung kämpfte in ihm mit heftigem Abschiedsschmerz. Er vermochte kein Wort zu erwidern, als Alexander auf ihn einredete. Petrina aber nahm behutsam seine Hand in die ihre und ließ ihn auf diese Weise fühlen, daß sie ihn und seinen Kummer verstand.

Bald aber stürmten so viele neue Eindrücke auf Karl-Heinz ein, daß der Gedanke an seine Mutter unwillkürlich in den Hintergrund trat.

Sie kamen nach Ulm. »Sieh, dort ist das Ulmer Münster«, belehrte ihn Alexander. »Es hat den höchsten Kirchturm der Erde. Wir waren mit Vater einmal oben. Winzig sehen die Menschen und Häuser von dort oben aus.«

Eine kurze Strecke fuhren sie an der Donau entlang. Obwohl es noch früh am Morgen war, waren schon einige Boote im Wasser. Alles war neu für Karl-Heinz. Und er konnte nicht begreifen, daß die beiden Kinder mit allem längst vertraut waren.

Noch vor dem Mittagessen erreichten sie Meersburg. Der Bodensee lag wie ein Spiegel vor ihnen im Sonnenschein. Einer blauen Glocke gleich spannte sich der Himmel über das Wasser, auf dem ein fröhliches Treiben herrschte. Vollbesetzte Dampfer fuhren vorüber. Auf einigen spielten Musikkapellen. Segelboote mit weißen und farbigen Segeln glitten lautlos einher. Und auch kleine Tretboote und Ruderboote fehlten nicht. Allein dieser Anblick schien Karl-Heinz zu einem herrlichen Ferienerlebnis zu genügen.

»Es wird noch viel schöner«, versprach Alexander, der mit Genugtuung das Staunen des Jungen feststellte.

Ängstlich umfaßte Karl-Heinz Petrinas Hand, als sich Herr Krummholz in eine Autoschlange eingliederte, die auf eine wartende Fähre fuhr.

Für seine Begriffe war sie ein riesengroßes Schiff, wurden darauf doch mehr als zwanzig Autos über den See nach Konstanz befördert.

»Komm, wir steigen aus«, sagte Alexander, als sich die Fähre in Bewegung setzte.

»Aber doch nicht hier auf dem Wasser?« fragte Karl-Heinz und wurde bleich.

»Aber natürlich hier auf dem Wasser«, erwiderte Alexander fast ein wenig erhaben. »Du siehst doch, andere tun es auch.«

Hilflos blickte Karl-Heinz Petrina an. Ihre ruhige Art flößte ihm Sicherheit ein.

»Hab keine Angst«, sagte sie ermunternd und nickte ihm zu. »Wir steigen nicht ins Wasser, sondern bleiben auf der Fähre. Schau, Mama steigt auch aus.«

»Möchtet ihr die Möwen füttern?« fragte Frau Krummholz und nahm eine Tüte mit trockenem Brot aus ihrer Tasche. Nicht einmal die Möwen hatte sie bei ihren Reisevorbereitungen vergessen.

Die Kinder warfen Brotbrocken in die Luft. Und Karl-Heinz lachte hell auf, als die das Schiff begleitenden Möwen in kunstvollem Flug die Stückchen auffingen. »Seht

77

doch, seht doch«, rief er begeistert. »Wie geschickt sie sind!«

Alexander warf lässig sein letztes Stück Brot in die Luft und sagte: »Das haben wir schon oft erlebt.«

Petrina aber ging freundlich auf die Begeisterung des Jungen ein. »Ja, es ist immer wieder schön. Wie doch der liebe Gott alles so richtig eingeteilt hat. Jedes Tier findet sein Futter auf irgendeine Art.«

Karl-Heinz schaute Petrina nachdenklich an. Ob er es auch dem lieben Gott zu verdanken hatte, daß er diese schöne Reise machen durfte?

Nur zu schnell näherte sich die Fahrt über den Bodensee ihrem Ende. Karl-Heinz hatte seine Angst überwunden und ging mit den beiden Geschwistern auf dem Schiff umher. In Konstanz verließ das Auto die Fähre.

»Wir wollen zu Mittag essen, bevor wir über die Grenze fahren«, sagte Herr Krummholz.

»O ja«, riefen Petrina und Alexander, »bekommen wir ein Schnitzel?«

Aber es war nicht leicht, in einem Lokal Platz zu finden. Alles schien besetzt zu sein. Endlich entdeckten sie nahe an der Landesgrenze eine Gaststätte, in der noch einige Tische frei waren.

Mit ihnen trat ein Ehepaar mit einem Jungen und einem Mädchen ein. Der Junge mochte etwa zwölf Jahre alt sein. Das Mädchen schien der Größe nach älter. Die Mutter führte es jedoch wie ein kleines Kind an der Hand. Und es benahm sich auch wie eine Vier- oder Fünfjährige.

Alexander war mit wenigen Schritten an einem Tisch, um ihn für seine Familie freizuhalten. Im gleichen Augenblick trat von der anderen Seite der fremde Junge hinzu. Besitzergreifend legte er seinen Arm auf den Tisch und sagte in unverkennbarem Dialekt: »Wat denn? Det is unser Tisch.«

Alexander sah ihn empört an. »Nein, ich war zuerst hier.«

»Stimmt ja jarnich. Mach bloß, det de abhaust. Sonst verpaß ick dir noch eene. Der Tisch jehört uns.«

Es wäre wohl noch eine ganze Weile so fortgegangen, wenn Herr Krummholz nicht eingegriffen hätte. »Alexander, komm her. Hier ist auch ein freier Tisch.«

»Aber ich war doch zuerst –«, wollte er aufbegehren. Doch ein Blick in das Gesicht seines Vaters belehrte ihn, daß er ohne Widerspruch zu gehorchen hatte.

»Lohnt es sich wirklich, deswegen einen Streit anzufangen?« fragte Herr Krummholz und setzte sich.

»Aber wenn ich doch im Recht war!«

»Komm, sei nicht kleinlich. Im übrigen wollen wir uns hier nicht lange aufhalten. Wir haben noch eine weite Fahrt vor uns.«

Dann gab es wirklich Wiener Schnitzel. Und alle ließen es sich schmecken.

Bald fuhren sie wieder weiter.

»Schau, Karl-Heinz«, sagte Alexander, »hier hört Deutschland auf, und gleich dahinter beginnt die Schweiz.« Der Kleine blickte ängstlich drein, als die Zollbeamten an den Wagen traten und nach den Pässen fragten. »Sind das Polizisten?« wollte er wissen. In seinem Viertel zu Hause waren Polizisten nicht beliebt.

»Nein, das sind Zollbeamte«, erklärte Petrina. »Sie tun dir nichts.« Wenige Meter weiter traten die schweizerischen Beamten grüßend an den Wagen.

»Grüetzi wohl, hend Sie ebbis zu verzolle?«

»Nein, wir haben nichts zu verzollen.«

Die Beamten legten die Hand an die Mütze, Herr Krummholz konnte weiterfahren.

»Was wollten sie?« fragte Karl-Heinz. Noch immer stand Angst in seinen Augen.

»Sie wollten wissen, ob wir etwas Unerlaubtes bei uns haben«, antwortete Alexander. Er war sichtlich stolz, den Kleinen belehren zu können.

Karl-Heinz blickte scheu durchs Fenster. »Aber warum ist denn hier die Schweiz? Die Menschen und die Häuser und die Gärten, alles sieht doch aus, wie bei uns auch.«

Alexander lachte schallend los. »Was hast du dir denn eingebildet? Dachtest du, wir kämen zu den Kaffern? Oder die Pferde hätten hier die Schwänze an der Nase?«

»Nicht doch«, tadelte ihn seine Mutter. »Du darfst ihn nicht auslachen. Er war noch nie weg von zu Hause.«

»Aber in Adelboden ist es schon anders«, erklärte Petrina freundlich. »Dort sind hohe Berge. Der Schnee darauf schmilzt nie. Und gewaltige Wasserfälle donnern über steile Felswände. Aber du mußt keine Angst haben.« Sie wiederholte: »Vati geht mit uns nirgends hin, wo es gefährlich sein könnte.«

In diesem Augenblick überholte sie mit gewiß 120 Stundenkilometern ein großer roter Wagen, ein Opel Admiral. Aus einem der Fenster blickte schadenfroh der Berliner Junge aus dem Gasthaus und streckte die Zunge heraus.

»So ein frecher Kerl«, riefen Alexander und Petrina empört.

Um sechs Uhr am Abend kamen sie in Adelboden an. Karl-Heinz vermochte schon eine ganze Weile kein Wort mehr zu sagen. So viel Schönes hatte er noch nie gesehen. Gewaltige Berge standen um Adelboden. Der Schnee darauf glänzte unbeschreiblich in der Augustsonne.

Bald ging ein fröhliches Schleppen los. Hin und her ging es das kurze Stück bis zum Bauernhaus. Körbe, Taschen, Reisedecken, Lebensmittel, Spielzeug, Bücher – es wollte fast kein Ende nehmen. Aber die Kinder unterhielten sich bei diesem Trägerdienst mit allerlei Späßen. Besonders gern ließen sie ihre Traglasten den Wiesenhang hinunterkullern, um dann eifrig hinterherzukugeln.

Nach einer halben Stunde wurde das letzte Stück ins Haus getragen. Staunend stand Karl-Heinz in der niederen Küche und blickte sich um. Alle Wände waren aus Holz. Alt und verwittert sah es aus.

Eine Stunde, nachdem die Kinder gegessen hatten, lagen sie in ihren Betten. Herr und Frau Krummholz traten noch einmal ins Freie. Ein klarer, sternenreicher Himmel wölbte sich über ihnen. Still standen die schwarzen Tannen wie ein Schutzwall ums Haus. Ihre Umrisse hoben sich scharf gegen den Nachthimmel ab. Leise drang das Geläute von Kuhglocken herüber. Frau Krummholz atmete tief ein. »Wie ich das alles liebe«, sagte sie und schmiegte sich an ihren Mann. Sie hatten dieses Haus schon öfter gemietet.

Karl-Heinz tummelte sich mit Alexander und Petrina von morgens bis abends draußen herum. Wenn sie nicht mit dem Wagen unterwegs waren oder eine Bergtour machten, liefen sie barfuß und nur mit Hemd und Hose bekleidet herum.

Schon nach wenigen Tagen bekam Karl-Heinz runde Bäckchen und eine frische Gesichtsfarbe. Frau Krummholz freute sich darüber.

Wie gut, daß sie das Kind aus den Gassen der Altstadt hierher mitgenommen hatten. Es entwickelte einen gesunden Hunger und aß herzhaft.

Es war in der zweiten Woche ihres Aufenthaltes. Für den nächsten Tag war eine größere Tour geplant. Frau Krummholz brauchte noch einige Eßwaren. Und da man zu den Läden im Dorf Adelboden drei Viertelstunden gehen mußte, wollte Herr Krummholz seine Frau hinfahren.

»Dürfen wir mit?« baten die Kinder. »Bitte, Vati, nimm uns mit. Im Ort sind so schöne Geschäfte.«

»Meinetwegen«, sagte Herr Krummholz. »Macht euch aber schnell fertig.«

»Können wir denn nicht so gehen?«

»Wo denkt ihr denn hin! Dort oben gehen die Leute aus den Hotels spazieren. Dann könnt ihr nicht barfuß und in abgetragenen Sachen herumlaufen. Wenn ihr mitwollt, müßt ihr euch schnell umziehen.«

Das paßte den Kindern nicht. Aber die Schaufenster in der Geschäftsstraße von Adelboden lockten. Und in wenigen Minuten standen sie umgezogen vor dem Haus.

Dann waren sie oben in dem wunderschönen Kurort Adelboden. »Dürfen wir die Geschäfte ansehen, während ihr einkauft?« fragte Alexander.

»Ja, aber gebt gut auf Karl-Heinz acht. Er findet noch nicht allein zurück. In einer Stunde erwarten wir euch hier vor der Kirche am Parkplatz.«

Herrlich, was es da alles zu sehen gab! Die Kinder wandten sich gerade vom Schaufenster eines großen Papier- und Schreibwarengeschäftes ab, das auch Spielwaren ausgestellt hatte, als Petrina plötzlich rief: »Der Berliner Wagen!« Sie gab dabei ihrem Bruder einen Stoß, daß er beinahe auf die Fahrbahn gestürzt wäre.

»Paß doch auf!« fuhr er sie an. Aber im nächsten Augenblick entdeckte auch er das Auto. »Hab' ich's nicht gesagt«, stieß er hervor. »Den frechen Kerl bekomme ich doch noch.«

Da öffnete sich die Tür des Hotels, und der Berliner Junge stürzte über die Straße auf sie zu und tat, als hätte er langvermißte Freunde entdeckt. Sprachlos blieben die Kinder stehen, sie wußten nicht, wie ihnen geschah. Aber der Junge sprudelte los: »Mensch, det is knorke, det ick euch treffe. Ick hatte euch vamißt. Nischt is los in Adelboden, aber ooch janichts. Eene fade Jeschichte. Meen Oller hat et ooch schon jesacht. Nich mal een richtijes Kasino mit'm Spielsaal. Meene Olle hat sich aba nunmal in'n Kopp jesetzt, mit meene kleene Schwesta hia o'm in Ferien zu blei'm. Wat se sich vor'n Vajnüjen bei vorstellt, vasteh ick nich. Wohnt ihr ooch in'n Hotel in Adelboden? Könn'n wa uns nich treffen? Mensch, det wär dufte. Warum sacht ihr denn nischt?«

Alexander faßte sich als erster.

»Erstens wissen wir nicht, wann wir mit dir Freundschaft geschlossen haben sollen. Wir wissen nicht einmal, wie du heißt. Zweitens haben wir noch nicht vergessen, daß du uns beim Vorbeifahren die Zunge herausgestreckt hast.«

»Mensch, da war ick besoffen«, verteidigte sich der Berliner. Das konnte er jedoch nicht ernst meinen, denn diese Redewendung gebrauchte er oft.

Alexander ließ sich nicht unterbrechen. »Außerdem verstehen wir nur die Hälfte von dem, was du sagst. Du mußt dich gefälligst schon ein wenig deutlicher ausdrükken.«

»Wa?« fuhr der Berliner hoch. »Seid ihr denn leicht bekloppt, det ihr mich nich vasteht! Ick rede doch nich spanisch.«

»Aber auch nicht deutsch«, fiel Petrina ein. »Wen hast du denn zum Beispiel gemeint, als du von deinem Ollen und von deiner Ollen sprachst?«

»Na, Mensch, det is doch meen Vater und meene Mutter.«

»Aber hör mal, so redet man doch nicht von seinen Eltern.«

»Da war ick e'm ooch besoffen. Aber quatschen wa jetz keen Salm. Wo und wann kann ick euch treffen? Kann ick jleich morjen früh komm'n?«

»Nein, morgen nicht. Da machen wir eine Bergtour.«
»Bergtour? Quatsch, wofür hat man denn'n Wajen?«

»Mit dem Wagen kommst du nicht auf die Schwanfeldspitze.«

»Daruff vazichten wa. Ohne Wajen bewejen wa uns nich mehr vorwärts.«

»Wie heißt du übrigens?« wollte Alexander wissen.

»Kräse, Benno Kräse. Und ihr?«

»Ich heiße Petrina Krummholz und mein Bruder Alexander.«

»Krummholz? Ha, ha. Krummet Holz. So seht'a jrade aus.«

»Du, werde nich frech.« Alexander trat einen Schritt näher an ihn heran. »Alex!« warnte Petrina. Sie hatte Angst, es könnte zwischen den beiden zu einer Schlägerei kommen. Aber Benno schien es mit ihnen nicht verderben zu wollen.

»Mensch, ick wollte dir doch nich beleidjen«, sagte er zu Alexander. »Vastehste denn keen Spaaß? Zu mich kannste ooch Käse sajen, wenn de willst. Ick mach ma nischt draus.«

Karl-Heinz griff nach Petrinas Hand. »Komm, wir gehen, sonst fragt er noch nach meinem Namen.« Er wußte, daß der Junge ihn nicht schonen würde.

Doch da sahen sie Herrn Krummholz mit seiner Frau aus einem Geschäft kommen und zum Parkplatz gehen. »Wir müssen gehen, unsere Eltern kommen«, sagte Alexander zu Benno. Dieser versetzte ihm einen kameradschaftlichen Schlag, daß er beinahe in die Knie ging, und sagte: »Also bis übermorjen.«

Die drei rannten los, um die unerhörte Neuigkeit den verdutzten Eltern mitzuteilen. Einer überschrie den andern. Und selbst der kleine Karl-Heinz machte mit.

»Kräse heißt er. Benno Kräse.«

»Und wenn er von seinen Eltern spricht, sagt er ›meene Olle‹ und ›meen Oller‹.«

»Und Adelboden sei ein fades Nest«, hat er gesagt. »Stellt euch das vor.«

»Und er möchte Freundschaft mit uns schließen. Und übermorgen will er uns besuchen. Hoffentlich findet er uns nicht.«

»Er wäre am liebsten schon morgen gekommen. Aber da haben wir wegen der Bergtour nein gesagt.«

Jetzt erst gelang es Herrn Krummholz, zu Wort zu kommen.

»Ich bin nicht damit einverstanden, daß dieser ungezogene Lümmel sich an uns hängt und unsere Ruhe stört.«

»Ach, das wird er sicher nicht tun. Lassen wir es an uns herankommen. Und wer weiß, vielleicht haben wir an ihm auch einen Auftrag zu erfüllen«, sagte Frau Krummholz.

Nun mußte Herr Krummholz lachen, aber es war ein gutes Lachen. »O Mutti, du bleibst doch immer die gleiche. Hast du nicht genug Aufträge zu erfüllen?«

»Du weißt, ich glaube nicht an Zufälle.«

Der Tag versprach schön zu werden. Früh am Morgen zogen sie los. Jeder hatte feste Stiefel an und trug im Rucksack Wollsachen, den Anorak oder Regenmantel.

Karl-Heinz marschierte feste mit. Die beiden Jungen waren den andern meistens ein Stück voraus. Alexander drängte immer wieder: »Kommt doch, kommt doch, ihr geht so langsam. Auf diese Weise kommen wir nicht ans Ziel.«

Doch der Vater war anderer Ansicht. »Du irrst dich, Alex. Wenn du von Anfang an so schnell gehst, bist du nach kurzer Zeit müde. Beim Bergsteigen muß man gleichmäßig gehen, nicht zu schnell und nicht zu langsam.«

Bei Petrina war es genau das Gegenteil. Sie mußte immer wieder stehenbleiben. Hier lockte eine Blume zum

Pflücken, dort saß ein schön gestreifter Bergsalamander auf einem Stein und sonnte sich. Dann mußte sie schnell die Hand in ein Bächlein tauchen. Und schließlich gab es Walderdbeeren zu pflücken.

»Trina«, rief Frau Krummholz. »Du darfst nicht immer zurückbleiben, sonst kommen wir nicht voran. Pflücke die Blumen auf dem Rückweg. Sie werden dir doch in den Händen welk.«

Der Vater hatte recht gehabt. Bereits nach einer Stunde blieb Alexander schwer atmend stehen und wischte sich den Schweiß von der Stirn. »Uh, ich kann nicht mehr. Können wir nicht Pause machen und etwas essen? Ich bin so schlapp.«

»Was?« erwiderte sein Vater lachend, »du kannst jetzt schon nicht mehr? Wie willst du dann auf fast zweitausend Meter kommen? Wir haben noch beinahe drei Stunden zu steigen. Die erste Rast machen wir nicht vor einer weiteren Stunde. Du siehst, Alex, ich habe recht gehabt. Wer langsam geht, kommt auch ans Ziel. Ich will nicht sagen, wir müßten langsam gehen. Auf alle Fälle aber gleichmäßiger, als du es bisher getan hast.«

Es war erstaunlich, wie leichtfüßig Karl-Heinz vorwärtskam. Wie ein Geißlein sprang er einmal hierhin und einmal dorthin. Immer wieder rief er begeistert aus. »Wie schön ist es hier oben. Ich habe nicht gewußt, daß es irgendwo so schön sein kann.«

Schließlich gab Herr Krummholz das Zeichen zur Rast. Er nahm seinen Rucksack und zauberte allerlei Überraschungen daraus hervor. Von Brot, Butter und Käse hatten die Kinder gewußt. Aber nun gab es Schokolade, Pfirsiche, Äpfel und warmen Tee.

Endlich hatten sie das Ziel erreicht. Schweigend genossen sie den unbeschreiblichen Blick. Doch nach kurzer Zeit forderten die Kinder Herrn Krummholz zum Kampf auf ein nahe gelegenes Schneefeld. Ihr Lachen schallte weit hinunter ins Tal.

Die Mutter drängte jedoch zum Aufbruch, denn das Schneefeld reichte bis zu einem tiefen Felsabsturz.

Zu bald für die Kinder begann der Abstieg. Müde aber glücklich über diesen erlebnisreichen Tag sanken die drei in ihre Betten.

Am nächsten Morgen saßen die Eltern allein am Kaffeetisch auf der Terrasse. Die Kinder waren noch nicht erwacht. »Wir wollen sie ausschlafen lassen«, sagte Frau Krummholz. »Der gestrige Tag hat sie sehr angestrengt. Die Bergtour war für alle drei eine Leistung, besonders jedoch für Karl-Heinz. Aber er war glücklich wie wohl noch nie in seinem Leben.«

Sie konnten den Wiesenweg vom Haus bis zum Auto überblicken. Plötzlich sahen sie einen Jungen an ihrem Wagen herumhantieren. Er untersuchte die Fenster, die Türen und versuchte schließlich auch, den Kofferraum zu öffnen. Es gelang ihm nicht, denn Herr Krummholz hatte sein Auto vorschriftsmäßig verschlossen. Aber der Maler hatte bereits genug. Er stand auf und pfiff gellend durch die Finger. Der Junge schien sofort zu begreifen, daß er gemeint war. Anstatt jedoch zu verschwinden, lief er in großen Sprüngen in Richtung Eggetli. So hieß das Grundstück, auf dem das alte Bauernhaus stand. Als er Herrn und Frau Krummholz auf der Terrasse sitzen sah, schwenkte er die Arme wie zum Gruß und lachte über das ganze Gesicht.

»Ilse«, sagte Herr Krummholz zu seiner Frau, »mir schwant nichts Gutes. Dieser Autoschnüffler kann niemand anders sein als der Berliner. Aber ich habe nicht vor, mir diese stille Morgenstunde stören zu lassen.«

»Warte doch erst einmal ab«, versuchte seine Frau einzulenken. »Noch wissen wir nicht, ob er es ist. Der Kleidung nach sieht er allerdings nicht wie ein Einbrecher aus.«

Inzwischen hatte Benno das Haus erreicht. Sekunden später stand er vor Herrn und Frau Krummholz und sprach sie ohne Scheu an: »Morjen. Jehört der helle Kapitän da unten ihn'n?«

»Ja, das ist unser Wagen«, erwiderte Herr Krummholz zurückhaltend.

»Mensch, det ha ick mir jedacht«, frohlockte der Junge. »Denn bin ick an'n recht'n Orte. Denn sin'Se de Eltern von meene Freunde.«

»Deine Freunde? Möchtest du dich uns nicht vorstellen? Wer bist du? Woher kommst du? Und was möchtest du hier?«

»Ha, ha«, lachte er, »det is ja jeradezu spannend, wie bei'n Verhör bei der Kripo. Leider ha ick keen Personalausweis mitjebracht. Aba valleicht jenüjen Ihn'n ooch meene mündlichen Anjaben. Also, ick heeße Benno Kräse und komme aus Balin. Im Ojenblick wohn'n wa da oben in Hotel Harry, und ick bin mit Ihre Kinda vaabredet. Die awarten mir heute.«

Er hatte sich ungeniert und ohne Aufforderung gesetzt und sah prüfend über den Tisch. Es war unschwer zu erkennen, daß er eine Einladung zum Kaffee nicht abschlagen würde. Daß Herr Krummholz über seinen Besuch nicht gerade erfreut war, schien er nicht zu bemerken.

Deswegen begann der unfreiwillige Gastgeber ihm vorzuhalten: »Es ist nicht üblich, zu so früher Morgenstunde einen Besuch zu machen. Wissen überhaupt deine Eltern, daß du hier bist?«

»Nee, Mensch, die stehn'n doch nie so früh uff.«

»Sag einmal, redest du Erwachsene immer mit Mensch an? Wenn du schon hier bist, dann benimm dich anständig.«

Nun blickte Benno Herrn Krummholz doch erschrocken an und verteidigte sich. »Wat denn, wat ha ick denn jetan? Ick wollte mir doch nich schlechte benehmen.«

Frau Krummholz fand den rechten Ton. »Hast du heute schon etwas gegessen?«

»Nee, vor zehn jibts bei uns in de Ferien nischt.«

»Würdest du das noch einmal sagen, aber so, daß wir es verstehen können?« sagte sie freundlich.

Und Benno setzte noch einmal an. Vielleicht ließ ihn der Gedanke an ein Frühstück gehorchen. »Nein, vor zehn Uhr gibt es bei uns nichts zu essen, wenn wir in Ferien sind.«

»Na, siehst du«, sagte Frau Krummholz anerkennend, »das klingt doch viel schöner. Und ich hole dir schnell ein Gedeck, dann trinkst du mit uns Kaffee. Oder magst du lieber Milch? Die ist hier in den Bergen ganz besonders gut.«

»Nee, ick? Nein, ich bin doch kein Säugling.«

Kopfschüttelnd sah Herr Krummholz den ungebetenen Gast an. Er schien sich einnisten zu wollen. Aber so ohne weiteres wollte er dieses Bürschchen als Spielkamerad der Kinder nicht bestätigen. Er reichte ihm Brot, Butter und sagte: »Komm, greif zu. Wenn du satt bist, möchte ich dir einige Fragen stellen.«

»Also doch polizeiliches Verhör«, sagte Benno grinsend und fuhr mit vollem Munde fort: »Nun schießen Se mal los. Wat wolln Se noch von mich wissen?«

»Vor allem möchte ich dich bitten, anständig mit mir zu sprechen. Ich habe nicht mit dir auf der Schulbank gesessen. Und meine Frau hat recht, rede so, daß man dich verstehen kann. Du mußt doch auch in der Schule ein vernünftiges Deutsch sprechen, oder nicht?«

Der Junge hatte den Mund so voll gestopft, daß er kein Wort hervorgebracht hätte, ohne daß es zu einer Katastrophe gekommen wäre. Er nickte nur zustimmend mit dem Kopf. Während er mit Hingebung weiter aß, sah er sich wieder suchend um.

»Unsere Kinder schlafen heute noch«, erklärte Frau Krummholz. »Wir haben gestern eine anstrengende Bergtour gemacht. Sie waren sehr müde.«

Endlich schien Benno Kräse satt zu sein. Er versenkte die Hände in die Taschen, streckte die Beine von sich und verkündete: »So, jetzt kann et losjehn.«

»Ja, Benno«, begann Herr Krummholz, »zuerst möchte ich wissen, ob deine Eltern eine Ahnung haben, daß du hier bist.«

»Nee, nein. Die penn'n. Ich meine, die schlafen noch.«

»Aber du kannst doch nicht ohne ihr Wissen zu fremden Leuten gehen. Außerdem ist es ein ganzes Stück von Adelboden zum Eggetli. Deine Eltern ängstigen sich um dich.«

»Nee, die ängst'jen sich nie um mir. Ick meene, die haben keene Angst um mir.« Er gab sich merklich Mühe, richtig zu sprechen, aber es fiel ihm ungeheuer schwer. »Ick, ich bin in Balin, Berlin oft stundenlang weg, ohne det sie wissen, wo ick bin. Und denn sin' Se doch keene Fremde. Wa sin uns doch in Konstanz in die Kneipe bejegnet.«

»Du meinst, in dem Gasthaus. Eine Kneipe war es bestimmt nicht.«

»In Balin sajen wa so.«

»Also, Benno, ich fürchte, wir können nicht weiter miteinander verhandeln, wenn du nicht anständig sprichst. Unsere Kinder verstehen gewiß nur die Hälfte von dem, was du sagst.«

»Doch, bestimmt, die vasteh'n mir.«

»Mich, heißt das.«

»Wann kommen'se denn endlich?« Er blickte sich suchend um. »Kann ick se denn nich wecken jeh'n?«

»Auf keinen Fall.«

»Na, dann jehn Se doch rin zu se.«

»Wie bitte?«

»Ick meene, ich meine, gehen Sie doch zu ihnen und sagen Sie, ihr Freund aus Berlin sei da.«

»Siehst du, wie gut du es kannst, wenn du willst«, lobte ihn Frau Krummholz.

»Aber det, aber das ist schwer«, stöhnte Benno.

»Und außerdem bin ich nicht ganz sicher«, fuhr Herr Krummholz fort, »daß unsere Kinder dich Freund nennen. Du hast dich wenig freundschaftlich benommen, als ihr an uns vorbeifuhrt. Ich meine mich zu erinnern, daß ein Junge uns die Zunge herausstreckte.«

»Mensch, da war ick besoffen. Äh, Verzeihung, da, da, ach ick weeß, ich weiß nicht. Da hab' ich mir nischt bei jedacht. Inzwischen haben wir schon Freundschaft geschlossen.«

»So, wann denn?«

»Na, vorjestern, als ick 'se uff de Straße jeseh'n habe.«

Nun mußte Herr Krummholz wirklich lachen über die vergeblichen Versuche des Jungen, richtig zu sprechen. Immerhin bemühte er sich.

»Also, hör einmal, Benno, wenn du unsere Kinder hin und wieder besuchen willst und dich anständig benehmen kannst, dann wollen wir nichts dagegen haben. Aber zuvor möchte ich deinen Vater kennenlernen und hören, was er dazu meint.«

»Mensch. Entschuldjen Sie, Herr, wie heeßen Se doch? Ick ha et schon wieder vajessen.«

»Krummholz.«

»Also, Herr Krummholz, wo ick mir uffhalte, interessiert meen Papa nich in jeringsten. Den kann ick nich bewejen, wejen solche Bagatelle in et Eggetli zu kommen. Also denken Se sich wat Besseret aus.«

Herr Krummholz stand auf. »Es bleibt dabei, ich bitte deinen Vater, hierherzukommen. Es bedeutet keine Anstrengung für ihn. Er hat einen Wagen.« Er hielt Benno die Hand hin. »Auf Wiedersehen. Heute sind wir zu Hause. Nach der gestrigen Tour legen wir einen Ruhetag ein. Nun geh und besprich alles mit deinem Vater.«

Benno hat sich völlig verdutzt von seinem Stuhl erhoben und stotterte: »Aber, aber, Herr Krummbeen. Ick meene, ich meine, Herr Krummholz, lassen Se mir, lassen Sie mich doch wenigstens warten, bis Ihre Kinder –«

»Ich denke, du hast mich verstanden. Geh jetzt, mein Junge.«

Wie ein begossener Pudel zog er los. Frau Krummholz behauptete, er habe Tränen in den Augen gehabt.

»Das mag schon sein«, sagte ihr Mann, »aber wir können keinen wildfremden Jungen als Spielgefährten für die Kinder annehmen. Es ist schon eine große Verantwortung, Karl-Heinz bei uns zu haben. Und dieser Benno hat sehr viel Ähnlichkeit mit einer Klette. Haben wir erst einmal ja gesagt, bekommen wir ihn nicht mehr los.«

»Ich habe den Eindruck, daß er ein sehr armer, bedauernswerter Junge ist«, meinte Frau Krummholz.

»Nun ja, wir werden sehen. Sollte sich herausstellen, daß an ihm eine Aufgabe zu erfüllen ist, dann will ich dir gewiß nicht im Wege stehen. Ich höre Gelächter, ich glaube, die Kinder sind aufgewacht.«

Sie äußerten sich verschieden, als sie hörten, daß Benno dagewesen war.

»Der soll nur bleiben, wo er ist«, sagt Alexander.

»Ich fürchte mich vor ihm«, gab Karl-Heinz zu.

Und Petrina meinte: »Er ist ein armer Kerl, wenn sich niemand um ihn kümmert.«

Benno Kräse ließ sich an diesem Tag nicht mehr sehen.

Am nächsten Tag tauchte tatsächlich das rote Auto auf.

Alexander sah es als erster. Eigentlich wären sie um diese Zeit längst unterwegs gewesen. Aber Herr Krummholz hatte in der Nähe von Eggetli ein Motiv entdeckt, das ihn sehr reizte.

Seine Frau und die Kinder wußten längst, daß auch in den Ferien alles zurückgestellt würde, wenn der Vater zeichnete oder malte. Das machte den Kindern heute jedoch nicht viel aus, hatten sie doch die Hütte im Wald. Gestern hatten sie sie mit Hilfe ihres Vaters kunstvoll erstellt. Was hätte mehr locken können, als dort zu spielen? Auf dem Weg vom Haus zum Wäldchen entdeckte Alexander das Auto.

»Die Berliner!« schrie er und ließ vor Überraschung beinahe die Saftflasche mitsamt den Gläsern und der Keksdose fallen. Damit wollten sie die Einweihung der Hütte feiern.

»Wo, wo?« riefen Petrina und Karl-Heinz, die vor dem Hause im Gras saßen.

»Dort, dort«, antwortete er. Weil er beide Arme voll hatte, deutete er mit dem erhobenen Fuß. »Seht doch, neben unserem Wagen parkt es. Kommt, helft mir tragen, dann gehen wir in Deckung und beobachten sie von der Hütte aus.«

Schnell sprangen die beiden herzu. Und ehe Benno sie sehen konnte, verschwanden sie im Wäldchen und krochen in die Hütte. Ohne selbst gesehen zu werden, konnten sie nun alles weitere beobachten.

Benno sprang als erster aus dem Auto. Dann schob sich langsam sein Vater heraus.

»Der ist aber dick«, flüsterte Karl-Heinz.

»Wie ein Faß«, kicherte Alexander.

»Vielleicht ist er krank«, meinte Petrina.

»Der und krank!« spottete ihr Bruder.

Da Herr Kräse keinen Grund sah, leise zu sprechen,

konnten die Kinder Bruchstücke von dem Gespräch zwischen Vater und Sohn verstehen.

»Na hör ma«, schimpfte Herr Kräse, »in war for'ne abjelejene Jejend führste mir denn?«

»Ick find'et jedenfalls tausendmal scheener als da o'm in Orte.«

»Seit wenn biste denn for Romantik?«

»Wat heeßt Romantik? Vasteh ick nich. Jedenfalls jefällt et mich hia, und ick will mit die Kinda spiel'n.«

»Det kannste doch ooch, ohne dat' de mia in diese Wildnis schleppst.«

»Nee, eb'n nich. Wenn doch Herr Krummbeen, nee, Krummholz heeßt'a, valangt, daß de zu ihm jehst.«

»Ach, Quatsch. Uff so'ne Idee is noch keener jekomm'n.« Er blieb stehen und verschnaufte keuchend.

»Und steijen tut'et ooch noch. Wie kann man sich nua in'n Haus inquatian, wo man nich mit'n Wajen bis vor de Türe fahr'n kann. Mensch, det müss'n komische Jenossen sein.«

»Dem sag' ich aber jetzt die Meinung!« stieß Alexander wütend aus und wollte aufspringen. Petrina hielt ihn jedoch zurück.

»Mach doch keine Dummheiten. Vati und Mutti werden ihm schon das Nötige sagen.« Das schien ihn zu beruhigen.

Herr Kräse krakeelte weiter: »Wat, un in so'ne Bruchbude wohn'n die? Schein'n ärmliche Leute zu sein, wa!«

Nun hatte auch Frau Krummholz die beiden entdeckt. Sie kam aus dem Haus und ging ihnen einige Schritte entgegen. Freundlich sagte sie: »Das ist aber recht, Benno, daß du deinen Vater mitbringst.« Sie reichte Herrn Kräse und dem Jungen die Hand.

»Bitte, treten Sie ein.« Der große, schwere Mann mußte sich bücken, um ins Wohnzimmer zu kommen. Er sah sich kritisch um. Frau Krummholz bot ihnen Stühle an. Benno wollte sich jedoch nicht setzen.

»Wo sind denn die Kinder?« sagte er.

»Die werden im Wäldchen sein.«

»Wo? Ick jeh jleich hin.«

»Nein, Benno, es ist mir lieber, wenn du hier bist, während wir mit deinem Vater sprechen. Aber etwas anderes könntest du für mich tun. Du kennst doch meinen Mann?«

»Und ob ick den kenne.«

»Wenn du aus dem Haus kommst und links hinaufgehst, steht ungefähr nach fünfzig Metern eine alte Sennhütte. Die malt mein Mann. Bitte sag ihm, dein Vater sei da, und frage, ob er kommen könne. Er läßt sich gewöhnlich nicht gerne bei seiner Arbeit unterbrechen. Sollte er nicht weg können, dann kann ich das Nötigste mit deinem Vater besprechen.«

»Ich flitze schon«, rief Benno und sauste los. Herr Kräse streckte die Beine von sich und vergrub die Hände in den Taschen. Genauso hatte es vorgestern sein Sohn gemacht.

»Det is ja spannend«, sagte er. »Sie machen mir wirklich neujierich.«

»Herr Kräse«, erwiderte Frau Krummholz freundlich, »entschuldigen Sie bitte, wenn ich Ihnen das gleiche sagen muß, wie vorgestern Ihrem Sohn. Für uns ist es schwer, Ihren Dialekt zu verstehen. Könnten Sie sich nicht bemühen, Hochdeutsch zu reden?«

Herr Kräse lachte schallend los und schlug sich krachend auf die Schenkel.

»Det is jeradezu eene Belustjung. Aba jnädje Frau, ick wer' mir bemühn'n. Ick will wahrhaftich nicht bei Sie in Unjnade fall'n von wejen meene jeweenliche Umjangssprache. Ick seh ja schon, det Se'ne jebildete Frau sin. Wenn Se ooch in so'ne Bruchbude wohn'n.«

In diesem Augenblick kam Benno angerannt. Ohne anzuklopfen riß er die Tür auf und schrie ins Zimmer: »Er kommt, er is im Ojenblick zur Stelle.«

»O Benno«, sagte Frau Krummholz und hob mit gespielten Entsetzen die Hände. »Hast du ganz vergessen, was ich dir gesagt habe? Du willst doch sicher, daß wir uns verstehen?«

»Klar, Mensch, oh, entschuldigen Sie. Det, das war schon wieder falsch.«

Und wieder schlug sich Herr Kräse auf die Schenkel. »Also ick muß schon sajen, Bürschchen, wenn'de bei die Leute nischt lernst, denn is Hopfen und Malz mit dich valor'n. Aber da kommt der Herr Jemahl.«

Er stand auf und ging Herrn Krummholz entgegen. »Is mir een jroßes Vajnüjen. Kräse is meen Name. Großschlächtereibesitzer, Metzgereivatrieb en gros und en detail.«

Als sich die Herren gesetzt hatten, begann Herr Krummholz: »Aus folgendem Grund habe ich Sie zu mir gebeten, Herr Kräse: Ihr Sohn hat in Konstanz bereits die Bekanntschaft meiner Kinder gemacht. Sie erinnern sich, daß wir dort im gleichen Lokal saßen.«

»Nee, mit'n besten Will'n nich. Wat meenen Se, in wieviel Kneipen, Cafes und Hotels ick inzwischen jewesen bin. Da kann ick mir nich alle Menschen merken.«

»Das mag sein. Aber nun möchte Benno gerne öfter zu unseren Kindern kommen. Wir haben grundsätzlich nichts dagegen, wenn er dann und wann kommt.«

»Dann und wann?« wollte Benno aufbegehren. Er hielt es jedoch für geraten, noch zu schweigen und abzuwarten, was folgen würde.

»Wir sind nicht immer zu Hause. Oft machen wir größere Wanderungen oder fahren mit dem Wagen weg.«

»Denn kann ick doch ooch mit!« fiel Benno ein. »Det wird mich nie zuviel, da müssen Se keene Bange hab'n.«

»Dir nicht, aber vielleicht uns«, erwiderte Herr Krummholz unverblümt.

Und wieder hatte Herr Kräse Grund zu lautem Lachen. Herr Krummholz fuhr fort: »Wenn Sie uns Ihren Sohn anvertrauen wollen, sind wir gerne bereit, ihn mit unseren Kindern spielen zu lassen und hin und wieder mitzunehmen. Wir werden es ihm jeweils am Tag vorher sagen. Bedingung jedoch ist, daß er gehorcht und keine Dummheiten macht. Er muß die Verantwortung für sich selbst übernehmen.«

»Det muß er sonst ooch«, sagte Herr Kräse. »Ick habe den Eindruck, Herr, wie war jleich Ihr Name?«

»Krummholz.«

»Ja, Herr Krummholz, ick habe den Eindruck, det Se viel zu jenau sin.«

»Mann kann nie genau genug sein, wenn man zu den eigenen auch noch fremde Kinder bei sich hat.«

»Ick will Ihn'n wat sajen: Ick bin den janzen Tach unterwegs. Sie müssen wissen, ick habe drei janz jroße Fleischerläden in die vaschiedensten Jejenden von Balin.«

»Ach, bitte, Herr Kräse –«

»Könn' Se mir nich vastehen, jnädige Frau? Also ick kann auch anders. Ich habe eine Wurstfabrik und drei große Geschäfte. Sie könn'n sich denk'n, daß ich keine Zeit für meine Familie habe. Und Benno ist kein Wickelkind mehr, und uff det Mädchen, det arme Wurm is nich normal, paßt meene Olle, meine Frau schon uff. Die kümmert sich den ganzen Tag um nischt anderes. Dienstmädchen sind vorhanden, und Geld spielt keine Rolle. Det war nich immer so. Aber ich habe mich dahinterjeklemmt. Und mit'n Wirtschaftswunder jing'et uffwärts. Also wie jesacht, ich habe nischt, Verzeihung, ich habe nichts dagegen, wenn Benno zu Ihren Kindern kommt oder mit Ihnen ausfährt. Schreiben Se Ihre Ausgaben auf, da werden wir schon ins reine kommen. So, und nu kann ick wohl wieder jeh'n. Ick muß schon sajen, deswegen hätte ich nicht hierherzukommen brauchen. Aber es war mir eine Ehre, Sie kennengelernt zu haben.« Er stand auf und stieß mit dem Kopf gegen die Decke. »Ehrlich, det wär' mich hier zu primitiv.«

Auch Herr und Frau Krummholz hatten sich erhoben. Nur Benno blieb sitzen. Er schien damit zum Ausdruck bringen zu wollen, daß er bereits hierher gehörte.

»Ihre Frau ist im Hotel geblieben?« fragte Frau Krummholz. Sie hätte auch Bennos Mutter gerne kennengelernt.

»Sie sitzt mit unserer Tochter im Wagen und wartet.«

»Ich gehe mit Ihnen, sie zu begrüßen.«

»Sehr anjenehm«, sagte Herr Kräse und wandte sich an Herrn Krummholz. »Ich muß schon sagen, Sie haben eine charmante Frau.«

Benno hielt es nicht mehr länger aus. »Wo sind denn eigentlich die Kinder?« rief er.

»Hier!« antwortete es zweistimmig, und Alexander und Petrina kamen herein. Zögernd folgte ihnen Karl-Heinz. »Wir waren in unserer Waldhütte, dann haben wir uns auf die Terrasse geschlichen und alles mit angehört«, erzählte Alexander lachend.

»So, det also sind Ihre Jören?« Herr Kräse griff in die Jacke und zog eine umfangreiche Tasche heraus. »Ihr sollt euch nicht umsonst mit meinem Sprößling abgeben. Hier –« Er wollte jedem der Kinder einen Zehnmarkschein geben. Da griff Herr Krummholz ein. »Herr Kräse, ich muß doch sehr bitten. Alles ist nicht mit Geld zu machen. Wir wollen als Gegenleistung kein Geld, sondern nur, daß Ihr Junge sich anpaßt und anständig benimmt. Unter keinen Umständen erlaube ich jedoch, daß Sie den Kindern Geld geben.«

»Denn nich!« sagte Herr Kräse gelassen und steckte die

Brieftasche wieder ein. »Denn bringt der Benno eb'n mal 'ne jroße Wurscht mit. Wir haben uns für die Ferien eingedeckt, das können Sie mir glooben. In den Hotels wird man doch nicht satt.«

»Tschüß, Benno, komm nicht zu spät zurück. Benimm dich anständig, laß mir keene Klajen hör'n.«

Er reichte Herrn Krummholz die Hand. »Lassen Se sich nich länger stören. Wie ick höre, pinseln Se jerade an'n Jemälde. Det wär nischt vor mir. Ick koofe meene Bilder lieber.«

Herr Krummholz sah ihm kopfschüttelnd nach. Was konnte man bei einem solchen Vater vom Sohn erwarten?

Frau Krummholz fragte Petrina: »Willst du mitkommen? Ich gehe auch hinunter. Frau Kräse wartet mit ihrer Tochter auf ihren Mann.«

»Ja, ich gehe mit, Mutti«, erwiderte das Mädchen.

»Darf ich auch, Tante Ilse?« fragte Karl-Heinz und sah sie bittend an.

»Gern, mein Junge.« Sie nahm ihn bei der Hand, und Petrina hängte sich an ihrem anderen Arm ein.

Frau Kräse saß in der Nähe des Autos auf einer Bank. Ihre fünfzehnjährige Tochter saß vor ihr auf dem Weg und spielte mit Steinchen. Als Frau Kräse sie kommen sah, stand sie auf, als wolle sie mit ihrem Kind weglaufen. Frau Krummholz aber ging in ihrer natürlichen Art auf sie zu.

»Es freut mich, Bennos Mutter kennenzulernen«, sagte sie. »Er möchte mit unseren Kindern Freundschaft schließen.« Sie reichte ihr die Hand, und Frau Kräse griff verlegen zögernd danach.

»Benno ist viel sich selbst überlassen«, sagte sie leise. »Ich kann mich wenig um ihn kümmern. Meine Tochter«, flüsterte sie und deutete auf das am Boden hockende Mädchen, »unser Lieschen braucht mich ganz und gar. Ich habe Sorge, ob Benno sich anständig benimmt. Er kann so wild, laut und grob sein.«

»Wenn er nich pariert, dann haun Se ihm eene runter«, fiel ihr Mann ein. »Un nu komm, Mama. Ick ha 'nen janz schlappen Majen. Ick muß mir wat jenehmjen.«

»Wollen Sie nicht einmal mit Ihrer Tochter zu uns kommen?« fragte Frau Krummholz die scheue Frau. Von ihrer Art schien Benno nicht viel geerbt zu haben. »Ich würde mich wirklich über Ihren Besuch freuen.«

Frau Kräse empfand, daß die Einladung aus aufrichtigem Herzen kam. Sie wurde rot, als sie antwortete: »Gerne, wenn mein Mann uns hinfährt. Gehen könnte Lieschen diese Strecke nicht.«

Petrina hatte ein Sträußchen gepflückt und brachte es dem Mädchen. »Sieh einmal, wie schön. Magst du Blumen?« Sie legte ihr das Sträußchen in den Schoß. Lieschen blickte auf, lachte kindisch und zerpflückte die Blumen in lauter kleine Fetzen.

»Wie schade!« rief Petrina aus. »Die armen Blumen. Was haben sie dir getan?«

»Sie versteht es nicht«, erklärte Frau Kräse und hob das Mädchen vom Boden auf. »Sie ist krank, nicht böse.« Dann stieg sie mit ihrer Tochter schnell ein, denn die Geduld ihres Mannes war sichtlich am Ende.

Benno und Alexander hatten inzwischen die Hütte im Wäldchen aufgesucht. »Mensch, Klasse!« rief Benno begeistert. »Hier lauern wir deinen Geschwistern auf und bewerfen sie mit Kienäppeln.«

»Womit?«

»Na, mit Kienäppeln oder auch Tannenzapfen.«

»Nein, das tun wir nicht. Kai ist ohnehin immer so ängstlich.« Sie hatten inzwischen den Doppelnamen Karl-Heinz in Kai gekürzt.

»Kai, ist das dein kleiner Bruder?«

»Nein, den haben wir nur mitgenommen, weil er noch nie in Ferien war und seine Mutter in der Fabrik arbeitet. Zu Hause ist er den ganzen Tag sich selbst überlassen, und niemand kümmert sich um ihn.«

»Hm!« Man sah Benno an, daß er in diesem Augenblick geringschätzig von Karl-Heinz dachte. Der Sohn einer Fabrikarbeiterin und der Nachkomme eines Wurstfabrikanten! »Also nich euer Bruder?« fragte er noch einmal gedehnt. »Wie heeßt er denn?«

»Karl-Heinz Bückling.«

»Bückling? Mensch ick lach mir tot. So'n varückter Name.« In diesem Augenblick sah er Karl-Heinz mit Frau Krummholz und Petrina auf das Haus zugehen. »Bückling, Bückling!« schrie er los. »Ha, ha, jeräucherter Bückling.«

Karl-Heinz fuhr zusammen. Entsetzt blickte er zu Frau Krummholz auf. »Das ist der Berliner Junge«, flüsterte er. Seine Augen wurden plötzlich nachtdunkel. »Genauso machen sie es in der Schule und in der Altstadt. Und jetzt auch hier –« Er begann zu schluchzen.

Frau Krummholz blieb stehen. Sie sah ihn ernst an und sagte: »Karl-Heinz, du bist kein kleiner Junge mehr und mußt es langsam ertragen, verspottet zu werden. Noch oft wird einer dir Bückling nachrufen. Kümmere dich nicht darum. Es gibt Schlimmeres im Leben. Und du darfst mir glauben, du wirst später noch anderes ertragen müssen. Sei ein kleiner tapferer Mann, dann werden auch die anderen Kinder Respekt vor dir bekommen. Tu einfach, als hörtest du es nicht.«

Petrina sah ihre Mutter erschrocken an und versuchte, ihr verstohlen ein Zeichen zu machen. Aber Frau Krummholz schien es nicht zu bemerken. Oder wollte sie nur nicht?

Karl-Heinz hatte Tante Ilse eine ganze Weile sprachlos

angesehen. Dann aber unterdrückte er seine Tränen.

»Lauf jetzt zu den beiden Jungen ins Wäldchen. Du brauchst wirklich keine Angst zu haben. Benno wird dir nichts tun. Alex ist ja auch da.«

Benno und Alexander waren sich beinahe in die Haare geraten. Als der Berliner in sein höhnisches »Bückling, Bückling« ausbrach, packte ihn Alexander nicht gerade sanft am Arm und schrie ihn an: »Du, das kommt bei uns nicht in Frage. Das kannst du dir ein für allemal merken. Kai wird zu Hause genug verspottet.«

Benno wehrte sich. »Mensch, ick hau dir deine Fassade ein. Gloobste, ick lasse mir von dir bestimm'n?«

»Wenn nicht von mir, dann von meinem Vater. Der wird dir schon das Nötige beibringen.« Da Alexander erkannte, daß er nicht so stark war wie Benno, ließ er von ihm ab und drohte mit seinem Vater.

»Willst mir wohl vapetzen?« gab Benno gereizt zurück. »Is det deine janze Freundschaft?«

»Bis jetzt habe ich noch nicht von Freundschaft geredet«, fuhr Alexander auf. »Jedenfalls kannst du dir merken, daß wir nicht dulden, daß du dich über Kai lustig machst!«

In diesem Augenblick tauchte Kai im Eingang der Hütte auf. Am liebsten hätte er sich verdrückt, denn er fürchtete den groben Berliner. Aber er dachte an Tante Ilses Worte und wollte tapfer sein. So nahm er sich zusammen und sagte: »Alex, laß ihn nur. Er soll ruhig Bückling hinter mir herschreien. Es macht mir nichts aus.«

»Na, siehste wohl«, triumphierte Benno. »Det ha ick mir doch jleich jedacht, det unser Bückling jeene feije Memme is. Aber wenn'de lieber willst, ick kann dir ooch 'en anderen Namen jeben. Irjendwas aus'm Fischlad'n muß et schon sein, meen ick. Det paßt am besten zu dich. Wat meenste mit Scholle? Willste Scholle heeßen? Oder Flunder? Nee, weeßte wat? Sprotte paßt für dich. Haste schon mal 'ne Sprotte jesehn?«

Er wartete die Antwort nicht ab und fuhr fort: »Sprotten, det sin so janz kleene jeräucherte Fischken. Ich würde sajen: Bücklinge in Miniaturausjabe. Also, ick nenne dir von jetzt ab Sprotte. Biste einvastanden?«

Karl-Heinz überwand sich mannhaft und nickte. »Meinetwegen.«

»Du kannst jerne ooch Käse zu mich sajen. Wenn'de willst ooch Stinkerkäse, oder Harzer Käse, janz nach Belieben. Ick mach mich nischte draus.«

Nun ergriff Alexander wieder das Wort. »Das ist doch alles Kohl. Jeder wird nach seinem Namen genannt und nicht anders. Und nun kommt, wir wollen sehen, ob es bald etwas zu essen gibt.«

»Au ja, Mensch, ick ha' jewaltigen Kohldampf.«

Benno stellte sich zum Essen ein, als wäre er zu Hause. Schnüffelnd zog er die Nase hoch. »Wat jibts denn Jutes, Frau Krummholz?«

»Heute gibt es gefüllte Tomaten. Magst du das?«

»Kenn' ick nich, aber jeben Se mal her, ick wer's schon essen könn'n.«

»Zuerst beten wir.«

»Wa?« Benno vergaß vor Verwunderung den Mund zu schließen, als er sah, wie alle die Hände falteten und andächtig den Kopf zum Gebet senkten.

Das war ihm völlig neu. Er war so beeindruckt, daß er nichts zu sagen wußte. Und das wollte bei seinem Mundwerk etwas heißen.

Benno genoß sichtlich das Zusammensein mit den Kindern. Er tobte herum wie ein Wilder und sparte nicht mit allerlei Kraftausdrücken. Als Herr Krummholz ihn gegen siebzehn Uhr mahnte, zu seinen Eltern zu gehen, tat er fast beleidigt.

»Wat, jetzt schon?«

»Ja, Benno, ihr habt nun lange genug gespielt. Unsere Kinder sollen sich noch eine Stunde ruhig beschäftigen, lesen, zeichnen oder ein Würfelspiel machen. Es ist nicht gut, aufgeregt zu Bett zu gehen.«

»Ick kann mir –«

»Bitte, Benno, sprich deutsch.«

»Ich kann mir auch ruhig beschäftigen.«

»Es heißt zwar mich, aber ich bin nicht sicher, ob du das fertigbringst. Es ist jetzt wirklich Zeit, daß du heimkommst.«

»Oh, lasse Se, lassen Sie mich doch noch eine Stunde hier.«

»Nein, Benno, ich muß jetzt darauf bestehen, daß du mir gehorchst.«

Er tat es nur widerwillig. Es dauerte noch eine Viertelstunde, bis er umständlich von allen Abschied genommen hatte. Er war schon aus dem Haus, da rief er: »Ach, ick habe die kleene Sprotte vajessen.« Und er verabschiedete sich herzlicher von Karl-Heinz, als man es ihm zugetraut hätte.

Und dann ging er noch einmal zu Herrn Krummholz und sagte: »Tschüß, das war mein schönster Ferientag.«

»Das freut mich, Benno. Aber was ich dir noch sagen wollte, morgen sind wir nicht da. Wir fahren schon um sieben ab nach Kandersteg.«

»Is jut. Frau Krummholz, dürfen die Kinder mich noch een kleenet Stück begleiten?«

»Meinetwegen, aber nur bis zum Auto.«

Sie waren nun schon so gute Freunde geworden, daß alle den Berliner fröhlich ein Stück Weges begleiteten.

Herr Krummholz aber hatte Bedenken, ob Benno seine letzten Worte begriffen hatte.

Und so war es. Als sie am nächsten Morgen das Haus

verließen, saß Benno auf den Stufen vor der Eingangstür und wartete.

»Aber Junge«, rief Frau Krummholz erschrocken aus. »Seit wann bist du denn hier?«

»Kurz nach sechse«, war die Antwort.

Herr Krummholz wollte ärgerlich werden. »Benno, es war nicht ausgemacht, daß du heute kommen solltest.«

Seine Frau gab ihm einen Wink, ihn ausnahmsweise mitzunehmen. »Hast du schon gefrühstückt?« fragte sie den Jungen.

»Nee.«

»Dann setze dich schnell auf die Terrasse. Ich bring' dir ein Glas Milch und ein Butterbrot. Nachher bekommst du mehr. Wir haben genügend Proviant eingepackt.«

Während Benno heißhungrig über das Brot und die Milch herfiel, nahm Herr Krummholz seine Frau beiseite. »Ilse, diese Ferienbeigabe gefällt mir nicht. Karl-Heinz ist hilfsbedürftig und gut erzogen. Aber dieser freche, großschnauzige Berliner! Du wirst sehen, wir werden nichts als Ärger und Verdruß mit ihm haben. Entweder fängt er ständig mit unseren Kindern Streit an, oder er beeinflußt sie schlecht. Ich sehe auch nicht ein, daß wir diesem übersatten Fleischhändler zu noch mehr Gemütlichkeit verhelfen. Er ist verpflichtet, sich um seinen Sprößling zu kümmern. Er soll seine Aufgaben nicht fremden Leuten aufladen.«

»Du hast recht, Heinz«, sagte Frau Krummholz und legte ihm die Hand auf die Schulter. »Natürlich wäre es einfacher und bequemer, Benno jetzt einfach abzuschieben. Aber ist ihm damit gedient? Ich bin auch nicht dafür, daß wir ihn jeden Tag bei uns haben. Aber laß ihm nun die Freude, heute mit uns zu fahren. Wer weiß, ob er sich nicht ganz von selbst zurückzieht, wenn er merkt, daß wir Gehorsam nicht nur von unseren Kindern verlangen, sondern auch von ihm erwarten. Sollte es jedoch anders sein, sollte er sich fügen und vielleicht sogar etwas bei uns lernen, so hätte es sich gelohnt. Meinst du nicht auch?«

Da ihr Mann schwieg, fuhr sie fort: »War es nicht immer der Grundsatz unseres Lebens, aufzuheben, was Gott uns vor die Türe legt?«

»Willst du behaupten, er habe uns diesen frechen Berliner vor die Türe gelegt?«

»Ja, vor die Türe unseres Herzens, damit wir ihn liebhaben. Auch wenn er sich noch nicht liebenswert gezeigt hat. Komm, Heinz, versuche es heute noch einmal. Benimmt er sich unmöglich, dann verbiete ihm, morgen wiederzukommen. Ich werde dich dann nicht hindern.«

»Um ihn dafür übermorgen wieder liebevoll zu empfangen!« Es sollte grollend klingen, aber seine Frau hatte ihn wieder einmal überzeugt und besänftigt. Als ihre Kinder voll Ungeduld kamen, sahen sie gerade noch den Vati der Mutter einen Kuß geben. Alles war in Ordnung. Es konnte losgehen.

Nein, sie kriegten den Berliner nicht mehr los. Wenn Herr Krummholz ihm an einem Abend ganz deutlich erklärt hatte, er solle am anderen Morgen zu Hause bleiben, dann war er am nächsten Morgen bestimmt wieder da. Er streifte verstohlen ums Haus oder stellte sich mit gesenktem Kopf neben den malenden Herrn Krummholz und wartete darauf, angesprochen zu werden.

»Aber Benno, da bist du ja schon wieder. Ich hatte dir doch gesagt, du solltest heute zu Hause bleiben.«

»Ick bin ja janich zu Ihnen jekommen«, verteidigte er sich dann und gab sich ungeheure Mühe, ordentlich zu sprechen. »Aber jeder kann doch hier in dieser Jegend spazierengehen. Ick habe ja janich jesacht, det ick, daß ich zu Ihnen ins Haus will.«

Es war klar, daß man ihn zum Mittagessen an den Tisch rief. Keiner brachte es fertig, ihn einfach wieder fortzuschicken.

Herr Krummholz entging es auch nicht, daß der Junge in beinahe schwärmerischer Liebe an seiner Frau hing und alles tat, was er ihr von den Augen ablesen konnte. Um ihn, den Hausherrn, machte er sich immer in einem gewissen Abstand zu schaffen. Mit einem guten Wort, einem Lob konnte er jedoch seine Augen zum Leuchten bringen. Aber dann wurde er gleich verlegen und machte bestimmt irgendeine Dummheit, weil er sich der weichen Regung seines Herzens schämte.

Leider geschah dauernd etwas, wenn Benno bei ihnen war. Irgendeinen Streich heckte er immer aus. Und zum Leidwesen der Eltern brachte er es fertig, zumindest Alexander des öfteren in seine unüberlegten Dummheiten mit hineinzuziehen. Und an diese Dummheiten legte er Maßstäbe an wie: »Det is doch nich schlimm!«

»Oder: Det haben auch andere schon jenauso jemacht.«

Als er gemeinsam mit Alexander im Sessellift von Kandersteg auf die Höhe fuhr, spuckten die beiden Jungen mit großer Begeisterung auf die Leute hinunter, die unten standen und ihnen nachsahen. Herr Krummholz beobachtete es. Er fuhr mit seiner Tochter in dem nachfolgenden Sessellift. Verärgert befahl er ihnen, sofort aufzuhören. Oben angelangt, gab er seinem Sohn eine kräftige Ohrfeige. So etwas kam äußerst selten vor und hatte gewöhnlich eine nachhaltige Wirkung.

Verdutzt sah Benno zu. Dann trat er einen Schritt näher und sagte:»Herr Krummholz, dann hauen Se mich ruhich ooch eene runter. Ick habe es nämlich anjefangen.«

»Ich werde dir keine runterhauen, aber das nächste Mal kommst du eben nicht mehr mit.«

»Nee, bitte, Herr Krummholz, denn schon lieber 'ne

Ohrfeige. Und überhaupt is et ja noch janich sicher, det wir die Leute . . .«

»Benno!« mahnte Frau Krummholz.

»Oh, Verzeihung, daß wir die Leute unten getroffen haben. Ich konnte es schon viel besser. In Berlin übe ich immer vom Balkon runter auf die Straße. Aber jetzt ha' ick schon lange nich mehr trainiert.« Er schien es einfach nicht zu begreifen.

Eines Tages suchten sie den Wildpark auf. Das war ein Waldgelände mit großen Steinblöcken, die wie von Gottes Hand hineingeworfen darin verstreut lagen. Ein Tierliebhaber hatte dieses Gelände gekauft, es selbst in mühevoller Arbeit eingezäunt und Gehege für verschiedene Wildtiere gebaut. Alles war liebevoll gemacht. Die Tiere, Rehe, Hirsche, Steinböcke, Gemsen, hatten weite Ausläufe. Wenn man sich an die Zäune stellte und sie durch Zurufe und mit Leckerbissen lockte, kamen sie zutraulich heran und fraßen einem aus der Hand. Die Frau des Besitzers war an der Eintrittskasse gewesen und hatte die Familie Krummholz in liebenswürdiger Weise begrüßt. Man spürte sofort, daß hier Liebe zu Tieren und zur Natur am Werk gewesen war.

Die Frau erzählte Herrn und Frau Krummholz einiges vom Entstehen dieses Wildparkes. Lebhaft schilderte sie, welche Schwierigkeiten zu überwinden gewesen seien, um dem Gelände sein jetziges Aussehen zu geben. Die Kinder waren indessen vorausgegangen. Am Eingang hatten sie Tüten mit gelben Rüben und Erdnüssen gekauft. Es machte ihnen Freude, die Tiere zu füttern. Eine Hirschkuh gefiel ihnen besonders. Mit klugen Augen blickte das Tier die Kinder an, und Karl-Heinz jauchzte laut auf: »Sie frißt mir aus der Hand – und sie beißt mich nicht.«

Plötzlich fuhr das Tier mit einem Wehlaut auf, um dann mit großen, erschreckten Sprüngen ins Dickicht zu flüchten. Schadenfroh lachte Benno auf. Er hatte durch das Gitter hindurch die Hirschkuh von der Seite mit einem angespitzten Stock in den Schenkel gestochen.

»Du bist gemein!« schrien Alexander und Petrina wie aus einem Munde. Das Mädchen wollte mit den Fäusten auf ihn losgehen.

In diesem Augenblick aber machte Benno einen Satz in die Höhe: »Au, au!« schrie er und drehte sich wutentbrannt um. Alles spielte sich in Sekundenschnelle ab. Herr Krummholz war gerade dazugekommen, wie er das Tier mit dem Stock stach. Darauf riß er Benno mit einem Ruck den Stock aus der Hand und schlug dem Verdutzten kräftig zwei-, dreimal hinten drauf.

»Damit du nicht noch einmal ein Tier quälst«, sagte er und warf den Stock in hohem Bogen fort. Ohne ein weiteres Wort zu sagen, ging Herr Krummholz den anderen voraus zu den weiteren Gehegen. Ziemlich einsilbig verlief der Nachmittag. Alle empfanden, wie die Harmonie immer wieder durch Benno gestört wurde.

Auch Frau Krummholz war nachdenklich. Mutete sie ihrem Mann nicht doch zu viel zu, wenn sie von ihm verlangte, die Gegenwart dieses ungezogenen Jungen zu ertragen? Ging es nicht auf Kosten ihrer sonst ungetrübten Ferienfreuden?

Als sie den Wildpark verließen, ging sie eine Weile schweigend neben ihm her. Schließlich griff sie nach seiner Hand und sagte leise: »Verzeih mir, Heinz, wenn ich dir mit diesem Jungen zuviel aufgebürdet habe. Ich weiß, wie du unter jeder noch so kleinen Disharmonie leidest.«

»Als wenn es dir anders ginge«, erwiderte er. »Aber ein zweitesmal würde ich von vornherein energischer nein sagen. Daß Jungen Streiche machen und auf allerlei ausgefallene Ideen kommen, dafür habe ich volles Verständnis. Ich vergesse nicht, daß ich selber einmal ein Junge war. Aber ein Tier hinterlistig quälen, das ist ein Zeichen von Roheit.«

»Ob es wohl damit zusammenhängt, daß sein Vater Metzger ist?«

»Nein, das muß nicht sein. Ich habe Metzger kennengelernt, die ganz prächtige Menschen waren und auch beim Schlachten des Viehs nicht roh vorgingen.«

Ob Benno spürte, daß man über ihn sprach? War er doch nicht so ganz abgestumpft? Er ließ die anderen vorgehen, blieb stehen und wartete, bis Herr und Frau Krummholz herangekommen waren. Treuherzig blickte er ihnen entgegen. Und nun gab er sich große Mühe, richtig zu sprechen.

»Herr Krummholz, ich, ich wollte mich entschuldigen wegen vorhin. Ich habe mir wirklich nichts dabei gedacht. Aber den Denkzettel, den Sie mir gegeben haben, werde ich nicht so schnell vergessen. Ich glaube, ich habe auch ein paar Striemen. Immer wenn ick, wenn ich die ansehe, werde ich mir, werde ich mich daran erinnern.«

»Es wird dir nicht ganz leichtfallen, sie zu besichtigen«, sagte Herr Krummholz, und der Anflug eines kleinen Lächelns war in seinen Augen zu sehen.

»Vielleicht, wenn ick in'n Spiegel gucke.«

Noch immer stand er vor Herrn und Frau Krummholz, als warte er auf weiteres.

»Also, wenn es dir leid tut, dann soll es gut sein. Aber merke dir, nie wieder darfst du ein Tier quälen, zumal, wenn es sich nicht wehren kann.«

Benno atmete erleichtert auf. Und nun kam zum Vorschein, daß er noch etwas auf dem Herzen hatte.

»Und denn wollt ick, dann wollte ich noch fragen, ob Sie mir nicht auch erlauben würden, Onkel Heinz und

Tante Ilse zu Ihnen zu sagen, wie Karl-Heinz es tut.«

Sprachlos sahen Herr und Frau Krummholz sich an. Jetzt kam diese Bitte, wo sie gerade miteinander beraten wollten, ob sie die Verbindung mit ihm nicht ein für allemal abbrechen sollten.

Benno merkte ihr Zögern und fuhr fort: »Wissen Sie, ick habe...«

»Sprich vernünftig, Junge!«

»Ich habe nur eine Tante, und die is doof.«

»So spricht man nicht von seinen Angehörigen, Benno!«

»Aber sie ist es wirklich. Alle paar Wochen hat sie eine andere Haarfarbe. Mal schwarz, dann rot, dann weiß, dann grau oder aber hellblond. Wenn's nach ihrem Kopp jing, könnt ick ihr oft kaum erkennen. Nur an ihre Beene erkenn' ick ihr. Die sind nämlich krumm. Und lügen tut se ooch. Und dann ha'ick, dann habe ich noch einen Onkel, der säuft.«

Kopfschüttelnd hörten Herr und Frau Krummholz die Personalbeschreibung seiner Verwandten an. Er fuhr fort: »Ick jloobe, ich glaube, ick könnt mir, ich könnte mir auch eher bessern...«

»Mich bessern, heißt das.«

»Ja, ich könnte mich auch eher bessern, wenn Sie mir, mich in Ihren Familienkreis uffnehmen würden. Ick würde mir so freuen.«

An dem Gesichtsausdruck von Frau Krummholz merkte Benno, daß es wieder falsch war und verbesserte sich eilig.

»Ich würde mich so freuen, wenn ich Onkel Heinz und Tante Ilse sagen dürfte.«

Nein, sie konnten ihm trotz allem nicht widerstehen, und Herr Krummholz erwiderte gerührt: »Nun gut, wenn du es so gerne willst, und wenn du meinst, es sei dir eine Hilfe, dann will ich nichts dagegen haben. So sind wir also von jetzt an für dich Tante und Onkel.«

»Und ich darf auch du zu euch sagen – wie die Sprotte?«
»Ja, das darfst du.«

Jetzt machte der große Benno einen Satz und flog dem verdutzten Herrn Krummholz um den Hals, daß dieser alle Mühe hatte, das Gleichgewicht zu halten.

»Ick laß mir ooch von Ihnen, von dir ohne weiteres verkloppen, wenn ick du und Onkel sagen darf.«

Erstaunt blieben die übrigen Kinder stehen und wußten sich nicht zu erklären, warum Benno ihren Vater plötzlich so stürmisch umarmte, zumal er doch vorhin erst ein paar übergezogen bekommen hatte.

Am nächsten Morgen gab es wieder eine Aufregung. Die Familie Krummholz saß noch beim Frühstück, da entdeckten sie von der Terrasse aus Benno. Er hastete in sichtlicher Aufregung keuchend den leicht ansteigenden Wiesenweg zum Ferienhaus empor.

»Was hat er nur?« fragte Alexander.

»Es sollte mich nicht wundern, wenn wieder etwas los wäre«, meinte der Vater.

»Hoffentlich hat er nichts Dummes angestellt«, sagte Frau Krummholz besorgt. »Man ist nie sicher bei ihm, auf was für Einfälle er kommt.«

Nun sprang er auch schon die Treppe zur Terrasse herauf.

»Habt ihr ein richtiges Versteck, wo ich mich verstecken kann?« Seine Worte überstürzten sich.

»Zuerst einmal: Guten Morgen!« erinnerte ihn Herr Krummholz.

»Guten Morgen, oh, Onkel Heinz, sag schnell, bin ich oben in dem Heuverschlag sicher?«

»Aber Junge, wer verfolgt dich denn, um alles in der Welt? Hast du wieder etwas ausgefressen?«

»Nee, diesmal janz bestimmt nicht. Aber, aber – mein

Vater will mir, will mich zwingen, mit nach Hause zu fahren.«

»Jetzt setze dich erst einmal und frühstücke«, sagte Frau Krummholz. »Petrina, hole schnell ein Gedeck aus der Küche. Und du, Benno, erzähle uns, was los ist. Warum will dein Vater dich mitnehmen? Ihr wolltet doch ursprünglich noch ein paar Tage länger in Adelboden bleiben als wir.«

Benno schlang bereits sein Brot hinunter und schüttete die Milch hinterher. Milch zu trinken hatte er bei Krummholzens gelernt.

Immer wieder warf er einen schnellen Blick zum Parkplatz hinunter.

»Er verfolgt mich bestimmt. Er denkt, daß ich hier bin.«
»Wer?«
»Na, wer denn, mein Oller. Ich meine natürlich, mein Vater.«

Und jetzt begann er empört zu schildern, daß seine Schwester plötzlich erkrankt sei. Nun bestehe die Mutter darauf, sofort nach Berlin zurückzufahren. Denn ihr Hausarzt kenne seine Schwester von klein auf.

»Meinem Vater«, fuhr Benno in immer größerer Erregung fort, »ist es gerade recht. Er hat schon längst genug von Adelboden. Hier sei ja nichts los. Auf die Berge steigt er nicht. Und soviel Hotels und Wirtschaften gibt's hier nicht, daß er jeden Tag in einer anderen sitzen könnte. Und auf einmal behauptet er, es sei höchste Zeit, daß er nach seinen Fleischerläden sehe und nach der Wurstfabrik und nach mir, nach mir.« Nun fing der große Junge tatsächlich zu heulen an. Als er sah, daß die Kinder ihn mitleidig anblickten, schnaubte er sie an: »Kiekt doch nich so blöde, ick flenne ja janich.« Und dann fuhr er in heller Empörung fort: »Nach mir fragt keener. So ist es immer. Die Mutter kümmert sich nur ums Lieschen. Der Vater hat nie

Zeit. Wenn ick nich wees, wenn ich nicht weiß, was ich am Sonntagnachmittag tun soll, dann drückt er mir'n Jeldstück in die Hand: ›Benno, jeh ins Kino oder schalt den Fernsehapparat an.‹ Und jetzt bin ick det erstemal in meen Leben richtich jlücklich. Und seit ihr mir in euern Familienkreis ufjenommen habt, fange ick überhaupt erst an, 'n Mensch zu werden. Selbst meene Mutter hat jesacht . . .«

»Benno, bitte!«

»Ja doch, Tante Ilse, ick, ich geb mir ja Mühe. Selbst meine Mutter hat gesagt, ich hätte mir jebessert. Und nu . . .« Plötzlich weiteten sich seine Augen, und er stieß einen durchdringenden Schrei aus: »Er kommt! Er kommt!« Schon wollte er mit einem Satz los, sich zu verstecken.

»Du bleibst hier!« befahl Herr Krummholz mit Nachdruck und hielt ihn mit festem Griff am Arm zurück. »Glaubst du, wir binden deinem Vater ein Märchen auf und sagen, du wärst nicht bei uns? Wie denkst du dir denn das?«

»Aber ich fahr nicht mit, ich tu's nicht, und wenn er mich totschlägt.«

»Unsinn, er denkt nicht daran.«

»Doch, doch, er hat 'ne Wut auf mich, er rudert so mit de Arme. Ick kenn ihn.«

In der Tat, Benno schien nicht ganz unrecht zu haben. Zorngerötet stampfte der dicke Mann den Wiesenweg hoch. Aber bald mußte er eine Weile stehenbleiben, um zu Atem zu kommen und sich das Gesicht abzuwischen. Dann griff er mit der Hand nach seinem Herzen. Er schien ganz abgehetzt.

»Alexander und Petrina, geht mit Kai ein bißchen fort in die Waldhütte oder den Weg hinauf zum Internationalen Pfadfinderhaus. Wir möchten jetzt alleine sein.«

»Och Vati, wo es gerade so spannend wird!«

»Du hast mich verstanden, Alex!«

Auch Petrina wäre gerne geblieben, aber sie wagte nicht zu widersprechen.

So zogen die drei los, während Frau Krummholz dem aufgeregten Mann entgegenging.

»Guten Morgen, Herr Kräse. Sie suchen gewiß Ihren Sohn. Er ist bei uns.«

»Das war mir klar. Aber der kriegt 'ne Tracht, darauf kann er sich verlassen.«

»Jetzt beruhigen Sie sich erst mal, Herr Kräse. Haben Sie überhaupt schon Kaffee getrunken?«

»Ach woher denn. Da kommt es meiner Frau in den Sinn, Hals über Kopf nach Hause zu fahren, weil die Liese 'n bißchen Halsweh hat. Na, mir kann's recht sein. Ist ohnedies höchste Zeit, det ick in die Fabrik wieder nach... Ach so, jnädge Frau, Sie vastehn mir scheinbar wieder nich, also wer' ick jebildet sprechen. Es ist also Zeit, daß ich in der Fabrik wieder nach dem Rechten sehe. Da geht sicher alles drunter und drüber. Also, wir entschließen uns, heute in aller Frühe loszubrausen. Und was denken Sie, gnädige Frau, wagt es der Benno, dieser Bengel, sich mir offen zu widersetzen. Ob ich vielleicht meine, er würde gehen, ohne sich von seinen Freunden zu verabschieden, und überhaupt denke er nicht daran, mitzufahren.«

Inzwischen waren sie beim Haus angelangt.

»So, bitte, Herr Kräse. Nun treten Sie ein und trinken Sie erst eine Tasse Kaffee mit uns.«

»Ah, da sitzt ja der Lausebengel!« Drohend ging Herr Krähe auf seinen Sohn zu. »Mit dir will ich erst einmal abrechnen. Dir versohle ick das Fell.«

Herr Krummholz war aufgestanden. Er reichte Bennos Vater die Hand und nötigte ihn zum Sitzen.

»Und du, Benno«, sagte er, »gehst mit meiner Frau in die Küche und hilfst ihr, einen guten Kaffee für deinen Vater zu bereiten.« Und mit vielsagendem Augenzwinkern zu seiner Frau fügte er hinzu: »Ihr könnt euch Zeit lassen, es eilt nicht.«

So lange hatte es noch nie gedauert, bis der Kaffee fertig war. Inzwischen führte Herr Krummholz ein ernstes Gespräch mit dem Wurstfabrikanten. So hatte noch keiner mit diesem über seine Vaterpflichten gesprochen. Noch keiner hatte ihm gesagt, daß es nicht genüge, seinem Kind ein Geldstück in die Hand zu drücken und ins Kino zu schicken, damit man es los sei. Herr Krummholz sagte ihm auch, Benno sei ein vernachlässigter Junge. Und es sei kein Wunder, daß er Streiche und oft schwere Dummheiten mache, wenn niemand Zeit für ihn habe. Freundlich, aber bestimmt, riet er Herrn Kräse, doch einmal zu prüfen, ob er nicht schon oft schuldig geworden sei an seinem Sohn. Und merkwürdig, der Wurstfabrikant wurde erstaunlich still. Denn im Grunde liebte er seinen Sohn. Er hatte seine Pflicht nur noch nie von dieser Seite gesehen.

Schließlich konnte man den Kaffee nicht mehr länger ziehen lassen. Benno und Frau Krummholz trugen ihn herein. Der Junge warf einen fragenden Blick zuerst auf seinen Vater, dann auf Herrn Krummholz. Er war völlig fassungslos, als dieser ohne jede Einleitung sagte: »Benno, wenn Tante Ilse nichts dagegen einzuwenden hat, kannst du in dieser letzten Woche bei uns auch übernachten. Tagsüber warst du ja ohnehin immer bei uns. Vorausgesetzt natürlich, dein Vater erlaubt, daß du bei uns in dieser Bruchbude wohnst.«

Benno warf einen fragenden Blick auf Frau Krummholz. Sie nickte und sagte: »Ich habe nichts dagegen einzuwenden!«

»Tante Ilse! Onkel Heinz!« Und nun erlebte der erstaunte Wurstfabrikant, daß sein Sohn wildfremden Menschen um den Hals fiel und vor Freude einen Indianertanz aufführte, daß das ganze Ferienhaus dröhnte.

»Hör auf«, rief Herr Kräse in einer Mischung von Rührung und Beschämung, »die ganze Bruchbude gerät ins Wanken. Also mir soll's recht sein.«

Wieder einmal griff er in die Seitentasche und holte seine Brieftasche hervor.

»Reicht das?« fragte er und legte fünf Hundertmarkscheine auf den Tisch. »Er hat die ganze Zeit auch bei Ihnen gegessen.«

Herr Krummholz schob die Geldscheine beiseite und sagte: »Herr Kräse, ich habe Ihnen schon einmal gesagt, daß nicht alles mit Geld zu bezahlen sei. Ihr Benno hat uns zwar manchmal in große Aufregung versetzt. Aber da die Ferien fast um sind und er sich unter keinen Umständen jetzt schon von uns, seinen Freunden, trennen will, wollen wir auch das noch auf uns nehmen.«

»Vater«, wiederholte Benno feierlich, »haste jehört? ›seinen Freunden‹ hat er jesacht.«

Und nun verlebte Benno wirklich noch eine Woche ganz im Familienkreise!

Die »Bruchbude« wurde für ihn zu einem Stück Paradies. Der Tageslauf vom Morgen bis zum Abend, das Einteilen der häuslichen Arbeit, bei der jeder irgendeine Pflicht zu erfüllen hatte, jedes gemeinsame Erlebnis, all dies war für Benno völlig neu. Ähnliches gab es bei ihm zu Hause nicht.

An den Abenden im Ferienhaus sah Frau Krummholz den Jungen oft sinnend an. Er, der manchmal ein so großes, ja freches Mundwerk hatte, wurde fast zu Tränen gerührt, wenn sie ihre Gitarre nahm und mit den Kindern Abendlieder sang.

Und daß sogar Onkel Heinz mitmachte! Nein, das würde sein Vater nicht tun. Er überlegte, ob er ihn überhaupt schon einmal hatte singen hören. Höchstens zu Silvester oder an Fastnacht, wenn er einen kleinen Schwips hatte. Hier bei Tante Ilse und Onkel Heinz war alles so völlig anders. Etwas völlig Neues und bis dahin nie Erlebtes aber war, wenn er vor dem Zubettgehen den Kindern einen Abschnitt aus der Bibel vorlas und zum Schluß mit ihnen betete. Das erstemal hatte Benno fast furchtsam in der Stube herumgeschaut, als müsse er den entdecken, mit dem Onkel Heinz so vertraut sprach. Tat er doch gerade, als wäre er hier mitten unter ihnen.

»Das ist er auch«, erklärte ihm Tante Ilse, als er sie einmal daraufhin anzusprechen wagte. »Schau, Benno, wenn wir nicht an Gott und an den Herrn Jesus glauben würden, brauchten wir gar nicht mit ihm zu reden. Aber wir wissen ganz genau, daß er gegenwärtig ist. Der Herr Jesus hat selbst gesagt: Wo zwei oder drei in meinem Namen versammelt sind, da bin ich mitten unter ihnen. In seinem Namen sind wir versammelt, wenn wir miteinander beten.«

»Woher weißt du denn das?«

»Aus der Bibel.«

»Wir haben auch eine, sogar eine schöne große mit Goldschnitt. Aber keiner liest darin. Ick gloobe, ich glaube nicht, daß meine Eltern wissen, was drinsteht.«

»Ich will dir eine Jugendbibel schenken, Benno. Dann kannst du selber anfangen, darin zu lesen.«

»Det tu ick aber nur heimlich. Vater würde mir, er würde mich auslachen.«

»Das mußt du auf dich nehmen. Und du wirst sehen, man wird froh und besser, wenn man in der Bibel liest.«

Eine Weile blickte Benno nachdenklich vor sich hin und sagte dann in einem Tonfall, den Frau Krummholz noch nie bei ihm vernommen hatte: »Es ist kein Wunder, wenn Alexander und Petrina besser sind als ich. Wenn ich immer bei euch wäre, könnte ich auch anders sein.«

Tante Ilse konnte nicht anders, sie mußte den großen Jungen umarmen.

»Du magst schon ein wenig recht haben, Benno. Aber sieh, der, zu dem wir am Abend bei unserer Andacht beten, ist nicht nur hier in unserem Ferienhaus bei uns. Er geht auch mit uns nach Hause. Und das Wunderbare ist, daß er auch gleichzeitig mit dir und mit Karl-Heinz gehen will.«

»So was gibt's doch nicht. Man kann doch nicht gleichzeitig an drei Orten sein.«

»Er kann das, Benno.«

»Schön wär's.«

»Es ist so.«

»O Tante Ilse, ich wollte, ich könnte immer bei euch bleiben.«

»Das geht nicht, mein Junge. Aber wir werden dir schreiben und für dich beten, daß Gott dir hilft, zu Hause deinen Eltern ein guter und gehorsamer Sohn zu sein. Nun lauf aber hinaus zu den Kindern. Ich muß unsere Sachen für die Abfahrt richten.«

Und dann ging es wieder hin und her, vom Ferienhaus zum Auto. Jeder trug, so viel er konnte. Und endlich war alles verstaut. Noch einmal gingen sie durch die niederen Stuben des Ferienhauses, das blitzblank und geordnet hinterlassen wurde, denn die Nachfolger sollten ein sauberes Haus vorfinden. Noch ein letzter Blick hinüber zu den Bergen, hinauf nach Adelboden, und dann ging es die kurvenreiche Straße hinunter nach Frutigen dem Alltag entgegen.

Erst fuhr man lange Zeit am Thuner See entlang. Dann kamen Spiez, Interlaken, der Brienzer See, und bald ging es wieder den Brüningpaß hinauf. Stunde um Stunde verrann. Je näher sie der Landesgrenze kamen, desto schweigsamer wurde der sonst immer wortführende Benno. Denn in Konstanz würde man noch einmal gemeinsam zu Mittag essen, und dann würde er in den Zug steigen, um nach Berlin zu fahren. Nie vorher war ihm ein Abschied so nahegegangen. Er kam sich selbst verändert vor.

Und dann standen sie auf dem Bahnsteig. Benno hatte noch einen guten Platz im Zug bekommen. Onkel Heinz drückte ihm einen Zettel in die Hand, auf dem die verschiedenen Anschlüsse aufgeschrieben waren.

»Schreib bald!« riefen die Kinder. »Wir antworten dir gleich.«

Ein Pfiff, ein Ruck, der Zug setzte sich in Bewegung. Benno winkte mit aller Kraft und rief: »Auf Wiedersehen im nächsten Jahr in Eggetli!«

Wie froh aber war Karl-Heinz, daß er seine neuen Freunde auch in den kommenden Wochen und Monaten sehen und sprechen würde, denn sie wohnten ja nicht weit voneinander entfernt. Was alles hatte er seiner Mutter zu erzählen! Auch er war noch nie so glücklich gewesen wie in diesen Wochen.

Die geheimnisvolle Truhe

Heute sollte er kommen, der Onkel aus Amerika. Die Kinder fieberten vor Erwartung und wollten schon stundenlang vor seiner Ankunft die Sonntagskleider zum Empfang anziehen. Endlich kam die Stunde herbei. Die Eltern waren nun auch fertig, den Onkel von der Bahn abzuholen. Die Kinder sollten ihn daheim erwarten. In zwanzig Minuten konnte der Besuch im Hause sein.

Ilse kniete auf einem Sessel vor dem Fenster, um den Onkel als erste kommen zu sehen. Herbert drückte ebenfalls schon eine Weile seine Nase an der Scheibe platt. Siegfried, seiner Würde als Vierzehnjähriger bewußt, machte eine höchst überlegene Miene: »Man sieht doch gleich, daß ihr noch Kinder seid. Wie kann man nur so grenzenlos neugierig sein? Ihr werdet den Onkel schon noch früh genug sehen.«

»Tu nur nicht so erhaben!« erwiderte Herbert schlagfertig. Beinahe wäre es zu einem Ringkampf gekommen, denn Siegfried ging kampflustig auf seinen Bruder zu, aber die kleine Schwester Ilse spielte mit gutem Erfolg den Vermittler. Schließlich verließ Siegfried das Zimmer, um sich im Nebenraum gleichfalls ans Fenster zu stellen und den Onkel zu erwarten.

»Sie kommen, sie kommen!« rief Ilse plötzlich in den höchsten Tönen und kippte zugleich vom Sessel herunter. »Sie kommen«, rief jetzt auch Siegfried im andern Zimmer und stieß in der Aufregung heftig mit dem Kopf gegen die Fensterkante. Herbert, der soeben ins Zimmer getreten war, fragte spöttelnd: »Der Herr hat sich wohl eine Beule zugezogen?« Sicher wäre ein großer Streit entbrannt, wenn man nicht schon die Schritte der Kommenden vernommen hätte.

Wo war denn der Rosenstrauß, den Ilse dem Onkel zum Willkommen überreichen sollte? Beide Jungens rannten, um ihn zu suchen, während Ilse, die in solchen Augenblicken stets erschreckend schüchtern und verlegen wurde, hinter den Bücherschrank kroch. Schon näherten sich die Kommenden der Türe, der Rosenstrauß war noch nicht gefunden. Siegfried riß in der Verzweiflung einen Strauß bunter Stoffblumen, die vor dem Spiegel standen, aus der Vase. Herbert zerrte die widerspenstige Ilse aus ihrem Versteck hervor, daß ihre Haare wirr und struppig um den Kopf hingen, und als die Mutter die Türe öffnete, standen sie alle drei empfangsbereit da: Siegfried mit einer Beule am Kopf, Herbert mit heißem, erregtem Gesicht, und Ilse hielt krampfhaft die vergilbten Stoffblumen dem Onkel entgegen.

»Aber Kinder«, rief die Mutter entsetzt, »wie seht ihr bloß aus?« Der Onkel aber schien alles in Ordnung zu finden. Er zog die schüchterne Ilse an sich und küßte sie auf die Stirne.

»Ei, sieh, das ist also mein kleines Nichtchen, und solch einen schönen Willkommstrauß schenkst du mir!« Jetzt erst gewahrte die Mutter die Verwechslung der Blumen und eilte kopfschüttelnd in die Küche, um die Rosen zu holen.

Nachdem der Onkel auch die beiden Knaben begrüßt hatte, folgte er dem Vater in das Gastzimmer, um sich nach der Reise zu erfrischen.

»Der gefällt mir«, sagte Siegfried und tat, als spräche er von einem Kollegen.

»Nach etwas Besonderem sieht er nicht aus«, meinte Herbert. Auch Ilse war ein wenig enttäuscht. »Nicht einmal einen Panamahut hat er auf; und einen Boy, der seinen Koffer trägt, hat er auch nicht!« Aber es stellte sich dann doch heraus, daß er ein guter Onkel war, denn er hatte allen dreien etwas mitgebracht.

Der Onkel wollte einige Monate dableiben. Es war ein Genuß, ihn erzählen zu hören. Wenn sie des Abends in der Wohnstube um den Tisch herumsaßen, und die große Hängelampe mit ihrem Schein allem den Stempel der Gemütlichkeit aufdrückte, dann wagte man kaum zu atmen. Was hatte der Onkel alles erlebt und wo war er überall gewesen! In Amerika, Afrika, Spanien, Indien und Italien. Na, die Mitschüler würden schön staunen, wenn sie das morgen in der Klasse erzählen würden. Es war doch etwas Außergewöhnliches, einen Onkel aus Amerika zu haben. Der Onkel sprach von verschiedenen Andenken, die er aus den Ländern mitgebracht hatte, und die Kinder konnten es kaum erwarten, bis die Koffer kamen, um die Herrlichkeiten zu sehen. Jeden Tag, wenn sie aus der Schule kamen, stürmten sie in die Küche. »Mutter, sind Onkels Koffer noch nicht gekommen?« Aber die ließen auf sich warten. Das war höchst fatal, denn die Kinder hatten in der Schule schon soviel davon erzählt, daß ihre Klassenkameraden von ihrer Neugierde längst angesteckt waren. Heute aber hatte ein Junge gesagt: »Na, die ganze Sache scheint ein Schwindel zu sein, sonst müßten die Indianerkoffer doch endlich kommen.«

Empört hatte Herbert ihm geantwortet: »Wenn ich dann richtigen Indianerschmuck in die Schule bringe, wirst du's wohl glauben.«

Also, wenn man sich nicht lächerlich machen wollte, war es höchste Zeit, daß die Koffer kamen. Da, eines Tages sagte die Mutter: »Nun sind Onkels Sachen da.« War das eine Aufregung bei den Kindern!

»Wo ist der Onkel? Er soll uns gleich die Indianersachen zeigen.« Aber der Onkel war mit dem Vater ausgefahren und wurde erst gegen Abend erwartet. Da hieß es, sich gedulden, und das ist etwas sehr Schweres. Herbert saß wieder am Fenster und schaute mit einer Ausdauer hinaus, als könne er auf diese Weise den Onkel herbeiholen. Siegfried stand mitten im Zimmer, die Hände in den Hosentaschen.

»So eine langweilige Geschichte; schließlich kommen die so spät nach Hause, daß wir schon im Bett sind, und morgen müssen wir früh zur Schule!« In diesem Punkt waren sie sich einig, sie blamierten sich vor der ganzen Klasse, wenn sie nicht bald Beweise liefern konnten. Wo standen denn eigentlich Onkels Koffer? Sicher auf dem oberen Boden. Man könnte sie wenigstens einmal ansehen. Gesagt, getan. Die beiden Jungen stiegen hinauf in die geräumige Bodenkammer. Da standen zwei Koffer, eine Anzahl Kisten, und ganz hinten eine sehr schwere hölzerne Truhe. Ob da wohl die geheimnisvollen Andenken drin waren? O wer doch hineinsehen könnte! Nach einer Weile gingen sie wieder hinunter und schauten zum Fenster hinaus.

»Du«, sagte Siegfried plötzlich, »hast du schon einmal probiert, ein Schloß aufzubrechen?« Herbert blickte verwundert auf. »Nein, ich bin doch kein Einbrecher.« Da fuhr ihn der Bruder an: »Rede doch nicht gleich solche harte Worte! Wer spricht denn vom Einbrechen?«

Eine ganze Weile war es still zwischen den beiden. Dann stieß Herbert den Großen an: »Siegfried, hast du vielleicht gemeint, daß wir die Koffer . . .«

»Von den Koffern ist gar nicht die Rede, ich denke, es genügt, wenn wir die Truhe öffnen.«

»Meinst du, wir kriegen sie wieder richtig zu?«

»Natürlich! Machst du mit? Ich glaube sicher, daß da die interessanten Andenken drin sind.«

»Ja, aber wenn es jemand merkt!«

»Unsinn, das merkt niemand, wir machen sie doch wieder richtig zu. Ilse nehmen wir mit, die muß an der Treppe stehen und aufpassen, damit uns niemand erwischt. Wir müssen nun doch endlich den Versuch machen, hinter das Geheimnis der Truhe zu kommen.«

Nun waren die beiden Brüder begeistert für ihren Plan, die Truhe gewaltsam zu öffnen. Es war ein Glück, daß Mutter gerade eine Besorgung machte, so gelangten sie ungehindert an den Werkzeugkasten, um das Nötige zu holen. Die kleine Schwester hatte allerdings keine große Lust, ihre Puppen, mit denen sie gerade so nett spielte, zu verlassen. Aber danach wurde nicht gefragt, sie mußte einfach mit. Auf den Zehenspitzen ging's die Treppen hinauf. Siegfried hatte bestimmt, daß jeder von ihnen für ein Schloß aufzukommen habe; er wollte auf alle Fälle nicht allein schuldig sein, wenn die Sache herauskommen sollte.

»Guck an«, sagte Herbert, »da bist du nicht zu vornehm, dich mit Kindern zu befassen.«

»Wenn du Angst hast, mach ich's auch allein.« Siegfried schlug wieder seinen überlegenen Ton an. Aber Herbert war doch zu neugierig, um sich zurückzuziehen.

»Überhaupt wollen wir gar nichts stehlen, sondern bloß mal nachsehen«, versuchte er sein Gewissen zu beschwichtigen. Außerdem ist's ein Fall in der Verwandtschaft, bei Fremden würde man das ja auch nicht tun. Im Grunde genommen wußten sie beide, daß sie Unrecht taten, nur eingestehen wollten sie sich das nicht. So machten sie sich ans Werk. Es war doch viel mühsamer, als sie sich's vorgestellt hatten. Endlich war das erste Schloß offen.

»Nun kommst du an die Reihe«, sagte Siegfried und reichte seinem Bruder das Werkzeug.

Da, o Schreck, öffnete sich die Türe, und die Mutter, die ihre Kinder vergeblich gesucht hatte, trat ein, und –

o Entsetzen! – hinter ihr der Onkel und der Vater.

»Ja, um alles in der Welt«, rief die Mutter aus, »was richtet ihr denn nun schon wieder an?« Statt aller Antwort schrie Siegfried seiner Schwester entgegen: »Hab' ich dir nicht befohlen, daß du auf der Treppe aufpaßt, ob jemand kommt?« Und Herbert fragte die Mutter in vorwurfsvollem Ton: »Warum sagst du denn, der Onkel kommt erst heute abend heim?«

Jetzt aber wurde es dem Vater doch zu bunt. Er hob zornig die Hand. »Das ist ja der Höhepunkt, was fällt euch denn ein, an Onkels Sachen herumzumurksen? Dafür sollt ihr eure Strafe haben!« Der Onkel aber legte beschwichtigend die Hand auf seinen Arm: »Nein, schlage sie nicht, ich glaube, es war gar nicht so böse gemeint.« Und zu den beiden Jungen sich wendend, fragte er: »Sagt mir einmal ganz in Ruhe, was ihr vorhattet.«

Da standen die beiden Sünder, über und über rot, und wußten nichts zu sagen. Selbst Siegfried machte einen ganz hilflosen und verlegenen Eindruck. Ilse meinte nun endlich doch antworten zu müssen: »Die Indianersachen wollten sie sehen.«

»Aha«, sagte der Onkel, der durchaus nicht beleidigt war, »da haben wir's schon. Aber da seid ihr an den verkehrten Koffer geraten. Die verschiedenen Andenken aus den fernen Ländern sind dort in den Kisten verpackt. In dieser Truhe sind ganz andere Dinge, und doch sind es mir die allerwichtigsten. Und da nun das eine Schloß schon geöffnet ist, wollen wir auch das andere aufschließen, und ich will euch den Inhalt zeigen.« Liebevoll streichelte er die schwarze Holztruhe und sagte: »Ich kann mich nicht davon trennen. Seht, diese Truhe war es, in der meine gute Mutter ihre Aussteuer aus dem Elternhaus mitbrachte. Weißt du noch, Helene, wie sie bei uns im Wohnzimmer stand, zwischen den beiden Eckfenstern?«

Währenddessen hatte er die Truhe geöffnet. Voller Neugierde schauten die Kinder hinein. Da lag oben drauf ein rot- und weißgewürfeltes Federbett. »Mit diesem Bett«, sagte der Onkel, »hat mich die Mutter zugedeckt, als ich noch ein Kind im Elternhaus war. Da hat sie oft bei mir gesessen und meine Hand gehalten, bis ich eingeschlafen war, und links und rechts, oben und unten hat sie das Bett fest um mich gelegt und gestopft, daß ja kein Zuglüftchen an mich kommen sollte. Ach, Kinder, manch rauher Sturm ist inzwischen über mein Haupt gebraust, und ich hatte niemand, der mich davor bewahrte. Und dieser kleine, lederne Beutel, den hat mir der Vater geschenkt, als ich das Elternhaus verließ, und hat gesagt: ›Junge, heb dir hier deine Spargroschen auf, in diesem Beutel habe ich meiner Mutter, die eine gelähmte Witwe war, meinen sauer verdienten Tagelohn heimgebracht und so für sie gesorgt, bis sie tot war.‹ Seht Kinder«, sagte der Onkel, »wenn ich in späteren Jahren versucht war, unnütz Geld auszugeben, dann habe ich nur den alten Geldbeutel meines Vaters hervorzuholen brauchen, und ich wurde davor bewahrt.«

Nun nahm er eine Schachtel aus der Truhe. »Hier sind all die vielen Briefe aus der Heimat, die liebe Menschen mir geschrieben haben, als ich jahrelang auf Forschungsreisen in den verschiedenen Ländern war. Wenn mich oftmals irgendwelche Not überfiel, wenn sich unüberwindbar scheinende Schwierigkeiten mir in den Weg stellten, dann fand ich Trost in dem Gedanken: du hast ja noch eine Anzahl lieber Freunde in der Heimat, du bist also noch nicht verlassen, und dann wurde ich wieder froh in meinem Herzen.«

Noch manches holte der Onkel aus seiner Truhe hervor, und über jedes einzelne wußte er in rührend inniger Weise zu reden.

Ganz unten in der Truhe aber lag eine große Bibel. Mit

Tränen in den Augen drückte er sie an sich und sagte: »Kinder, hier ist mein wertvollster Besitz. Dies ist das Buch, aus dem uns der Vater täglich seine Andachten las, und stets ging er dann freudig und zuversichtlich an die Arbeit. Es ist das Buch, aus welchem unsere Mutter sich Trost und Kraft holte, als sie ein Kind nach dem andern durch den Tod verlor. Es ist das Buch, welches sie mir, ihrem einzig übriggebliebenen Sohn mitgab, als er in die Welt zog, und es ist mir Trost und Halt in meinem ganzen Leben gewesen. Alle meine Sammlungen und Andenken dort in den Kisten sind nichts gegen den Reichtum, der in diesem Buche liegt.«

Der Onkel schwieg und legte alles behutsam in den »Heimatkoffer«, so nannte er die alte Truhe. Den andern war's, als hätten sie eine Feierstunde erlebt. Die Mutter saß auf einer Kiste und ließ ihren Tränen freien Lauf. Auch der Vater sah ernst und ergriffen aus, und die Kinder fühlten es, daß selbst die Indianerkoffer ihnen nicht eine solche Lehre hätten geben können, wie diese geheimnisvolle Truhe, Onkels »Heimatkoffer«.

Aber auch die Indianerkoffer wurden noch am gleichen Tage geöffnet. Und nun kamen die Kinder nicht aus dem Staunen. Was kam da aber auch alles zum Vorschein! Kleider, Schmuckgegenstände, Waffen und andere Dinge aus den verschiedensten Ländern und Gegenden. In großen Mappen waren fein geordnet und mit Namensschildern versehen gepreßte Pflanzen und Blumen, die man in Deutschland nicht kennt.

»Das reinste Museum hast du in deinen Koffern«, rief Siegfried staunend aus. »Das sind ja unermeßliche Werte.«

»Wißt ihr, was mir für ein Gedanke kam«, sagte der Onkel, »ich bin bereit, all diese Sachen euren Schulfreunden zu zeigen und ihnen etwas von meinen Erlebnissen in den fremden Ländern zu erzählen. Wenn eure Eltern es erlauben, könnt ihr sie einladen, und wir kommen dann an einem schulfreien Nachmittag in eurem Garten zusammen. Was denkt ihr von diesem Vorschlag?«

»Onkel, das ist ja großartig! Die ganzen Sachen willst du ihnen zeigen? Hurra, – das gibt ein Fest! Die werden aber Augen machen, wenn sie die vielen Sachen sehen, und einige werden platzen vor Neid.« Der Onkel drohte mit dem Finger: »Ei, ei, was ist das für ein frommer Wunsch? Nein, ich hoffe nicht, daß irgend ein Mißton unser Vorhaben stört, sondern daß alle Teilnehmer sich freuen. Und nun geht und ladet eure Freunde ein!« Das war ein Jubel! Die Kinder führten die reinsten Indianertänze auf vor Begeisterung über den fabelhaften Plan des Onkels. Früher als sonst waren sie am nächsten Morgen in der Schule, und wie ein Lauffeuer ging die Einladung durch die Klasse. – Der eintretende Lehrer bemerkte sofort die Erregung. »Na, was ist los?« fragte er. Und die Schüler überstürzten sich mit den Antworten.

»Der Onkel aus Amerika ist gekommen!«

»Welcher Onkel?«

»Meiner«, antwortete Herbert stolz und erhob sich von seinem Platz. »Und er hält uns einen Vortrag«, schrie einer der Knaben durch die Klasse. »Er hat ein paar riesengroße Koffer mit den wunderbarsten Dingen mitgebracht«, rief ein anderer, »und das alles will er uns zeigen.« Der Lehrer interessierte sich sehr für diese Angelegenheit und forderte Herbert auf zu erzählen, was dieser auch mit großem Eifer tat.

In Siegfrieds Klasse war es inzwischen ähnlich zugegangen. Der Rektor der Schule, der diese Klasse unterrichtete, war nicht weniger interessiert, und als Siegfried erzählte, daß seine Klassenkameraden eingeladen seien, in ihrem Garten den Onkel über seine Erlebnisse erzählen zu hören, fragte er, ob der Onkel bereit sei, einen Vortrag in der Schulaula zu halten, damit alle Klassen daran teilnehmen könnten.

Der Onkel erklärte sich einverstanden, und an einem der nächsten Tage saßen die Schüler sämtlicher Klassen erwartungsvoll in der geräumigen Aula. Vor dem Rednerpult standen die verschiedenen großen Koffer, die der Rektor mit einem Wagen hatte holen lassen. Die Schüler zappelten vor Ungeduld, den Inhalt zu sehen. »Was mag wohl in der hölzernen Truhe sein?« fragten die Knaben, »die sieht doch recht geheimnisvoll aus.«

Nach einem Klingelzeichen betrat der Onkel die Aula, geführt von dem Rektor. Freundlich begrüßte er die Lehrer und Schüler und begann dann in seiner lebhaften Art zu erzählen. Bald hatte er seine Zuhörer so im Bann, daß man eine Stecknadel hätte zu Boden fallen hören können. Was hatte er alles erlebt und in welchen Gefahren war er gewesen! Mit den wilden Tieren im Urwald hatte er kämpfen müssen und mehr wie einmal hatte er sich verloren geglaubt, aber immer wieder war ihm Hilfe zuteil geworden. Freudig bekannte er, daß er diese Hilfe niemand anderem als Gott zu verdanken habe. Und nun öffnete er die verschiedenen Koffer und breitete ihren Inhalt vor den staunenden Kindern aus. Da waren nun in Wirklichkeit all die interessanten Gegenstände, von denen sie oft mit Spannung in den Indianerbüchern gelesen hatten. – Als alle Koffer geöffnet waren, kam auch die geheimnisvolle Truhe an die Reihe. Die Schüler rückten zusammen, reckten die Hälse und stießen sich gegenseitig an. »Was mag nun da noch zum Vorschein kommen?« Der Onkel wurde jetzt sehr ernst. »Ich habe mich gefragt«, fuhr er in seinem Vortrag fort, »ob ich diese alte Truhe auch hierher bringen lassen sollte. Sie birgt nicht derartige Kostbarkeiten in sich, wie ich sie soeben gezeigt habe, und doch ist mir der

Inhalt dieser Truhe kostbarer, als all die mühsam gesammelten Schätze.« Während er so sprach, hatte er die Truhe geöffnet und nahm behutsam die einzelnen Gegenstände hervor. Fast ehrfürchtig betrachtete er sie.

»Laßt es euch sagen«, fuhr er fort, »so interessant die Fremde auch sein mag, wie gut und wertvoll es auch ist, seine Kenntnisse zu erweitern und sein Wissen zu bereichern, kommt man doch nicht los von der Heimat. Seht hier, diese Gegenstände sind mir die Verbindung mit der Heimat gewesen, und so seltsam es klingen mag, sie haben mir geholfen durchzuhalten und die Hoffnung nicht zu verlieren, wenn mir gewaltige Schwierigkeiten begegneten.« Und dann sprach er über jedes einzelne Stück aus dem Heimatkoffer, und alle spürten, wie wertvoll sie ihm waren. Zuletzt nahm er die Bibel, die alte Bibel seiner Eltern, und nun war er sehr bewegt.

»Seht«, sagte er, »im Grunde genommen sind wir hier auf Erden alle in der Fremde. Dieses Buch soll uns aber die Verbindung mit unserer ewigen Heimat herstellen. Wir alle haben im Urwald des Lebens manchen Kampf zu bestehen. Wir wollen uns nicht einbilden, daß wir in eigener Kraft den Sieg erringen, aber dieses Buch hier, die Bibel, will uns ein Wegweiser sein durch all die Gefahren und ein Wegführer zur ewigen Heimat.«

Der Onkel beendete mit diesen Worten seinen Vortrag. Der Rektor und die Lehrer dankten ihm herzlich. Die Schüler waren begeistert. Sie umringten die beiden Brüder, Siegfried und Herbert, und fanden nicht genug Worte des Lobes und der Begeisterung. »So einen Onkel aus Amerika möchte ich auch haben«, sagte einer. »Das ist ja ein richtiger Gelehrter«, fügte ein anderer bewundernd hinzu. Ein eben vorbeigehender Lehrer, der den letzten Satz gehört hatte, blieb bei den Knaben stehen. »Wißt ihr auch, worin seine eigentliche Größe besteht?« fragte er und sah die Schüler prüfend an. »Das Große an ihm ist die Tatsache, daß er bei all seinem Wissen und seinen vielen Kenntnissen sich ein demütiges Herz bewahrt hat.«

Der Kläff

Der Kläff war kein Hund. Er war ein alter Mann und hieß Theodor Klaff. Die Horde aus der Hintergasse hatte ihm diesen Namen gegeben.

»Mit seinem Bart sieht er aus wie ein Rattenfänger«, hatte Gustel Möck behauptet. Und weil ein Rattenfänger ein Hund ist, nannten sie ihn Kläff. So kam Theodor Klaff zu seinem neuen Namen.

Sein Freund war der kleine Johannes Liput, den sie immer auslachten und ärgerten, weil er so ängstlich und scheu war. Sie hatten auch ihm einen Spitznamen zugelegt. »Liliput« nannten sie ihn. Auf dem Volksfest hatten einige von ihnen die Gruppe der Liliputaner gesehen, diese kleinen, zwergenhaften Menschen. Nun behaupteten sie, Johannes gehöre eigentlich zu ihnen und sei nur aus Versehen in die Hintergasse geraten, am Ende sei er gar der Spielgruppe davongelaufen. Jedenfalls hatte auch Johannes seinen Namen weg. Er hieß Liliput. Manche Träne hatte der arme kleine Kerl deswegen schon vergossen. Aber das machte der Bande gerade Spaß, und sie ärgerten ihn, wo und wie sie nur konnten.

Dasselbe taten sie zuerst auch mit Theodor Klaff. Und vielleicht fanden sich die beiden deswegen zusammen, oder weil sie beide so einsam waren und eigentlich keinen Menschen hatten, der wirklich zu ihnen gehörte. So war es nur gut und von großer Wichtigkeit, daß sie sich fanden und Freunde wurden.

Wie diese Freundschaft zustande kam und was daraus wurde, das erzählt diese Geschichte – und es sollte mich sehr wundern, wenn wir am Schluß nicht ebenfalls gute

Freunde geworden wären mit den beiden, dem Kläff und dem Liliput, vielleicht sogar mit den andern aus der Hintergasse.

»Ein schöneres Zimmer werden sie nirgends finden«, behauptete Frau Zärtel und machte dabei eine Bewegung mit ihrer Hand, als habe sie mindestens einen prunkvollen Raum in einem königlichen Schloß zu vermieten. »Luftig und hell, mit herrlichem Ausblick auf den Fluß. – Sollten Sie sich aber nicht entschließen können – ich habe genug Interessenten, die gleich morgen . . .«

Der alte Mann erlaubte sich, die redegewandte rundliche Frau, deren Aussehen auch nicht die geringste Ähnlichkeit mit ihrem Namen hatte – nein, zart sah sie keinesfalls aus –, zu unterbrechen.

»Doch, ich nehme das Zimmer. Wenn es Ihnen recht ist, zahle ich gleich die Miete für den ersten Monat im voraus.«

Ja, es war Frau Zärtel sehr recht. Nachdem sie ihren neuen Mieter allein gelassen hatte – befriedigt war sie mit dem Geld davongegangen –, sah dieser sich erst einmal gründlich um. Hier also sollte er von jetzt an wohnen! Luftig hatte Frau Zärtel das Zimmer bezeichnet. Nun ja, es zog aus allen Ritzen, sofern fehlte es nicht an Luft. Und doch roch das Zimmer muffig. So riß Theodor Klaff die beiden Fenster auf. Dabei bemerkte er, daß sie sehr wackelig in den Angeln hingen. Es schien ihm fraglich, ob sie einem heftigen Sturm standhalten würden.

Nun beugte er sich zu einem der Fenster hinaus, um die herrliche Aussicht auf den Fluß zu genießen. Ein schmutziges, in allerlei Farben schimmerndes Gewässer wälzte sich träge da unten vorbei. Jedermann wußte, daß die Abwasser der großen Färberei am Rande der Stadt je nach ihrer Art und Farbe das Aussehen des Flüßchens ständig veränderten. Außerdem waren die Hausfrauen der an beiden Ufern stehenden alten Häuser gewöhnt, trotz strengem polizeilichem Verbot, ihre Abfälle seinen vorbeirauschenden Fluten anzuvertrauen.

So also sah der herrliche Ausblick aus. Auf dem gegenüberliegenden Ufer des Flusses erblickte der alte Kläff die Hinterhäuser der Vorderen Gasse, die sahen auch nicht vertrauenerweckender aus wie diejenigen der Hintergasse. Graue Wäsche hing an den Fenstern und auf den Höfen, sowie unzählige Kinderwindeln, denn nirgends war die Stadt so mit Kindern bevölkert wie in diesem Viertel. Schüsseln und Wannen hingen an den Wänden der winzigen Küchenbalkone; Leitern, Besen, Schrubber und andere Geräte hatten ebenfalls dort ihren Platz, weil in diesen Wohnungen viel zu wenig Raum war.

Ein kleiner, rothaariger Junge schaute aus einem der gegenüberliegenden Fenster hinter dem Fluß. Er sah den alten Mann, streckte ihm die Zunge heraus und machte ihm eine lange Nase. Die keifende Stimme einer Frau drang herüber. Eine Ziehharmonika sang in langgezogenen Tönen, und ein Hund heulte jammervoll dazu.

Theodor Klaff stieß einen leisen Seufzer aus und schloß das Fenster. Sein Blick fiel auf die verblichene Tapete, die an einigen Stellen häßlich zerrissen war, und mehr als einmal zeigten blutige Flecken, daß dort irgendein Ungeziefer zerdrückt worden war.

Dies alles war natürlich nicht dazu angetan, des alten Mannes Freude an seiner neuen Wohnung zu erhöhen; aber schließlich war es jetzt nicht an der Zeit, Ansprüche zu stellen, zumal er in den letzten Monaten in schlimmeren Behausungen hatte leben müssen. Er dachte an die mancherlei Erlebnisse, die er seit der Flucht gehabt hatte. Und außerdem glaubte er fest daran, daß es keinen Zufall gibt. Vielleicht hatte er gerade in diesem trostlosen Viertel noch einen Auftrag zu erfüllen. Schließlich lebten auch hier Menschen, die alle von Gott geliebt waren und deren Errettung ihm, dem Theodor Klaff, ein Anliegen sein mußte. Hatte er nicht erst heute morgen, als er seine Andacht gehalten und einige Verse aus der Bibel gelesen hatte, das Wort gefunden: »Denen, die Gott lieben, müssen alle Dinge zum Besten dienen.« Also war auch sein Hiersein nicht ohne Sinn.

Deshalb wollte er guten Mutes morgen mit seinen paar Habseligkeiten hier in der Hintergasse 74 einziehen und sich bemühen, auch aus diesem neuen Abschnitt seines Lebens das Beste zu machen.

Das erste, was er in sein Zimmer trug, war ein blühender Blumentopf. Frau Metzger aus dem dritten Stock hatte es gesehen. Höhnisch lachend ging sie zu ihrer Nachbarin: »Na, wenn der neue Mieter nichts anderes in seinem Zimmer unterzubringen hat, dann ist er wahrlich ein armer Schlucker.«

Am Nachmittag des gleichen Tages fand der eigentliche Einzug statt. Auf einem Handwagen hatte Herr Klaff seine ganze Habe aufgebaut: ein schmales eisernes Bett, ein Tischchen, zwei Stühle, eine Kiste, in der die wenigen Kochtöpfe und etwas Geschirr untergebracht waren und auf welcher der kleine Kocher stehen würde, den er benötigte, um seine bescheidenen Mahlzeiten herzustellen, ferner eine schmale Kiste, die durch zwei Bretter in drei Fächer eingeteilt war, und ihm als Schränkchen oder Kommode für seine Wäsche, Handtücher usw. diente, ein Eckbrett, unter das einige Haken geschraubt waren und das mit einem davorgezogenen Vorhang einen Kleiderschrank ersetzte. Ein kleiner Handkoffer barg wohl noch einige Kleidungsstücke. Das war Theodor Klaffs ganzer Besitz.

Enttäuscht zogen sich die Mitbewohner von den Fensterbrettern zurück. Dieser ärmliche Einzug war nicht dazu angetan, ihre Neugierde zu befriedigen.

»Der hat noch weniger wie unsereiner«, brummelte Pieseke, der Flickschneider aus dem ersten Stock, dritte Tür rechts, vor sich hin und schwang sich wieder auf den Tisch, um auf die Hose des Bäckermeisters Schmidtke einen großen Flicken zu setzen.

»Witwer oder Junggeselle – jedenfalls ohne Anhang!« stellte Frau Friedlieb aus dem dritten Stock fest und schloß ihr Fenster mit Nachdruck. »Es lohnt sich nicht, hinunterzugucken und für solch einen Einzug Zeit zu verschwenden. Sophie«, herrschte sie ihre Tochter an, »geh vom Fenster weg und mach endlich, daß du mit dem Geschirrwaschen fertig wirst!«

Im obersten Stockwerk wohnte in einem Dachstübchen Fräulein Brunner, immer ein wenig kränklich und voller Sorge, nur ja niemand lästig zu werden. Auch sie schaute zum Fenster hinaus. Es gab so wenig Abwechslung in der Hintergasse. Nun sah sie, wie der alte Mann sich abmühte, das eiserne Bettgestellt von seinem Wagen zu zerren.

Ist denn kein Mensch da, der ihm ein bißchen behilflich ist? dachte sie. Sie blickte die Gasse hinauf und hinunter. Ein paar halbwüchsige Burschen standen an der Ecke herum, stießen und schubsten sich – wahrhaftig, der vierzehnjährige Oskar von Frau Zärtel rauchte schon wieder –, sie schienen sich über ihn lustig zu machen, aber keinem der Jungen kam es in den Sinn, dem alten Mann ein paar Handreichungen zu tun.

Fräulein Brunner schüttelte bekümmert den Kopf. Es hatte keinen Sinn, ihnen zu rufen, ihre Stimme würde doch nicht durchdringen.

Ob sie sich wohl selbst anbot? Aber nein, das könnte der neue Mieter verkehrt auffassen. Sie mochte sich ihm nicht aufdrängen. Aufs neue lehnte sie sich zum Fenster hinaus. Aber sie konnte es nicht mit ansehen, wie der alte Mann sich abrackerte. So überwand sie ihre Scheu und lief, so rasch sie konnte, die Treppen hinunter auf die Straße.

Inzwischen aber war doch ein kleiner Helfer erschienen. Johannes Liliput hatte, wie immer einsam und allein vor dem Haus stehend, traumverloren die gegenüberliegende Häuserreihe beobachtet. Da entdeckte er den »Möbeltransport«: Ah, das ist der neue Mieter, von dem Zärtels Oskar gestern erzählt hat! Als der alte Mann sich nun mit dem Bettgestell abquälte, trat er schüchtern hinzu und fragte: »Kann ich Ihnen nicht behilflich sein?«

»Das ist lieb von dir, mein Junge«, antwortete Herr Klaff, »ich fürchte nur, du bist nicht stark genug, hier anzufassen. Wenn du nachher einen Stuhl in mein Zimmer hinauftragen willst oder meinen Koffer, dann bin ich dankbar.«

Inzwischen war Fräulein Brunner unten angekommen. Sie errötete verlegen, als sie sagte: »Sie sind sicher der neue Mieter. Ich heiße Therese Brunner und wohne oben im Dachstock. Kann ich Ihnen etwas helfen?«

Die Jungen an der Ecke prusteten los, einige brachen sogar in lautes Gelächter aus, als sie sahen, daß der alte Mann seine Mütze abnahm und so etwas wie eine Verbeugung machte.

»Guckt nur den alten Knacker«, spottete Fritz Peschke, »der bändelt mit der Brunnerschen an!« Eine Lachsalve antwortete ihm.

Der alte Mann aber sagte höflich: »Mein Name ist Klaff, Theodor Klaff. Ich danke Ihnen sehr, aber ich fürchte, auch für Sie ist es zu anstrengend. Ob wohl einer der Jungen ...« Er blickte fragend zur Ecke, aber die Jungen, wohl ahnend, was er sagen wollte, verschwanden blitzschnell, als hätte sie der Erdboden verschlungen.

»So blöd«, empörte sich Oskar Zärtel, »wir sind hier doch nicht als Gepäckträger angestellt!«

»Mensch, Ossi«, neckte ihn einer der anderen, »vielleicht hättest du dir eine Zigarette verdienen können.«

»Der sieht gerade aus, als habe er was zu verschenken, nee – es scheint mir sehr fraglich, daß meine Mutter von ihm die Miete für das Zimmer kriegt. Na, dann wird er jedenfalls nicht lange in der Hintergasse 74 wohnen, sondern im Obdachlosenasyl oder in der ›Heimat für Heimatlose‹ landen. Da macht meine Mutter kurzen Prozeß – und recht hat sie!« Er warf einen vielsagenden Blick auf Gustav Wörmer, dessen Vater mit dem Mietezahlen meistens im Rückstand war, weil er einen großen Teil seines Wochenlohns vertrank.

Inzwischen hatte Fräulein Brunner tatkräftig mit angefaßt und half dem alten Mann seine Habseligkeiten die Treppe hinauftragen. Oben angekommen reichte Herr Klaff ihr die Hand und sagte: »Ich danke Ihnen sehr! Sie haben mir einen großen Dienst erwiesen.« Er bot ihr höflich einen Stuhl an. »Bitte, setzen Sie sich doch! Sie haben sich so angestrengt. Es tut mir leid, daß es noch so ungemütlich bei mir aussieht. Aber das ist nun einmal so bei einem Umzug.«

Als er den fragenden Blick bemerkte, mit dem das Fräulein den unfreundlichen, kahlen Raum musterte, sagte er fast verlegen: »Ich weiß, das Zimmer macht noch einen sehr kümmerlichen Eindruck. Aber nach einiger Zeit wird das schon anders sein.«

»Das glaube ich auch«, erwiderte Fräulein Brunner. »Auch ein Stall kann geadelt werden durch den, der darin wohnt. Denken Sie doch an den Stall von Bethlehem.«

Da reichte der alte Mann ihr in fröhlichem Einverständnis die Hand und sagte: »Ich danke Ihnen für dieses Wort. Wenn es auch vermessen wäre, mich mit den Bewohnern jenes Stalles zu vergleichen, aber soviel ist mir auch klar, daß ein Raum geprägt wird durch den, der darin wohnt.«

Fräulein Brunner erhob sich. »Ich muß nun gehen. Es hat mich gefreut, Sie kennenzulernen, und weil Sie hier doch fremd sind, will ich Ihnen sagen, wo die nächste evangelische Kirche ist. Denn ich nehme an, daß es auch Ihnen ein Bedürfnis ist, am Sonntag zum Gottesdienst zu gehen.«

»Sie täuschen sich nicht. Aber ich kenne bereits den Weg zur Kirche. Schönen Dank! Ich habe ihn mir schon an dem Tag gesucht, als ich mich entschloß, dieses Zimmer zu mieten. Wenn man auch seine irdische Heimat durch die Flucht verloren hat, so muß man doch innerlich irgendwo zu Hause sein. Nochmals vielen Dank, daß Sie mir geholfen haben!«

Wieder errötete das alte Fräulein. Dann lief sie in ihr Zimmer hinauf, damit niemand die Tränen in ihren Augen sah. Es war schon wer weiß wie lange her, daß ihr jemand ein gutes und persönliches Wort gesagt hatte. Das schien wirklich ein netter Mensch zu sein, dieser neue Mieter. Aber entsetzen würde er sich, wenn er erst einmal die anderen Mitbewohner des Hauses kennenlernte! Fräulein Brunner seufzte, und nun rann ihr gar eine Träne über die abgehärmten Wangen. Da wohnte sie nun schon jahrelang in diesem Haus mit den vielen Mietparteien, aber noch nie in ihrem Leben war sie so einsam gewesen wie hier.

Und da zieht nun plötzlich ein alter Mann in das Haus ein, von dem sie im Grunde genommen gar nichts und doch wiederum das Wichtigste weiß. Und wenn sie sich nur hin und wieder auf dem Weg zur Kirche treffen, so wird sie sich doch nicht mehr so einsam und verlassen vorkommen.

Der kleine Johannes stand inzwischen mitten in dem noch kahlen, unfreundlichen Zimmer, in das der alte Mann soeben eingezogen war.

»Soll das ein schönes Zimmer sein?« fragte er zweifelnd und sah sich aufmerksam um.

»Das soll erst ein schönes Zimmer werden!« erwiderte Herr Klaff und blickte sich ebenfalls um. Nun entdeckte Johannes den Blumenstock auf der Fensterbank.

»Oh!« rief er und stellte sich nah vor ihn hin, »da ist ja schon was Schönes.« Nach einer Weile seufzte auch er, genauso wie Fräulein Brunner es kurz vorher in ihrem Zimmer getan hatte. Langsam wandte er den Kopf zu dem alten Mann und sagte leise, aber doch so, daß dieser ihn gut verstehen konnte: »Meine Mutti hat auch immer Blumen gehabt.«

»Hat sie jetzt keine mehr?« wollte Theodor Klaff gerade fragen. Dann fiel ihm aber ein, daß die Mutter des kleinen Jungen gestorben sein könne, und so sagte er lieber nichts.

Johannes erzählte von selbst weiter: »... und jetzt ist sie tot. Und wir haben nie Blumen!«

Da seufzte auch der neue Mieter. Er ging behutsam auf den kleinen Jungen zu und strich ihm zärtlich über das Haar. »Aber dein Vater lebt doch noch?« fragte er fast ängstlich, so als befürchte er, der Junge könne seine Frage mit einem »Nein« beantworten. Und tatsächlich – Johannes schüttelte traurig den Kopf.

»Nein, ich habe auch keinen Vater mehr. Er kam krank aus dem Krieg zurück und war so sehr traurig, weil er die Mutter nicht mehr fand – da ist er auch gestorben. Jetzt sind sie alle tot – und wir haben keine Blumen mehr.« Sehnsüchtig schaute er wieder hinüber zu dem Blumenstock auf der Fensterbank – zu dem Blumenstock, der in seinem kleinen Herzen die Erinnerung an seine Mutter wachgerufen hatte.

Und da geschah es, daß Theodor Klaff seinen Primelstock, den er als erstes in sein Zimmer getragen hatte, weil er dessen Freudlosigkeit nicht ertrug, dem kleinen Johannes schenkte. Es war ein wirkliches Opfer, das er damit brachte, denn auch er freute sich an dem leuchtenden Rot seiner Blüten. Lange hatte er es sich überlegt, ob er bei dem wenigen Geld, über das er verfügte, sich diese Ausgabe leisten könne. Aber nun dachte er nicht mehr daran, er konnte den Anblick dieser sehnsüchtig-traurigen Augen nicht länger ertragen. So nahm er den blühenden Stock vom Fenster und reichte ihn dem staunenden Johannes.

»Hier, mein Kind, ich schenke ihn dir, pflege ihn gut und denke dabei an deine Eltern!«

»Ich soll ihn haben?« fragte Johannes und wurde vor Freude über und über rot. »Er soll wirklich mir gehören?«

»Ja, kleiner Freund!«

»Ich darf ihn mitnehmen?« Der Junge konnte es noch immer nicht fassen.

Und als der alte Mann ihm freundlich zunickte, stellte er den Blumentopf noch einmal auf die Fensterbank zurück, reichte ihm überglücklich die Hand und sagte: »Sie – sind ein guter Mensch. Sie sehen aus wie mein Opa. Aber der ist auch schon tot!« Dann nahm er mit zitternden Händen den Blumentopf und trug ihn davon.

Er hatte mit seiner blühenden Freude noch nicht das obere Stockwerk erreicht, wo er bei seinen Pflegeeltern wohnte, als unten im Haus ein ohrenbetäubender Lärm losging. Schreien und Fluchen, Klatschen von Schlägen, wütendes Aufheulen eines Jungen, dazwischen eine keifende Frauenstimme. Ein Mann schimpfte in den gröbsten Ausdrücken, Türen wurden zugeschlagen. Endlich verstummte das Getöse.

Johannes hatte die Zimmertür nicht schließen können, weil er den Blumentopf in beiden Händen trug.

So drangen diese häßlichen Laute ungedämpft durch das Treppenhaus zum Ohr des alten Mannes. Mitten in seiner unfreundlichen Stube stand er, schüttelte traurig den Kopf und sagte bekümmert vor sich hin: »Das paßt alles zusammen. Ja, ja, da wird es manches zu tun geben.«

Als er kurz darauf die ausgetretenen Treppenstufen hinunterging, um den Handwagen, den er sich geliehen hatte, seinem Eigentümer zurückzugeben, wurde in einer der Wohnungen im Erdgeschoß die Eingangstüre aufgerissen. Ein verwahrlost aussehender Junge mit verweintem, geschwollenem Gesicht stürzte aus der Wohnung, ballte die Faust und schrie, zurückblickend: »Ich zünd' euch noch das Haus über euren Köpfen an!« Ehe Theodor Klaff einen Gedanken fassen konnte, war der Junge an ihm vorbeigerannt.

Hinter ihm her stürmte ein Mann aus der Wohnung, wahrscheinlich der Vater des Jungen. »Komm nur nicht wieder heim, sonst schlag ich dich tot!« schrie er. Er sah wirklich aus, als sei er dazu fähig.

Der alte Klaff erschrak bis ins Innerste vor diesen Ausbrüchen des Zornes. Wie beschwörend hob er die Hände dem wutschnaubenden Vater entgegen und sagte: »Nicht doch, nicht doch!« Nun schien sich der Zorn des Mannes gegen den neuen Mieter zu richten.

»Mischen Sie sich gefälligst nicht in meine Angelegenheiten! Sie sind überhaupt nicht um Ihre Meinung gefragt worden. Solche Unverschämtheit! Steckt kaum die Nase ins Haus und will einen schon bevormunden.«

Der alte Mann blickte dem Wütenden ruhig in die Augen. Dann schüttelte er den Kopf. »Ich wollte mich wirklich nicht in Ihre Privatangelegenheiten mischen, es war mir nur ...« Aber der verärgerte Vater des Jungen hatte bereits die Tür hinter sich zugeschlagen und hörte nicht mehr, was Theodor Klaff ihm sagen wollte.

Als dieser nach etwa einer halben Stunde zurückkam, saß der kleine Johannes auf den Treppenstufen vor seiner

Zimmertür. Er hatte den Kopf in die Arme gelegt und weinte bitterlich. Neben ihm stand der Blumenstock mit den leuchtend roten Blüten.

»Nanu, kleiner Freund«, sagte der alte Mann. »Was ist denn los? Warum weinst du so?«

Johannes hob den Kopf. Sein Gesicht war ganz naß vor lauter Tränen. »Ich darf ihn nicht behalten«, schluchzte das Kind, »sie erlauben es nicht.«

Herr Klaff begriff sofort, daß er von seinem Blumenstock sprach. Er hob ihn auf, faßte den Kleinen bei der Hand und sagte: »Komm mit mir herein und erzähle mir alles!« In seinem Zimmer stellte er den Blumenstock wieder auf die Fensterbank, setzte sich auf einen der beiden Stühle und nahm Johannes zwischen seine Knie. »Warum darfst du den Blumenstock nicht behalten?« – »Die Tante meint, es komme dadurch nur Dreck in die Stube, und der Onkel sagt, wir brauchten keine Geschenke.«

Eine Weile schwieg der alte Mann in ernstem Nachdenken. Er war sehr bekümmert. Dreck nannte der eine, was des andern große Freude war. Arme Menschen! »Soll ich wohl zu deinen Pflegeeltern gehen und sie bitten, sie mögen dir erlauben, das Blumenstöckchen zu behalten?«

Johannes schüttelte traurig den Kopf. Ganz hoffnungslos sah der arme kleine Kerl aus. »Es hat keinen Zweck; sie wollen nicht.« Und dann brach es wie ein Strom von Bitterkeit aus ihm heraus: »Sie sind so böse – die Tante will es vielleicht nicht sein – aber sie muß, wegen dem Onkel. Aber er ist ein ganz, ganz böser Mann – und so sind sie hier alle im Haus. Sie werden es schon sehen. Haben Sie vorhin nicht das Geschrei unten gehört? So ist es immer bei den Schnepplers. Der Vater ist böse und die Mutter, aber am allerschlimmsten ist der Max – der quält die Tiere, er reißt den Fliegen die kleinen Flügel aus und spießt Schmetterlinge mit Stecknadeln an die Wand, er bindet zwei Katzen die Schwänze zusammen, und immer schlägt er die kleinen Kinder. Die anderen Jungen sind ebenso. Der Oskar Zärtel raucht immer und hat kürzlich beinahe die Holzkammer in Brand gesteckt. Da hat er furchtbare Schläge bekommen, aber er raucht immer wieder. Und Friedliebs und Pieseke und alle die anderen sind böse und frech.« Ganz aufgeregt war der kleine Johannes und fast feindselig wurde sein Gesichtsausdruck, als er die Namen seiner Mitbewohner aufzählte. Er mußte sehr unglücklich sein inmitten dieser Menschen.

»Ich habe aber schon zwei sehr nette Menschen hier im Haus kennengelernt«, erwiderte der alte Mann. »Da kam zum Beispiel heute ein kleiner Junge zu mir und half mir ganz freiwillig meine Sachen hinauf in mein Zimmer zu tragen. Wenn ich nicht irre, so heißt er Johannes.« Mitten in sein Weinen und Anklagen verirrte sich nun doch der Schimmer eines Lächelns in die Augen des Kindes. Der alte Mann fuhr fort: »Und außerdem kam noch ein freundliches Fräulein – Brenner oder Brunner heißt sie, und sie half mir mein Bett heraufschleppen. Die kommt mir auch nicht böse oder frech vor.«

»Ach, die Brunner«, sagte Johannes. »Die Jungen sagen, sie sei dumm, weil sie fromm ist und zur Kirche geht.«

»Man ist nie dumm, weil man fromm ist, kleiner Johannes. Eher möchte ich sagen, man ist dumm, jedenfalls töricht, wenn man nicht fromm ist. Aber weißt du, ich glaube, all die Leute, die du mir aufgezählt hast, die sind weniger böse als unglücklich. Man müßte ihnen helfen können. Wollen wir beide uns nicht vornehmen, ihnen zu helfen?«

»Wie kann man denn das?« fragte das Kind ungläubig.

»Wenn man ihnen Gutes tut!«

»Sie wollen nicht – sie wollen ganz bestimmt nicht!« Johannes schien überzeugt, daß da nichts mehr zu helfen sei.

Aber der alte Mann hielt an seinem Gedanken fest. »Wir werden schon einen Weg finden. Vor allem will ich in den nächsten Tagen einmal deine Pflegeeltern besuchen. Weißt du, wegen deinem Blumentöpfchen. Und wenn sie es wirklich nicht erlauben, daß du es in die Wohnung bringst, dann darfst du mich jeden Tag besuchen und danach sehen. Auf jeden Fall gehört das Stöckchen jetzt dir; ich bewahre es dir nur auf.«

Nun leuchtete es in Johannes' Gesicht froh. »O ja – dann darf ich es doch behalten! – Und wenn ich Sie jeden Tag besuchen darf, dann brauchen Sie erst gar nicht zu meinem Onkel und meiner Tante zu kommen. Die schimpfen doch nur. Aber jetzt muß ich wieder gehen, sonst suchen sie mich.« Er verabschiedete sich, kam aber von der Tür noch einmal zu dem alten Mann zurück.

»Nun sind schon drei Menschen hier im Hause, die nicht böse und frech sind: Sie, Fräulein Brunner und ich«, sagte er.

»Wir wollen uns wenigstens bemühen, gut zu sein«, erwiderte Theodor Klaff und legte die Hand auf Johannes' Kopf.

»Ich weiß schon«, fuhr er fort, als könne er die Gedanken des kleinen Jungen lesen. »Das ist gar nicht so einfach, wenn die anderen nicht nett zu einem sind. Aus eigener Kraft kann man das überhaupt nicht. Aber da ist einer, der hilft einem dabei.«

»Wo?« fragte Johannes und blickte sich suchend in dem kahlen Zimmer um, als könne er ihn dort finden. »Ist der stark? Und kann er die anderen frechen Jungen verhauen?«

»Nein«, Herr Klaff schüttelte den Kopf. »Er hat nicht einmal zurückgeschlagen, als man ihn schlug und ihm ins Angesicht gespuckt hat.«

»Was?« entsetzte sich der Junge. »Das hätte ich mir

bestimmt nicht gefallen lassen. War er ein Feigling?«

»Nein, ganz gewiß nicht. Er war der Sohn Gottes. Hast du noch nie von Jesus gehört?«

Johannes schien ein wenig enttäuscht zu sein. »Doch, in der Schule im Religionsunterricht. Aber der Jesus ist doch schon lange tot. Der kann mir doch nicht mehr helfen gegen die frechen Jungen.«

»Er ist nicht tot. Er lebt.«

»Aber haben sie ihn nicht ans Kreuz geschlagen?«

»Siehst du, kleiner Freund, du weißt doch schon einiges von ihm. Ja, sie haben ihn ans Kreuz geschlagen, und als er tot war, begraben. Aber er ist nicht im Grab geblieben, sondern auferstanden von den Toten.«

Aus dem Treppenhaus hörte man eine Stimme nach Johannes rufen. »Ich muß gehen«, sagte er. »Die Tante ruft. Aber ich komme wieder.« Er war schon zur Tür hinaus, als er noch einmal zurückkehrte. »Meine Mutti hat auch von Jesus erzählt und mit mir gebetet. Aber das ist schon lange her. Ich habe fast alles wieder vergessen.«

»Blumen hat sie gehabt, und vom Heiland hat sie ihm erzählt«, murmelte Herr Klaff vor sich hin. »Es muß eine Frau mit gutem Herzen gewesen sein. Aber ich sehe schon, der liebe Gott scheint mir hier einige Aufgaben zugeteilt zu haben.«

Das war der Einzugstag des alten Mannes gewesen. Nun wohnte er schon einige Wochen in der Hintergasse 74. Aber viel Erfreuliches hatte er nicht erlebt. Die Mitbewohner waren entweder recht mißtrauisch und unfreundlich oder aber neugierig und schwatzhaft. Zu gerne hätten sie gewußt, wer der neue Mieter sei, woher er käme, was er erlebt hatte, wovon er lebte und so weiter.

Theodor Klaff war freundlich zu allen, wenn auch recht zurückhaltend. Schließlich hatte man nicht mehr in Erfahrung gebracht, als daß er Flüchtling sei, wie viele andere die Heimat verloren habe und von seinen Angehörigen nichts wisse.

Und fromm mußte er auch sein, also ein altmodischer, verschrobener Junggeselle; denn welch ein moderner Mensch ging heute noch zur Kirche, wenigstens in diesem Viertel war es so. Die wenigen konnte man an den Fingern einer Hand aufzählen. Na ja, die Brunnersche natürlich auch. Die beiden paßten überhaupt zusammen. Wer weiß, ob man mit den zwei Alten nicht noch einen kleinen Roman erlebte. So tuschelten und zischten die Bewohner der Hintergasse 74 miteinander und blinzelten sich vielsagend zu.

Die Jungen sprachen nur vom Kläff und riefen diesen Spottnamen manches Mal hinter ihm her. Glücklich über seinen Einzug war allein Johannes. Obgleich es ihm unsagbar schmerzlich war, daß die Pflegeeltern ihm nicht erlaubt hatten, den Blumenstock in der Wohnung zu behalten, hatte er sich am Abend des Einzugstages froh, wie schon lange nicht mehr, in sein Bett gelegt. »Kleiner Freund, hat er zu mir gesagt!« flüsterte er vor sich hin, »kleiner Freund!« Seit die Mutter und der Vater gestorben waren, hatte niemand ein Kosewort für ihn gehabt. Wohl sorgte die Tante für ihn. An jedem Sonntagmorgen legte sie ihm frische Wäsche auf sein Bett, er bekam regelmäßig seine Mahlzeiten, wenn sie auch aus bescheidener Kost bestanden. Gewiß war es anerkennenswert, daß sie und ihr Mann sich seiner angenommen hatten, als beide Eltern gestorben waren. Obwohl sie mit ihm nicht verwandt waren, hatte die Tante es der Mutter auf dem Sterbebett versprochen. Und als sie damals flüchten mußten, hatte sie Johannes mitgenommen und ihn an Kindes Statt angenommen.

Als sein Vater dann aus der Gefangenschaft zurückgekehrt und ihn endlich gefunden hatte, durfte er sogar bei den Pflegeeltern wohnen. Das war gut für ihn, denn bald mußte der Vater ins Krankenhaus.

Als er dann gestorben war, hatte Johannes die Überzeugung, daß es gut so war, zumal weder der Onkel noch die Tante je ein freundliches Wort für den schwerkranken Mann hatten. Wie anders war er es von seiner Frau gewohnt, die ihn immer so gut und liebevoll behandelt hatte. Das wußte Johannes vom Vater selbst. Die Pflegeeltern jedoch fanden, daß sie schon mehr als genug taten. Als sie den aus der Gefangenschaft Zurückgekehrten in ihr Heim aufnahmen, hatten sie doch selbst nicht genug und mußten in einer kümmerlichen Wohnung hausen.

Über all diese Dinge hatte der kleine Johannes an diesem Abend nachgedacht. Ehe er einschlief, sagte er zum dritten Male ganz glücklich vor sich hin: »Kleiner Freund!« Noch im Traum beschäftigte ihn sein frohes Erlebnis.

Seitdem war er jeden Tag bei Herrn Kläff gewesen. Er staunte nicht wenig, zu sehen, was dieser aus dem unfreundlichen Zimmer machte. Nun lag eine saubere Tischdecke auf dem Tisch, meist war er mit einem Sträußchen Frühlingsblumen geschmückt. Sein Bett hatte wohl einen rotkarierten Bezug, aber Leintuch und Kissenbezug waren sauber und ordentlich. An den Wänden hingen einige nette Bilder und an den Fenstern freundliche Gardinen.

Auch jetzt stand Johannes im Zimmer. »Oh, Herr Klaff!« rief er aus. »Wie schön ist es bei Ihnen! So, wie am Sonntag!«

Johannes durfte nun jeden Tag seinen Blumenstock begießen. Sorgfältig entfernte er die fahlen Blättchen und freute sich über jede aufbrechende Knospe.

Der alte Mann war wirklich bei den Pflegeeltern des kleinen Johannes gewesen. Eine ganze Weile hatte man ihn an der Tür stehen lassen. Erst als es sich herausstellte, daß er wie sie aus Ostpreußen war, wurde die Frau zugänglicher.

Sie ließ ihn eintreten und bot ihm einen Stuhl an. Ihr Mann aber blieb unnahbar und mürrisch.

»Sie haben einen wohlerzogenen kleinen Jungen«, sagte Theodor Klaff. »Johannes ist ein lieber Kerl. Ich habe mich schon mit ihm angefreundet.«

»Ach was – lieber Kerl«, fuhr der Pflegevater aus seiner Ecke auf, »ein verwöhntes Muttersöhnchen ist er.«

Seine Frau warf ihm einen ängstlichen Blick zu, wagte aber nichts zu sagen. Sichtlich fürchtete sie ihren Mann.

Der fuhr fort: »Und kein bißchen dankbar ist der Bengel. Ich hab schon oft gesagt, hätten wir uns diese Last erst gar nicht aufgebürdet! Nichts wie Ärger hat man davon. Meinen Sie, er sagt Vater und Mutter zu uns? Und wenn wir ihn windelweich schlügen, er tut es nicht.«

»Vielleicht kommt es daher, weil er noch immer große Sehnsucht nach seinen eigenen Eltern hat«, versuchte Herr Klaff einzulenken. Die Frau nickte in schweigendem Verstehen.

»Ach was, große Sehnsucht«, begehrte ihr Mann auf. »Geht ihm vielleicht bei uns was ab? Früher haben auch wir bessere Tage gesehen. Sind wir vielleicht schuld an all dem Unglück? Da, sehen Sie her!« Er zog die Decke weg, die über seinen Knien lag. Da wurde der alte Mann gewahr, daß ihm beide Beine fehlten.

Voller Mitleid sah er den Verkrüppelten an. »Ja – das ist schwer!« sagte er. »Das ist sehr schwer!«

»Ich brauche kein Mitleid!« fuhr der Mann ihn an. »Jeder von uns hat dem Krieg sein Opfer gebracht. Wenn das noch alles wäre! Aber unser Kind, unser einziges Kind, ein Junge, etwas älter als Johannes, ist bei einem Fliegerangriff ums Leben gekommen.« Er atmete schwer. Schweißtropfen standen ihm auf der Stirne. Seine Frau stand am Herd und begann zu weinen.

Der Mann fuchtelte in wilder Aufregung mit seinen Armen in der Luft herum. »Unsinn, darüber zu reden! Es ändert nichts an dem ganzen Jammer. Nur weil Sie von dem Jungen sprechen, von dem wohlerzogenen Bübchen – ha ha – lachhaft – nicht einmal Vater und Mutter sagt er! Und wir hatten gemeint, an Stelle unseres Peters einen Sohn zu bekommen.«

Wie traurig ist das alles, dachte Theodor Klaff. Das Kind sehnt sich nach seinen Eltern und die Eltern hier nach ihrem Kind – aber sie finden nicht zueinander. Eigentlich hatte er fragen wollen, warum Johannes den Blumentopf nicht behalten durfte – aber nachdem er das Familienelend dieser Leute gesehen hatte, kam ihm dies zu nichtig vor. So fragte er bescheiden, ob die Pflegeeltern etwas dagegen hätten, wenn der Junge ihn besuchte. Er sei viel allein und habe an dem Kind rechte Freude.

»Von mir aus kann er gehen«, knurrte der Mann. »Er hängt ohnehin nicht groß an uns.«

Die Frau aber nickte dem neuen Mitbewohner freundlich zu. »Es ist mir lieb, wenn er gerne zu Ihnen kommt.« Und mit einem ängstlichen Seitenblick auf ihren Mann fügte sie leise hinzu: »Das Kind hat nicht viel Frohes bei uns.«

So kam nun der kleine Johannes fast täglich zu seinem neuen Freund. Das liebebedürftige Kinderherz empfand dessen Güte und Geduld wohltuend. Hier in dem freundlichen Zimmer wurde er weder geschimpft noch ausgelacht. Hier wurde er ernst genommen. Mit rührender Geduld hörte der alte Klaff zu, wenn der kleine Junge von seinen Eltern erzählte und ihm Einblick in sein sehnsüchtiges, bisher unverstandenes Kinderherz gewährte.

Überhaupt hatte der alte Mann sehr bald herausgefunden, daß sich viel Elend und Jammer die ausgetretenen, abgewetzten Stufen des Hauses Nummer 74 in der Hintergasse heraufschleppte. Wie viele Leute eigentlich in dem Hause wohnten, wußte er nicht. Es mußten viele sein, denn die große Wohnungsnot zwang die Bevölkerung, eng zusammenzurücken. Er grüßte alle freundlich, denen er begegnete, ob sie seinen Gruß erwiderten oder nicht, und er versuchte in den Gesichtern, die ihm begegneten, zu lesen. Nein, keinen einzigen wirklich frohen Menschen hatte er bis jetzt in diesem Hause getroffen, aber manchen, auf dessen Gesicht Angst, Not, bitteres Leid, Enttäuschung, ja Hoffnungslosigkeit zu lesen waren.

Die Jungen, die dem alten Klaff begegneten, sahen ihn meistens herausfordernd oder frech an. Lange grüßten sie ihn überhaupt nicht, dann mit einem höhnischen: »Guten Tag, Herr Kläff!« Und jedesmal blickten sie ihm nach, als erwarteten sie, daß er wütend mit ihnen schimpfen werde. Aber er dachte nicht daran. Längst hatte er verlernt, sich über solche Lächerlichkeiten zu ärgern. Er empfand vielmehr ein großes Mitleid mit diesen Menschen, die auf der Schattenseite des Lebens hausen mußten.

»Wissen Sie auch, daß die Jungen Sie immer ausäffen?« fragte der kleine Johannes eines Tages entrüstet. Daß er für sie der Liliput bleiben würde, das war eine Tatsache, mit der er sich abfinden mußte; er kam ja gegen die Horde nicht an. Aber daß sie es wagten, seinen alten Freund, der niemals jemand etwas zuleide getan hatte, zu verhöhnen, das ertrug er fast nicht.

»Du darfst dich deswegen nicht aufregen«, sagte Theodor Klaff, »sie können mich damit nicht beleidigen.«

»Sie sind alle zusammen frech und gemein!« empörte sich Johannes. »Ich wünschte, ich wäre schon groß und stark, ich würde ihnen allen . . .« In ohnmächtiger Wut ballte er die Fäuste. Er fand kein Wort, das ausdrückte, wie er sich an seinen Peinigern rächen würde, wenn er nur könnte.

»Wie schade«, sagte der alte Mann, »nun habe ich geglaubt, du wolltest mein Verbündeter sein und mir helfen, ihnen Gutes zu tun. Aber wenn wir nur nach Rache sinnen, werden wir keinem einzigen Menschen zurechthelfen.«

Johannes schwieg; er schämte sich ein wenig. Wie gerne wollte er seinem alten Freund helfen! Jedoch bei dieser Bande hier im Haus!

»Weißt du, Johannes«, sagte Herr Klaff, »wir helfen auch niemand, wenn wir meinen, wir seien besser als der andere. Wir müssen daran glauben, daß auch der andere im Grunde am liebsten gut und froh sein möchte, und dazu müssen wir ihm die Hand reichen.«

Der kleine Junge verstand den Inhalt dieser Worte nicht ganz, aber er fühlte, daß sie gut und edel waren, und er nahm sich vor, seinem Freund zu helfen.

Und außerdem hatte dieser nun schon einige Male, wenn er bei ihm war, die große Bilderbibel vom Wandbrett genommen und ihm daraus vorgelesen und ihm die Bilder erklärt. Und dabei waren in dem kleinen Johannes Erinnerungen aufgestiegen, die schon ganz verblaßt gewesen waren, weil es so lange her war, daß die Mutter ihm von diesem Jesus erzählt hatte, der hier in Herrn Klaffs Bibel beschrieben war. Nun aber wurde alles wieder in ihm lebendig. Als er die Bilder sah von der Hochzeit zu Kana oder von der Auferweckung des Jairus Töchterlein oder von Petrus, der auf dem Meer wandelte, war es ihm beinahe wie ein Grüßen aus der Heimat. Scheu strich er mit seiner kleinen Hand über die Bilder, und in seine Augen kam ein versonnener Ausdruck, als er leise sagte: »Jetzt fällt mir alles wieder ein. Davon hat Mutti mir auch erzählt.«

»Siehst du, Johannes«, meinte Herr Klaff, »dann könnte ich mir denken, daß sich deine Mama auch freuen würde, wenn du mir dabei hilfst, die anderen Jungen zurechtzubringen. Denn das war es, was der Herr Jesus wollte, als er auf Erden lebte. Er sah, wie unglücklich die Menschen waren, die ohne Gott lebten und versuchte, ihnen den Weg zu ihm zu zeigen.«

»Unglücklich?« wiederholte Johannes fragend, und sah noch nachdenklicher aus. »Ja, vielleicht sind sie wirklich nicht nur frech und gemein, sondern auch unglücklich.«

»So ist es bestimmt«, sagte Herr Klaff, »und darum ist es von großer Wichtigkeit, daß wir ihnen helfen.«

Am anderen Tag war ein großes Geschrei im Hause. Max Schneppler hatte wieder einmal etwas angestellt. Nachdem er eine gehörige Tracht Prügel von seinem Vater bezogen hatte, wollte er wie üblich aus dem Haus flüchten. Da jedoch einige Frauen, die ihm wegen seiner Streiche nicht gut waren, die Ausgangstüre versperrten – sie hielten wieder einmal einen ausgiebigen Schwatz –, rannte Max die Treppen hinauf, um sich in Sicherheit zu bringen. Aber auch von oben nahte das Verhängnis. Frau Zärtel, die sich eben bei Maxens Eltern über den furchtbaren Lärm im Haus beschweren wollte, kam ihm entgegen. Wohin also?

Wie ein gehetztes Tier äugte der Junge hin und her, und als in diesem Augenblick Theodor Klaff seine Zimmertür öffnete, flüchtete er, ohne lang zu fragen oder zu überlegen, an ihm vorbei in die Stube und drückte sich schwer atmend an die Wand. Übel sah der Junge aus. Über seine Backe liefen harte, rote Streifen. Das mußten die Fingerabdrücke der Ohrfeige sein, die er soeben von seinem Vater bezogen hatte. Mit seinem nicht gerade sauberen Taschentuch suchte Max vergeblich den Blutstrom zu stillen, der aus seiner Nase quoll. Scheu blickte er sich um. Endlich wandte er seinen Blick zu dem alten Mann, darauf gefaßt, daß dieser ihn wieder hinausbefördern würde. Noch immer keuchend stieß er hervor: »Ich geh ja sofort wieder! Nur – nur, bis mein Alter mich nicht gleich wieder aufstöbern kann!«

»Du brauchst nicht gleich wieder zu gehen!« sagte Herr Klaff freundlich. »Komm herüber zur Wasserleitung. Ich will dir das Blut abwaschen.«

»Ja – so schlagen sie einen! Bis man kaputtgeht! Aber ich zünd' ihnen schon noch das Haus an!«

Der alte Mann ging gar nicht erst auf diesen Ausbruch der Wut und Empörung ein. Ruhig wusch er dem Jungen das Gesicht, nahm sein Handtuch und trocknete ihn ab. Dann legte er seine Bettdecke zurück. »Komm, leg dich ein wenig hin! Du mußt den Kopf hinten 'rüber beugen, sonst hört das Nasenbluten nicht auf.«

Erst zögerte Max, dann tat er, wie der alte Mann ihn hieß. Dieser setzte sich ruhig ans Fenster. Dort hatte er vorher an einer Schnitzarbeit gebastelt. Eine ganze Weile war es zwischen beiden still. Nach und nach nahm Max Gelegenheit, sich ein wenig umzuschauen. Wie sauber und aufgeräumt hier alles war! Wohl standen nur die allernötigsten Möbel im Zimmer, aber es war hier einfach anders als bei ihnen unten, auch anders als bei Zärtels und bei den übrigen. Was der alte Mann da wohl schnitzte? Es sah fast aus wie ein Schiff. Anständig war es von ihm, daß er ihn hier auf sein Bett legte. Ob er wohl nicht wußte, daß er, Max, gestern einer von denen war, der ihm am lautesten nachgeschrien hatte?

»Was schnitzen Sie denn da, Herr – Herr Kläff?« fragte Max jetzt und richtete sich auf.

»Hat dein Nasenbluten aufgehört?« fragte der alte Mann. »Da kannst du ja mal herkommen und ein wenig zuschauen.«

Mit einem Satz war der Junge bei ihm. »Oh, ein Schiff!

Und wie Sie das können! Ist das sehr schwer? Haben Sie schon oft so was gemacht?«

»Früher habe ich in meinen freien Stunden mancherlei geschnitzt. Wenn man sich übt, bekommt man mit der Zeit schon eine gewisse Fertigkeit. Hättest du Lust, es auch einmal zu probieren?«

Sprachlos starrte der Junge ihn an. »Ich? – Ja, sicher hätte ich Lust, aber ich kann so was nicht. Ich – ich bin furchtbar ungeschickt.«

»Warte mal, ich will sehen, ob ich nicht noch ein zweites Schnitzmesser habe.«

Als Johannes etwa eine Stunde später kam, um seinen alten Freund zu besuchen, staunte er nicht wenig, Max Schneppler bei ihm zu sehen. Mit vor Eifer roten Backen saß er über einem Stück Holz gebeugt und bearbeitete es mit seinem Messer.

Johannes fühlte es heiß in sich aufsteigen. Was hatte der freche Max hier verloren?

Schließlich war doch er Herrn Klaffs Freund. Häßliche Eifersucht erwachte in ihm.

Der alte Mann schien seine Gedanken lesen zu können. Er hob den Kopf und sah Johannes aufmunternd an. »Schön, daß du kommst – dein Blumenstöckchen hat heute früh seine neuen Knospen geöffnet. Sieh nur, wie hübsch die Blüte ist! Willst du nicht Max Schneppler begrüßen? Es ist doch nett, daß er uns besucht!«

»Uns«, sagte Herr Klaff. Na also! Ein klein wenig beruhigte dieses Wort Johannes' erregtes Gemüt. Und als der alte Mann ihm über Maxens gebeugten Rücken hinweg zunickte, da verstand der Kleine gut, daß er ihn aufforderte, ihm zu helfen. Max stöhnte über seinem Holzstück, als habe er eine ungeheure Leistung zu vollbringen.

»Mensch, Liliput – schwere Sache!«

»Was soll denn das werden?« fragte Johannes ein wenig

ungläubig. Er hatte bisher noch nie erlebt, daß Max etwas Brauchbares geleistet hatte.

»Was das werden soll?« Max schielte fragend über sein Schnitzwerk hinüber zu Herrn Klaff. »Ich weiß noch nicht genau, ein Schiff oder ein Kochlöffel oder ein Holzschuh.«

»Zuerst muß er lernen, mit dem Schnitzmesser überhaupt umzugehen«, erwiderte der alte Mann, »dann wird er schon etwas fertigbringen. Wie ist es mit dir, Johannes? Hättest du nicht auch Lust mitzumachen? Ich will euch mal einige meiner Schnitzereien zeigen. Vieles von dem, was ich früher gearbeitet habe, ist mir auf der Flucht verlorengegangen, aber einige Sachen habe ich seitdem wieder geschnitzt.« Er stand auf, öffnete seinen Koffer und entnahm ihm einige schöne Holzschalen, ein Kreuz und ein prächtiges, kleines Segelschiff. Darüber waren die beiden Jungen natürlich hell begeistert.

»Oh, das Schiff – das wunderschöne Schiff!« Max zitterte geradezu, als er bat, es einmal in die Hand nehmen zu dürfen.

»Herr Kläff!« stammelte er.

»Klaff heißt es!« korrigierte Johannes empört.

»Laß ihn ruhig«, lenkte der alte Mann ein.

»Herr Kläff, kann man so etwas wirklich selbst machen?«

»Aber selbstverständlich!«

»Aber ich? – Ich auch –?«

»Wenn du dir Mühe gibst, und wenn du Ausdauer und Geduld hast, ist das schon möglich.«

»Ja – darf ich denn wieder zu Ihnen kommen?« Johannes zog die Stirne in Falten. Wollte Max ihn verdrängen? Der alte Mann faßte beruhigend die Hand seines kleinen Freundes. »Nicht wahr, Johannes, wir freuen uns, wenn wir dem Max ein wenig helfen können! Du darfst wieder kommen.«

Da nickte auch Johannes. Es war doch unmöglich, daß er seinen Freund im Stich ließ.

»Was fällt denn Ihnen ein?« Frau Schneppler rang geradezu nach Luft. »Haben eigentlich Sie oder ich das Treppenhaus in Ordnung zu halten?«

Theodor Klaff zog in aller Seelenruhe den Besen, mit dem er soeben ein riesiges Spinnennetz von der Decke gefegt hatte, wieder zu sich heran und sagte: »Ich wollte Sie nicht kränken, indem ich Ihr Spinnennetz beseitigt habe; ich wußte nicht, daß es Ihnen gehört. Allerdings kann ich es jetzt nicht wieder in der Ecke da oben anbringen. Ich wußte auch nicht, an wem die Treppenreinigung ist, aber ich dachte, es gehe anderen Leuten auch wie mir: alle Unordnung stört mich. Also entschuldigen Sie bitte, wenn ich Ihnen dadurch zu nahe getreten bin.«

Frau Schneppler warf ihm einen empörten Blick zu. »Kümmern Sie sich gefälligst um Ihren eigenen Dreck! Hier haben Sie sich jedenfalls nicht einzumischen. Schließlich bin ich keine Schlampe, sondern eine ordnungsliebende Hausfrau. Letzte Woche war das Spinnennetz jedenfalls noch nicht da.«

»Wir wollen uns deswegen auch nicht streiten«, sagte der alte Mann. »Aber ich hätte gerne einmal ein Wörtchen mit Ihnen über Ihren Max gesprochen.«

»Wieso über Max?« fuhr Frau Schneppler gereizt hoch. »Haben Sie etwa auch über ihn zu klagen?«

»Nein, im Gegenteil! Ich freue mich über ihn.«

»Wa – wa – was?« Frau Schneppler vergaß den Mund zu schließen. Mißtrauisch sah sie den alten Mann an. »Sie wollen mich wohl veräppeln?«

Nein, das wollte Herr Klaff nicht. Er erzählte ihr, daß Max schon einige Male bei ihm gewesen sei und daß er große Freude am Schnitzen habe. Er sei auch durchaus ansprechbar und zugänglich, und so könne man nicht begreifen, daß sie, die Eltern des Jungen, ernsthaft daran dächten, ihn in eine Erziehungsanstalt zu geben. Davon habe Max ihm berichtet. Er sei ganz unglücklich darüber, daß der Vater nicht von diesem Vorhaben abzubringen sei.

»Ja, wir haben es ernsthaft vor«, erwiderte Frau Schneppler und wunderte sich über sich selbst, daß sie dem alten Mann Auskunft gab. Was ging den schließlich die Sache mit Max an?

»Schade um den Jungen«, fuhr Theodor Klaff fort. »Es steckt etwas in ihm. Glauben Sie denn, er wird in der Erziehungsanstalt besser? Dort wird er von den anderen Burschen das, was er noch nicht weiß, erst noch lernen.«

Frau Schneppler stützte sich schwer auf ihren Schrubber. Sie seufzte bekümmert. »Aber was soll denn geschehen? Sie haben keine Ahnung, was es bedeutet, jeden Tag von allen Seiten Beschwerden über den Jungen zu bekommen. Jetzt die Schule, dann die Polizei, heute die Nachbarschaft und morgen die Hausbewohner.«

»Und doch wär's ein Jammer!« beharrte der alte Klaff auf seiner Meinung. »Entschuldigen Sie, Frau Schneppler – es ist ja eigentlich nicht meine Sache – ebensowenig wie das Spinngewebe mich etwas anging –, aber haben Sie wirklich alles versucht, daß Ihrem Jungen geholfen wird?«

Frau Schneppler begann zu weinen. »Ach, bester Mann – was heißt denn hier versucht? Unsereiner hat ja keine Zeit für die Kinder. Sobald sie krabbeln können, schickt man sie auf die Straße, weil sie einem in der engen Wohnung im Wege sind. Unsereiner kennt nur schuften und sich schinden. Mit unserem Ältesten haben wir schon unseren Kummer.« Sie sah sich ängstlich um, ob wohl jemand hörte, was sie dem alten Mann anvertraute. »Der ist seit einem halben Jahr im Gefängnis.« Mit ihrer schmutzigen, an mehreren Stellen zerrissenen Schürze wischte sie sich die Tränen vom Gesicht. Herr Klaff sah, hier war wirklich ehrlicher Kummer einer Mutter. Wenn er nur helfen könnte!

»Verstehen Sie jetzt, daß wir daran denken, den Max in eine Erziehungsanstalt zu bringen, bevor es mit ihm soweit ist?«

»Aber es müßte doch möglich sein, ihm auf andere Weise zu helfen«, sagte der alte Mann. »Jedenfalls darf er zu mir kommen, so oft er will, wenn Sie nichts dagegen einzuwenden haben.«

Frau Schneppler, die vorhin noch wütend auf den alten Mann gewesen war, nickte ihm jetzt dankbar zu. »Vergelt's Gott, Herr Kläff! Und – und nichts für ungut von wegen dem Spinngewebe. Wenn es Ihnen Freude macht, dürfen Sie die immer wegwischen.«

In ihrer Wohnung angekommen, herrschte sie die Kinder an: »Daß ihr nicht noch einmal unverschämt hinter dem alten – wie heißt er doch? Kläff oder Kluff – herschreit! Das ist ein hochgebildeter, anständiger Mann. Den habt ihr höflich zu grüßen!«

»Wu, wu!« kläfften die Kinder. »Jawohl, der Kläff wird von jetzt an gegrüßt!«

Max aber wandte sich aufgebracht an seine Geschwister. »Wer dem alten Mann noch einmal ein Schimpfwort nachschreit, der kriegts mit mir zu tun. So'n pfundigen Mieter haben wir im ganzen Haus noch nicht gehabt, wie der einer ist.«

Der alte Mann hatte schlaflose Nächte wegen seiner Mitbewohner. Oft war es ihm, als ob das ganze Elend der Hintergasse hilfesuchend mit ausgestreckten Händen vor ihm stünde, vor allem das Elend der Kinder. Zum Teil waren diese Buben und Mädchen während des Krieges geboren, hatten Angst und Grauen der Fliegernächte noch durchlebt. Viele ihrer Väter waren nicht zurückgekommen, manche waren gefallen, andere in der Gefangenschaft umgekommen. Die Mütter kannten nichts als Arbeit, Mühe und Sorgen. Keiner kümmerte sich um die Kinder. Sie wuchsen heran fast wie die Tiere. Merkten denn die Mütter nicht, daß es nicht genügte, ihnen mehr oder weniger pünktlich ihre Mahlzeiten zu geben, am Samstag ein frisches Hemd hinzulegen und ihre zerrissenen Hosenböden zu flicken? Wüste Drohungen, Schimpfen, Schlagen und Fluchen erfüllte zu jeder Tageszeit, oft bis spät in die Nacht das Haus. Unfroh, roh und frech sahen die Kinder aus, verbittert, stumpf und müde die Erwachsenen.

Theodor Klaff dachte an Schnepplers ältesten Sohn im Gefängnis. Er kannte ihn nicht, aber er tat ihm unsagbar leid. Ob es wirklich soweit mit ihm gekommen wäre, wenn sich ein Mensch seiner liebevoll angenommen hätte? Unruhig warf sich der alte Mann auf seinem Lager hin und her. Und all die anderen? Mußten sie auch erst solche abgründigen Wege gehen?

So wollte er wenigstens für diese gefährdete Jugend tun, was er konnte. Vielleicht hatte er deswegen in diese traurige Hintergasse, in dieses graue, unfreundliche Haus, ziehen müssen und anderwärts kein Zimmer gefunden. Wenn ihn auch ein großer Teil der Jugend verlachte – einer oder der andere würde sich doch helfen lassen. Er sah es doch an Max. Und es lohnte sich, diesem Jungen zu helfen. Und wenn es nur bei dem einen oder dem anderen gelänge, dann wäre sein Hiersein nicht vergebens gewesen.

Ob wohl jemand der Bewohner in der Hintergasse 74 ahnte, daß der neue Mieter ihren ganzen Alltagsjammer auf sein Herz nahm und in schlaflosen Stunden der Nacht die Hände für sie faltete und vor Gott ausbreitete, was sich da vor seinen Augen abspielte? Die Trunksucht der Männer, die Unordnung und Schwatzhaftigkeit der Frauen und vor allem die Verwahrlosung der Kinder, für die niemand recht Zeit hatte. Wenn er sie fluchen und schreien hörte, sowohl die Männer als die Frauen, wenn unflätige Worte aus dem Mund der Kinder an sein Ohr drangen, dann schien es ihm manchmal, er sei nicht imstande, sich dieser Woge von Schmutz und Verkommenheit entgegenzuwerfen. Mußte er nicht froh sein, wenn er von ihr nicht mitgerissen wurde in den Abgrund, in dem sie sich hier alle wohl zu fühlen schienen – außer ein paar wenigen wie Fräulein Brunner und einigen anderen, die aber in keiner Weise hervortraten.

Wie gut, daß es nicht von ihm allein gefordert wurde, sondern daß Gott selbst sich dieser armen und bemitleidenswerten Menschen annehmen wollte.

Eines Tages saßen Max und Johannes wieder schnitzend bei ihrem alten Freund. Beide arbeiteten an einem Kochlöffel.

»Ausgezeichnet!« lobte der alte Mann. »Wenn ihr damit fertig seid, fangen wir mit einer schwereren Arbeit an.«

»Ein Schiff! Machen wir dann ein Schiff?« Beide Jungen riefen es wie aus einem Munde. Das Segelschiff war das höchste Ziel ihrer Wünsche.

»Dürfen wir es wieder einmal sehen?« Johannes' Augen bettelten. Da konnte Theodor Klaff nicht widerstehen. Er erhob sich, um das so begehrte Schiff zu holen. In diesem Augenblick tönten lautes Schreien und Lachen, aber auch klägliches Winseln von der Straße herauf.

»Das sind die Jungen«, erklärte Max und schnitzte seelenruhig weiter. »Der Oskar, Gustav Wörmer, der Paule und der Fritz. Die ersäufen heute die fünf jungen Hunde von Grimmerts.«

»Was?« fuhr der alte Klaff entsetzt auf. »Was tun sie?«

»Na, die jungen Hunde ersäufen sie. Ich wollte eigentlich auch mit, aber wir haben Krach miteinander. Sie lassen mich nicht mehr gelten, weil ich zu Ihnen gehe.«

Aufs neue hörte man jammervolles Winseln.

»Die Hunde!« entsetzte sich Johannes.

Der alte Mann griff nach seinem Segelboot. »Kommt, wir müssen sofort hinunter!« rief er und war schon im Treppenhaus. Die beiden Jungen ihm nach.

Oskar Zärtel wollte gerade einen der kleinen Hunde, den er an einen großen Stein gebunden hatte, in den Fluß werfen. Kläglich wimmerte das Tierchen in seiner Hand. Plötzlich ließ er diese sinken.

»Jungs, der Kläff kommt! Los, bellen wir alle zum Willkomm! Ob er wohl seinen kleinen Kollegen auf dem Weg in den Hundehimmel das letzte Geleit geben will?«

»Ein Schiff trägt er in seiner Hand!« stellte Fritz fest.

Die Hunde waren für einen Augenblick vergessen. Sie müßten keine rechten Buben gewesen sein, wenn dieser Anblick ihre Herzen nicht hätte höher schlagen lassen.

Damit hatte Theodor Klaff gerechnet. Um jeden Preis mußte er die jungen Hunde vor einem qualvollen Tod bewahren. So kam er mit dem Segelboot ganz in die Nähe der Jungen. Daß sie ihn mit höhnischem Gekläff begrüßten, überhörte er völlig.

Zuerst sprach er nur mit Max und Johannes. »So, nun wollen wir das Boot schwimmen lassen!« Die anderen Jungen rückten interessiert näher. Damit die kleinen Hunde ihnen nicht davonlaufen konnten, steckten sie diese in den mitgebrachten Sack.

Oskars Neugierde kannte keine Grenzen mehr. »Mensch, Max, gehört dir das Segelboot?«

»Nein, es gehört Herrn Klaff. Er hat es selbst geschnitzt.«

»Waas?«

»Ja, und wir dürfen auch solch ein Boot schnitzen.« Johannes sagte es ganz stolz.

Die Jungen brachen in ein höhnisches Gelächter aus. »Ausgerechnet du, Liliput! Das glaubst du ja selbst nicht!«

»Herr Klaff hilft uns doch dabei!«

Max bestätigte es. »Jawohl, der Liliput hat recht. Wir haben bereits angefangen.« Max stieg jetzt hinunter an den Fluß und setzte das Segelschiff feierlich auf das Wasser.

»Prima!« Die Jungen waren voller Bewunderung. Nun hakte der alte Mann ein. »Gefällt euch das Boot, Jungens?«

»Pfundig! – Fabelhaft! – Ausgezeichnet! – Darf ich es auch mal in die Hand nehmen?«

»Ich will euch etwas sagen, Jungens. Ihr dürft, wenn ihr Lust habt, zweimal in der Woche zu mir kommen, und ich will euch zeigen, wie man solche Boote und andere schöne Dinge schnitzt. Aber ich stelle eine Bedingung: Ihr dürft die jungen Hunde nicht ertränken.«

»Hoho!« begehrte Oskar auf. »Und warum nicht? Wollen Sie das Viehzeug etwa nehmen? Meine Mutter erlaubt keine Hunde im Haus.«

»Nein, das habe ich nicht vor«, erwiderte der alte Mann ruhig. »So gerne ich Hunde habe – es sind die treuesten Tiere, die es gibt –, aber in meinem kleinen Zimmer kann ich nicht auch noch Tiere halten. Jedoch finde ich es roh, wie ihr die Tiere umbringen wollt.«

»Das geht keinen was an!« erwiderte Oskar in frecher Herausforderung. »Los, Jungs – schmeißen wir die Viecher ins Wasser!«

Aber die Augen seiner Kameraden waren wie gebannt auf das Segelboot im Wasser gerichtet, das sich geradezu majestätisch auf den trüben Fluten bewegte.

»Ist das wirklich wahr, Herr Kläff, dürfen wir zu Ihnen kommen, und zeigen Sie uns, wie man so was schnitzt?«

Fritz und Paul sahen den alten Mann ungläubig an.

»Ja gewiß. Ihr dürft kommen!«

»Pah, so 'n Quatsch!« Oskar tat erhaben. »Wollt ihr etwa dabei fromme Sprüche lernen und Choräle singen? Dann aber ohne mich! Und jetzt will ich wissen, werden die Hunde ersäuft oder nicht?« In herausfordernder Haltung stand er vor den Jungen.

»Nein, sie werden nicht ersäuft!« erwiderte Gustav Wörmer. »Sie gehören meiner Tante und nicht dir!« Er blickte Herrn Klaff fragend an. »Aber was soll ich mit ihnen tun? Meine Tante hat gesagt, sie kann sie nicht länger brauchen. Wir sollen sie umbringen.«

»Ist denn hier kein Tierschutzverein?« fragte Theodor Klaff. Die Jungen wußten es nicht.

Gerade jetzt ging ein Schutzmann vorbei. In diesem Stadtviertel gab es für die Beamten immer reichlich zu tun. Waren es nicht wüste Schlägereien betrunkener Männer, in die sie sich einmischen mußten, so hatten bestimmt die Jungen wieder etwas ausgefressen. Und von Zeit zu Zeit wurden sie sogar wegen Selbstmordversuchen gerufen, die Polizisten. Erst letzte Woche wieder war ein Mädchen in den Fluß gesprungen, weil sie an ihrem Leben verzweifelte. Ja, in den Mauern der Häuser dieser Gassen spielte sich manche Tragödie ab. Auch jetzt warf der Polizist einen mißmutigen Blick hinüber zu den Jungen. Die führten gewiß nichts Gutes im Schilde. Nun wurde er vom alten Klaff angesprochen.

»Ach bitte, wissen Sie, ob es in dieser Stadt einen Tierschutzverein gibt?«

»Aber sicher! In der Angerbaustraße 17.«

»Wissen Sie, ob man dort junge Hunde abgeben kann?«

»Gewiß! Entweder werden sie von dort aus an Hundeliebhaber weitergegeben oder der Tierschutzverein beseitigt die Tiere schmerzlos.«

Der alte Klaff sah Gustav Wörmer an. »Bist du einverstanden, daß wir die kleinen Hunde dorthin bringen? Sieh, wenn ihr sie mit den großen Steinen zusammen in den Fluß werft, so ist das eine schreckliche Tierquälerei. Es dauert lange, bis die armen Tiere tot sind.«

»Außerdem ist so etwas bei Strafe verboten!« fügte der Polizist hinzu.

Gustav aber dachte nur an die Möglichkeit, zu einem Segelboot zu kommen und erklärte sich sofort bereit, die Hunde zum Tierschutzverein zu bringen.

Herr Klaff wollte sicher sein, daß die Tierchen auch wirklich an Ort und Stelle kämen. So ging er mit. Alle Jungen außer Oskar schlossen sich ihm an. Dieser brach in ein höhnisches Gelächter aus.

»Elende Feiglinge!« schrie er den Davongehenden nach. »Da braucht bloß einer euch anzukläffen, schon gebt ihr klein bei!« Er suchte zwischen den Utensilien seiner Hosentasche nach einer Zigarette und fand wirklich eine. Als er sie angezündet hatte, kam er sich hoch erhaben vor gegenüber den anderen, die so dumm waren und auf das Gesäusel dieses Kläffs hereinfielen.

»Wie steht es nun mit Ihrem Jungen, Frau Schneppler? Bleiben Sie und Ihr Mann dabei, ihn in eine Erziehungsanstalt zu bringen? Ich bin vom Jugendamt zu Ihnen geschickt, um die Angelegenheit zu prüfen.«

Die junge Fürsorgerin zog ein Notizbuch aus ihrer Mappe, um die Angaben der Frau Schneppler aufzuschreiben.

Diese wischte mit ihrer Schürze den Küchenstuhl ab, damit das Fräulein sich setzen konnte, und erwiderte: »Ja, wissen Sie, es ist wegen dem alten Mann, dem Herrn Klaff oder Kläff, wie er heißt. Das ist nämlich ein großer Menschenfreund. Seit der in unserem Haus ist . . .«

Die Fürsorgerin unterbrach sie: »Schon gut, schon gut,

Frau Schneppler. Aber ich bin wegen Ihrem Max zu Ihnen gekommen.«

»Ja doch – das weiß ich ja. Und davon rede ich doch!« ereiferte sich Frau Schneppler. »Also dieser alte Mann, dieser Herr Klaff – es weiß ja keiner, wer er eigentlich ist und woher er kommt. Er ist eben Flüchtling wie so viele andere. Meine Schwägerin, die Frau vom Straßenkehrer, die hat eine Freundin, wissen Sie, die Frau Meier aus dem Gemüselädchen, die hat gesagt . . .«

Die Fürsorgerin rutschte unruhig auf ihrem Stuhl hin und her. »Frau Schneppler, ich muß Sie schon bitten, kommen Sie zur Sache. Ich bin doch wegen Ihrem Max zu Ihnen gekommen.«

»Ja doch – ja doch, Fräulein. Davon red' ich doch die ganze Zeit. Also die Meierin aus dem Gemüselädchen, die hat zu meiner Schwägerin, der Frau vom Straßenfeger, gesagt, als sie gelbe Rüben bei ihr eingekauft hat – die hat gesagt, sie glaube, daß sie den alten Kläff früher schon mal gesehen habe, sie meine, er habe mit Schuhbändern, Wäscheknöpfen und Gesichtsseife – ich glaube auch mit Postkarten gehandelt, hat sie gesagt.«

Die Fürsorgerin stand auf. »Frau Schneppler, es tut mir leid. Ich habe wirklich keine Zeit, allerlei Geschichten über Ihre Schwägerin, der Frau vom Straßenfeger, und der Frau Meier aus dem Gemüseladen und einem Hausierer, der mit Postkarten und Seife handelt, anzuhören. Ich will von Ihnen wissen, ob Sie darauf bestehen, daß Ihr Max in eine Erziehungsanstalt kommt. Sie und Ihr Mann haben den Antrag beim Jugendamt gestellt. Wenn Sie ihn aufrechterhalten, müssen Sie eben selbst in den nächsten Tagen aufs Jugendamt kommen, damit man der Sache nähertreten kann. Allerdings war ich recht erstaunt und – ich muß schon sagen – sehr erfreut über das, was mir der Klassenlehrer Ihres Sohnes gesagt hat. Er behauptet, es sei in den letzten acht bis zehn Wochen eine so günstige Veränderung mit Ihrem Max vorgegangen, daß er nicht einsehe, warum man diesen noch in eine Erziehungsanstalt bringen wolle. Er mache seine Schularbeiten pünktlich, käme sauber gewaschen in die Schule und sei längst nicht mehr so ruppig und zerfahren, wie es früher der Fall gewesen sei.«

»Aber das ist's ja, was ich Ihnen die ganze Zeit schon sagen will!« eiferte sich Frau Schneppler aufs neue. »Seitdem nämlich dieser neue Mieter – das heißt, er ist jetzt schon bald ein halbes Jahr in unserem Haus – aber seitdem er mit mir gesprochen hat, damals, wo er auf der Treppe das Spinngewebe mit seinem Besen ...«

»Ich muß gehen, Frau Schneppler! Bitte, kommen Sie morgen aufs Jugendamt, um sich zu entscheiden, ob Max wirklich noch in die Erziehungsanstalt gebracht werden soll. Ich hatte gehofft, von Ihnen vielleicht auch etwas Erfreuliches über Ihren Jungen zu hören.«

Kopfschüttelnd starrte Frau Schneppler der Fürsorgerin nach. »Das ist doch allerhand! Die hat mich einfach nicht zu Wort kommen lassen. Jetzt wollte ich ihr doch so gerne sagen, wie froh ich bin, daß mein Max regelmäßig zu dem Herrn Kläff hinaufgeht und wie er sich geändert hat. Schon seit ein paar Wochen habe ich keinen Ärger mehr mit ihm gehabt. Für den alten Mann tut er alles – er ist wie umgewandelt. Wahrhaftig, der hat recht gehabt – es wäre vielleicht doch nicht das Richtige gewesen, den Max in so eine Erziehungsanstalt zu tun. Das alles hätte ich gerne diesem Fräulein gesagt, aber die ließ einen ja nicht zu Wort kommen.«

In ihrem Stübchen oben unter dem Dach saß Fräulein Brunner und weinte. Es waren Freudentränen, die über ihr Gesicht liefen. Sie hatte Geburtstag. Zweiundfünfzig

Jahre alt war sie geworden. Seit Jahren hatte kein Mensch an ihren Geburtstag gedacht. Sie selbst hatte ihn einige Male vergessen. Wer sollte sich hier in diesem Haus, wo jeder mit sich selbst zu tun hatte, auch um ihren Geburtstag kümmern? Da hatte es heute plötzlich an ihre Türe geklopft. Als sie da, trüben Erinnerungen nachsinnend, einsam und verlassen am Fenster saß, waren drei Jungen hereingekommen.

Sie traute ihren Augen nicht: die Jungen, die bisher zu der Bande der frechen Lausbuben gehörten, verbeugten sich artig und sagten: »Wir kommen vom ›Klub der helfenden Hand‹ und gratulieren zu Ihrem Geburtstag.«

Ehe Fräulein Brunner fragen konnte, woher und wieso, waren sie schon wieder davongegangen. Vor ihr aber stand ein wunderbar blühender Primelstock. Nun saß Fräulein Brunner hier und weinte Freudentränen.

Es geschahen überhaupt seltene und noch nie dagewesene Dinge in der Hintergasse 74. Zuerst lächelten die Leute kopfschüttelnd und ein wenig spöttisch darüber. »Wollen sehen, wie lange das anhält!« Keiner traute den Jungen Ausdauer zu. »Es wird nur eine verrückte Idee sein! Das dicke Ende kommt wohl nach!«

Aber es kam nicht so. Theodor Klaff verstand es tatsächlich, die Jungen auf andere, auf gute Gedanken zu bringen. Sie begannen sich daran zu freuen, wenn sie anderen helfen und sich nützlich machen konnten, und es reizte sie, dabei zu bleiben, weil sie merkten, daß man es ihnen nicht recht zutraute.

Eines Abends kam Herr Schneppler wie schon so manches Mal müde von der Arbeit nach Hause. Mißgestimmt zog er seine Arbeitsschuhe aus, um sie wie üblich in eine Ecke zu pfeffern. Als er nun gereizt nach seinen Pantoffeln rief, kam Max mit ihnen schon aus der Küche. Ohne dazu aufgefordert zu sein, nahm er die Stiefel seines Vaters und putzte sie blitzblank. Das war noch nie vorgekommen.

Frau Pieseke schleppte einen Eimer Kohlen aus dem Keller. Im Treppenhaus begegnete ihr Gustav Wörmer. »Darf ich Ihnen die Kohlen hinauftragen?« fragte er, und schon nahm er ihr den Eimer aus der Hand. Kopfschüttelnd staunte sie ihn an.

Johannes' Pflegevater hatte Geburtstag. Seine Frau hatte ihm einen Kuchen gebacken und anstelle der dünnen Malzbrühe, die es sonst jeden Tag gab, Bohnenkaffee gekocht. Aber ihr Mann schien sich nicht daran zu freuen. »Unnötiges Getue!« brummte er. »Es ist besser, den Geburtstag eines Krüppels zu übersehen. Ich wollte, es wäre mein letzter!«

»Sprich doch nicht so lästerlich!« weinte die Frau. »Was soll denn aus mir und dem Jungen werden, wenn du nicht mehr da bist? So sind wir doch wenigstens noch beisammen.«

»Hätt'st es am Ende leichter, wenn dein Mann nicht so ein hilfloser Krüppel wäre! Und der Junge?« Bitter klang seine Stimme: »Was macht der sich schon aus uns!«

In diesem Augenblick ging die Tür auf. Johannes trat ein, einen Blumenstrauß in der Hand. »Ich will dir zum Geburtstag gratulieren, Onkel! Sieh, diese schönen Blumen habe ich für dich gepflückt und – und –« er stockte ein wenig, wurde über und über rot. Dann legte er beide Arme um den Hals des Pflegevaters und flüsterte ihm ins Ohr: »Und jetzt will ich auch immer Vater und Mutter zu euch sagen.«

Daß dem Onkel in diesem Augenblick die Tränen über das Gesicht rannen, damit hatte Johannes nicht gerechnet. Ganz erschrocken sah er ihn an. War es ihm nun doch nicht recht?

Tief ergriffen drückte der Pflegevater den Jungen an sich. »Das ist meine größte Geburtstagsfreude. Nun haben wir in Wirklichkeit wieder einen kleinen Sohn!«

»Mensch, Fritz und Jürgen, habt ihr schon mal so was Verrücktes gesehen?« Oskar Zärtel deutete mit seinem Daumen rückwärts über die Schulter und wandte sich an seine beiden neuen Freunde, die er sich erwählt hatte, nachdem er sich von den übrigen Jungen aus seinem Hause zurückgezogen hatte. »Seht doch nur, der Siegfried und der Hans schieben den Kinderwagen von Friedliebs! Die Friedliebsche soll krank sein. Jetzt müssen die blöden Jungen ihr das Kind abnehmen und in der Sonne auf und ab fahren, weil sie in diesem Idiotenverein ›Klub der helfenden Hand‹ sind. – Nein, für so bekloppt hab' ich sie doch nicht gehalten. Nur weil sie zweimal in der Woche zu dem alten Kläff kommen und dort schnitzen, basteln und malen dürfen. Beten und Choräle singen werden sie wahrscheinlich auch bei ihm. – Ha, ha – ich könnt' mich totlachen über den Verein in der Hintergasse 74.«

»Denen sollten wir bei ihrer nächsten Zusammenkunft einen gehörigen Streich spielen!« schlug Fritz Lehmann vor.

»Ausgezeichnet! Wird gemacht!« Oskar nahm den Vorschlag begeistert auf. »Ich glaube, die kommen morgen nachmittag wieder zusammen. Aber was machen wir?«

»Wie wär's mit einer Stinkbombe vor Kläffs Tür?« Jürgen fand seinen Gedanken ausgezeichnet.

»Oder wir binden einen Ziegelstein an eine Schnur, rasen damit die Treppen hinunter und ziehen ihn hinter uns her. Das gibt einen Spektakel, daß das ganze Haus zusammenläuft.«

»Nein, wir müßten dem alten Knacker, dem Kläff, persönlich eins auswischen.« Oskar sann nach Rache, weil er dem alten Mann die Schuld gab, daß er keine Freunde mehr hatte. Dabei hatten nicht sie sich von ihm zurückgezogen, sondern er selbst wollte nichts mehr mit den »Duckmäusern«, wie er sie nannte, zu tun haben.

»Wir leeren ihm einen gefüllten Ascheneimer vor sein Zimmer!« schlug er vor, »oder hängen einen toten Hund an seine Türklinke.«

Aber sie taten nichts von alledem, denn es kam ganz anders.

Frau Zärtel hatte große Wäsche. »Heute nachmittag wirst du auf den Peter aufpassen!« gebot sie Oskar, als dieser zum Mittagessen heraufkam.

»Warum denn?« maulte der zurück. »Das kann doch Hanna tun!«

»Nein, das kann Hanna eben nicht tun, weil sie mir bei der Wäsche helfen muß. Außerdem schadet es nichts, wenn du auch einmal daran denkst, mir etwas abzunehmen. Du lungerst den ganzen Tag nichtsnutzig auf der Straße herum. Nimm dir mal ein Beispiel an den anderen Jungen. Da hat mir doch heute der Max . . .«

»Hör bloß auf«, brauste Oskar hoch, »der Max und der Liliput und der Gustav und die ganze blöde Bande kann mir gestohlen bleiben. Diese scheinheiligen Affen!«

»Du kannst reden, was du willst, und du kannst denken, was du willst, heute nachmittag nimmst du den Peter, und wenn du jetzt noch lange maulst, dann hau' ich dir eine runter, daß du genug hast!«

Oskar war solche Redeweise gewöhnt – er nahm das nicht tragisch. Aber daß er seinen schönen freien Nachmittag opfern und Kindermädchen spielen sollte, das behagte ihm gar nicht. Gewiß, Peter war ein goldiger kleiner Kerl mit seinen blonden Locken und den lustigen Augen und von der ganzen Familie innig geliebt und noch mehr verwöhnt – aber auf ihn aufzupassen überließ Oskar gerne seiner Schwester. Zu dumm, daß Hanna der Mutter bei der Wäsche helfen mußte!

Wie konnte er sich diese unpassende Aufgabe nur abwimmeln? Vielleicht übernahm sie einer vom ›Klub der helfenden Hand‹? Oskar lachte über seine Gedankengänge wie über einen guten Witz. Na ja, man würde sehen! Zunächst wollte er sich das Mittagessen nicht verderben lassen, zumal es Leberknödel gab.

Am Nachmittag kam Theodor Klaff von einem Ausgang in die Stadt zurück. Er war dort gewesen um Ton zu kaufen, da er morgen mit den Buben einen Modellierversuch wagen wollte. Er hatte seine helle Freude an den Jungen. Nicht etwa, daß sie auf einmal alle lammfromm geworden wären, o nein, sie waren und blieben echte, ausgelassene Jungen, immer aufgelegt zu irgendwelchen Streichen und Dummheiten. Im Grunde ihres Herzens waren sie nicht schlecht, sie brauchten nur jemand, der ihnen half, der sie verstand und behutsam leitete. Nicht mit ewigen Verboten: Das darfst du nicht! und dies sollst du nicht!, sondern mit feinem Verständnis. Die wenigsten ihrer Väter und Mütter dachten daran, daß man Kindern nicht am laufenden Band Verbote erteilen, sondern auch zum Ausgleich etwas bieten müßte.

Wie glücklich waren die Jungen schon, wenn er, der alte Mann, ihnen ein Schnitzmesser in die Hand drückte, damit sie etwas basteln konnten. Wie jubelten sie zum Beispiel, als er letzte Woche einen neuen Malkasten ausgepackt und jedem einen Pinsel geschenkt hatte! Wie gut waren die Malversuche unter seiner Anleitung gelungen! Er konnte sich die Begeisterung der Jungen gut vorstellen, wenn er nun den Ton brachte und wenn sie versuchen durften, etwas zu modellieren. Das Wichtigste war, sie von der Straße wegzubringen, ihre freie Zeit mit Werten auszufüllen und ihre Gedanken in andere Bahnen zu lenken.

Herr Klaff mußte lächeln, wenn er daran dachte, mit

welchem Eifer sie seiner Anregung folgten, anderen zu helfen, wo sie Gelegenheit fanden. Dieselben Jungen, die maulten und brummten, wenn sie von ihren Eltern irgendeinen Auftrag bekamen und sich geflissentlich vor jeder Arbeit drückten.

Gustav Wörmer, der über eine starke Phantasie verfügte und in der Schule die besten Aufsätze schrieb, hatte den Gedanken aufgeworfen, man könne doch einen Verein gründen.

Theodor Klaff hatte darüber gelächelt, denn er war nicht für Vereine, aber ließ sie gewähren. Heinz Bittner, der einen amerikanischen Freund hatte, meinte, es dürfe nicht Verein, sondern müsse Klub heißen. So kam der Name ›Klub der helfenden Hand‹ zustande.

Der alte Mann sagte: »Klub oder Verein, das ist einerlei, die Hauptsache ist, daß wir wirkliche Helfer sind, und dazu gibt es täglich unzählige Möglichkeiten.«

Was ihn aber besonders freute, war, daß sie ihn jetzt jedesmal baten, wenn sie bei ihm zum Basteln waren: »Herr Kläff, lesen Sie uns doch noch etwas aus der Bilderbibel vor!« Allerdings, mit solcher Unkenntnis, wie er sie hier auf geistlichem Gebiet vorfand, hatte Herr Klaff nicht gerechnet. Keiner von den Jungen war getauft worden, niemand ging zur Kirche, in keiner Familie wurde gebetet. Bei den Heiden hätte es nicht schlimmer sein können. Mit dem Religionsunterricht in der Schule war das auch so eine Sache. Entweder sie nahmen nicht daran teil oder sie hörten nicht zu und trieben allerlei Unsinn. Zuerst hatten sie sich ein wenig höhnisch, zumindest aber verlegen Blicke zugeworfen, als der alte Mann seine große Bibel hervorholte.

»Seht, Jungen, genau eine solche hatte meine Mutter. Daraus hatte sie meinen Geschwistern und mir jeden Abend erzählt oder vorgelesen und uns die Bilder gezeigt.

Daß ich in meinem Leben vor so manchem Bösen bewahrt blieb, habe ich diesem Buch und den Gebeten meiner Mutter zu verdanken. Als ich während des Krieges meine Heimat verlassen und flüchten mußte, konnte ich die große, schwere Bibel nicht mitschleppen. Ich mußte sie zurücklassen und mich mit meinem kleinen Neuen Testament begnügen. Vor einem Jahr sah ich dann diese Bibel in einem Buchladen, wo man auch alte Bücher kaufen kann. Zuerst dachte ich in der Tat, es sei die Bibel meiner Mutter, denn sie sieht ganz genau so aus. Aber sie ist es nicht. Jedoch steht genau dasselbe drin, und auch die Bilder sind die gleichen. Ich kann euch nicht sagen, wie glücklich ich über diesen Fund bin. Als ob ein Stück Heimat zu mir gekommen ist. Die Bibel ist der größte Schatz, den ich habe. Davon möchte ich auch euch etwas weitergeben.«

Stumm hatten die Jungen ihm zugehört. Ein Schatz sollte dieses Buch sein? Nach und nach aber ahnten sie zumindest etwas von dem Reichtum, der darin enthalten war, wenn Herr Klaff ihnen die Geschichten von dem Volke Israel, von Jakob, Joseph und anderen, vor allem aber von Jesus vorlas.

Herrn Klaff erfüllte eine große Freude, als er merkte, daß das Interesse der Jungen wuchs und sie begannen, ihr Tun und Reden mit dem zu vergleichen, was sie aus der Bibel hörten.

Allerdings machte sich auch offensichtlicher Protest bemerkbar. Die Väter der Jungen nannten diesen »frommen Verein«, wie sie die Zusammenkünfte bei dem alten Mann titulierten, einen vollendeten Unsinn. »Seit wann gibt es in der Hintergasse 74 so etwas? Wir wollen nicht, daß unsere Söhne wie überspannte Betschwestern werden. Der Unsinn hört auf!«

Aber nun waren es die Mütter, die sich wehrten. »Das wäre noch schöner. Endlich beginnen wir ein wenig aufzuatmen und müssen nicht jeden Tag in neuer Angst und Sorge leben, daß unsere Jungen wieder irgend etwas anstellen, daß die Polizei oder das Jugendamt uns auf den Hals kommen. Man müßte ja geradezu blind sein, wenn man nicht merkte, daß da etwas vor sich geht. Wenn unsere Jungen auch noch längst keine Engel sind, aber Tatsache ist, daß sie zumindest in der Zeit, wo sie bei dem Alten sein dürfen, gut aufgehoben sind – und mag einer sagen, was er will, sie sind wirklich schon ein wenig anders geworden. – Punktum, es bleibt dabei, sie gehen auch weiterhin in den ›Klub der helfenden Hand‹.«

Herr Klaff war aus der Stadt zurückgekehrt. Ohne besonderen Grund ging er heute den Weg am Fluß entlang, obgleich dieser weiter war. Plötzlich stockte sein Fuß. Entsetzen packte ihn, als er einen kleinen Jungen im Alter von zweieinhalb bis drei Jahren ganz dicht am Fluß, an einer höchst gefährlichen, reißenden Stelle, spielen sah. Welche unvernünftige Mutter mochte das zulassen? Klaff schaute um sich.

Ein Stück weiter kauerten drei Jungen auf der Erde um ein Feuer, das sie angezündet hatten, und sahen und hörten nichts mehr von ihrer Umgebung.

Oskar, mit seinen beiden Freunden wie so manches Mal wieder auf verbotenen Wegen, erinnerte sich plötzlich daran, daß er auf Peter aufpassen sollte.

Um alles in der Welt, wo war der Kleine? Oskar sprang auf und entdeckte ihn zu seinem großen Entsetzen gut hundert Meter weiter, direkt unten am Wasser. Eine furchtbare Angst überfiel ihn. Wenn das Kind ins Wasser stürzen würde!

»Peter!« schrie er in Todesangst. »Peterle! komm sofort zurück!«

Der Kleine erschrak, tat einen Fehltritt und stürzte kopfüber ins Wasser. Sofort versank er in den Wellen.

Eine Sekunde war Oskar wie gelähmt, dann rannte er davon, wie gepeitscht und verfolgt. »Lieber Gott«, stammelte er, »lieber Gott, laß ihn nicht ertrinken!« Es war ihm ganz klar, daß er viel zu weit von der Unglücksstelle entfernt war, um das Brüderlein retten zu können. Hier konnte nur noch ein Wunder helfen.

Und das Wunder geschah. Oskar sah, wie ein alter Mann mit ein paar Sätzen zum Fluß hinuntereilte und ohne sich lange zu besinnen ins Wasser sprang. Jetzt erkannte ihn der Junge. O Gott – das war ja Kläff, der alte Kläff!

Schon wenige Minuten später hatte sich eine stattliche Menschenmenge an der Unglücksstelle versammelt. Auch die Polizei war da. Ein Arzt fuhr mit seinem Wagen vor, beugte sich über die beiden Besinnungslosen, das Kind und den alten Mann, der mit letzter Kraft den Jungen den schmutzigen Wellen entrissen und ans Ufer geschleppt hatte, um dann selbst ohnmächtig zurück ins Wasser zu sinken. Zum Glück waren in diesem Augenblick einige beherzte Männer zur Stelle, die ihn herauszogen.

Der Arzt machte Wiederbelebungsversuche mit dem Kind, während ein Sanitätsauto den alten Klaff ins Krankenhaus brachte.

Frauen schluchzten, eine von ihnen sagte: »Der Doktor hat schon gewußt, warum er sich zuerst dem Kleinen zuwandte. Bei dem Alten ist nichts mehr zu machen. Der ist ja schon tot! Das mußte ein Blinder sehen!«

Frau Zärtel kam mit ihrer vom Waschen tropfnassen Schürze angerannt, sie schrie und jammerte laut. Eine Nachbarin hatte ihr bereits die Unglücksbotschaft überbracht. Hanna lief tränenüberströmt hinter der Mutter her. Diese beugte sich händeringend über ihr Kind. »O mein Peterle, mein gutes Peterle! O Gott, Herr Doktor, retten Sie mir mein Kind, es mag kosten, was es wolle!«

Sie wandte sich suchend um und entdeckte Oskar, der totenbleich und zähneklappernd hinter dem Arzt kauerte. Da gab sie ihm eine Ohrfeige, daß es nur so knallte, und schrie ihn mit sich überschlagender Stimme an: »Du bist schuld an dem Unglück, du pflichtvergessener Lausebengel! Hab' ich dir nicht befohlen, auf das Kind zu achten? Wag dich nicht nach Hause, sonst passiert heute noch etwas!«

Aufs neue laut weinend wandte sie sich wieder dem noch immer besinnungslos daliegenden Kind zu.

Oskar schlich sich davon. Wohin sollte er seine Schritte wenden? War es nicht das beste, gleich ins Wasser zu gehen? Oder sollte er auf und davon? Vielleicht zur Fremdenlegion, von der er in einem Fünfzigpfennigheft gespannt gelesen hatte? – Aber Peterle! Und der alte Kläff! War er schuld an seinem und vielleicht auch an des kleinen Bruders Tod? Wie gehetzt lief der Junge hin und her. Wenn er nie im Leben gewußt hatte, was Angst, Schuldgefühl und bittere Reue war, jetzt wußte er es.

Ja, ihn traf die Schuld, ihn ganz allein. Hätte er besser auf Peter aufgepaßt, so wäre das Unglück nicht geschehen. Aber welch ein unerhörtes Glück, daß der alte Kläff gerade am Fluß vorbeikam.

Oder war es mehr als nur Glück? War es etwa Gottes Hand, die den alten Mann zur rechten Zeit gerade diesen Weg geführt hatte? Ebensogut hätte er ja einen anderen Weg einschlagen können.

Oskar faßte sich an den Kopf. Wie kam er, ausgerechnet er, der sich am meisten über den »frommen Verein« lustig gemacht hatte, auf solche Gedanken? In seiner Familie wurde nie von Gott gesprochen und wenn, dann nur spöttisch oder ehrfurchtslos. So konnte die Mutter sagen: »Wenn es einen Gott gäbe, würde er nicht all das Elend, das es in der Welt gibt, zulassen.« Und der Vater sprach in noch ganz anderer Art von Gott. Aber Oskar wünschte in diesem Augenblick in der Tat, daß es einen Gott geben möge. Und daß dieser es nicht zuließe, daß der alte Kläff wegen ihm sterben müsse. Doch hatte es überhaupt noch einen Sinn, sich mit diesen Gedanken zu befassen? Gewiß war der alte Mann schon tot! Er, dem so viel Unrecht durch ihn, Oskar, zugefügt worden war, den er in so gemeiner Weise verhöhnt und verspottet hatte, dem er auch morgen wieder allerlei Unrecht und Gemeinheit antun wollte – ausgerechnet er hatte sein Leben eingesetzt, um den kleinen Bruder zu retten. Und jetzt lag er wohl schon in der Totenhalle des Krankenhauses aufgebahrt – und bald würde auch zu Hause ein kleiner weißer Sarg stehen, in den man das Brüderlein mit seinen blonden Locken legte, und seine lustigen blauen Augen würden sich nie, nie wieder öffnen – und er, Oskar, war der Mörder der beiden! Mußte man da nicht wahnsinnig werden?

Der gequälte Junge biß verzweifelt in seine Fäuste. Nach langem Umherirren fand er sich schließlich vor dem großen Eingangstor des Krankenhauses. Was wollte er dort? »Ich muß wissen, ob es wirklich wahr ist, ob er tot ist! O Gott, wie soll ich weiterleben mit dieser Last auf dem Gewissen?«

Eine Schwester, die an der Pforte Dienst tat, beugte sich aus dem Fenster des Pförtnerhäuschens, als sie den verstörten Jungen sah, und fragte: »Was möchtest du denn hier?«

Da rannte Oskar wie gehetzt wieder davon. Er wagte keinen Menschen anzusehen, noch weniger anzusprechen. Er war allein mit seiner Not und wußte nicht mehr aus noch ein. Den Rest des Nachmittags, den ganzen Abend, bis in die Nacht hinein irrte er ziellos und verstört auf den Straßen umher.

Schließlich wurde er in der Nähe des Krankenhauses

von einem Polizisten aufgegriffen, der ihn nach Hause brachte. Seine Eltern hatten der Polizei sein Verschwinden gemeldet und nach ihm suchen lassen.

Oskar weinte laut auf vor Glück und Dankbarkeit, als Hanna ihm zuflüsterte: »Peterle lebt! Er ist wieder zu sich gekommen!« Nun wollte er gerne eine gewaltige Tracht Prügel von seinem Vater hinnehmen, die unweigerlich kommen würde. Mannhaft wollte er sie ertragen – nun, da er doch nicht zum Mörder seines kleinen Bruders geworden war. Zaghaft wagte er seine Schwester zu fragen: »Und der alte Kläff?«

»Auch er lebt, aber es geht ihm sehr schlecht!«

Oh, es war unfaßbar. Vor lauter Glück hätte Oskar in diesem Augenblick alles gelobt, was man von ihm gefordert hätte. Eine Last fiel von seiner Seele. Ja, er wollte sich bessern, er wollte nicht mehr rauchen und keine Holzschuppen mehr anzünden, er wollte dem Lehrer keine Knallfrösche mehr ins Pult legen und keine Nägel mehr mit den Spitzen nach oben in den Sitz seines Stuhles schlagen! Er wollte nicht mehr die Schularbeiten von anderen abschreiben und vor den Klassenarbeiten Stichworte auf seine Fingernägel kritzeln! Er wollte nicht mehr aus Mutters Küchenschrank naschen und heimlich aus Vaters Schnapsflasche trinken – nein, er wollte ein anderer Mensch werden.

Und vielleicht ging er auch in den »Klub der helfenden Hand«, selbst wenn die anderen ihn auslachten – alles, alles wollte er hinnehmen und tun, aus Dankbarkeit, daß sein Brüderlein am Leben geblieben war und – wenn Kläff auch wieder gesund wurde, er wäre zu allem bereit. Was könnte er jetzt nur tun?

Nein, auch Oskar war kein schlechter Junge. Diese Lehre war allerdings sehr nötig für ihn. Zum erstenmal in seinem Leben wurde er durch ein erschütterndes Ereignis zu ernstem Nachdenken gebracht. Und zum ersten Mal versuchte Oskar zu beten. Er hatte zwar keine Ahnung, wie man das macht. Er überlegte, ob er Gott mit du oder Sie anreden solle, aber dann brachte er doch ein klägliches Stammeln zuwege: »Herr, Gott! Ich bin zwar nicht sicher, daß du mich hörst. Ich weiß überhaupt nicht, ob ich du sagen darf und ob du so einen, wie ich es bin, anhörst. Aber ich weiß sonst wirklich nicht, zu wem ich gehen soll. Ich werde verrückt vor Angst, wenn der alte Kläff – entschuldige – ich meine der Herr Klaff stirbt. Gewiß hast du es gemacht, daß das Peterle nicht gestorben ist. Mach doch auch, daß der Alte wieder gesund wird, sonst sagen alle, ich sei schuld daran. Ich bin es ja auch – aber es tut mir wirklich leid, und ich will mich ganz gewiß bessern. Ich brauch' dir ja nicht aufzählen, was ich alles gemacht habe, als ich kürzlich an der Tür vom Kläff – Verzeihung! Ich vergesse immer, daß er ja gar nicht so heißt – als ich kürzlich bei ihm gelauscht habe, als er mit den Jungen geredet hat – ich glaube, er hat ihnen was vorgelesen aus einem großen Buch – ich hab' nämlich durchs Schlüsselloch gesehen – da hat er gesagt: Gott sieht und weiß alles! Also wenn das wahr ist, dann weißt du ja auch von mir 'ne ganze Menge, Herr Gott! Aber ich will mich wirklich bessern, nur laß den alten Mann nicht sterben. Vielleicht werd' ich dann auch noch anders. Wenn du willst, kann ich mich ja auch dem ›Klub der helfenden Hand‹ anschließen.«

Es war schon ein eigentümliches Gebet, und es ist gut, daß Gott in das Herz eines jeden Menschen blicken und seine Gedanken lesen kann. Jedenfalls meinte Oskar es ehrlich.

Tagelang lag Theodor Klaff zwischen Tod und Leben. Der Sprung in das kalte Wasser war für ihn, den bald Siebzigjährigen, doch zu viel gewesen. In früheren Jahren galt er zwar als guter Schwimmer. An der Ostsee aufgewachsen, hatte er sich viel im Wasser getummelt. Aber nun brachte eine schwere Lungenentzündung ihn an den Rand des Grabes. Mit geschwollenen Augen lag er in seinem Bett im Krankenhaus. Tagelang wurde kein Besuch zu ihm gelassen. Als dann seine Freunde, die Buben, und besorgte Hausbewohner kamen, erkannte er sie nicht.

Seine Jungen waren untröstlich. Am liebsten wären sie miteinander, zu jeder Besuchszeit zu ihm ins Krankenhaus gegangen, aber das erlaubten die Schwestern nicht. Höchstens zwei auf einmal! Die übrigen warteten unterdessen vor dem Portal des Krankenhauses und bestürmten die Herauskommenden mit Fragen. »Wie geht es ihm heute?« – »Hat er euch erkannt?« – »Hat er was gesagt?« – »Habt ihr die Schwestern gefragt, ob er wieder gesund wird?«

Meistens antworteten sie mit traurigem Kopfschütteln. Nein, er hatte sie, seine Freunde, nicht erkannt – er hatte kein Wort gesprochen, und die Schwestern seien zu sehr beschäftigt, als daß sie ihnen Rede und Antwort stehen könnten. Nur eine Schwester, die ganz junge, nette, habe sich einen Augenblick Zeit genommen und ihnen gestanden, daß es sehr ernst um den alten Mann stehe. Auch die beiden Patienten, die mit ihm im gleichen Zimmer lagen, hätten es gesagt, der Herr Klaff würde es wohl nicht mehr lange machen. Er sei zu schwach, um die Lungenentzündung zu überwinden.

Ganz niedergeschlagen gingen die Jungen aus der Hintergasse 74 heim. Es war ihnen, als sei ein helles Licht, das seit einiger Zeit in ihrem armseligen Dasein leuchtete, ausgelöscht worden.

Frau Wörmer fand am Abend dieses Tages ihren Gustav am Küchentisch, große rote Streifen Papier mit schwarzer Tusche bemalend. Buchstabe um Buchstabe reihte er aneinander. Ein paar Male gab es schon Kleckse, weil immer wieder Tränen aus des Jungen Augen auf das Papier fielen.

»Was tust du denn da?« fragte Frau Wörmer und beugte sich über die Arbeit ihres Sohnes.

Aber der konnte vor Schluchzen nicht antworten. Stumm zeigte er auf eine Vorlage.

Da stand auf einem Fetzen Papier: »Letzter Gruß vom Klub der helfenden Hand!« Jetzt begriff Frau Wörmer. Vorsorglich war Gustav von den anderen beauftragt worden, die Schleifen für den Kranz zu malen, den die Jungen zum Grabe ihres alten Freundes tragen wollten, wenn dieser gestorben wäre, womit man nach den Berichten aus dem Krankenhaus rechnen mußte.

Fassungslos blickte Frau Wörmer ihren Gustav an. War das noch der alte, laute, oft ungezogene, widerspenstige Junge von früher, der hier saß und Tränen vergoß um einen Menschen, der ihm lieb geworden war? Und sie nahm ihren großen Jungen plötzlich in den Arm und streichelte ihm den Kopf – und das war auch schon lange nicht mehr geschehen!

Einer, der sich nicht abhalten ließ, Herrn Klaff regelmäßig zu besuchen, war Oskar. Als eine der Schwestern ihn eines Tages abweisen wollte, blieb er hartnäckig vor der Tür des Krankenzimmers stehen, bis der Chefarzt kam. Den sprach er, wenn auch mit Herzklopfen, an.

»Bitte, Herr Doktor, sagen Sie den Schwestern, daß sie mich hineinlassen müssen – wo ich doch – ich doch –«, er stotterte ein bißchen, dann brachte er es heraus, »wo ich doch schuld an dem Unglück bin.«

Die Geschichte des alten Mannes war natürlich im Krankenhaus bekannt geworden, und so konnte sich der Chefarzt ungefähr ein Bild machen von dem, was der Junge meinte. Wie vermochte er den angstvoll bittenden Augen zu widerstehen? Er legte seine Hand auf den Kopf des

Jungen und sagte: »Gut, wenn du versprichst, dich ganz ruhig zu verhalten, dann will ich dir erlauben, täglich eine halbe Stunde am Bett des Kranken zu sitzen.«

In Oskars Augen leuchtete es auf. Und nun wagte er noch ein Weiteres. »Herr Doktor – glauben Sie, daß der Herr Kläff sterben muß?«

»Wir hoffen, daß wir ihn durchbringen!«

Da griff der erregte Junge nach der Hand des Arztes und stammelte: »Ich danke Ihnen, Herr Doktor, o ich danke Ihnen! Nun hat es doch was genützt!«

»Was meinst du?« fragte der Arzt.

Aber da wurde Oskar über und über rot. Er getraute sich nicht zu sagen, daß er gebetet hatte.

Der Chefarzt war gerührt und sagte nachher zur Oberschwester: »Ich hätte dem Bengel gar nicht so viel Gemüt zugetraut. Dem muß die Sache doch sehr zu Herzen gegangen sein!«

Frau Zärtel kam ebenfalls immer wieder, um den alten Mann zu besuchen. Auch unter ihrer rauhen Schale schlug ein weiches Herz. Nie würde sie ihrem Mieter vergessen, was er getan hatte, indem er sein Leben einsetzte für ihren kleinen Peter! Es war nicht auszudenken, was geschehen wäre, wenn Herr Klaff damals nicht gerade des Weges dahergekommen wäre, als der Kleine in den Fluß stürzte. Sie wollte sich ihm auch erkenntlich zeigen. Sollte Herr Klaff wieder gesund werden, dann würde sie als erstes seine Stube neu tapezieren lassen. Würde er aber sterben, dann müßte der neue Mieter sich mit der alten Tapete begnügen – aber dem alten Mann, der ihr Kind gerettet hatte, dem würde sie eine neue Tapete gönnen, jawohl.

Auch Fräulein Brunner kam und besuchte den Kranken. Verschämt stellte sie ein kleines Sträußchen auf seinen Nachttisch. Es waren Blüten von dem Primelstock, den ihr der »Klub der helfenden Hand« zum Geburtstag geschenkt hatte.

Frau Schneppler wollte nicht zurückstehen. Als Mitbewohner mußte man sich doch um den Patienten kümmern, zumal er eine solche Rettungstat gewagt und sein Leben aufs Spiel gesetzt hatte. Ja, sie, die Leute aus der Hintergasse 74, wußten, was sich gehört.

Eines Tages stürmten die beiden Jungen, die heute an der Reihe waren, den alten Freund zu besuchen, überglücklich aus dem Krankenhaus hinaus zu den anderen, die auf sie warteten, und riefen ihnen von weitem zu: »Er hat uns erkannt! Er hat mit uns gesprochen! Er läßt euch grüßen! Er wird wieder gesund!«

War das eine Freude! Rein außer sich war die Gesellschaft. Sie schrien und vollführten wahre Indianertänze vor dem Krankenhaus. Dann eilten sie im Sturmschritt nach Hause, um der ganzen Hintergasse 74 so schnell wie möglich die Freudenbotschaft zu überbringen.

Inzwischen hatte sich etwas zugetragen, von dem weder der »Klub der helfenden Hand« noch sonst jemand in der Hintergasse etwas ahnte. Bei der Arztvisite im Krankenhaus stand eine junge Ärztin nachdenklich vor dem Bett des alten Mannes und wiederholte immer wieder seinen Namen, der auf der Tafel am Kopfende seines Bettes zu lesen war: »Klaff – Theodor Klaff!« Wo war ihr doch dieser Name schon einmal begegnet? Gerne hätte sie den alten Mann selbst gefragt, woher er sei – der aber lag tagelang in hohem Fieber und war nicht ansprechbar.

Endlich kam es ihr: Theodor Klaff, das war doch der Besitzer der großen Kunsthandlung in der Hauptstraße in Königsberg gewesen. Im Nachbarhaus hatte sie mit ihren Eltern gewohnt. Oft war sie bei ihm gewesen und hatte all die wunderschönen Dinge bewundert. Da waren prächtige, geschnitzte Holzarbeiten, Leuchter, Truhen, Lampen

Schiffe, Buchstützen, Wandborde und vieles andere mehr. In einer besonderen Abteilung hingen herrliche Gemälde an den Wänden. Berühmte Künstler gingen bei Herrn Klaff ein und aus. Ihr, dem damals noch kleinen Mädchen, hatten natürlich die holzgeschnitzten Trachtenpuppen, kleine Fischermädchen und -buben am besten gefallen. – Stundenlang hätte sie vor den vier Schaufenstern stehen und schauen und schauen mögen. – Dann war der Krieg mit all seinen Schrecken gekommen, später die Flucht. Ihre Eltern verloren alles, was sie hatten. Bei dem großen Durcheinander war es ein Wunder, daß sie und ihre Eltern überhaupt zusammengeblieben waren. Hier nun hatte ihr Vater, der auch Arzt war, aufs neue eine Praxis eröffnet. Draußen vor der Stadt besaßen sie ein hübsches Häuschen, mitten in einem Garten. Wenn sie hier nicht die alte, unverheiratete Tante, eine Verwandte ihrer Mutter, gefunden hätten, wären sie noch längst nicht so weit. Die Tante war gestorben und hatte ihnen ihr Häuschen vermacht.

Und nun fand sie hier den alten Herrn Klaff? Wirklich, er war es – sie erkannte ihn wieder. Wie oft hatte er sie in seinem Auto mitgenommen zum Ostseebad Cranz oder nach Pillau. Er war verheiratet, hatte aber keine Kinder, darum war sie, die kleine Tochter des Arztes, ein wenig sein Liebling gewesen. Was würden die Eltern sagen, wenn sie heimkäme und ihnen erzählte, wen sie hier unter ihren Patienten gefunden hatte! Sie vermochte es kaum zu erwarten, bis der alte Mann soweit wiederhergestellt war, daß sie sich ihm zu erkennen geben konnte.

Dann kam der Tag, an dem die junge Ärztin die Eltern mit ins Krankenhaus brachte und die Nachbarn aus Königsberg sich erkannten. Wieviel hatten sie sich zu erzählen! Viel Trauriges natürlich. Frau Klaff war auf der Flucht gestorben, und ihr Mann hatte sie in einem Dorf auf einem kleinen Friedhof zurücklassen müssen. Er selbst hatte sein

Hab und Gut verloren und viel Schweres durchgemacht. Am liebsten sprach er nicht mehr davon. Daß er auf sein Vermögen verzichten mußte, das war ihm nicht das Schlimmste, aber daß seine Frau nicht mehr lebte und ihn allein zurückgelassen hatte, daran trug er schwer.

Das Arztehepaar blickte sich schweigend an. Dann nickten sie einander verstehend zu. Die junge Ärztin wußte sofort, was die Eltern meinten. Schelmisch lächelnd wandte sie sich an den alten Herrn: »Herr Klaff, im allgemeinen ist Flüstern in Gegenwart anderer ja nicht erlaubt – aber jetzt muß ich meinem Vater doch schnell etwas ins Ohr sagen.«

»Meine Tochter bittet mich um das, was meine Frau und ich uns soeben stillschweigend vorgenommen haben«, sagte daraufhin Doktor Berger. »Nachdem wir uns auf so wunderbare Weise hier wiedergefunden haben, bitten wir Sie, Herr Klaff, nach Ihrer Genesung in unser Häuschen zu ziehen. Sie haben uns in Königsberg in treuer Nachbarschaft so viel Freundlichkeit erwiesen, daß wir gerne ein wenig davon gutmachen möchten. Es ist zwar nur ein Zimmer, das wir Ihnen anbieten können, aber es ist sonnig und groß und hat eine Veranda hinaus zu unserem wunderschönen Garten. Die verstorbene Tante meiner Frau, die uns ihr Haus vermacht hat, war auf dem Gebiet der Blumenpflege nicht zu übertreffen. Es wird Ihnen bei uns gefallen. Schlagen Sie ein, Herr Klaff! Werden Sie unser Hausgenosse! Sie sollen bei uns wieder ein Stücklein Heimat finden, nachdem Sie alles verloren haben.«

Der alte Mann ergriff tiefbewegt die Hand des Arztes, seines früheren Nachbarn. Tränen standen in seinen Augen. »Ich finde keine Worte, Ihnen zu danken. Mußte ich hierher ins Krankenhaus kommen, um dieses zu erleben?«

Die junge Ärztin beugte sich glücklich lächelnd zu ihrem Patienten: »Nun müssen wir uns aber beeilen, wieder gesund zu werden, damit wir in das neue Heim kommen, solange man noch im Garten im Lehnstuhl liegen kann, bevor die kalten Tage kommen!«

Das war eine Freude für alle Beteiligten! Nein, doch nicht für alle.

Am nächsten Besuchstag kamen fünf Jungen vom »Klub der helfenden Hand«, um ihren alten Freund zu besuchen. Die Schwestern ließen jetzt alle auf einmal herein. Herr Klaff war ja auf dem Wege zur Genesung, und sie hatten die munteren Burschen mit der Zeit ins Herz geschlossen –, da winkte ein Patient einen der Jungen zu sich heran. »Wißt ihr schon, daß Herr Klaff gar nicht mehr zu euch in die Hintergasse zieht, sondern zu den Eltern von Fräulein Doktor Berger?«

»Waaas? Das kann doch nicht stimmen, das ist doch unmöglich!«

»Geh nur und frag ihn selber!«

»Herr Kläff – ist es wahr, was der Mann da drüben sagt? Sie kommen nicht mehr zu uns zurück in die Hintergasse?« Fünf Paar aufgerissene Bubenaugen starrten ihn ganz entsetzt an: So etwas war doch einfach unmöglich, geradezu undenkbar!

Behutsam und vorsichtig erzählte Theodor Klaff nun den Jungen von der Begegnung mit seinen früheren Nachbarsleuten und von deren Angebot. Aber schon nach den ersten Worten bedauerte er, ihnen davon berichtet zu haben. Der eine wurde ganz bleich vor Schreck, dem anderen stürzten die Tränen aus den Augen, er stand auf und verließ wortlos das Zimmer. Der dritte stampfte mit dem Fuß auf und sagte: »Das gibt's einfach nicht.« Der vierte meinte: »Dann hat alles keinen Zweck mehr, und alles ist umsonst gewesen.« Der fünfte aber ergriff bittend die Hand des alten Mannes und sagte: »Tun Sie es nicht, tun Sie es bitte nicht! Bleiben Sie bei uns in der Hintergasse!«

Es gab geradezu einen Aufruhr, als die Jungen mit ihrer Nachricht nach Hause kamen. In allen Stockwerken der Hintergasse 74 standen die Bewohner beisammen und redeten darüber. Frau Schneppler schämte sich nicht zu weinen. »Jetzt ist alles aus!« jammerte sie. »Was soll denn bloß aus meinem Max werden, wenn Herr Klaff sich seiner nicht mehr annimmt!«

Oskar sagte: »Jetzt, da ich mir vorgenommen habe, mich zu bessern, kommt er nicht zurück! Da kann ich ja auch wieder anfangen zu rauchen. Und meine Mutter kann es sich sparen, das Zimmer frisch tapezieren zu lassen.«

Fräulein Brunner seufzte: »Mit ihm verläßt der gute Geist die Hintergasse 74. Keiner wird mehr für den andern Zeit haben, und niemand wird mehr ein gutes Wort zu hören bekommen. Und doch ist es nicht recht, daß wir so denken. Sollten wir nicht alle von ihm gelernt haben, Gutes zu tun und einander zu helfen?«

Ganz oben im vierten Stock wohnte ein junges Mädchen. Auch sie hatte viel Schweres durchgemacht. Bittere Enttäuschungen, die sie erlebte, hatten sie menschenscheu gemacht. Eines Tages meinte sie nicht länger mehr leben zu können. So wollte sie den Gashahn aufdrehen und Selbstmord verüben. Als sie weinend vom Friedhof zurückkam, wo sie das Grab ihrer Mutter noch einmal aufgesucht hatte, war sie entschlossen, aus dem Leben zu scheiden. Da war sie dem alten Mann im Treppenhaus begegnet. Mit einem scheuen Gruß wollte sie an ihm vorbeigehen.

Er aber sprach sie freundlich an. »Sie sehen so elend aus, Fräulein. Sind Sie krank?«

So waren sie ins Gespräch gekommen. Irgendwie hatte das junge Mädchen zu dem alten Mann Vertrauen gefaßt, und so schüttete sie ihm ihr Herz aus. Wie ein Vater hatte er dann zu ihr gesprochen, sie ermutigt und ihr zugeredet, noch einmal von vorne anzufangen. »Glauben Sie, Fräulein«, hatte er gesagt, »gerade die schweren Zeiten unseres Lebens lassen uns innerlich reifen und rufen Werte in uns wach, wenn wir nur lernen, das Beste aus ihnen zu machen. Auch ich habe Erlebnisse hinter mir, die unsagbar schwer und fast unerträglich waren. Aber ich habe Notwendiges daraus gelernt. Verlieren Sie nicht den Mut! Es wird sicher auch in Ihrem Leben noch alles gut! Und wenn es Ihnen wieder einmal schwer ums Herz ist, dann dürfen Sie kommen und es mir sagen, und wir wollen miteinander beraten, ob sich nicht doch ein Ausweg zeigt.«

Dann hatte er einen Vers gesagt, den das junge Mädchen vor Jahren gelernt, aber wieder vergessen hatte:
>Befiehl du deine Wege
>und was dein Herze kränkt
>der allertreusten Pflege
>des, der den Himmel lenkt!
>Der Wolken, Luft und Winden
>gibt Wege, Lauf und Bahn,
>der wird auch Wege finden,
>die dein Fuß gehen kann.

An jenem Tage war das junge Mädchen wirklich getröstet hinaufgestiegen in seine enge Dachkammer und hatte sich vorgenommen, das Angebot des alten Mannes, der ihr Großvater hätte sein können, anzunehmen und ihn um Rat zu fragen, wenn sie wieder einmal ein schweres Herz haben würde.

Dann war Herr Klaff ins Krankenhaus gekommen, und nun hörte das junge Mädchen, daß er gar nicht mehr in die Hintergasse zurückkehren würde. Da saß nun das arme, verlassene Ding in seinem Stübchen und weinte: »Also habe ich doch recht gehabt – kein Mensch kümmert sich um unsereinen!«

Inzwischen hatte sich herumgesprochen, woher Theodor Klaff gekommen war: daß er nicht Hausierer, sondern ein wohlhabender angesehener Geschäftsmann gewesen war, daß er in Königsberg ein Haus mit einem prächtigen Garten und dazu am Ostseestrand ein Sommerhaus besessen hatte.

»Natürlich sind wir ihm dann auf die Dauer nicht vornehm genug«, brummelte Schneider Pieseke, »da paßt er eben doch besser zu Doktor Bergers. So ist's ja immer: Die Armen werden verkannt.«

Er hatte nicht mit dem Entrüstungssturm gerechnet, der sich da von allen Seiten entfesselte: »Wenn wir ihm nicht vornehm genug wären, hätte er sich nicht so freundlich unser angenommen«, stellte Fräulein Brunner fest und fuhr ganz erregt fort: »Hören Sie mir auf mit solchen Redensarten!«

»Und er hätte nicht unsere Lausejungs zweimal in der Woche zu sich eingeladen«, sagte Frau Wörmer.

»Jawohl, Sie haben ganz recht«, pflichtete Frau Schneppler ihr bei, »und was hat er aus ihnen gemacht? Mein Max wenigstens ist wie umgewandelt!« Und sie trocknete aufs neue ihre Tränen mit ihrer buntgestreiften Schürze.

An einem der nächsten Tage kam Fräulein Doktor Berger voller Freude zu Theodor Klaff. »Nächste Woche werden Sie entlassen. Ihr Zimmer ist schon fix und fertig. Alles ist zu Ihrem Einzug bereit, und wir, meine Eltern und ich, freuen uns unbeschreiblich auf Ihr Kommen.«

Da sah der alte Mann sie bittend an: »Sie und Ihre Eltern dürfen mir nicht böse sein, aber – ich kann nicht kommen!«

»Sie können nicht kommen?« Die junge Ärztin sah ihn fassungslos an. »Ja, um alles in der Welt, aber warum nicht?«

»Ich kann nicht. Kommen Sie, Ruth, setzen Sie sich ein Weilchen zu mir. Ich will versuchen, es Ihnen zu erklären. Gleich nachdem Ihre Eltern mir das freundliche Angebot machten, dachte ich darüber nach, daß ich in dem Hause, in dem ich wohne, Aufgaben zu erfüllen habe. Es ist nicht blinder Zufall, daß ich dorthin kam. Dort leben so viele einsame, verzweifelte, unglückliche Menschen. Sie verbittern sich gegenseitig das Leben, sind oft gehässig und unleidlich zueinander. Die meisten von ihnen sind nicht schlecht, sondern unwissend. Ich habe es als meine Pflicht angesehen, ihnen ein klein wenig zu helfen. Nun darf ich sie nicht verlassen. Es ist mir unmöglich. Gerne will ich, so oft ich kann, Sie und Ihre lieben Eltern besuchen. Es wird mir eine große Freude sein, mich in Ihrem schönen Garten auszuruhen, dann und wann einen Sonntag in Ihrer Hausgemeinschaft zuzubringen – aber ich kann und darf meine Hintergasse 74 mit ihren armen Menschen nicht im Stich lassen. Glauben Sie mir, zu gerne wäre ich mit Ihnen gekommen, aber man darf nicht nur an sich selbst denken. Vielleicht mußte ich selbst arm und einsam werden, um diese Armen und Verlassenen zu verstehen.

Nun habe ich heute zwei Briefe bekommen. Lesen Sie diese, Ruth, und dann sagen Sie mir selbst, ob ich anders handeln kann.«

Herr Klaff reichte der jungen Ärztin zwei Briefumschläge. Sie entfaltete die beiden Bogen.

Auf dem einen las sie:

Sehr geehrter Herr Klaff!

Unser kleiner Sohn Johannes ist krank, seit man hier im Hause davon spricht, daß Sie nicht mehr zu uns in die Hintergasse zurückkehren. Sie ahnen nicht, wie Ihr Kranksein nach Ihrer Rettungstat, die wir Ihnen hoch anrechnen, ihm zu Herzen gegangen ist. Jeden Abend hat er in seinem Bett gebetet, der liebe Gott möge Sie nur ja wieder gesund machen. Überglücklich war er, als ihn die großen Jungen ein paar Male ins Krankenhaus mitnahmen und er Sie besuchen konnte. Die Tage hat er gezählt, bis Sie wieder entlassen werden. Nun kann er sich nicht trösten. Er liegt in seinem Bettchen und weint: »Nun kommt er nie mehr wieder, und keiner sagt ›kleiner Freund‹ mehr zu mir!«

Sehr geehrter Herr Klaff! Wir sind ja nur einfache Leute, aber der Jammer unseres Kindes geht uns doch sehr zu Herzen. Ihnen haben wir es allein zu verdanken, daß Johannes sich endlich uns angeschlossen hat und zu uns Vater und Mutter sagt. Daher erlauben wir uns in aller Bescheidenheit die Frage: Ist es denn nicht möglich, daß Sie wieder zu uns in die Hintergasse kommen? Wir bitten Sie sehr! Überlegen Sie es sich gut, schon um unseres kleinen Johannes willen!

Verzeihen Sie uns, wenn wir Sie belästigen!
    Hochachtungsvoll
    Die Pflegeeltern von Johannes.

Als Fräulein Doktor Berger den zweiten Brief las, mußte sie zugleich lachen und weinen. Da stand nämlich:

Lieber Herr Kläff!
So geht das nicht! Alles ist aus, wenn Sie nicht zurückkehren. Der »Klub der helfenden Hand« geht ein. Wir werden wieder frech, auch wenn wir nicht wollen. Kein Mensch hat Zeit für uns. Max muß in die Erziehungsanstalt und vielleicht mit der Zeit wir anderen auch. Tun Sie uns das nicht an. Die Mütter weinen, und die Väter schimpfen, und Liliput ist schon krank geworden. Oskar will auch in den Klub. Er will sich ebenfalls bessern – aber nicht ohne Sie. Wir bitten Sie von Herzen: Bleiben Sie bei

uns. Und noch eins. Oskar will all sein Geld sparen und sich auch so eine große Bilderbibel kaufen, hat er gesagt. Wer aber soll uns dann die Bibel erklären? Außer Ihnen kann das kein Mensch in der Hintergasse 74. Bitte, bitte, bleiben Sie bei uns!

Der Klub der helfenden Hand.

Die Ärztin reichte Herrn Klaff die Briefe zurück. In ihren Augen standen Tränen der Rührung. »Jetzt verstehe ich Sie«, sagte sie. »Nein, es ist unmöglich. Sie können die Hintergasse 74 nicht verlassen. Es wäre von mir ein großes Unrecht, wollte ich Sie überreden zu uns zu kommen, nachdem ich diese Briefe gelesen habe. Ich weiß, meine Eltern denken genauso wie ich. Aber Sie müssen oft unser Gast sein und sich bei uns ausruhen und neue Kräfte sammeln für die Aufgaben, die in der Hintergasse auf Sie warten.«

»Ich danke Ihnen!« sagte der alte Mann. »Ja, ich weiß, daß sie auf mich warten.«

»Er kommt! Er kommt!« Große Aufregung war in der Hintergasse 74. Das ganze Haus war geputzt. Die Frauen hatten saubere Schürzen umgebunden und standen vor der Haustür, um den alten Klaff feierlich zu begrüßen. Frau Zärtel, die Hauswirtin, trug sogar ihr schwarzseidenes Sonntagskleid. Vor ihr, in einem nagelneuen Anzug, stand Peterle. Er trug in seinen Händen einen Rosenstrauß, und Hanna flüsterte ihm schon zum zwanzigstenmal die Worte ins Ohr, die er sagen müsse, wenn der alte Mann aus Doktor Bergers Auto steigen würde: »Willkommen, mein Retter!«

Oskar hatte zwar gesagt, das sei kitschig, man könne so etwas höchstens denken, aber nicht sagen, außerdem verstehe Peter überhaupt nicht, was das bedeuten solle. Aber

Hanna fand das wunderschön. Sie hatte diesen Ausspruch kürzlich in einem Roman gelesen.

An Herrn Klaffs Zimmertür hing ein großes rotes Plakat, umrahmt von einer mächtigen Tannengirlande. Herzlich willkommen! stand darauf. Es machte nichts aus, daß auf der Rückseite zu lesen war: Letzter Gruß vom Klub der helfenden Hand! Gustav Wörmer war sparsam und hatte es nicht vermocht, das schöne Papier fortzuwerfen. Die andere Seite eignete sich gerade für den Willkommensgruß.

Ach, sie waren alle überglücklich, die Jungen vom »Klub der helfenden Hand«. Ihr Freund, ihr Helfer kam ja wieder! Jetzt würden sie wieder basteln, schnitzen, malen, modellieren. Max und keiner von ihnen würde in eine Erziehungsanstalt kommen, die Mütter würden nichts mehr an ihnen auszusetzen haben, sie, die Jungen, hätten ständig etwas, worauf sie sich freuen konnten und überhaupt . . .

»Er kommt! Er kommt!« Die Frauen riefen es ihnen zu. Da nahm der »Klub der helfenden Hand« Aufstellung vor Herrn Klaffs Zimmertür. Gustav Wörmer gab den Ton an, und nun schallte dem Heimkehrenden das mühsam eingeübte Willkommlied entgegen: »So sei gegrüßt viel tausendmal, holder, holder Frühling!«

Es war zwar nicht Frühling, den sie erwarteten, sondern ihr alter, guter Freund. Er würde schon verstehen, wie sie es meinten, denn es war doch ein schönes, passendes Lied.

Nun war Herr Klaff wieder daheim. Ja, er wollte hier daheim sein in der Hintergasse 74, an dem in allen Farben schillernden, stinkenden Fluß zwischen den schreienden Kindern, den fluchenden Männern und keifenden Frauen. Gott hatte ihn hierhergestellt und ihm eine Aufgabe an diesen Menschen gegeben. Und wenn er nur einem von ihnen ein Stück weit auf den rechten Weg helfen konnte, so war sein Hiersein nicht vergebens.

Winifred

Auf dem Bahnsteig eines Wiener Bahnhofs standen Leopold, Maximilian und Henriette, genannt Poldi, Maxi und Jetti, die drei Kinder des Arztes Paul Frank, der seit einigen Jahren eine gutgehende Praxis in Wien hatte. Seine Frau war eine Österreicherin und hatte stets gegen Heimweh nach ihrem Geburtsort anzukämpfen gehabt. Als Doktor Frank nach dem Tode seines Schwiegervaters, der auch Arzt war, dessen Wiener Praxis übernommen hatte, war sie überglücklich, wieder in die Heimat zurückkehren zu können. Nun waren alle längst heimisch geworden in der Millionenstadt, besonders die Kinder, denen das interessante und abwechslungsreiche Leben in Wien besser gefiel als das »ewige Einerlei« in dem kleinen süddeutschen Städtchen, wo sie bis jetzt gelebt hatten.

Heute waren die drei Geschwister in einem fieberhaften Zustand. Sie erwarteten ihre Kusine, Winifred Frank, die mit ihrer Erzieherin von Berlin kommen sollte. Winifred war die einzige, jetzt zwölfjährige Tochter des älteren Bruders von Doktor Frank. Er war ein bekannter Geschichtsforscher und bereiste studienhalber viele Länder. Seine Gattin, eine verwöhnte Weltdame, hatte er in Schottland kennengelernt. Dort war auch das Töchterchen Winifred geboren. Das Kind hatte die Eltern auf den vielen Reisen stets begleitet, für den Unterricht war eine Erzieherin da. Der Vater, Professor Otto Frank, aber hatte längst festgestellt, daß dieses unruhige, vielseitige Leben, die ständig wechselnden Eindrücke dem Kinde nicht gut taten und ihm eigentlich die rechte, kindlich-frohe Jugendzeit verloren ginge. Er hatte deshalb gewünscht, daß es ein wirkliches Familienleben kennenlerne, und sich daher entschlossen, Winifred für einige Jahre in die Familie seines Bruders Paul nach Wien zu schicken. Die Trennung von dem Kind fiel ihm zwar sehr schwer, aber es mußte sein.

Die Ungeduld der drei Frankschen Kinder steigerte sich immer mehr. »Die Platze könnte man kriegen«, meinte Maxi und trippelte von einem Fuß auf den andern. Die Ankunft dieser ausländischen Kusine war doch auch wirklich einmal ein Ereignis.

Allerdings war es jammerschade, daß es ein Mädchen war, mit einem Jungen hätte man ganz anders auftreten können. Darüber waren sich die beiden Brüder einig, aber ein interessanter Fall blieb es doch, auch wenn es nur ein Mädchen war. Wenn nur der Zug endlich einlaufen würde. Seit drei Viertelstunden standen sie nun schon hier. Die Bahnhofsuhr mußte bestimmt einen Defekt haben, das ging doch nicht mit rechten Dingen zu.

Jetti ertrug die Zweifel nicht länger. Als der Bahnhofsvorsteher gerade vorüberkam, fragte sie ihn mit einem tiefen Knicks: »Verzeihen Sie, geht Ihre Uhr da oben richtig?«

Der Beamte lachte über das ganze Gesicht. »Jawohl, mein kleines Fräulein, auf die Minute. An einer Bahnhofsuhr gibt's nichts zu rücken, sonst würde sie wohl hundertmal am Tage verschoben werden, je nachdem, was für Leute hier auf dem Bahnsteig stehen.«

»Wieso?« fragte Maxi.

»Na«, antwortete der menschenfreundliche Stationsvorsteher, »stellt euch mal vor, eine Mutter bringt ihren Sohn, der in die Fremde ziehen will, an die Bahn. Es geht ans Abschiednehmen. Die Mutter weiß nicht, ob sie ihren Sohn jemals im Leben wiedersieht. Wie gerne würde sie da die Zeiger der Uhr zurückhalten, um den Augenblick der Trennung möglichst weit hinauszuschieben. – Wenn aber jemand einen lieben Menschen erwartet und hier mit dem Einlaufen des Zuges rechnet, dann geht ihm die Uhr« – jetzt unterbrach er sich und rief mit lauter Stimme: »Achtung, von der Bahnsteigkante zurücktreten, der Schnellzug aus Berlin fährt ein!«

Die Doktorskinder traten sich gegenseitig vor Aufregung auf die Füße, aber als der Zug jetzt mit Getöse in die Bahnhofshalle einfuhr, hätten sie, besonders die beiden Jüngsten, sich am liebsten verkrochen vor lauter Verlegenheit. Sie suchten Deckung hinter dem großen Bruder, dem aber ebenfalls eine verdächtige Röte den Hals herauf und über das Gesicht kroch.

»Stellt euch nicht so blödsinnig an!« fuhr er seine Geschwister an. In seinem Herzen aber dachte er, daß es doch recht albern von ihnen gewesen war, die Kusine ohne die Eltern abholen zu wollen. Nun stand man da und wußte nicht recht, was man mit diesem Mädel anfangen sollte.

Es war nicht leicht, zwischen den vielen Reisenden, die jetzt den Zug verließen, Winifred Frank, die sie nie vorher gesehen hatten, herauszufinden. Plötzlich aber stieß Maxi seine Schwester an. »Das da drüben könnte sie sein.« Wirklich, da kam an der Seite einer großen, schlanken, geschmackvoll gekleideten Dame ein Mädchen, das Ähnlichkeit mit der Fotografie aufwies, die der Onkel kürzlich von seiner Tochter gesandt hatte. Keines der Kinder rührte sich vom Fleck. Wie gebannt hingen ihre Blicke an dem elegant gekleideten, bildschönen Mädchen. Aus einem schmalen, fast überzarten Gesicht blickten ein paar selten dunkle Augen fragend um sich. Eine sandfarbene, kleine Mütze saß keck auf dem linken Ohr, aber es hatte genauso blonde Haare wie die meisten Mädchen in Wien und zwei dicke Zöpfe hingen ihm nach vorn über die Schulter. Ein Seidenkleid in der derselben Farbe wie die Mütze kleidete das kleine Fräulein ganz vorzüglich.

»Sogar hellgelbe Schuhe und Strümpfe hat sie«, flüsterte Jetti und blickte vergleichend auf ihre derben Halbschuhe. Die Mutter war immer so sehr fürs Praktische – leider.

Jetzt faßte sich Poldi ein Herz. Er zog seine Mütze und machte eine Verbeugung. Seine Empfangsrede, die er mühsam einstudiert hatte, geriet aber vollständig daneben.

»Verzeihen Sie, – sind Sie vielleicht, – ist das vielleicht, – bist du? – Wir erwarten nämlich –« Herrschaft, jetzt stotterte er wie ein ABC-Schütze.

Die große Dame half ihm liebenswürdig aus der Verlegenheit. »Ihr seid gewiß die Kinder von Herrn Doktor Frank?«

Jetti und Maxi nickten, während Poldi sich unbeschreiblich über seine Hilflosigkeit ärgerte.

»Dann ist dies eure Kusine Winifred Frank«, fuhr das Fräulein fort. »Es ist gut, daß ich sie euch hier übergeben kann, denn ich muß mit demselben Zug gleich weiterfahren.« Sie wandte sich jetzt zu Winifred. »Nun müssen wir uns endgültig trennen. Wir haben ja bereits im Zug Abschied voneinander genommen.« Und nun beugte sie sich nieder, um das Mädchen zu umarmen. Dieses aber schlang die Arme leidenschaftlich um ihren Hals und begann herzzerbrechend zu schluchzen: »Betty, o Betty, geh nicht fort – oder nimm mich mit, – laß mich nicht allein hier, – was soll ich bei den fremden Menschen? Laß mich nicht allein, – o laß mich nicht allein!«

Die Kinder standen betroffen da. Alles andere hätten sie erwartet, aber nicht diesen schmerzlichen Gefühlsausbruch.

Das kann ja schön werden, dachte Poldi. Die scheint eine richtige Heulliese zu sein. Maxi wußte vor Verlegenheit nichts Besseres zu tun, als in den schauderhaftesten Tönen zu pfeifen. Nur Jetti schien mitfühlend zu verstehen, daß da ein schmerzliches Abschiednehmen stattfand, – und jetzt begriff sie den Stationsvorsteher. Das mußte solch ein Augenblick sein, wo man den Zeiger der Uhr am liebsten zurückhielt.

Noch immer schluchzte Winifred fassungslos am Hals ihrer Erzieherin. Diese flüsterte ihr noch etwas zu, küßte sie herzlich und sprang dann in den Zug zurück, der sich gleich darauf wieder in Bewegung setzte. Ein lauter Aufschrei gellte durch die Bahnhofshalle. Winifred streckte die Arme aus und versuchte, dem fahrenden Zug nachzulaufen. »Betty, Betty!«

Nun hielt es aber Poldi für seine Pflicht einzugreifen. Mit energischem Griff packte er das Mädchen am Arm und rief: »Sei doch vernünftig, du kommst sonst noch unter den Zug.«

Winifred aber drehte sich mit einem Ruck um und funkelte ihn aus ihren dunklen Augen wie eine kleine Katze an. Dabei versuchte sie sich loszureißen. »Laß mich los, was geht das dich an? Du hast mir nichts zu befehlen. Las mich los, sag' ich.«

Poldi starrte sie sprachlos an. Na, das war ja ein blendender Anfang. Er tat aber sehr gelassen. »Meinetwegen«, sagte er, »so lauf nur unter die Räder.«

»Das werde ich schon nicht tun«, fuhr ihn das Mädchen an. Noch hingen dicke Tränen in ihren Wimpern. Es sah dem entschwindenden Zug noch einmal aufschluchzend nach, dann seufzte es tief von unten herauf und nahm, ohne sich nur im geringsten um die Kinder zu kümmern, ihr Handtäschchen, holte einen kleinen Spiegel daraus hervor und begann wie ein hoffärtiges Dämchen seine auf der Fahrt etwas in Unordnung geratenen Haare sowie das vollständig verschobene Mützchen wieder in die rechte Lage zu bringen. Mit ihrem spitzenbesetzten Taschentuch tupfte sie sich die Tränen ab, steckte den Spiegel wieder ein und wandte sich dann, als sei nichts geschehen, an die Doktorskinder. »Also vorwärts!« Die waren alle drei so erstaunt, daß sie sich sprachlos diesem Kommando fügten. Poldi war Kavalier genug, um der Kusine den kleinen Koffer aus den Händen zu nehmen. Sie waren mitten auf den breiten Bahnhofsstufen, als Winifred plötzlich stehenblieb. Beinahe herausfordernd sah sie die Geschwister an. »Da kann ja jeder kommen«, sagte sie, »ich weiß noch nicht einmal, wer ihr seid. Schließlich seid ihr gar nicht meine Verwandten und wollt mich entführen. Sagt mal erst, wie ihr heißt.«

Jetzt brachen die drei in ein schallendes Gelächter aus. »Entführen ist gut«, sagte Poldi gönnerhaft. Jetti aber stellte dienstbeflissen vor: »Das ist Poldi, der ist dreizehn Jahre alt, und hier Maxi, der ist elfeinhalb, und ich bin Jetti und werde acht. Außerdem heißen wir alle noch extra Frank.«

Winifred schüttelte den Kopf und wiederholte, indem sie das »i« bei jedem Namen besonders betonte: »Poldi, Maxi, Jetti – wie kann man nur so blödsinnig heißen?«

»Blödsinnig? – Erlaube mal, – so vernünftig wie Winifred sind unsere Namen bestimmt. Winifred ist überhaupt veraltet«, fügte Maxi hinzu.

»Unsinn, meine Mutter hat mir den Namen ihrer Freundin gegeben. Der ist nicht veraltet.«

Die drei Doktorskinder aber hatten nicht die Absicht, sich oder ihre Namen herabsetzen zu lassen. Jetti, die immer so etwas wie eine Streitschlichterin war, erklärte nun in ihrer liebevollen Art: »Poldi heißt auch eigentlich nicht Poldi, sondern Leopold. Und Maxi heißt Maximilian, und ich Henriette, aber es dauert zu lang, bis man das immer ausgesprochen hat, und so werden die Namen halt abgekürzt. Die Geschwister von unserer Mutti hießen so. Sie sind aber alle schon gestorben.«

»So? – Na, das ist was anderes.« Winifred schien versöhnt. »Dann scheint ihr ja wirklich meine Verwandten zu sein.«

»Bist du auch ganz sicher?« spottete Poldi.

Inzwischen war man an der Haltestelle der Straßenbahn angekommen. Winifred sah sich interessiert um. Ihr Blick hatte etwas Forschendes, Prüfendes, was sie älter scheinen ließ als sie in Wirklichkeit war. Das mußte sie von ihrem Vater geerbt haben. Andererseits aber konnte sie auch wieder ausnahmslos kindlich sein.

Ein Zwischenfall versetzte die Doktorskinder in großes Erstaunen. Als sie noch wartend an der Haltestelle standen, schlenderte ein Bäckerjunge mit einem Tragkorb am Arm vorüber. Ob nun absichtlich oder nicht, kurz, er trat Winifred auf die Füße. Die aber besann sich nicht lange, drückte dem erstaunten Poldi ihr Täschchen in die Hand, rannte dem Burschen nach und versetzte ihm einen derartigen Stoß, daß er mitsamt seinem Brotkorb ins Wanken kam und über den Rinnstein auf die Straße stolperte. »Das nächste Mal paßt du besser auf, du Tollpatsch!« schrie Winifred wütend.

Der Bäckerjunge aber ließ sich diesen Überfall auch nicht so ohne weiteres gefallen, stellte seinen Korb ab, krempelte die Ärmel hoch und machte Anstalten, sich auf das angriffslustige Mädchen zu stürzen. – Die Frankschen Kinder zitterten vor Angst. Diese Winifred machte die unglaublichsten Sachen. Jetzt würden schließlich noch alle in eine regelrechte Straßenkeilerei verwickelt. Es war nicht abzusehen, wie die Sache endete.

»Die Bahn, die Bahn!« schrie Maxi plötzlich auf und war heilfroh über diese einfache Lösung der peinlichen Lage.

Poldi zog die Kusine erleichtert in den Straßenbahnwagen, wo er sie sofort anfuhr: »Wie kannst du nur solch einen Skandal heraufbeschwören?«

»Meinst du vielleicht, ich lasse mir auf meinen Füßen herumtrampeln? Sieh nur, wie meine schönen Schuhe aussehen!«

Poldi aber war nicht so rasch zu beschwichtigen. »Aber dann macht man doch nicht gleich eine solche Szene, daß ein Straßenauflauf daraus wird.«

»Pah, – warum denn nicht? Es ist nur schade, daß die Bahn schon kam, dem Jüngling hätte ich es gerne gezeigt ... Im übrigen glaube ich nicht, daß ihr euch noch nie geprügelt habt.« Herausfordernd blickte sie die drei Geschwister an.

»Na ja, – unter uns schon«, gestand Maxi.

»Auf jeden Fall nicht in der Öffentlichkeit, nicht auf der Straße«, verteidigte sich Poldi, und sonnte sich im Schein seiner guten Manieren.

»Ich will dir mal was sagen«, fuhr da Winifred hoch, »dann willst du eben besser scheinen als du in Wirklichkeit bist. Wenn ihr euch nicht schämt, euch im geheimen zu verhauen, dann könnt ihr es auch ruhig auf der Straße tun. – Jawohl, das ist meine Meinung.«

Die Stimmung zwischen den Kindern schien sehr gereizt werden zu wollen. Jetti spürte wieder einmal das Bedürfnis zu vermitteln.

»Aber nicht wahr, Winifred, dein Fräulein hätte sich sicher nicht gefreut, wenn du den Bäckerjungen verhauen hättest?«

Sie hatte den rechten Ton angeschlagen. Winifreds Augen füllten sich mit Tränen. Sie blickte sehnsüchtig durchs Fenster, ohne jedoch viel von dem wechselnden Straßenbild in sich aufzunehmen, und flüsterte wehmütig: »O Betty!« Und nun kollerten ein paar große Tränen über das feine Gesichtchen.

Die Kinder waren bestürzt und verlegen zugleich. Jetzt heult sie auch noch in der Straßenbahn, dachte Poldi verärgert, ich will nur mal sehen, was wir noch alles mit ihr erleben, ehe wir zu Hause sind.

Jetti aber schmiegte ihre kleine Hand in die der Kusine und flüsterte ihr zu: »Sei nicht traurig, Winifred, ich will dich auch sehr liebhaben.«

Poldi atmete erleichtert auf, als sie endlich zu Hause waren. Doktor Frank wohnte mit seiner Familie in einem freundlichen Einfamilienhaus im siebten Bezirk. Es gibt in der Riesenstadt Wien manche Stadtviertel, die mit ihren gemütlichen Straßen, den kleinen Häusern und den sonnigen Gärten davor, an eine heimelige Kleinstadt erinnern und etwas unsagbar Gemütliches an sich haben.

Frau Frank stand auf den Treppenstufen vor dem Hause und winkte den Kindern freundlich zu. Sie zog Winifred in ihre Arme und küßte sie herzlich. »Willkommen, mein Kind, jetzt habe ich eine große Tochter bekommen. Ich hoffe, daß du dich in unserem Hause wohlfühlst. Gott segne deinen Eingang.«

Winifred konnte kein Wort erwidern. Noch immer war es ihr, als stecke ihr etwas würgend im Hals, und beinahe wollten die dummen Tränen bei den freundlichen Worten der Tante wieder hochsteigen.

Poldi aber drängte sich an der Mutter vorbei und konnte es nicht unterlassen, vor sich hinzubrummen: »Ihr werdet schon euer blaues Wunder mit ihr erleben.«

Frau Frank führte Winifred in ein kleines, aber blitzsauberes Stübchen, in dem zwei weiße Betten an den Wänden standen. Auf dem runden Tischchen in der Mitte grüßte ein bunter Strauß in einer Vase. Ein weißer Kleiderschrank, eine Kommode, ein Bücherständer, zwei mit hellgeblümtem Stoff bezogene Sessel, dazu ein paar frohe Bilder an den Wänden vervollständigten die Einrichtung. Das Stübchen hatte nichts, aber auch gar nichts von der vornehm-steifen Art der Hotelzimmer, in denen Winifred bisher gewohnt hatte. Aus jedem Winkel schien es zu winken und zu grüßen: »Willkommen, willkommen, jetzt bist du hier zu Hause!« Und als die Tante ihr gar erklärte, daß sie dieses Zimmer mit Jetti teilen sollte, da jauchzte Winifred beglückt auf: »O Jetti, – mit dir? – das ist fein.« Das kleine Kusinchen mit seinem warmen Herzen hatte es ihr schon angetan. Fröhlich guckte sie sich um: »Ja, hier gefällt es mir, – aber Tantchen, wo ist denn der Spiegel? Man kann doch nicht ohne Spiegel sein?«

»O du kleine Eitelkeit«, lächelte die Tante, »aber komm, ich will dir zeigen, wo du sehen kannst, ob du ordentlich gewaschen und gekämmt bist. Sieh, hier nebenan ist das Badezimmer und über dem Waschbecken ist der Wandspiegel.«

»Ja, aber Tante Stefanie, es könnte doch mal sein, daß jemand badet und das Badezimmer abgeschlossen ist. Und wenn man dann nicht hinein kann . . .« – Es schien dem kleinen Fräulein eine wichtige Angelegenheit zu sein. – »Es wäre doch gut, wenn wir noch einen Spiegel in unserem Zimmer haben könnten.«

»Aber Kind, der Spiegel im Badezimmer genügt bestimmt, außerdem haben wir auch keinen weiteren im Hause, den wir entbehren könnten.«

»Nun, dann werde ich Vater schreiben, der schickt mir gewiß einen.«

Frau Frank versuchte das dem Mädchen auszureden. Es paßte ihr keinesfalls, daß Winifred sich einen Spiegel von ihrem Vater kommen lassen wollte. Sie hätte dem Kinde ja schließlich selbst den Wunsch erfüllen können, – aber stärkte sie damit nicht die Eitelkeit des Kindes? Man wußte in der Familie um die Hoffart und den stolzen Sinn der Frau des Professors Frank. Sollte sich bei Winifred dieses Erbstück zeigen? Eine kleine Sorgenbürde wollte sich auf ihr Herz legen. War es vielleicht doch eine zu schwere

Aufgabe, die sie auf sich genommen hatte, als sie sich bereit erklärte, die weitere Erziehung des ihr doch eigentlich fremden Kindes zu übernehmen?

Einige Augenblicke später kam ihr Gatte aus der Sprechstunde. Er stand in der offenen Türe und blickte lächelnd auf die kleine Gruppe im Badezimmer.

Winifred war gerade damit beschäftigt, ihr Haar vor dem Spiegel zu kämmen, das nach ihrer Meinung durch die Umarmung der Tante etwas in Unordnung geraten war. Plötzlich entdeckte sie den Onkel. Mit einem Aufschrei ließ sie den Kamm zu Boden fallen und warf sich an seine Brust, ihn mit beiden Armen umfangend. »Onkel Paul, Onkel Paul, du siehst genau so aus wie mein Vati.« Und plötzlich schluchzte das leidenschaftliche Kind in wildem Heimwehschmerz: »O mein Vater, mein lieber Vater!« –

Doktor Frank streichelte bewegt den blonden Kopf. »Aber, aber Kleinchen, wir wollen doch fröhlich miteinander sein. Schnell schlucke deine Tränen hinunter – hörst du, – die Buben schlagen den Gong an, wir sollen zum Abendessen kommen. Schnell, schnell, sonst wird der Tee kalt.«

»Ja, sofort, ich muß mich nur noch rasch fertigkämmen, guck, du hast mich wieder ganz verzaust.« Und schon stand sie wieder vor dem Spiegel.

Der Onkel lachte, die Tante aber nahm sich vor, diesem Kind wirklich eine Mutter zu werden. Es schien in Winifreds Leben daran gefehlt zu haben. –

Als die Kinder schliefen, saß Doktor Frank mit seiner Gattin noch ein paar Stunden in dem gemütlichen Wohnzimmer. Der vielbeschäftigte Arzt liebte die stillen Abendstunden nach den Anstrengungen des Tages. Er hatte eine sehr ausgedehnte Praxis. Sein Wartezimmer war während der Sprechstunden stets überfüllt. Außerdem hatte er täglich seine Visiten im Alserkrankenhaus zu machen, wo er der Leiter einer Spezialabteilung für innere Krankheiten war. Oft gingen die Anforderungen seines Berufes wirklich über seine Kräfte, aber die Freude über die immer wieder zu beobachtenden Heilerfolge bei seinen Patienten schien ihn zu kräftigen. Die Abend-Feierstunden in seinem schönen Heim aber waren ihm die notwendige Erholung. Da saß er mit seiner Frau, die ihm nicht nur treue Gattin und den Kindern eine liebevolle Mutter, sondern auch eine tapfere Lebenskameradin war, und sprach mit ihr über die Probleme des Tages, des Berufes, der Kindererziehung und was sie gemeinsam noch mehr beschäftigte. Heute bildete Winifred das Hauptgesprächsthema. Professor Frank hatte seinem Bruder einen Brief geschrieben, den dieser jetzt seiner Frau vorlas:

Berlin, den 12. Mai 19..

Mein lieber Paul, liebe Stefanie!

Da Ihr Euch in so überaus freundlicher Weise bereit erklärt habt, mein kleines Mädchen aufzunehmen, ihm ein Heim zu bieten und es mit Euren eigenen Kindern zu erziehen, möchte ich Euch einiges über das Kind schreiben, was für Euch von Wichtigkeit sein könnte. Winifred ist ein gut veranlagtes Kind, vor allem aber grundaufrichtig und ehrlich. Nie wird sie etwas anderes sagen, als sie denkt, und geht oft mit beinahe erschreckender Offenheit vor. Die diplomatischen Winkelzüge, die eine gewisse Sorte Menschen anwendet, wenn sie irgendwelchen Vorteil dadurch meinen erzielen zu können, kennt sie noch nicht, und soll sie, Gott gebe es, auch nie kennenlernen. Manches in ihrem Wesen, was vielleicht abstoßend wirkt, ist darauf zurückzuführen, daß sie nie ein richtiges Familienleben kennengelernt und sich immer unter Erwachsenen bewegt hat, die natürlich darin wetteiferten, sie zu verwöhnen. Trotz meiner energischen Abwehr gab es immer wieder genug törichte Menschen, die das Kind mit schmeichelhaften Redensarten und Komplimenten überschütteten und leider seine Eitelkeit weckten.

Seit ihrem dritten Lebensjahr lebt Winifred, wie Ihr wißt, mit uns in den verschiedensten Hotels aller Länder. Das ist kein Leben für ein Kind, das Sonne und Licht und frohes Spiel mit gleichaltrigen Kameraden benötigt. Eine wirkliche Kindheit hat sie bisher eigentlich nie gehabt. Mit der Zeit legten sich diese Zustände wie eine Last auf mich. Es war ein Glück, daß ich vor fünf Jahren in Fräulein Betty einen so wertvollen Menschen kennengelernt habe. Sie übernahm Winifreds Erziehung und übte einen guten Einfluß auf sie aus. Vorher war es ein ständiger Wechsel zwischen Kindergärtnerinnen und Wärterinnen.

Und nun muß ich in einer Offenheit, wie ich sonst nie über diesen Punkt rede, einiges über unser bisheriges Familienleben sagen. Ihr wißt, daß ich es unter meiner Würde halte, unfein über meine Frau zu reden. Ich schreibe Euch aber um Winifreds willen ganz offen. Meine Frau hat sich ja so gut wie gar nicht um die Erziehung ihres Kindes gekümmert. Soll ich sagen leider? – Vielleicht war es besser so. Sie kennt nämlich kein höheres Glück, als von einem Vergnügen ins andere zu taumeln. Ich fürchte, daß meine kleine Winifred, obgleich die Mutter nie Zeit für sie hatte, schon viel zuviel von dieser Luft eingeatmet hat. – Und nachdem ich schon soviel gesagt habe, will ich es Euch auch nicht verhehlen, daß ich das Kind hauptsächlich aus diesem Grunde in Eure Hände gebe. Ich will nicht, daß sie ein affektiertes Modepüppchen wird. Ich habe genug unter der Vergnügungssucht meiner Frau zu leiden. Sie ist noch heute eine Schönheit, der Stern der Gesellschaft, umschwärmt und gefeiert, wo wir auftauchen. Aber sie geht am höchsten Glück ihres Lebens vorüber. Familien- und Mutterfreuden sind ihr fremd, obwohl sie ein so reizendes Kind wie Winifred hat. Sie lebt nur sich selbst. Auch mich hat sie vor Jahren geblendet, – jetzt erkenne ich, daß hinter ihrer lachenden Maske ein armes und vom Leben enttäuschtes Herz schlägt. Ein solches Dasein kann sie auf die Dauer ja auch nicht befriedigen.

Könnt Ihr verstehen, daß ich alles tun will, um es zu verhüten, daß Winifred so wird? Und darum bitte ich Euch: Nehmt Euch meines Kindes an, habt es lieb und versucht es in seiner Eigenart zu verstehen. Ich werde die kleine Maus unsagbar vermissen. Es wird recht dunkel um mich sein ohne mein Sonnenkind, ja, wenn es ein Junge wäre, dann ließe ich es teilnehmen an meinen Forschungen, aber für ein Mädchen ist ein solches Herumzigeunern, und wenn es auch in erstklassigen Hotels der Welt ist, nichts. – Ich schicke Euch jeden Monat genügend Geld, um alles, was für Winifred gebraucht wird, zu bestreiten. Das etwa übrige mögt Ihr für die Kinder gemeinsam verwerten, wie Ihr es für gut findet. – Es ist möglich, daß ich meinen Liebling einige Jahre nicht sehe. Das Herz tut mir weh, wenn ich daran denke, aber es muß sein. – Es ist mir ein Trost, ihn in Eurem Hause und in Eurer Liebe geborgen zu wissen. Gebt meinem Kind einen Kuß, und es soll seinem alten Vater oft schreiben.

Euch alle grüße ich von Herzen. Euer Otto

Doktor Frank legte den Brief beiseite. Seine Frau aber mußte ihren Gefühlen Ausdruck geben. »Der arme Otto, was nützt ihm nun sein Ruhm als Wissenschaftler, wenn er tief in seinem Herzen doch nicht glücklich ist. Wieviel muß er doch in seinem Leben entbehren.« – »Wir wollen sein Kind recht mit Liebe umgeben«, fügte ihr Mann hinzu. Dann gingen beide zur Ruhe. Winifred aber schlief heute zum erstenmal in ihrem Leben inmitten einer wirklichen Familie.

Es dauerte gar nicht lange, da hatte sie sich vollständig in das neue Leben hineingefunden. Allerdings gab es am Anfang viel Neues, woran sie sich gewöhnen mußte, aber als sie merkte, daß hinter all der Liebe und Güte, die man ihr im Doktorhaus entgegenbrachte, doch ein fester Wille und eine bewußte Hausordnung standen, da lernte sie sich fügen, wenn es auch manchmal nicht ohne Tränen abging.

Am ersten Morgen zum Beispiel war die Tante in das Stübchen der beiden Mädchen gekommen. Winifred lag noch zu Bett, während Jetti schon dabei war, sich anzukleiden. Tante Stefanie hatte sich auf den Bettrand der Nichte gesetzt.

»Guten Morgen, Töchterlein, bist du ein kleiner Langschläfer? Sieh, Jetti ist schon beinahe fix und fertig angezogen. Hast du das Glockenzeichen zum Aufstehen nicht gehört? Gleich wird der Gong zum Frühstück ertönen. Schnell, einen Ruck, mach dich fertig.«

Aber das kleine Fräulein räkelte sich gähnend im Bett herum.

»Och, Tante Steffi, ich möchte lieber im Bett Kaffee trinken.«

»Aber Kind, im Bett? Du bist doch nicht krank? Bei uns bleiben nur die Kranken im Bett, und die bekommen Krankenkost: Haferschleim, Kamillentee oder Ähnliches.« Die Tante lächelte. Winifred aber bestand darauf, im Bett zu frühstücken.

»Mir ist der Kaffee immer ans Bett gebracht worden.«

»Das war auch im Hotel, jetzt bist du aber im Familienkreis. Gib nur acht, wie gut dir das gefällt. Komm jetzt schnell, ich helfe dir, daß du rasch angezogen bist.«

Winifred murrte noch ein bißchen, aber schließlich bequemte sie sich doch aufzustehen. Die Tante hatte etwas so Bestimmtes an sich. Man mußte ihr einfach folgen.

»So, Winifred, nun zeige ich dir gleich, wie du dein Bett aufdeckst, damit es auslüftet. Sieh, so! Nach dem Frühstück bringen nämlich die Kinder selbst ihre Zimmer in Ordnung.«

Winifred machte große Augen. »Aber dafür sind doch die Hausgehilfinnen da.«

»Im Hotel mag das so sein, Kindchen, aber ich finde es viel netter, wenn wir alle dazu beitragen, daß unser Haus wie ein Schmuckkästchen aussieht. Du liebst es doch auch, Winifred, nett und sauber auszusehen.«

»O ja.«

»Nun, siehst du, – und ebensowenig wirst du in einem Schweinestall wohnen wollen, nicht wahr?«

Nun aber mußte Winifred hell auflachen. »O Tante, in einem Schweinestall!«

»Ja, was glaubst du, wie es bald hier aussähe, wenn wir nicht jeden Tag Ordnung schaffen würden. Und da wir als Hausgehilfin nur unsere alte Katharine haben, helfen wir eben alle gerne mit. Denke dir, die Jungen bringen jeden Tag, bevor sie zur Schule gehen, selbst ihr Zimmer in Ordnung.«

»Tun sie das gerne?«

»Ob gern oder ungern, Winifred, man muß im Leben so manches tun, was einen Überwindung kostet, da ist es gut, wenn man sich schon in der Kinderzeit daran gewöhnt.«

Nun versuchte Jetti wieder einzulenken. »Winifred, das Reinemachen das macht so viel Spaß. Mutti hat mir einen eigenen kleinen Besen gekauft, dazu einen Teppichklopfer und eine Bürste.«

Nun begann auch Winifred Gefallen daran zu finden. »O ja, Jetti, unser Zimmer soll wie ein Schmuckkästchen sein, – aber nicht wahr, Tante, dann bekommen wir auch noch einen Spiegel?«

»Der Gong, der Gong«, rief jetzt Jetti, »schnell zum Frühstück.«

Die Tante aber streichelte Winifred über das Haar. »Es paßt gar nicht zu deinem Äußeren, so eitel zu sein.«

Bei Tisch hatte es dann wieder etwas anderes gegeben. »Bekomme ich keine Serviette?« hatte Winifred gefragt.

»Wenn deine Koffer hier sind, dann bindest du dir wie Jetti eine Schürze um«, war die Antwort der Tante gewesen.

»Eine Schürze?« Ganz entrüstet hatte Winifred es ausgerufen. »Ich bin doch keine Hausgehilfin.«

Und als sie die Jungen ausgelacht hatten, war sie in Tränen ausgebrochen.

»Ich ha–be in mei–nem ganzen Le–ben noch keine Schür–ze ge–tra–gen.« Schließlich hatte sie sich aber auch daran gewöhnt, und bald fühlte sie sich in dem neuen Heim so wohl, als wäre sie nie woanders gewesen.

Die drei Kinder waren ihr wie Geschwister. Sie fand es wunderbar, mit ihnen zu spielen und zu tollen, und auch ein hin und wieder vorkommender Streit tat dieser Freundschaft keinen Abbruch. Alle vier waren bald unzertrennlich. Zwischen Poldi und Winifred kam es öfters mal zu Zusammenstößen. Sie waren beide ausgesprochene Führernaturen, die sich durchsetzen wollten. Poldi konnte derb sein.

»Du sollst von jetzt an Polter heißen«, bestimmte Winifred eines Tages, »weil du immer so herumpolterst und schimpfst.«

Aber der blieb ihr nichts schuldig. »Und du heißt von heute an Äffchen, weil du den halben Tag so hoffärtig vor dem Spiegel stehst.«

Die beiden hatten ihre Namen weg. Maxi aber blieb auch nicht verschont. Er war ein bißchen oberflächlich, hielt wenig auf Ordnung und warf seine Sachen herum.

Deshalb gab ihm seine Kusine den Namen »Schlamper«.

Nun wollte Jetti aber auch einen Spitznamen haben. »Für dich gibt es keinen solchen Namen«, stellte Winifred fest, die sehr an dem kleinen Ding hing. »Du bist unser liebes Engelchen.«

Die Kinder verlebten Zeiten ungetrübten Glückes und sonniger Freude. Winifred lebte ganz auf in dem ihr gänzlich unbekannten Familienleben. Sie besuchte eine höhere Töchterschule. Auch das war ihr etwas ganz Neues. Aber sie fügte sich schnell ein und lernte spielend. Frau Frank aber blickte oftmals besorgt in das Gesicht des schönen Kindes, und dabei seufzte sie aus tiefstem Herzen: »O daß ich dich recht leiten könnte!« Sie fand es viel, viel schwerer und verantwortungsreicher, das fremde Kind zu erziehen, als ihre eigenen.

Eines Tages brachte der Postbote eine frohe und für die Kinder wieder einmal aufregende Botschaft. Die Großmutter, Doktor Franks Mutter, wollte zu Besuch kommen. Sie war seit Jahren Witwe und wohnte in einem kleinen Städtchen Süddeutschlands, im Schwarzwald. Nun sehnte sie sich danach, ihre Kinder und Enkelkinder wieder einmal zu sehen. »Daß Winifred, das Töchterlein meines lieben Otto, nun auch bei Euch ist, freut mich besonders«, schrieb sie. »Es sind mehr als zehn Jahre her, seitdem ich sie zuletzt gesehen habe. Ich kann es kaum erwarten, bis ich bei Euch bin. Und nun noch eins: Ich möchte den Kindern gerne eine Freude machen. Jetzt darf mir jedes schreiben, was ich ihm mitbringen soll.«

Das gab ein Spektakel im Doktorhaus. Die reinsten Indianertänze führten die Kinder auf, und Maxi mußte seine Freude auf besondere Weise äußern. Mit wildem Geschrei sauste er rittlings auf dem Treppengeländer hinunter. Als der Vater aber den Kopf zum Sprechzimmer heraussteckte, eine nicht mißzuverstehende Handbewegung machte und etwas von rücksichtsloser Ruhestörung sagte, da zogen die vier es vor, in der Bodenkammer weiter zu beraten. Winifred äußerte allerdings Bedenken. »Ich habe keine Lust, mir mein Kleid schmutzig zu machen. Wer weiß, ob es da oben sauber ist.«

»Natürlich, das Äffchen«, spottete Poldi. Aber dann stellte es sich doch heraus, daß man sich selbst in Frau Franks Bodenkammer auf den Fußboden niederlassen konnte. Und hier fand nun die wichtige Beratung statt. Thema: Was sollen wir uns von Großmama wünschen? Zu den kühnsten Forderungen verstiegen sich die Jungen. Maxi dachte an ein Motorrad.

»Aber Schlamper, stelle dir die Großmutter mit einem Motorrad auf dem Rücken vor.«

Poldi meinte, es sei jetzt an der Zeit, daß er einen Anzug mit langen Hosen bekomme. Die Großmutter solle einen solchen mitbringen.

»Polter, mir scheint, du bist größenwahnsinnig.« Winifred sah ihn entrüstet an. »Ich will euch sagen, was ihr euch wünschen könnt. Du, Polter, eine Armbanduhr, und du, Schlamper, einen ordentlichen Kamm und eine Haarbürste, damit du dich in Zukunft menschenähnlicher herrichten kannst.«

Aber Maxi empörte sich geradezu über diese Zumutung. »So blöde, – ich danke schön, – nein, wenn Polter eine Uhr bekommt, dann will ich auch eine.«

»Also gut. Und du, Engelchen, was wünschst du dir von der Großmutter?«

Jetti wollte ein kleines Puppenbaby mit Schlafaugen haben.

»Und du, Winifred?« Die Jungen sahen die Kusine gespannt an.

Diese aber mußte sich nicht lange besinnen. »Einen Spiegel wünsche ich mir«, sagte sie in aller Ruhe.

»Einen Spiegel?«

»Haha, das Äffchen – natürlich das Äffchen!« Poldi schlug sich vor Vergnügen auf die Schenkel, daß es knallte. Wahrscheinlich wäre es noch zu einem ausgewachsenen Streit in der Bodenkammer gekommen, wenn Mutters Stimme nicht gerufen und so der wichtigen Besprechung ein Ende gemacht hätte.

Und die Großmutter kam und überreichte jedem der Kinder ein Päckchen. Jetti jubelte auf und drückte ein reizendes Puppenbaby an ihr Herz. Poldi und Maxi trugen stolz ihre neuen Armbanduhren. Und nun rief die alte, weißhaarige Frau mit den lieben, gütigen Augen Winifred zu sich.

»Du hast dir einen Spiegel gewünscht«, sagte sie und zog das Kind an sich. »Ich bringe dir einen solchen, allerdings wohl in anderer Art als du erwartest. Aber höre, nie im Leben und nirgends in der Welt wirst du einen besseren und klareren bekommen. Es ist ein sehr wertvoller Spiegel.«

Winifred zitterte vor Erwartung. Die Worte der Großmutter waren so geheimnisvoll, daß sie mindestens an einen brillantbesetzten Handspiegel dachte. Die alte Frau reichte ihr ein kleines Päckchen und fuhr fort: »Noch eins, ehe du das Päckchen öffnest, sollst du mir versprechen, daß du jeden Tag wenigstens einmal gewissenhaft in diesen Spiegel sehen willst. Hörst du, Kind, gewissenhaft, nicht oberflächlich. Willst du mir das versprechen?«

»Einmal, Großmutter?« lachte Winifred belustigt, »hundertmal, wenn du willst.«

»Das fällt ihr gar nicht schwer«, mischte sich Poldi jetzt in das Gespräch. »Du kannst dir nicht vorstellen, wie oft das Äffchen vor dem Spiegel steht, Oma.«

Die Großmutter aber ging nicht auf diesen Scherz ein. Liebevoll besorgt blickte sie auf ihr Enkeltöchterchen. »Es würde mich sehr traurig machen, wenn meine kleine Winifred wirklich so eitel wäre.«

Diese aber hatte mit vor Erwartung zitternden Händen das Päckchen geöffnet. Sprachlos aber war sie vor Erstaunen, als statt des Spiegels ein in schwarzes Leder gebundenes Büchlein zum Vorschein kam. Winifred, an eine Verwechslung glaubend, starrte abwechselnd das Büchlein und dann wieder die Großmutter an.

Diese aber blickte ihr ernst in die Augen und sagte: »Liebling, es ist das Wort Gottes, eine kleine Taschenbibel, die ich dir mitgebracht habe. Die Bibel ist ein Spiegel. Jeder, der darin mit aufrichtigem Herzen liest, erkennt sich ganz genau und sieht, wie er inwendig aussieht. Ich nehme an, daß hier im Hause mehrere Spiegel sind, in denen du sehen kannst, ob dein äußerer Mensch in Ordnung ist, aber es war mir wichtig, dir diesen Spiegel für deinen inneren Menschen zu schenken. Und wenn du auch heute noch zu jung bist, um den vollen Wert dieses Buches zu begreifen, so kommt hoffentlich die Zeit, wo du diesen Spiegel nicht missen möchtest.« Die Großmutter beugte sich nieder und küßte sie: »Liebe kleine Winifred!«

Aber Winifred war in diesem Augenblick gar nicht lieb und vor allen Dingen kein bißchen froh. Sie war so fruchtbar enttäuscht, daß sie darüber Tränen vergoß.

»Ich habe mich aber so sehr auf einen Spiegel gefreut«, schluchzte sie, und machte ganz böse Augen. Am liebsten hätte sie dieses Buch verächtlich weggeworfen. Was sollte sie damit? Aber das verbot ihr ihre gute Erziehung. Richtig wütend war sie. Den andern waren ihre Wünsche erfüllt worden, und sie sollte sich mit einem Geschenk, an dem sie keine, aber auch nicht die geringste Freude hatte, begnügen. Weinend lief sie aus dem Zimmer.

Den drei Doktorskindern tat sie furchtbar leid, und sie beschlossen, zu Winifreds Geburtstag, der in wenigen Tagen gefeiert werden konnte, ihr gemeinsam einen wunderschönen Handspiegel zu schenken. »Und an den Griff binden wir eine große rote Schleife«, sagte Jetti, »ich habe das in einem Schaufenster gesehen.«

»Ja, eine mordsgroße Schleife«, fügte Maxi hinzu, dem es wirklich darum zu tun war, das enttäuschte Kusinchen zu trösten.

Sie fanden sie etwas später noch immer weinend im Garten. »Ich weiß gar nicht, was sich die Großmutter denkt«, schluchzte sie. »Sie tut ja gerade, als ob ich gottlos wäre. Dabei höre ich dem Onkel vielleicht am aufmerksamsten zu, wenn er morgens die Andacht liest. Das Schlimmste aber ist, daß ich ihr versprochen habe, jeden Tag gewissenhaft in diesen Spiegel zu sehen, und das bedeutet, daß ich nun jeden Tag in diesem Buch lesen muß.«

»Aber da hast du doch noch gar nicht gewußt, daß es kein richtiger Spiegel ist«, sagte Poldi, der nach einem rechtlichen Ausweg in dieser Sache suchte.

»Es bleibt aber doch dabei, daß ich es versprochen habe, und was man verspricht, muß man halten, sonst ist man ein Lump, sagt mein Vater.«

Da wußten alle keinen Rat mehr.

Am Abend ging die Großmutter von einem Bett zum andern, um den Kindern gute Nacht zu sagen. Auf Winifreds Bettrand saß sie am längsten. Das ungestüme Kind zürnte ihr in seinem Herzen und war zu ehrlich um das zu verbergen.

»Großmutter, ich hatte mich so schrecklich auf diesen Tag gefreut. Ich kann dir gar nicht sagen, wie ich enttäuscht bin.«

»Dann hast du dich also nur auf das Geschenk, nicht aber auf die alte Oma gefreut?« lächelte diese.

»Ach, das nicht gerade, aber du glaubst gar nicht, wie notwendig ein Spiegel gewesen wäre.«

»Ach du armes Kind«, neckte die Großmutter, die noch immer Sinn für Humor hatte, »es ist ganz unbegreiflich, daß man es hier im Hause am Notwendigsten fehlen läßt.« Und dann wurde sie ernst. »Winifred, ob dir das kleine Buch nicht doch noch ganz lieb werden wird, wenn ich dir erzähle, daß dein lieber Vater, mein guter Otto, in jungen Jahren keinen größeren Reichtum kannte, als dieses Buch? Täglich las er darin und liebte es wie einen Freund. Er schöpfte daraus Kraft und Freude für sein Leben.«

Winifred hatte staunend zugehört. »Warum liest er heute nicht mehr darin?« fragte sie.

Über das Gesicht der Großmutter zog ein Schatten. Zärtlich streichelte sie das Haar des Kindes, und ihre Stimme zitterte vor Bewegung als sie antwortete: »Ob er es heute gar nicht mehr liest, weiß ich nicht, es kam zwar eine Zeit – es ist allerdings schon lange her – wo er sich die Augen blenden ließ von den Irrlichtern dieser Welt. Und als er meinte, das Glück gefunden zu haben, und danach haschte, da entglitt seinen Händen das kleine Buch und mit ihm die Freude und der Friede seines Herzens. Ich aber will nicht nachlassen, für ihn zu beten, bis daß er das Verlorene wiederfindet.«

Die Stimme der alten Frau war immer leiser geworden. Ein Ausdruck rührender Muttersorge und Liebe lag auf ihrem Gesicht. Unwillkürlich hatte sie die Hände gefaltet. Ob sie vergessen hatte, daß sie zu einem Kinde sprach – zu seinem Kinde?

In dem Herzen des zartbesaiteten Mädchens aber stieg in diesem Augenblick ein leises Ahnen auf von den Kämpfen, die der Vater durchgemacht hatte. Es wußte ja längst von manchen Zusammenhängen, die wie dunkle Schatten auf seiner frühen Kindheit gelegen hatten. Es sah die Mutter im eleganten Abendkleid vor dem Vater stehen. Zornige Worte flogen hin und her. Es verstand noch nicht, um was es sich handelte, und schwankte zwischen den Eltern. Auf der einen Seite stand die bildschöne Mutter in schwerseidenem Kleid, die entblößten Schultern von einem schneeweißen Pelz bedeckt, eingehüllt in eine Wolke von Parfüm. Auf der anderen Seite der ruhige, gütige, stets um seine Tochter besorgte Vater. Wenn sie aber einmal die Arme nach der Mutter ausstreckte, so wehrte diese immer erschrocken ab: »Faß mich nicht an, zerdrück mir mein Kleid nicht oder meine Frisur, geh zum Fräulein.«

Sie hatte nie Zeit für ihr Kind. Der Vater hingegen legte oft seine schriftlichen Arbeiten aus der Hand und widmete sich seinem kleinen Mädchen. Manchmal aber war er auch tagelang unterwegs, da fühlte sich Winifred dann oft trotz der herrlichen Spielsachen unsagbar allein und verlassen, bis der gute Vater eines Tages Fräulein Betty mitgebracht hatte. An dieser fand sie dann wirklich eine Freundin. – Alle diese Bilder zogen jetzt an ihr vorüber.

Plötzlich hörte die Großmutter ein heftiges Schluchzen. Das Kind hatte den Kopf in die Kissen vergraben und weinte: »Mein Vater, mein armer, lieber Vater!«

Die alte Dame erschrak. Was hatte sie angerichtet? Hatte sie Dinge gesagt, die das kleine Herz beschwerten? – Sie nahm Winifred in ihre Arme und sprach tröstend auf sie ein. Dann griff sie nach dem kleinen schwarzen Büchlein und sagte: »Komm, Liebling, heute abend lesen wir gemeinsam in deiner Bibel.« Und sie las die wunderbaren Worte des 23. Psalm. »Der Herr ist mein Hirte . . .«

Als sie geendet hatte, schlang Winifred die Arme um den Hals der Großmutter und flüsterte, während ihr noch eine Träne an den Wimpern hing: »Ich halte mein Versprechen, Oma, ich lese jeden Tag in Vaters Buch.« Von jetzt an war die Bibel für sie »Vaters Buch«, und schon allein der

Gedanke, daß er sie gelesen hatte, machte sie ihr wertvoll.

Die Stimmung des Abends war allerdings noch kein Dauerzustand, dafür war Winifred ein viel zu lebensfrohes heiteres Geschöpfchen. Wie ein lustiger Vogel sang und sprang sie im Hause herum. Ihr dreizehnter Geburtstag kam. Einen wundervollen Geburtstagstisch hatte man ihr aufgebaut. Der Vater hatte sich bemüht, allerlei geheime Wünsche seines Töchterleins zu erraten und zu erfüllen. Nichts aber löste solchen Jubel aus, wie der Handspiegel mit der »mordsgroßen« Schleife, den ihr die Doktorskinder feierlich überreicht hatten.

Großmutter Frank blieb mehrere Wochen in Wien. Eine schöne Zeit für die vier Kinder.

»Du bist eigentlich gar nicht alt, Großmutter«, sagte eines Tages Maxi, als die alte Frau in beinahe jugendfroher Art mit den Kindern gespielt hatte. »Nur deine Haare und deine Haut sind ein bißchen alt. Dein Gesicht ist wie ... wie ...«, er suchte nach einem passenden Vergleich, »wie ein Bratapfel«. Da mußten alle sehr lachen.

Jetti aber wußte etwas Besseres. »Nein, Großmutter, wie feines Seidenpapier, wenn es ein klein bißchen verknittert ist.« Und sie streichelte Großmutters Wangen. »Und so schöne, gute Augen hast du«, fuhr die Kleine fort.

»Ja, Oma, das ist mir auch schon aufgefallen.« Winifred gab nun auch ihr Urteil kund. »Ganz wunderschöne Augen hast du. Wie hast du sie eigentlich ... ich meine ... hast du ... irgend etwas dafür getan? Weißt du, so wie man etwas zur Pflege seiner Haut tut?«

Da lachte die Großmutter. »Ja, Kinder, ich habe ein vorzügliches Schönheitsmittel angewandt, schon seit vielen Jahren.«

»Ja – Oma, das mußt du mir nennen.«

»Sieh, sieh das Äffchen!« neckte Poldi. »Schminke, Puder, Lippenstift man beim Äffchen stets antrifft.« Er war stolz auf seinen Reim.

Winifred aber war ungehalten. »Sei doch still, du frecher Bengel, jetzt spreche ich mit Großmutter.«

»Nicht zanken, Kinder«, beschwichtigte diese. »Aber gerne will ich dir mein Schönheitsmittel nennen, Winifred. Es ist der Spiegel, den ich dir mitgebracht habe. In all den Jahren, wo ich ihn täglich benutze, wo ich Gottes Wort als die Richtschnur meines Lebens betrachte, hat es mir zu einem frohen Herzen und klaren, hellen Augen, die zuversichtlich in die Zukunft blicken, verholfen. Die Bibel hat dieses bewirkt, und das, Kinder, ist das Geheimnis meines Schönheitsmittels.«

Winifred sah ein wenig ungläubig aus. Was war die Großmutter doch für eine seltsame Frau. Und wie fein wußte sie jeden einzelnen zu nehmen. Einmal war Poldi recht ruppig gegen seine Mutter gewesen. Sie hatte ihm einen Auftrag gegeben, und er hatte ihn brummend und ungern ausgeführt. Großmutter hatte still dabeigesessen und sich nicht in die Angelegenheit gemischt. Am nächsten Tage aber saß sie im Erker des Wohnzimmers und las in einer alten Familienchronik. Da kam Poldi herein. »Hast du schon einmal in diesem Buch gelesen?« fragte sie den Enkel.

»Noch nicht viel, Oma, nur hin und wieder ein bißchen hineingeschnüffelt.«

»Es ist ein interessantes Buch«, fuhr die Großmutter fort. »Da begegnet man seinen Vorfahren, die in ganz anderen Zeiten und unter anderen Verhältnissen gelebt haben. Sie hatten zum Teil ganz andere Sitten und Gebräuche, denen sie unterworfen waren, trugen andere Moden als wir, kannten unsere neuesten Errungenschaften wie Radio und anderes nicht einmal vom Hörensagen, aber im Grunde genommen waren sie genau so wie wir, Menschen mit Fehlern und Schwächen und doch wiederum mit einer großen Sehnsucht nach dem Guten in ihren Herzen. Nun sind sie alle schon längst nicht mehr da, und einmal wird es auch von dir heißen: »Großvater Poldi war so oder so. Er hat dieses oder jenes geleistet.«

Der Junge lachte und wiederholte: »Großvater Poldi.«

»Ja«, fuhr die Großmutter fort, »jetzt sieht es aus, als wenn das noch in weiter, weiter Ferne läge, ja als wenn es überhaupt unerreichbar wäre.« Ohne daß Poldi es merkte, lenkte die Großmutter das Gespräch seinem Ziel zu. »Und doch, wie schnell vergeht die Zeit. Mir ist es, als sei es erst kürzlich gewesen, daß ich konfirmiert wurde, und wie gut erinnere ich mich an den Hochzeitstag und an die Tauftage meiner Kinder. Und sieh, mein Junge, es hat gar nicht lang gedauert und ich war alt und grau.

So wird es auch einmal in deinem Leben sein. Sorge nur dafür, daß du nie etwas zu bereuen hast. Bemühe dich schon jetzt, das Rechte zu tun. Sieh, du bist Mutters Ältester. Du mußt einmal ihre Stütze sein. Danke Gott für jeden Tag, den du sie noch hast. Übrigens wollte ich dich fragen, ist es dir nicht aufgefallen, daß Mutter in den letzten Tagen recht elend aussieht? Weißt du vielleicht, ob sie Kummer hat? Sie wird doch nicht krank werden? Wir brauchen sie doch alle so nötig, nicht wahr! Und wenn man bedenkt, wieviel Liebe eine Mutter ihren Kindern entgegenbringt, wie sie kein Opfer scheut und Tag und Nacht für die Ihren da ist, dann möchte man ihr jeden Wunsch von den Augen ablesen. Aber ich brauche mir keine Sorgen zu machen, nicht wahr, du wirst deiner Mutter einmal keinen Kummer machen.«

Poldi hatte kein Wort geantwortet, aber eine verdächtige Röte war ihm über das Gesicht gekrochen. Hatte denn die Großmutter gar nicht gehört, wie häßlich er gestern zur Mutter gewesen war? – »Ich will nur mal schnell . . .«

Die letzten Worte verstand die Großmutter schon nicht mehr. Poldi war losgelaufen.

Frau Frank war nicht wenig erstaunt, als ihr Großer sich einige Augenblicke in ihr Zimmer drückte und tat, als suche er dort etwas.

Ganz unvermittelt fragte er dann: »Mutter, fehlt dir was? Hast du Kopfweh?«

»Ich, Kopfweh? Wie kommst du darauf?«

»Ach, du siehst seit ein paar Tagen ein bißchen schlecht aus.«

»Nein, mein Junge, mir fehlt nichts.« Frau Frank lächelte froh. Erst gestern hatte sie sich Sorgen über die Flegeljahre, in die der Junge scheinbar hineinwuchs, gemacht, nun schien es ihr gar nicht so begründet.

Poldi aber ging fröhlich pfeifend davon. Gott sei Dank, Mutter dachte noch nicht ans Sterben. Aber in Zukunft wollte er sie auch nicht mehr so ärgern.

So wirkte das Großmütterlein segenspendend im ganzen Hause. Jetti hing mit ihrem warmen Herzen in rührender Zärtlichkeit an ihr. Sie steckte ihr Wärmflaschen ins Bett, obwohl es mitten im Sommer war, damit sie nur ja nicht frieren sollte, und sie wollte ihr Pauline, ihre liebste Puppe, mit auf die Reise geben, damit sie nicht allein zurückfahren müsse und nicht so einsam sei.

Maxi war sehr glücklich, als die Großmutter begriff, daß er unbedingt Schweineschlächter werden wolle, weil man da doch die besten Aussichten auf viel, viel Wurst hatte.

So waren alle recht traurig, als sich die Besuchswochen der Großmutter dem Ende zuneigten.

»Bleib doch für immer bei uns«, bat Jetti. »Dann ist doch die ganze Familie zusammen.«

»Dann fehlt nur noch mein Papa«, fügte Winifred hinzu und hatte mit einmal wieder heimwehkranke Augen,

» – und – meine Mutter!« Aber das letzte kam schon ein wenig zögernd heraus.

Die Großmutter aber wehrte ab. »Nein, Kinder, solch einen alten Baum kann man nicht mehr gut verpflanzen. Laßt mich nur wieder in meinen Schwarzwald ziehen. Hier in der Millionenstadt wird mir mit der Zeit ganz schwindlig. Es ist schön bei euch und ihr habt mich alle mächtig verwöhnt, aber ich muß wieder in mein stilles Tal zurück – und denkt doch einmal, was meine Hulda sagen würde, wenn ich nicht wiederkäme. Die alte gute Seele würde Tag und Nacht weinen, wenn sie mich nicht mehr betreuen könnte.«

Das »Engelchen« mit dem warmen Herzen fand auch da wieder einen Ausweg. »Die Hulda kann ja auch hierher kommen«, schlug Jetti vor.

Da wehrte sich aber Poldi: »Ach nein, lieber nicht.« Er erinnerte sich nämlich daran, daß Großmutters alte Magd ihn einmal, als er mit den Geschwistern seine Ferien dort verbrachte, tüchtig bei den Ohren genommen hatte, als er die Hauskatze an ihrem Schwanz hatte schaukeln lassen.

Kurz, alles Reden nützte nichts. In einer Woche wollte Großmutter wieder abreisen. Aber einmal wollte sie mit den Kindern noch einen schönen Ausflug machen und ihnen außerhalb Wiens in einem Kaffee Schokolade mit Schlagsahne spendieren.

An einem strahlend hellen Sommertag kam dieser Plan zur Ausführung. Die Maria-hilf-Straße wogte von Menschen, die sich des schönen Wetters erfreuten. Die Großmutter aber strebte hinaus ins Freie. Sie liebte den Großstadttrubel nicht und vermißte ihren heimatlichen Schwarzwald. Aber es war nicht so leicht, mit den Kindern vorwärtszukommen. Die großen Schaufenster der belebten Geschäftsstraße übten eine gewaltige Anziehungskraft auf sie aus. Winifred besonders schien die neuesten Modeschöpfungen geradezu studieren zu wollen. Die Großmutter war mit Jetti an der Hand schon langsam weitergegangen, da tönte Winifreds begeisterter Ruf an ihr Ohr: »Seht nur dieses entzückende Abendkleid, darin würde Tante Steffi blendend aussehen.«

Bekümmert schüttelte die alte Dame den Kopf. »Immer nur Äußerlichkeiten. – Wenn sie nur nicht einmal in den Fußstapfen ihrer Mutter wandelt.«

Am Obelisk, einem gepflegten Park, wollte man in die elektrische Bahn einsteigen. In den prachtvollsten Farben blühten Hunderte von Tulpen auf den Rasenflächen bunt durcheinander, wie wahllos hingestreut. Goldregen in berauschender Schönheit neigte sich über den bunten Blumenteppich. Es war ein Tag, wie zu einem Fest geschaffen. Man meinte auch, den Menschen den Schein festlicher Freude auf den Gesichtern ansehen zu können.

Ein junges Mädchen, in elegantem Gesellschaftskleid mit silberfarbenen Schuhen, eilte plötzlich über den Platz. Es trug glitzernden Schmuck, ihr Haar war modisch frisiert. Man hatte den Eindruck, als käme sie von einem Vergnügen oder eile zu einem solchen.

Winifred war wie elektrisiert. »Polter, sieh das prachtvolle Kleid, wie eine Märchenprinzessin sieht das Mädchen aus, und die Schuhe, – Oma, sieh doch nur diese zierlichen Schuhe!« Plötzlich aber stockte sie und fuhr dann flüsternd fort: »Aber seht nur, sie weint ja! Tatsächlich, sie weint.«

Nun waren auch andere Leute darauf aufmerksam geworden. Das auffällig geputzte und geschmückte Mädchen wankte über die Straße und versuchte vergeblich ihre Tränen zu verbergen. Neugierige blieben stehen, sahen ihr nach. Einige, die wohl annahmen, sie sei betrunken, machten ihre Witze darüber, wieder andere gingen gleichgültig weiter. Was ging sie der Kummer eines fremden

Menschen an? Autos rasten vorüber, Zeitungsverkäufer schrien ihre Blätter aus. Der laute Pulsschlag der Großstadt stockte keinen Augenblick, weil ein junges Mädchen im Gesellschaftskleid auf der Straße Tränen vergoß. Die Frankschen Kinder aber sahen teilnahmsvoll und erschrocken auf die Weinende.

»Was hat sie? Oh, warum weint sie?« flüsterte Jetti und schmiegte sich an die Großmutter.

In diesem Augenblick trat eine Krankenschwester zu dem jungen Mädchen. Die Großmutter hörte, wie sie in freundlichem Ton fragte, ob sie nicht irgend etwas für es tun, ihm irgendwie behilflich sein könne. Über das geschminkte Gesicht des jungen Mädchens liefen jetzt unaufhaltsam Tränen, und aufschluchzend antwortete es: »Mir ist nicht mehr zu helfen!« Und dann war das Furchtbare auch schon geschehen. Ehe es jemand verhindern konnte, hatte sich die Unglückliche vor eine in voller Geschwindigkeit daherkommende elektrische Bahn geworfen. Ein einziger Aufschrei ringsumher, – Knirschen der Bremsen – Menschenansammlung – Polizei – und dann trug man das junge Mädchen im Ballkleid blutüberströmt hinweg.

Frau Frank stand fassungslos und totenbleich da. Die zitternden Enkelkinder umringten sie. Jetti hatte den Kopf in Großmutters Rockfalten verborgen und schluchzte herzzerbrechend. Die beiden Jungen drängten sich durch die laut verhandelnde und gestikulierende Menschenmenge, die das Geschehene aufgeregt besprach. Winifred aber starrte mit weitgeöffneten Augen auf die Schienen, wo eben noch das Mädchen gelegen hatte. Alles Blut war aus dem Angesicht des Kindes gewichen. Es konnte das Geschehene nicht fassen. Krampfhaft suchte es nach Zusammenhängen. Das Mädchen mußte unglücklich, ja verzweifelt gewesen sein. Demnach war der äußerliche Glanz noch lange kein Beweis für ein glückliches und frohes Herz. – Wie furchtbar war das alles. – Ob es tot war?

Mit ihrem Spaziergang war es natürlich für heute vorbei. Die alte Frau wanderte mit zitternden Knien nach Hause. Die Kinder waren tief ergriffen. So wie heute war ihnen das Leid des Lebens noch nie begegnet. Zu Hause waren sie alle furchtbar erregt und konnten kaum erwarten, bis der Vater heimkam, um ihm das schreckliche Erlebnis zu erzählen. Nur Winifred sprach kein Wort. Als Doktor Frank während des Abendessens von manchem unglücklichen Menschen in seiner Praxis erzählte, da starrte sie ihn mit weit aufgerissenen, entsetzten Augen an. »Ihr solltet einmal mit mir durch das Alserkrankenhaus gehen«, sagte er, »ihr macht euch keinen Begriff, wieviel Leid und Elend, wieviel unglückliche Menschen dort zu finden sind. Und oftmals sind es solche, denen man äußerlich nichts von ihrem Leid ansieht. Besonders hier in Wien wird viel Not und Verzweiflung hinter der lachenden Maske des Leichtsinns und der Vergnügungen verborgen. Was denkt ihr, wie der Prater ein Trugbild der Freude und des Glückes ist.«

»Was ist der Prater?« fragte die Großmutter.

»Eine der größten Vergnügungsstätten der Welt hier in Wien. Ich bin zwar ein Gegner solcher Plätze, aber ich will die Kinder doch einmal hinführen, um ihnen wenigstens aus der Ferne diesen gewaltigen Rummelplatz, der einen ganzen Stadtteil einnimmt, zu zeigen.«

»O ja, o ja, Vater, wann gehen wir?« riefen die Jungen begeistert und wären am liebsten gleich losgestürmt.

»Wann, kann ich euch jetzt noch nicht sagen, aber ich halte mein Wort.« Und dann fuhr er fort zu erzählen: »Tausende von Lichtern glitzern einem da entgegen. Lachen und Scherzen, schreiende Musik, Verkaufsbuden, Schiffschaukeln, die Berg- und Talbahn, Schaustellungen aller möglichen und unmöglichen Art, Wachsfigurenkabinette und vor allem das weltberühmte Riesenrad könnt ihr dort sehen. Im Glanze der Lichter, im Schall der Musik scheint da nichts anderes als Frohsinn und Vergnügen zu herrschen, aber laßt erst einmal die Lichter verlöschen, die Musik verklingen, dann ist es erschütternd, den Elendsgestalten, oftmals von Schuld und Not gehetzt, zu begegnen. Viele meinen, ihr Unglück in diesem Schein der Irrlichter vergessen zu können. Mancher, der dann beim Erwachen aus diesem Taumel zur Erkenntnis seiner Armut gekommen ist, hat auch keinen Ausweg als den Selbstmord mehr gewußt. Kinder, ihr könnt heute die entsetzlichen Zusammenhänge noch nicht begreifen, einmal aber werden euch die Augen auch dafür aufgehen und dann werdet ihr Gott danken, daß ihr in einer reinen Atmosphäre aufgewachsen seid, wo man euch Gottesfurcht lehrte und euch vor der Oberflächlichkeit und dem vergänglichen Weltsinn zu bewahren suchte.«

Doktor Frank hatte sehr ernst gesprochen, und die Kinder waren still geworden. Winifred aber nahm an diesem Abend zum erstenmal mit verlangendem und sehnsüchtigem Herzen ihre Bibel zur Hand. Ihr Herz war von den Erlebnissen des Tages so schwer geworden, daß sie nach einem Trost suchte. Bisher hatte sie ihrem Versprechen gemäß jeden Abend ein paar Verse in der Bibel gelesen, aber sie hatte nichts damit anzufangen gewußt. Nun aber verlangte sie nach einem Lichtblick. Wahllos schlug sie das Büchlein auf und las staunend: »Habt nicht lieb die Welt, noch was in der Welt ist. So jemand die Welt liebhat, in dem ist nicht die Liebe des Vaters. Denn alles, was in der Welt ist, des Fleisches Lust und der Augen Lust und hoffärtiges Leben (tatsächlich, das Wort ›hoffärtig‹ stand da), ist nicht vom Vater, sondern von der Welt. Und die Welt vergeht mit ihrer Lust; wer aber den Willen Gottes tut, der bleibt in Ewigkeit.« (1. Johannes 2, 15–17). Diese Worte kamen Winifred gar nicht so unverständlich vor. Und unwillkürlich mußte sie sich und ihr Leben betrachten und Vergleiche ziehen. Tatsächlich, sollte die Großmutter recht haben? War die Bibel ein Spiegel?

Die Großmutter war wieder in den Schwarzwald gereist. Im Doktorhaus ging alles seinen gewohnten Gang. Eines Tages fand in Linz eine Ärztekonferenz statt, an der Doktor Frank teilnehmen sollte; seine Frau wollte ihn begleiten. Für die Kinder war das ein Ereignis, zwei Tage ohne Eltern zu sein. Die alte Magd war zwar eine gute Stellvertreterin der Mutter, aber immerhin, es war doch etwas Außergewöhnliches.

»Ich hoffe, ich kann mich auf euch verlassen«, sagte die Mutter. »Zankt euch nicht, und tut nichts, von dem ihr wißt, daß Vater und ich es nicht erlauben würden. Du, Winifred, bist für diese zwei Tage die Mutter und Poldi der Vater. Katharine ist die Oberaufsichtsperson.«

»Und ich?« fragte Maxi, der sich schon zurückgesetzt fühlte.

»Na, was willst du denn sein?«

»Ich bin der Koch.«

Winifred sagte drohend: »Aber wehe, wenn du uns ein Schlamperessen auf den Tisch bringst.«

Jetti wollte nun aber auch nicht ohne Titel ausgehen. »Und was soll ich sein, Mutti?«

»Du bist der gute Engel des ganzen Hauses«, sagte die Mutter und küßte den kleinen Blondkopf. »Du sorgst dafür, daß überall Friede ist.«

Aber Jetti war gar nicht so begeistert von ihrer Rolle. »Ich will lieber auch etwas anderes sein, Engelsein ist nicht immer leicht.«

Aber es blieb dabei. Die Eltern waren fort. Und es klappte alles gut. Da gerade Ferien waren, konnte man recht viel an den beiden Tagen unternehmen. Katharine erlaubte Maxi, für den sie eine besondere Schwäche hatte, als Koch in der Küche zu fungieren. Bald waren sämtliche Küchenmöbel mit Reisbrei und Pflaumenmus beschmiert. Außerdem brachte er eine Vanillesauce auf den Tisch, die im Geschmack merkwürdige Ähnlichkeit mit Seifenlauge hatte. Es schien ihm ein Stück Seife in die Schüssel gefallen zu sein.

Am zweiten Tag, an dem die Eltern am Abend zurückerwartet wurden, wünschten alle noch etwas Besonderes zu unternehmen. Die verschiedensten Vorschläge wurden gemacht. Endlich meinte Poldi: »Wir fahren auf den Prater.« Das war allerdings verlockend, – aber ob es auch erlaubt war? Würde der Vater nicht zürnen, wenn sie ohne ihn hingingen, er wollte doch mitgehen. Ach was, man würde es ihm nachher sagen, daß man dort gewesen war, und übrigens »heute bin ich ja noch Vater«, sagte Poldi und fühlte sich beruhigt.

Das Engelchen warnte, es riet ab, es allein schien zu wissen, daß es nicht recht sei, aber man hörte nicht auf die Kleine. Katharine wurde nicht gefragt. Und los ging's. Was blieb dem Engelchen anderes übrig als mitzugehen. Aus den Sparbüchsen wurde mit Hilfe eines Küchenmessers das nötige Geld herausgestochert. Auf dem Gebiet war man also versorgt. Mit der Stadtbahn fuhr man in den Praterbezirk. Am Eingang des unübersehbaren Vergnügungsviertels erinnerte sich das Engelchen noch einmal seiner Aufgabe. »Laßt uns doch woanders hingehen«, bettelte es. Aber von den anderen wollte niemand etwas davon hören.

»Jetzt sind wir schon mal hier, jetzt bleiben wir auch da.« Und los ging's. Hei, was gab es da alles zu sehen und zu hören.

»Hier ist das größte Wunder der Welt zu sehen!« schrie

ein korpulenter Mann vor einer Bude. »Der Mann mit den zwei Köpfen.« Es waren aber so viele Menschen, die sich zum Eingang drängten, daß es den Kindern angst und bange wurde. So verzichteten sie darauf, das größte Wunder der Welt zu sehen. Das Wachsfigurenkabinett lockte mehr. Aber da war ein Schild ausgehängt: »Für Kinder verboten!« Das war fatal. Aber gerade das lockte auch am meisten. Poldi überlegte ernsthaft, ob er sich nicht als Vater der übrigen ausgeben und somit den Eintritt ermöglichen könne. »Ich sehe doch eigentlich schon ziemlich erwachsen aus«, sagte er in überzeugtem Ton, und als er Winifreds zweifelndes Gesicht sah, versuchte er sie mit einem Vorschlag für seinen Plan zu gewinnen. »Du, vielleicht denken sie, du seist meine Frau, du siehst nämlich schon richtig wie eine Dame aus.«

Winifred tippte sich vielsagend mit dem Zeigefinger an die Stirne. »Polter, du spinnst! Das ist ja regelrechter Quatsch. Paß auf, ich komme auch ohne diesen Unsinn rein!«

Kurz entschlossen ging sie zur Kasse dieses verheißungsvollen Wachsfigurenkabinetts und verhandelte mit der geschminkten Besitzerin. »Sagen Sie mal, können Sie nicht mal 'ne Ausnahme machen? Wir möchten so gerne mal rein, aber wir sind leider noch alle Kinder.«

»Das sehe ich!« erwiderte die Frau griesgrämig, denn sie hatte heute scheinbar noch keine guten Geschäfte gemacht, – gönnerhaft aber fuhr sie fort: »Aber weil gerade niemand drinnen ist, würde ich eventuell mal 'ne Ausnahme machen und euch alle reinlassen, aber ihr müßt eben den Preis wie jeder Erwachsene bezahlen.«

Nun gab es erst eine große Beratung und ein wichtiges heimliches Geldzählen. Aber die Neugierde war so groß, daß sie zu dem Opfer bereit waren. Schmunzelnd strich die Frau das Geld ein, und nun traten die vier voller Spannung in die Halle ein. Geheimnisvolles Halbdunkel umgab die Kinder und eine schauderhafte Kältewelle schlug ihnen entgegen.

»Ich fürchte mich«, flüsterte Jetti und suchte Winifreds Hand.

Auch Maxi hielt sich in unmittelbarer Nähe der beiden Großen, so daß Poldi ihn anfuhr: »Wenn du mir noch einmal derartig auf die Hacken trittst, dann kannst du was erleben!«

Ein Vorhang wurde zur Seite geschoben, und alle vier schraken jetzt zusammen. Vor ihnen stand in noch nie gesehener Größe ein ungeheuerlicher Mensch, über seinem Haupt schwang er eine mächtige Keule. Ein langer, wüster Bart hing ihm weit über die Brust herab. »Goliath« stand auf einem kleinen Schild zu Füßen des Ungetüms. »Ein Glück, daß er nur aus Wachs ist«, sagte Maxi. Und nun folgte eine Gestalt nach der andern. Wohl standen sie stumm und kalt da, aber in so verblüffender Natürlichkeit, daß die Kinder aus dem Staunen nicht herauskamen. Da waren Hänsel und Gretel mit der Hexe und dem Pfefferkuchenhaus, aus einem Waldwinkel schien Schneewittchen mit den sieben Zwergen zu treten, im Grase lag der kleine Däumling und schlief. Sämtliche Märchengestalten waren vorhanden. Sprachlos standen die Kinder davor. Daß es so etwas gab!

Aber dort drüben – o wie entsetzlich – da lag ein toter Mann im Wald. Über seine weiße Stirn lief ein roter Blutstreifen. Er war ermordet worden. Seine Taschen waren durchwühlt – und dort hinten im Wald verschwand soeben der Räuber – der Mörder – wie fürchterlich. Jetti zitterte am ganzen Körper. »Kommt raus, kommt raus«, flüsterte sie mit blassen Lippen. »Nur noch 'n bißchen«, ermunterte Poldi. Aber das nächste war noch grauenhafter. Auf einem weißen Tisch lag ein Mensch, der scheinbar soeben operiert worden war: Zwei Ärzte und eine Schwester beugten sich über ihn und man hatte ihm scheinbar gerade den Leib aufgeschnitten. Nun war es genug. Das konnten selbst die Arztkinder nicht vertragen. Fluchtartig und keuchend rannten die beiden Großen aus dem schattigen Saal, die Kleinen hinter sich herziehend. Es war ein Glück, daß sie die Besichtigung so schnell abgebrochen hatten, denn im Hintergrund des Wachsfigurenkabinetts wären noch weit schlimmere Dinge zum Vorschein gekommen.

»Na, hat's den jungen Herrschaften gefallen?« rief die Frau den Kindern nach.

»Grauenhaft war's«, antwortete Winifred in ihrer ehrlichen Art zurück. Erst eine ganze Strecke weiter machten die vier halt. Schwer atmend blieben sie stehen. Über Jettis Bäckchen liefen Tränen der Angst. »Ich will nach Hause, ich will nach Hause!« schluchzte das Kind. Die andern fürchteten um ihre Praterfreude.

»Engelchen, sei doch vernünftig«, redete Winifred der Kleinen zu, »jetzt kommt doch erst das Schöne. In so eine Bude gehen wir auch nicht mehr. Komm, jetzt kaufen wir was Gutes.« Und gleich darauf standen sie alle vor einer verlockenden Verkaufsbude und wußten vor lauter Auswahl nicht, was sie nehmen sollten. Kandierte Früchte, heiße Maroni, auf dem Rost gebratene Würstchen, Eisbonbon, Kukerutz (das sind in Salzwasser gekochte Maisstauden) und anderes mehr. Schließlich entschied man sich im allgemeinen für Süßholz und Lakritz, und Poldi schien ganz vergessen zu haben, daß man ihn für einen erwachsenen jungen Herrn halten sollte, denn er zerrte ebenso gewissenhaft wie die andern die schwarze Stange zwischen den Zähnen herum.

Eine gemeinsame Fahrt auf der Berg- und Talbahn folgte, ein Flohzirkus wurde besucht und als Letztes und

Herrlichstes war eine Fahrt in dem berühmten Riesenrad vorgesehen.

Die alte Magd hatte das Abendbrot bereitet. Es wäre Zeit, daß die Kinder kämen, dachte sie. Aber sie kamen nicht. Als es immer später wurde, lief die Katharine in einer Aufregung von den Fenstern zur Türe und wieder zurück. Nichts war zu sehen. Es schlug sieben, die Kinder waren noch immer nicht da. Um acht Uhr kamen die Eltern und erschraken furchtbar, als ihnen das alte Mädchen weinend die Tür öfnete. »Die Kinder sind nicht da!«

»Ja aber um alles in der Welt, wo sind sie denn?« rief die Mutter voller Angst aus. »Sie werden doch nicht zum Bahnhof gegangen sein?«

Doktor Frank fuhr sofort im Auto zurück. Aber am Bahnhof waren sie auch nicht. Das war eine Aufregung!

Plötzlich schrillte mitten in die Angst hinein das Telefon. Beide Eltern stürzten an den Apparat. Das Städtische Krankenhaus meldete sich, und dann wurde ihnen die schlimme Sache mitgeteilt. Winifred war besinnungslos in das Krankenhaus eingeliefert worden. Ja, die drei anderen Kinder seien auch da.

»Lieber Gott im Himmel«, rief die Mutter aus, »verhüte ein Unglück!« Was mag da passiert sein? Nun fuhren die Eltern mit dem Auto davon. Die Katharine aber saß vor dem schön gedeckten Tisch und weinte sich die Augen rot.

Vor dem Zimmer, in dem die noch immer bewußtlose Winifred lag, saßen die drei Doktorskinder wie ein Häuflein Unglück, totenblaß und angsterfüllt – die zwei Kleinen bitterlich weinend. Als sie die Eltern sahen, stand Poldi auf und ging ihnen entgegen, und nun kollerten auch ihm dicke Tränen über sein Gesicht. »Ich bin schuld, ich bin schuld«, mehr konnte er nicht sagen.

Jetti aber rief laut weinend aus: »Ich kann kein Engel mehr sein, ich kann kein Engel mehr sein!«

235

Das Unglück aber war so geschehen: Als man das Riesenrad besteigen wollte, hatte Jetti Angst bekommen und sich gesträubt. Schließlich konnte man sie aber doch überreden. Ihr langes Sträuben hatte schon eine Verzögerung der Abfahrt zur Folge gehabt, jetzt sollte es schnell gehen. Das Riesenrad setzte sich in Bewegung. Da entdeckte Winifred plötzlich zu ihrem größten Schrecken, daß die Türe ihrer Kabine nicht recht schloß. Immer höher trug sie das Rad – Jetti lehnte an der Türe – da öffnete sich diese – Winifred sprang geistesgegenwärtig herzu, riß das Kind zurück – bekam aber selbst das Übergewicht und stürzte hinunter.

Sehr, sehr ernst sah es um sie aus. Doktor Frank blieb die Nacht hindurch im Krankenhaus, während die Mutter mit ihren drei todmüden, dazu unglücklichen Kindern nach Hause fuhr.

Das Unglück auf dem Prater hatte leider schwere Folgen. Die Ärzte stellten eine Wirbelsäulenverletzung fest. Gleich in den ersten Tagen kamen Winifreds Eltern von Spanien, wo sie augenblicklich weilten. Winifred war jedoch so schwach, daß sie kaum ein Wort mit ihnen sprechen konnte. Professor Frank war trostlos über das Unglück seines einzigen Kindes. Seine Gattin stand erschüttert an dem Schmerzenslager und konnte nur weinen. Bisher nur mit sich selbst beschäftigt, fand sie nicht einmal Trostesworte für ihr schwer leidendes Kind, so sehr sie sich vielleicht auch danach sehnte, Winifreds Schmerzen lindern zu können. Die einzige Beruhigung für Professor Frank war, daß er das Kind in bester Pflege wußte. So reiste er schließlich nach einigen Tagen mit seiner Frau wieder ab, nachdem er das Krankenzimmer in einen wahren Frühlingsgarten verwandelt hatte.

Und nun folgte eine harte Schule für das lebhafte Kind.

Monatelang mußte es im Krankenbett steif und still auf dem Rücken liegen. Obwohl Onkel und Tante taten, was nur in ihrer Macht stand, um sie abzulenken und für Abwechslung zu sorgen, schlichen die Tage qualvoll und langsam dahin. Die berühmtesten Ärzte wurden hinzugezogen, aber helfen konnte dem verunglückten Kind keiner. »Stilliegen, Geduld haben«, war die Parole.

Wie lehnte Winifred sich in den ersten Wochen gegen diesen herben Zwang auf! Immer wieder fand man sie in Tränen. Es schien ihr undenkbar, daß sie nicht mehr herumtollen konnte wie früher.

Eines Tages aber kam ein Brief, der großen Eindruck auf sie machte. Betty schrieb: »Mein Herzenskind, ich weiß, daß es furchtbar schwer für Dich sein muß, so still zu liegen, aber versuche einmal herauszufinden, ob der liebe Gott Dir nicht etwas zu sagen hat. Gewöhnlich hören wir Menschen ihn nicht, wenn wir mitten im Alltagstrubel mit all seinem Lärm und Hetzen stehen. Dann muß er uns hin und wieder in die Stille führen, wo gar kein lautes Geräusch an unser Ohr dringen kann, damit wir verstehen, was er uns zu sagen hat. Merke einmal fein auf, ob es bei Dir nicht auch so ist.«

Das war für Winifred ein ganz neuer Gedanke, mit dem sie sich in ihrer gründlichen Art stark beschäftigte. Als ihr die Großmutter dann auch noch schrieb, sie möge jetzt, wo sie viel Zeit hätte, doch öfter in ihren Spiegel »Vaters Buch« sehen, fing sie wirklich an, darüber nachzudenken, ob der liebe Gott wohl tatsächlich etwas Besonderes mit ihr vorhabe. Wenn jemand ihr diese Frage beantworten konnte, so mußte es die Bibel sein, »Gottes Wort«.

Von da an fand man Winifred oft in dem schwarzen Büchlein lesend. Und es geschah, was alle Suchenden, selbst wenn sie noch Kinder sind, erfahren dürfen: Der liebe Gott ließ ihr fragendes und suchendes Herz nicht ohne Antwort. Man findet es hin und wieder, daß auch bei Kindern ein großes Suchen und Sehnen nach Gott wach wird, besonders wenn sie in frühen Tagen schon Leid oder Not kennenlernen. So war es auch bei Winifred, deren Lebensweg bisher ziemlich glatt verlaufen war. Die langen Krankheitstage gaben ihrem Blick eine ganz neue Richtung.

Wohl kamen immer wieder Stunden, wo sie völlig verzweifelt war, wo sie meinte, dieses stille Liegen einfach nicht länger ertragen zu können. Aber nach und nach wurde sie doch ruhiger und lernte sich fügen. Ganz wunderbar aber war es, wie sie das kleine Büchlein lieben lernte und welchen Trost sie daraus schöpfte.

Einmal, als sie ihre Hilflosigkeit wieder ganz schmerzlich und beinahe unerträglich empfand, las sie die Worte: »Ich habe dich je und je geliebt, darum habe ich dich zu mir gezogen aus lauter Güte.« Und plötzlich fiel es ihr wie Schuppen von den Augen: Daran habe ich ja noch gar nie gedacht, daß Gott mich liebhat. Ich habe mir ja nie Zeit genommen, mich mit ihm zu beschäftigen. Die Hausandacht beim Onkel, die Religionsstunde in der Schule nahm ich so gedankenlos hin, das gehörte eben zum Tagesprogramm, – aber daß mir persönlich etwas gelten könnte, das ist mir nie klar gewesen. Wahrscheinlich mußte ich erst leiden, um das zu begreifen, – und vielleicht ist gerade mein Unfall das, von dem der liebe Gott in seinem Wort sagt: » . . . darum habe ich dich zu mir gezogen aus lauter Güte.« Eine leise Ahnung stieg in ihrem Herzen auf, daß Betty recht haben könne, wenn sie schrieb, der liebe Gott habe ihr etwas zu sagen.

Und dann kamen Wochen, in denen es sehr, sehr schlimm mit Winifred aussah.

Die Ärzte standen mit besorgten Gesichtern an ihrem Bett, während die Augen des verunglückten Kindes zu fragen schienen: Muß ich sterben? Aber niemand beantwortete ihr diese bange Frage. Da kam eine wilde Angst über sie, und ein verzweifeltes Sichwehrenwollen.

Draußen glitzerte jetzt alles in Schnee und Eispracht, – die Doktorskinder tummelten sich auf der Eisbahn, auf der Donau schwammen riesenhafte Eisschollen, – die Schulkameradinnen würden mit dem Lehrer auf dem Kahlenberg und auf dem Leopoldsberg Schi laufen, – und bald war Weihnachten mit all seinen geheimnisvollen Freuden, – und sie, sie sollte vielleicht sterben müssen? – Sterben?

Welch ein furchtbares Wort! – Nein, sie wollte nicht sterben, sie fürchtete sich vor dem Tod. Am liebsten hätte sie laut geschrien, so kam die Angst über sie. Aber wenn sie nun wirklich sterben müßte? Was dann? Betty hatte ihr manchmal vom Jenseits, vom Himmel erzählt. Aber ob das auch für sie galt? – Nur die guten Menschen kamen in den Himmel. War sie gut? – Und plötzlich wußte sie es: sie war nicht bereit zu sterben. So manches fiel ihr ein, von dem sie wußte, daß es Gott betrübt hatte, – so manche häßliche Eigenschaft wohnte auch in ihrem Herzen. Äußerlichkeiten waren ihr stets wichtig gewesen, hübsch und nett wollte sie sein, nach außen einen guten Eindruck machen, aber um den lieben Gott hatte sie sich recht wenig gekümmert, und wenn sie nun sterben müßte, dann würde der liebe Gott sich gewiß auch nicht um sie kümmern. Sie spürte, wie ihr der Angstschweiß ausbrach. »Lieber Gott, lieber Gott!« flüsterte sie. – Und so unheimlich still war die Nacht im Krankenhaus. Die Nachtlampe verbreitete milden Schein.

Winifred griff nach der Bibel, aber sie fand keinen Trost. Unschlüssig blätterte sie darin und las: »Selig sind, die reinen Herzens sind; denn sie werden Gott schauen.« – Das war es ja gerade. Reines Herzens sein. – Ihr Herz war nicht rein. Neid und Lieblosigkeit wohnten darin und Stolz und Hoffart und noch manches andere Unschöne, sie wußte es genau: also würde sie Gott nicht schauen.

Und wie sie auch blätterte und suchte, sie schien nichts zu finden, was ihr Trost brachte. Die ganze Bibel schien sie nur anzuklagen. Je mehr sie suchte, desto mehr Fehler fand sie auch bei sich selbst. Tatsächlich, die Bibel schien ein Spiegel zu sein. Noch nie hatte sie sich so klar selbst erkannt wie jetzt, – und nun wurde die Angst immer größer, dazu wurden die Schmerzen fast unerträglich. – Oh, gewiß mußte sie diese Nacht sterben. Was sollte sie nur tun? – Nein, sie hielt es nicht mehr aus. Kurz entschlossen klingelte sie nach der Nachtschwester. Als diese auf leisen Sohlen in Winifreds Zimmer eilte, fand sie das Kind in Tränen aufgelöst, die Bibel in der Hand.

»Schwester Hanna«, schluchzte Winifred auf, »ich fürchte mich so vor dem Tod, – ich habe kein reines Herz, ich komme sicher nicht in den Himmel.«

Später erzählte die Schwester, daß dieses die wunderbarste Nachtwache gewesen sei, die sie je erlebt habe. Mit hungrigen Augen habe das Kind sie angesehen und ihr die Worte vom Kreuzestod des Herrn Jesu und der Liebe und des Erbarmens Gottes von den Lippen gelesen. Und dann hatte sie ihr das schwarze Büchlein gereicht und sie gebeten: »Schwester, streichen Sie mir doch alle diese Stellen an, damit ich sie gleich finde, wenn ich sie suche.«

Die Pflegerin hatte noch mit Winifred gebetet, und dann war diese sanft eingeschlafen. Ihre letzten Worte waren gewesen: »Dann muß ich mich also nicht vor dem Sterben fürchten, und alles Böse, was ich getan habe, ist vergeben? Oh, dann bin ich aber froh!«

Am nächsten Morgen war sie erfrischt aufgewacht. Die Fenster des Krankenzimmers waren weit geöffnet. Wie von Künstlerhand geschaffen, grüßte sie ein märchenhaftes, winterliches Bild, von der Sonne beschienen. Auf ihrem Tischchen stand ein Korb prachtvoller roter Rosen, den ihr der Vater geschickt hatte. Winifred atmete tief auf. Wie ein großes, unfaßlich schönes Geschenk nahm sie diesen neuen Tag hin. – Sie hatte ja kaum damit gerechnet, ihn noch erleben zu dürfen. – Oh, wie groß und schön war das!

Sie faltete die blassen Hände und flüsterte: »Ich danke dir, lieber Gott, ich danke dir!« Und in diesem Augenblick wußte sie es: jede Stunde ihres Lebens, ob es nun ein Tag war, der ihr geschenkt wurde, oder noch Wochen und Monate, alle sollten Gott gehören.

Etwas Wunderbares war in dem Herzen des Kindes vorgegangen, und seinem Wesen entsprechend, das nichts Halbes liebte, gab es sich dieser neuen Erkenntnis ganz hin. Jeder merkte diese Veränderung. Es zeigte sich nicht in süßlicher, frömmelnder Art, die nur unnatürlich und abstoßend gewirkt hätte, sondern in einer stillen, frohen Heiterkeit, die das Herz des kranken Kindes erfüllte. Selbst die Ärzte wunderten sich über die Veränderung, die ihnen besonders durch die Geduld, mit der Winifred jetzt ihr Leiden trug, auffiel. Es war, als ob eine Weihe über dem Krankenstübchen läge.

Als Frau Frank, die sie täglich besuchte, nach jener ersten Nacht zu Winifred kam, zog diese die Tante zu sich herab und flüsterte: »Tantchen, bist du mir noch böse, daß ich damals mit den Kindern zum Prater gegangen bin? Wenn wir das nicht getan hätten, läge ich heute nicht hier, – und ich hatte dir auch versprochen, nichts zu tun, was ihr, du und Onkel, nicht erlauben würdet. Verzeih mir, Tante Stefi.«

Da küßte diese ihre Nichte und fühlte, daß in dem Herzen der Dreizehnjährigen in den hinter ihr liegenden schweren Leidenstagen etwas Wunderbares geschehen war.

Wieder vergingen Wochen. Als der Heilige Abend kam, erlebte Winifred eine große Freude. Onkel Paul kam, und sie wurde mit dem Krankenwagen nach Hause gefahren. Wenn auch keine eigentliche Besserung wahrzunehmen war, so konnte man jetzt doch wagen, sie zu transportieren. Nun lag sie unter dem strahlenden Weihnachtsbaum im Doktorhaus. Ein solches Weihnachtsfest im Familienkreis hatte sie überhaupt noch nie erlebt. Es war einfach wunderbar. Poldi, Maxi und Jetti wetteiferten miteinander, der Kusine etwas Liebes zu erweisen. Der Große besonders bemühte sich, es der Kranken so bequem wie möglich zu machen. Winifred war ganz bewegt. Als die beiden einen Augenblick allein waren, sagte sie zu ihm: »Poldi, jetzt werde ich nie mehr ›Polter‹ zu dir sagen. Wenn jemand so zart und rücksichtsvoll ist wie du, dann paßt der Name nicht mehr zu ihm.«

Da mußte der große Junge sich plötzlich ganz fürchterlich die Nase schneuzen, so daß Winifred ihn fragte, ob er erkältet sei.

»Scheinbar die Augen«, antwortete er, denn aus diesen quoll es jetzt unaufhörlich wie ein Bächlein – und dann konnte er es nicht mehr aushalten, er rannte hinaus und in sein Zimmer, wo er sich erst einmal ausweinte. Er konnte es nicht ertragen, daran zu denken, daß Winifred nie mehr gehen lernen sollte. Der Vater hatte es ihm heute anvertraut, daß die Ärzte keine Hoffnung mehr hätten, daß das kranke Kind jemals wieder seine Beine bewegen könne. Und wenn er sich vorstellte, daß Winifred durch ihr kühnes Zugreifen Jetti, das Engelchen, vor dem furchtbaren Sturz bewahrt hatte, – nein, das war einfach zu überwältigend, – und wenn er hundertmal ein fast fünfzehnjähriger Junge war, er mußte sich das erst einmal vom Herzen herunterweinen. Und dann wurde es doch noch ein wunderbares Weihnachtsfest.

Mit strahlenden Augen blickte Winifred in den Glanz der Weihnachtskerzen. Wie war sie so glücklich, wieder im Kreise ihrer Lieben zu sein, – und wenn sie auch noch so sehr, sehr schwach war, und die schönen Weihnachtslieder nur ganz leise mitsingen konnte, ihr Herz sang mit, und ihre Augen sangen mit, und mit all ihrem Fühlen und Denken erlebte sie Weihnachten. Nie vorher meinte sie ein solches Fest erlebt zu haben. Eine Fülle von Geschenken waren rings um sie her aufgebaut. Dem Vater wäre kein Opfer für sein Kind zu groß gewesen.

Sie freute sich an allem, aber in ganz anderer Art wie früher. Die Freude, die echte Freude war tief in ihr selbst, und die war unabhängig von Äußerlichkeiten. Das war so etwas Großes, daß sie selbst keine Worte gefunden hätte es zu erklären. Es war einfach da.

Als es genug des Feierns war, trug sie der Onkel hinauf in ihr Stübchen, das sie mit Jetti teilte, und da kamen der Kranken beinahe die Tränen vor Bewegung. Aus Vasen und Schalen grüßte frisches Tannengrün, beleuchtet von roten Kerzen, die da und dort kunstvoll befestigt waren. Als man Winifred fürsorglich gebettet hatte, nahm sie noch einmal ihre kleine Bibel zur Hand und las die Weihnachtsgeschichte. Schwester Hanna hatte unter anderem den Vers unterstrichen: »Fürchtet euch nicht, siehe, ich verkündige euch große Freude, die allem Volk widerfahren ist, denn euch ist heute der Heiland geboren, welcher ist Christus, der Herr, in der Stadt Davids.« Läuteten da noch einmal die Weihnachtsglocken, oder war es die große Freude in Winifreds Herzen, die sie jubelnde Klänge vernehmen ließ? Fürchtet euch nicht! – Nein, sie wollte sich nicht fürchten, selbst wenn sie noch lange leiden mußte, denn das galt ja auch ihr: Euch ist heute der Heiland geboren. –

Wochen vergingen, Monate schwanden dahin. Der Winter räumte sein Feld. In seiner lieblichen Schönheit zog der Frühling ein. Die Parkanlagen von Wien sandten ganze Wellen von Fliederduft in die belebten Straßen. In Scharen zogen die Leute ins Freie, der Sonne nach.

Winifred aber lag noch immer in ihrem Stübchen. Ihren vierzehnten Geburtstag erlebte sie in ihrem Bett, und als der Sommer wich und der Herbst nahte, da war noch immer keine Veränderung an ihrem Zustand zu sehen. Daß Winifred nicht mehr gehen würde, darüber waren sich die Ärzte klar, aber man war der Ansicht, daß man etwas zur Kräftigung des Körpers tun sollte. Ein Luftwechsel wäre vorteilhaft gewesen. Da schrieb die Großmutter aus dem Schwarzwald, man möge Winifred zu ihr bringen. Die würzige Waldluft, dazu die Ruhe des stillen Tales würden ihr gewiß gut tun.

Den Doktorskindern war die Trennung sehr schmerzlich. Sie hingen alle an Winifred. Erst als man ihnen versprach, daß sie die Sommerferien bei der Großmutter verbringen dürften, waren sie etwas getröstet.

Die Reise war sehr beschwerlich und anstrengend, und Winifred brauchte Tage, ehe sie sich von den Strapazen einigermaßen erholt hatte. Als sie aber wohlgebettet in dem reizenden Schwarzwaldhaus am offenen Fenster lag, da atmete sie befreit auf. Wie wohltuend war die Stille hier. Wirklich, wie ein Stückchen Paradies war dieses Schwarzwaldtal. Zu allen Fenstern herein grüßte der dunkle Tannenwald. Saftige Wiesen, mit Blumen besät, breiteten sich wie bunte Teppiche aus. Silberhelle Bächlein plätscherten munter vorüber. Unbeschreiblich schön war es. Bei besonders gutem Wetter trug Hulda, die alte Magd der Großmutter, Winifred hinunter in den Garten und bettete sie behutsam in den Liegestuhl. Dabei pflegte sie zu sagen: »Sie isch nit schwerer wie e Flaumfederle.«

Bald hatte sich Winifred gänzlich eingelebt im Schwarzwaldhäuschen. Wie liebte sie die Stunden, in denen die Großmutter an ihrem Bett saß und ihr erzählte. Am liebsten wollte sie immer aus der Zeit hören, als ihr Vater noch jung war. Dann leuchteten die Augen der Tochter, wenn sie an den Vater dachte, und die der alten Mutter, wenn sie von dem fernen Sohn sprach. Winifred wußte es nun auch, daß sie wohl nie mehr damit rechnen könne, ihre Füße wieder zu gebrauchen, aber es war wunderbar, wie sie sich tapfer in das Schwere ergab.

»Einmal werde ich doch wieder springen können«, sagte sie des öfteren, »wenn auch nicht mehr hier unten.« Das Unglück ließ sie frühzeitig innerlich heranreifen. Sie wollte nie untätig sein. So begann sie einen regen Briefwechsel zu pflegen. Nicht nur an die Eltern, an Betty und ihre lieben Wiener schrieb sie regelmäßig, sondern sie ließ sich auch die Anschriften von anderen Leidenden geben. Es war wunderbar, wie die schlichten Briefe von Winifreds Krankenbett Segensspuren hinterließen. Sie selbst ahnte kaum, was sie anderen damit gab. Und wie groß war ihre Freude, wenn sie Antwort bekam und ihr von anderen Leidenskameraden Grüße und Nachrichten gesandt wurden. Mit ihrem feinen Verständnis hatte die Großmutter bald herausgefunden, daß Winifred Betätigung benötigte, um das ihr auferlegte Leid zu ertragen. So sann sie nach Aufgaben, die die Kranke erfüllen könnte und die ihr Freude machten.

Eines Tages fragte sie: »Winifred, hast du Kinder lieb?«

»Kinder, Großmutter? Ja sehr, – warum?«

»Würde es dir wohl Freude machen, einige kleine Schüler, denen es schwerfällt, in der Schule mitzukommen, zu unterrichten und ihnen Nachhilfestunden zu geben?

Winifreds Augen strahlten. »O Großmutter, meinst du, daß ich das könnte? Es wäre herrlich.«

Ein paar Tage später brachte der Tischler einige kleine Schulbänke und Tische, dazu eine hochschraubbare Tafel. Winifreds Freude war unbeschreiblich. »Wie bin ich froh, daß ich jetzt auch zu etwas nützlich bin«, gestand sie der Großmutter, »ich war oft schon recht traurig, daß ich so gar nichts leisten konnte und mich immer nur bedienen lassen muß.«

Da war die alte Frau froh, daß sie wieder einmal dem Zug ihres Herzens nachgegeben hatte.

Am nächsten Tag rückten fünf, sechs Mädchen und einige Buben an. Mit blankgewaschenen Gesichtern und zurückgestrichenen Haaren, die Schiefertafel unter den Arm geklemmt, standen sie ängstlich und verlegen vor ihrer jungen Lehrerin, die so blaß in den weißen Kissen lag. Als sie ihnen aber freundlich zuwinkte und gar Süßigkeiten verteilte, da waren sie sich schon einig, daß das »e gueti Schuel« war. Und dann ging ein eifriges Lernen los. Mit heimlicher Freude beobachtete Großmutter, daß sich die Wangen ihres Enkeltöchterchens vor Eifer röteten und sie die Schmerzen und Schwäche vergaß.

Bald waren die kleinen Schüler mit Winifred so eng befreundet, daß sie es kaum erwarten konnten, bis die Hilfs-Schulstunden, wie sie den Unterricht selbst nannten, begannen. Schon von weitem hörte man die hellen Stimmen rufen: »Winifred, Winifred, wir kommen!« und die mit Blumen gefüllten Kinderhände streckten sich ihr entgegen.

Sie zerbrachen sich fast die Köpfe, wie sie ihre leidende Lehrerin mit einer Überraschung erfreuen könnten, und kamen dabei auf die merkwürdigsten Ideen. Die Buben brachten ihr Frösche und Eidechsen und setzten sie auf das Ruhebett, die zu ihrem Leidwesen aber gewöhnlich schleunigst wieder entfernt wurden. Ein kleiner Dicker hatte sich eines Tages die Taschen voller Schnecken gestopft und hatte große Mühe, die nach der Freiheit strebenden Tiere immer wieder in ihr Gefängnis zu stecken. Er war sehr unmutig, als die Großmutter ihm befahl, die ganze Schneckengesellschaft schleunigst wieder in den Garten zu bringen. »Hä, wenn i sie doch für d'Winifred extra g'fange hab«, murrte er, als er sich verärgert trollte.

Ein junges Kätzchen, das eines der Mädchen brachte, fand mehr Gnade vor Großmutters Augen, und Blumen, Blumen durften sie alle bringen, so viel sie wollten. Es war direkt erstaunlich, wieviel Vasen und Krüge in dem Schwarzwaldhäuschen zum Vorschein kamen. Wurde zum Sonntag Kuchen gebacken oder gab es gar ein Schlachtfest, so ging es gar nicht anders, als daß Winifred ihr Teil davon haben mußte. Rührend anhänglich war die kleine Gesellschaft. Aber fleißig lernen mußten sie auch. Winifred war über jeden Erfolg überglücklich.

Eines Tages kam zu ihrer Überraschung der Lehrer der Kinder. »Ich muß doch meine junge Kollegin, von der die Kinder so schwärmen, auch kennenlernen«, sagte er. »Ein wahres Wunder ist ja mit den Kindern geschehen, seitdem sie zur Nachhilfeschule gehen.« Er unterhielt sich lange mit Winifred und ließ sich von ihren Reisen und Erlebnissen in fremden Ländern erzählen. Zum Schluß schenkte er ihr ein wunderschönes Märchenbuch.

Das Schönste aber war, wenn Winifred Religionsstunde gab. Dann konnte sie schelmisch lachend die Großmutter bitten: »Reiche mir doch bitte meinen Taschenspiegel.« Dann reckten die Kinder erstaunt die Hälse, um den Spiegel zu sehen.

»Ja, Kinder«, sagte dann wohl die kleine Lehrerin, »die Bibel ist ein wertvoller Spiegel. Als ich mich einmal bemühte, ganz tief hineinzuschauen, da sah ich viele, viele, häßliche Flecken in mir, solche, die ich gar nicht allein wieder wegbrachte. Da mußte ich erst den Herrn Jesus bitten, daß er sie hinwegnahm.« Und dann erzählte sie von den häßlichen Flecken, die das Böse im Menschenleben hinterläßt.

Der kleine Dicke, der die Schnecken mitgebracht hatte, wollte sich auch selbst von der Spiegelkraft des schwarzen Büchleins überzeugen und bat: »Laß mi auch emol in das Büchle gucke, i will emol sehe, ob i auch Flecke hab.« Da mußte nun Winifred erklären, wie das gemeint war.

Einmal hatte sie von den Krankenheilungen aus der Bibel erzählt. Da fragte ein kleines Mädchen: »Warum macht denn der Heiland di nit g'sund, Winifred?«

Die Großmutter, die gewöhnlich an den Unterrichtsstunden teilnahm, wartete gespannt auf die Antwort. Die Tränen stiegen ihr in die Augen, als sie die Kranke erwidern hörte: »Roseli, einmal wird er mich bestimmt gesund machen, aber vorläufig scheint es für mich gut zu sein, daß ich das Stilliegen lerne. Weißt du, wenn ich auch noch nicht begreifen kann, warum ich so lange leiden muß und nicht in Wald und Feld herumspringen kann wie ihr, – aber in meinem Büchlein steht ein Spruch, der mir immer Antwort gibt, wenn ich fragen möchte: ›Warum?‹ Der Spruch heißt so: ›Was ich jetzt tue, weißt du nicht, du wirst es aber hernach erfahren.‹ Der liebe Gott wird schon wissen, was er tut, und einmal werde ich es auch erfahren, warum er mich so lange krank sein läßt. – Und übrigens, Kinder, mein Kranksein hat auch wieder etwas Gutes. Wenn ich noch herumlaufen könnte, wäre ich jetzt nicht bei der Großmutter, und dann hättet ihr auch keine Hilfsschule bekommen.«

Die Kinder hatten schweigend zugehört. Alles, was Winifred gesagt hatte, konnten sie noch nicht begreifen, aber das letzte leuchtete ihnen unbedingt ein.

So ging die Zeit dahin. Während der warmen Tage hatte man im Garten Schule gehalten, als die Herbststürme kamen, verzog man sich ins Zimmer, und als gar die Schneeflocken vom Himmel herunterwirbelten, da lernte es sich in der Nähe des warmen Ofens doch am allerbesten, besonders wenn eine Anzahl Bratäpfel in der Röhre schmorten.

Und dann nahte wieder einmal Weihnachten. Für Winifred das dritte Fest auf dem Krankenlager. Mit den Kindern hatte sie eine allerliebste kleine Weihnachtsfeier im Schulzimmer veranstaltet. Jubelnd war die kleine Schar mit ihren Geschenken abgezogen. Nun war Winifred recht müde. Hulda hatte sie in ihr Zimmer getragen. Dort lag sie nun und ließ ihren Gedanken freien Lauf. Eine weite Reise machten sie. Sehnsucht nach den Eltern wollte am Heiligen Abend über das kranke Kind kommen. –

Im Wohnzimmer schmückte die Großmutter eine echte Schwarzwaldtanne. Nur Silberfäden und weiße Kerzen zierten den herrlichen Baum. Die alte Frau liebte keinen »Fastnachtsschmuck«. Bunten Baumbehang überließ sie gern anderen. Vorsichtig befestigte sie Lichter, dabei schienen die hellsten und strahlendsten aber in ihren eigenen Augen zu sitzen. Glücklich lächelte sie vor sich hin. Sie hatte ein Geheimnis zu hüten.

Als es dunkel geworden war, läutete ein feines Glöckchen durch das Haus. Hulda in ihrem bunten Sonntagskleid erschien in Winifreds Zimmer, um »das Flaumfederle« zu holen. Die Großmutter hatte die Türe zum Weihnachtszimmer weit geöffnet, und nun trug die starke Frau die Kranke mitten hinein in den weihnachtlichen Glanz. Wie hatte man sich wieder bemüht, Winifred zu erfreuen. Unter anderem, oder über allem anderen, stand ein prachtvoller Rollstuhl, den die Wiener geschickt hatten, damit Winifred während der Sommerferien mit den Doktorskindern ausfahren könne.

Die Großmutter aber tat noch immer sehr geheimnisvoll, so daß Winifred sie fragte: »Ja, gibt's denn noch mehr Überraschungen?« Und wirklich, als vom Kirchturm die Weihnachtsglocken zu klingen begannen und ein Schneeflockentanz die Luft erfüllte, da hielt ein Auto vor dem Schwarzwaldhaus und jemand riß energisch an der Hausglocke.

»I glaub, des isch der Weihnachtsmann«, sagte Hulda und ging, um die Türe zu öffnen. Im nächsten Augenblick aber stand ein großer Mann im Weihnachtszimmer, und Winifred jauchzte auf: »Vater, Vater – mein Vater!«

Das war eine Freude. Schnell sorgte Hulda für ein gutes Abendessen, während Professor Frank sein Töchterlein im Arm hielt, als wolle er es nie wieder hergeben.

Lange saß man noch beisammen, bis die Kerzen eine nach der anderen niedergebrannt waren. Dann trug der Vater sein glückliches, müdes Kind zu Bett.

Die Mutter war nicht mitgekommen. Sie glaubte, es in dem stillen Ort nicht aushalten zu können. Einen ganzen Koffer voll schöner Geschenke schickte sie ihrer Tochter, aber sie selbst kam nicht. Professor Frank konnte ein bitteres Lächeln nicht verbergen, als er sagte: »Sie liebt das laute Leben, die Stille hat ihr nichts zu sagen.«

Sein Kind aber hatte den wehen Zug in des Vaters Gesicht gesehen, und es verstand ihn. Auf der anderen Seite aber trieb ihr liebendes Herz sie auch wieder dazu, zu vermitteln und zu überbrücken. »Auch das muß gelernt sein, Vater«, sagte sie und legte ihre Arme um seinen Hals.

Da sah er dem Kind tief in die Augen und entdeckte darin etwas von dem Erleben schwerer Leidenstage. –

Silvester, der letzte Tag des Jahres. Es ist immer etwas Eigenartiges um dieses Abschiednehmen. Dreihundertfünfundsechzig Tage sind in die Ewigkeit geglitten, ein neues Blatt im Buche des Lebens beginnt.

Die Großmutter fühlte sich nicht ganz wohl, sie hatte sich frühzeitig zur Ruhe begeben. Hulda besuchte ihre verheiratete Schwester im Ort. So waren Vater und Tochter allein.

Frische Kerzen waren auf den Baum gesteckt worden. Diese hatte der Professor jetzt angezündet. So still, so wundersam still war es um sie her. Der Vater blickte in das schmale Gesicht seines einzigen Kindes. Zärtlich faßte er Winifreds Hand, als er fragte: »Mein Liebling, war es nicht sehr, sehr schwer, als du so leiden und furchtbare Schmerzen aushalten mußtest, – und« – er stockte und dachte wohl an die Hoffnungslosigkeit der Wiederherstellung – »und ist es nicht noch immer sehr schwer?«

Winifred antwortete nicht gleich. Es war, als ob sie nach innen horchte. Dann blickte sie ihrem Vater offen in die Augen und sagte: »Vater, – es war schwer, – und es wäre unerträglich, daran zu denken, daß ich nie, nie wieder gehen kann, – und immer hilflos und abhängig von anderen Menschen sein muß, – es wäre unerträglich, wenn ich nicht dein Büchlein hätte.«

»Mein Büchlein, Winifred? – Wie soll ich das verstehen?«

»Ja, Vater, Großmutter hat mir erzählt, daß du es früher sehr liebgehabt und immer darin gelesen hast. Sieh hier, da ist es.« Sie reichte dem Vater ihre kleine Bibel.

Professor Frank schlug sie auf – und dann stützte er in tiefer Bewegung den Kopf in die Hand. »Mein Büchlein«, flüsterte er. »Mein Büchlein, – der gute Kamerad meiner Jugendjahre«, – und dann sagte er gar nichts mehr, – aber plötzlich fiel eine Träne in die aufgeschlagene Bibel, – und als der Professor sie beschämt wegwischen wollte, da sah er, daß sie gerade in die Geschichte vom verlorenen Sohn gefallen war. Das ergriff ihn so gewaltig, daß er es nicht verhindern konnte, daß noch eine Träne, und noch eine, und immer mehr darauf fielen. Der in aller Welt bekannte Gelehrte, der zu Tausenden von Menschen über wissenschaftliche Probleme gesprochen hatte, er weinte, weil er erkannte, daß sein Leben trotz all dem reichen Erleben, trotz Erfolgen und Ehrungen, doch arm und leer war. –

Eine weiche Hand legte sich auf sein gebeugtes Haupt. Schluchzend, in unbeschreiblicher Ergriffenheit über des Vaters Tränen, hörte er sein Kind sagen: »Vater, lieber Vater, Großmutter hat mir erzählt, du habest dein Büchlein aus deinen Händen gleiten lassen und seist deshalb so traurig und arm geworden, ich schenke dir mein Büchlein. Großmutter gibt mir wieder ein neues. Du brauchst gar nicht lange darin suchen. Alle die herrlichen Stellen, die mich gestärkt und getröstet haben, sind dick unterstrichen. Vater, ich will den Herrn Jesus bitten, daß er dich auch wieder ganz froh werden läßt, und für die Mutter wollen wir doch heute ganz besonders beten, – ich glaube nämlich, daß sie auch kein bißchen froh ist. Sie versteckt ganz gewiß ihr unglückliches Herz unter einem schönen Kleid, wie das arme Mädchen in Wien, das sich unter die elektrische Bahn geworfen hat. Sei nicht traurig, Vater, in deinem Büchlein steht es, daß alles, alles wieder gut werden soll.« –

Ganz still war es wieder im Schwarzwaldhäuschen. Vom Kirchturm schlug es zwölf Uhr. – Jahreswende!

Professor Frank aber hatte sein Kind umschlungen und begann zum erstenmal nach vielen Jahren wieder zu beten. Und wenn es auch nur ein Stammeln war, es gelangte doch, und vielleicht gerade deshalb, zum Throne Gottes.

Im Nebenzimmer aber lag eine alte Mutter auf ihren Knien und erbat sich von Gott zum neuen Jahr die Heimkehr der Seele ihres Sohnes, und wußte noch nicht, daß diese Augenblicke der Jahreswende für ihn zur Lebenswende wurden. –

Eigentümlich, nein ein Wunder war es, daß zwei Tage später ein Brief von Winifreds Mutter kam, in dem es unter anderem hieß: »Ich habe noch nie ein so seltsames Empfinden gehabt wie in dieser Silvesternacht. In all dem lauten Mitternachtstrubel fühlte ich mich auf einmal unsagbar einsam und empfand geradezu einen Ekel vor den faden, inhaltlosen Unterhaltungen und Komplimenten meiner Umgebung. – Und dann kam mir plötzlich die Erkenntnis, daß ich eigentlich in diesem Augenblick zu meinem leidenden Kinde gehörte. Und ich schämte mich vor mir selbst. Ganz eigentümlich war mir zumute, am liebsten wäre ich in eine Kirche gegangen und hätte mich ausgeweint. Und nun, Otto, läßt es mir keine Ruhe mehr. Ich weiß, ich habe Deine Geduld oft auf die Probe gestellt, – es wird Dir schwerfallen, mir zu glauben, daß ich mich nach einem trauten Familienleben sehne, – aber vielleicht kann mir Deine Mutter helfen, sie ist doch eine echte Christin. – Ich bin das laute Gesellschaftsleben müde. Können wir nicht im Schwarzwald ein Haus kaufen und zusammenbleiben, – Du und ich und unser Kind? – Und hast Du etwas dagegen, wenn ich Fräulein Betty, die Winifred ja so liebhat, bitte, mich bei der Pflege unseres Kindes zu unterstützen? Schreibe mir sofort, wie Du darüber denkst. Glaube mir, ich sehne mich aufrichtig nach einem neuen Leben.« –

Professor Frank las den Brief zu Ende. Dann aber schloß er sich in seinem Zimmer ein, fiel auf die Knie und barg sein Haupt wortlos in seinen Händen. Seine Seele aber hielt Zwiesprache mit seinem Gott.

»Ich danke dir, ich danke dir, Vater im Himmel, – ich bin's nicht wert, – ich danke dir!«

Etwas später trat er an das Lager seiner Tochter. Er konnte die Freude nicht für sich behalten.

»Winifred, was würdest du sagen, wenn du eine besondere Pflegerin bekommst?«

»Eine Pflegerin, Vater?«

»Ja. Vielleicht Betty!«

»Vater!« – Ein Jauchzen war es, und die mageren Arme umklammerten zitternd den Hals des Vaters.

»Und das Schönste, Kind, das Schönste, – unsere Mutter kommt zu uns, – zu uns ins Schwarzwaldhäuschen. Sie hat Heimweh, – und ich glaube, sie ist uns schon ganz nah. Jetzt fängt ein neues Leben an – und unser Leitstern auf diesem neuen gemeinsamen Weg soll dein und mein Büchlein sein.«

Wege im Schatten

Bei einer Weihnachtsbescherung für alte, einsame Leute hatte ich ihn getroffen, den Achtzigjährigen mit dem abstoßend entstellten Gesicht, aus dem jedoch ein Paar gütige Augen freundlich blickten. An der langen, festlich geschmückten Tafel saß er, zwischen einer Anzahl Väter und Mütter, die mit gebeugten Rücken, durchfurchten Angesichtern und zitternden Händen, vom rauhen Sturm des Lebens mitgenommen, ein Bild verbrauchter Kraft boten. Wir hatten den alten Leuten unter dem strahlenden, geschmückten Baum die herrlichsten aller Lieder, die Weihnachtslieder gesungen, und nachher war ich an die lange Tischreihe getreten und hatte mich zu unseren weißhaarigen Gästen gesetzt, um ein wenig mit dem einen und andern zu plaudern. Da waren alte Weiblein, die trotz ihres zahnlosen Mundes sofort begannen, einen Redeschwall auf mich loszulassen, so daß ich in ein paar Minuten wußte, wieviel Kinder sie hatten, wie die Nachbarinnen gehässig seien, und daß die Rente furchtbar klein und niemals ausreichend wäre. Andere wieder saßen in beinahe verbissenem Schweigen vor ihren Kaffeetassen und erwiderten meine Fragen nach ihrem Ergehen nur nickend oder kopfschüttelnd.

Die Erfahrungen ihres Lebens hatten sie herb und mißtrauisch gemacht. Den meisten aber sah man die Freude an dem wohlgelungenen Fest aus den Augen leuchten, und rührend war es zu sehen, wie verschiedene versuchten, die alten Weihnachtslieder mitzusingen.

Da war er mir aufgefallen, der alte Mann. Er saß zwischen den andern in einem geflickten Kittel, genau so zittrig und altersschwach wie sie alle, und doch stach er von ihnen ab. Ich setzte mich zu ihm: »Nun, Großvater, wie gefällt es Ihnen heute abend?«

»Zu schön, ach, zu schön ist es«, antwortete er, »und für mich ist es ein besonderes Fest, denn ich habe heute Geburtstag.« – Ich gratulierte ihm von Herzen. Eine Weile schaute er sinnend in das Licht der Kerzen, dann wandte er sich wieder zu mir, und ein paar Tränen glänzten in seinen Augen, als er sagte: »Wissen Sie, man kann Weihnachten auf ganz verschiedene Art feiern, – ich hab's auch erst lernen müssen, es richtig zu erleben.«

Ich wollte gerne mehr aus seinem Leben wissen, da lud er mich ein, ihn in seiner Wohnung zu besuchen. In einem armseligen, weißgetünchten Stübchen fand ich ihn. In den primitivsten Verhältnissen lebte er. Da saß ich nun und hörte ihm zu, wie er mir langsam und stockend seine Lebensgeschichte erzählte. Oft übermannte ihn das Weh, wenn die Erinnerung seine Seele mit harten Fäusten packte, so daß er kaum weiterzureden vermochte, aber nach und nach konnte ich mir doch ein Bild machen von seinem Weg, der lange Zeit nur ein Tasten im Dunkeln, ein mühevolles Ringen und Kämpfen gewesen war, bis endlich, endlich Licht in seine Seele drang, und er, wenn auch erst im hohen Alter, noch ein froher und zufriedener Mensch wurde. So will ich versuchen, den Weg Frieder Zöllners zu schildern. Vielleicht, daß manch einem dadurch sein eigenes Geschick nicht mehr unerträglich scheint und er anfängt zu erkennen, daß Gott nur Gedanken des Friedens mit jedem Menschen hat.

Weihnachten war es. Man schrieb das Jahr 1845. Ein kleines Städtchen in Sachsen. Früh war es dunkel geworden, überall blinkten freundliche Lichter hinter den Scheiben hervor. Leise rieselten Schneeflocken vom Himmel.

Nur noch einzelne Fußgänger waren auf den Straßen sichtbar. Das ewig weihnachtliche, stimmungsvolle Bild: Festfreude – Erwartung – Weihnachtsatmosphäre . . .

Da und dort sah man von der Straße schon die Lichter an den festlich geschmückten Bäumen in den Häusern. Jauchzendes Kinderlachen klang heraus, feierliches und doch jubelndes Singen der alten und doch ewig neuen Weihnachtslieder. – Und nun kam das Schönste, die Glocken, die Weihnachtsglocken setzten ein – und weihevoll schallten sie in harmonischen Klängen über die Stadt, begrüßten und verkündeten das Fest der ewigen Liebe, der Weihenacht!

Ganz am äußersten Ende der Stadt erhob sich ein hohes, dunkles Gebäude. Eine unübersehbare Mauer schloß es streng und finster ein. Kein Lichtschimmer drang daraus hervor, schwer, unheimlich schwer lag ein Dunst über dem Ganzen. War er gebildet von all den Seufzern und Tränen, die sich einen Weg suchten, hervorquellend aus den Ritzen der mächtigen, wuchtigen Mauern, oder entschlüpfend aus den mit schweren Eisengittern verschlossenen Fenstern?

Es war das Gefängnis. –

Die Wärter hatten es ziemlich eilig gehabt mit ihrem Dienst. Sie wollten heim zu Frau und Kindern, die auf sie warteten, um Weihnachten zu feiern. Die Diensttuenden aber waren nicht gerade in rosigster Laune. Es paßte ihnen nicht, heute am Festtag verpflichtet zu sein, und manch ein Fluch kam im Unmut von ihren Lippen.

Hinter den verschlossenen, schweren Türen aber saßen die Gefangenen, – die aus der menschlichen Gesellschaft Ausgestoßenen. Sie hatten etwas reichlichere Portionen zum Abendessen erhalten, das war das Einzige, was den heutigen Tag von den andern unterschied.

Auf die verschiedenste Art erlebten sie Weihnachten.

Einer der Gefangenen, ein schon oftmals vorbestrafter, alter Trunkenbold saß auf seiner Pritsche und fluchte auf Gott und Menschen. Er wünschte sich keine andere Festtagsgabe als einen guten Schluck Branntwein. Ein anderer ging aufgeregt in seiner Zelle hin und her wie ein eingesperrtes Tier. Ab und zu blieb er stehen, raufte sich die Haare, schlug sich vor die Stirn und stammelte wirre Worte: »Ich Elender! Verloren! Verstoßen! O mein Weib, – meine Kinder, – mein Gott, o mein Gott!« – Ein ganz junger Mensch lag auf dem Boden der Zelle, durch seine vor das Gesicht gepreßten Finger rannen Tränen, während er schluchzte: »Mutter! O meine Mutter!« –

Hinein in all diese Not drang das Geläute der Weihnachtsglocken, nicht aufzuhalten, nicht zu hemmen: »Christ ist erschienen, uns zu versühnen.«

In der Frauenabteilung des Gefängnisses war viel Weinens und Klagens, ist doch ein Frauenherz besonders in solcher Stunde weich und empfänglich. Etwas Außergewöhnliches mußte in einer Zelle vor sich gehen. Auf schmutziger Pritsche lag ein Weib, die ihrer schwersten Stunde entgegensah. Die ungepflegten, rotblonden Haare hingen in langen Strähnen wirr um ihren Kopf und klebten auf der schweißbedeckten Stirne. – Das Gesicht, das Gemeinheit und Roheit ausdrückte, auf dem die Spuren eines wüsten Lebens eingegraben waren, verzerrt, ein Bild der Sünde.

Als die Weihnachtsglocken einsetzten, hielt die alte Wärterin, die mehr als dreißig Jahre in den Mauern dieses dunklen Hauses Dienst getan hatte, ein neugeborenes Kind in den Armen. Sie sah den hilflosen, unwillkommenen Säugling, der wimmernd die Ärmchen wie in Angst und Abwehr vor dem Leben von sich streckte, und ihr Herz wurde weich.

»Armes Geschöpf«, flüsterte sie, und eine Träne fiel auf

das kleine Köpfchen. Als sie das Kind der Mutter reichen wollte, wandte diese sich ab: »Ich will es nicht sehen.« Das Kind wimmerte kläglich, die Weihnachtsglocken aber waren verklungen.

»Sehen Sie«, sagte der Alte und seufzte laut, »das war mein erstes Weihnachtsfest, aber das richtige war es nicht.«

Nein, das richtige war es nicht. Er hatte ganz recht, der Greis im weißen Haar; wenn er auch nicht die Worte fand, zu erklären, was er meinte, seine Seele empfand es dennoch, daß das kein wahrer Zusammenhang war zwischen der vollen, ungetrübten Freude der Weihnacht und seinem unerwünschten Eintritt ins Leben.

Mit welch freudiger Erwartung sieht man unter normalen Verhältnissen im Kreise der Familie der Geburt eines Kindes entgegen. Liebende Hände haben längst alles vorbereitet – und wie ein Fest ist es für alle, wenn der große Tag gekommen und man den Neugeborenen in den Armen hält. Wie strahlen die Augen der Mutter in fast überirdischem Glanz, wenn sie ihr Kind ans Herz drückt – es scheint ihr das höchste, unübertreffliche Glück.

Nichts von alledem wurde dem kleinen Frieder bei seinem Lebensbeginn entgegengebracht. In den dumpfen Mauern des Gefängnisses kam er zur Welt, und es schien, als ob sein ganzes Dasein ein Tasten und Sichstoßen im Dunklen bedeuten sollte.

Seine Mutter war eine in der ganzen Stadt bekannte und berüchtigte Person, die bei allen Streitigkeiten eine Rolle spielte. Wiederholt war sie vorbestraft und hatte jetzt wegen einer Schlägerei, in die sie verwickelt war, eine Strafe zu verbüßen. – Der Vater des in jener Weihnachtsnacht geborenen Kindes war unbekannt.

Die Strafzeit war vorbei. Marie wurde entlassen. Wo sollte sie hin mit dem Kind? Eins war ihr klar, sie selbst würde es nicht behalten. – Ach, wäre es doch bei der Geburt gestorben, – oder ob man nicht selbst etwas unternahm, um es unschädlich – – still, – hatte sie nicht gar vor sich hingesprochen? – Wenn das jemand hörte? – Nein, nein das ging nicht, das kam heraus, – die Richter waren so schlau, und das würde mit dem Tode bestraft – nein, um Gottes willen nicht sterben – sie wollte erst richtig leben – nun, da die schweren Türen des Gefängnisses sich wieder einmal hinter ihr geschlossen – leben! Das Leben genießen auf ihre Art. Aber wohin mit dem Kind? – Sie blickte auf das in Lumpen gehüllte kleine Wesen in ihren Armen – ihr Blick war kalt, gefühllos, ja fast haßerfüllt. – Kann auch ein Weib ihres Kindleins vergessen? Selbst das klägliche Weinen des Kindes berührte ihr Herz nicht.

Durch enge, schmutzige Gassen ging sie. Aus verwahrlosten Häusern schauten neugierige Frauen und Mädchen. Die Männer arbeiteten ausschließlich im Bergwerk. Ungepflegte Kinder balgten sich im Straßenschmutz. Hin und wieder wurde dem Mädchen ein frivoler Scherz zugerufen, sie war in diesem Viertel wohlbekannt. »Hallo, Marie, bist du wieder zurück von deiner Reise? Hast dich gut erholt, ha, ha, wirklich, du siehst prächtig aus.« – Es fehlte auch nicht an gemeinen Bemerkungen, das Kind in ihrem Arm betreffend. Marie aber war keinesfalls verlegen, – frech erwiderte sie die Blicke, schlagfertig gab sie Antwort – und brutal bot sie einigen Weibern ihr Kind zum Geschenk an.

»Nein, nein, wir haben selbst genug von der Sorte«, gab eine von ihnen zur Antwort. – Armer, kleiner Frieder, jedes, jedes Vöglein hat sein warmes Nest, und du hast kein Plätzchen, wo du deinen kleinen Körper zur Ruhe ausstrecken kannst.

Vor einem zerfallenen kleinen Häuschen, das sich durch noch größere Verkommenheit, durch eingeschlagene Fensterscheiben und einen unbeschreiblich ekligen Geruch, der Türen und Fenstern entströmte, von den andern Häusern unterschied, blieb das Mädchen mit dem Kinde stehen.

»Lisa, bist du drinnen?« rief sie hinein. Ein krumm gewachsener alter Mann trat heraus. Seine zerlumpten Kleider starrten vor Schmutz, ein wirrer Bart umrahmte das mit vielen Fältchen bedeckte Gesicht, – und doch hatte er auch etwas Angenehmes, ja Anziehendes. Aus zwei tiefblauen, unendlich gutmütigen Augen schaute er träumend in die Welt.

»Ah, Marie«, sagte er, »bist wieder da? Komm 'rein, Lisa ist drinnen!«

In einem halbdunklen Raum hockte auf einer Kiste ein weibliches Wesen, etwa 29 Jahre alt. Mit einem zerbrochenen Kamm, an dem nur noch ein paar Zinken waren, versuchte sie ihre verklebten Haare auseinanderzubringen. Zu ihren Füßen saß ein Knabe von etwa zwei Jahren und spielte mit einer jungen Katze, die von Zeit zu Zeit kläglich miaute, wenn das Kind gar zu unsanft mit ihr umging. In einem alten Kinderwagen, der gewiß schon seinen Platz auf irgend einem Abfallhaufen gehabt hatte, lag auf verfaulten Lumpen ein einjähriges kleines Mädchen. Man konnte es nicht betrachten, ohne tiefes Mitleid zu empfinden. Ein armer Krüppel, eine traurige Mißgeburt war das Kind. Das rechte Ärmchen war nach rückwärts gewachsen, der Ellbogen fehlte, und an einem verkrüppelten Händchen sah man nur drei winzige Fingerchen. Das einzig Schöne an dem Kind waren die großen blauen Augen, die es vom Vater geerbt hatte. Das mit harter Schmutzschicht bedeckte Köpfchen bewegte die Kleine hin und her, die großen Augen blickten fragend, als ob sie eine Erklärung suchte für all die Not, in die sie hineingeboren war.

Der kleine, etwa fünfzigjährige Mann beugte sich über die geistesgestörte Frau auf der Kiste und schrie ihr in die Ohren: »Lisa, die Marie ist da, hör auf mit Kämmen, die Marie ist da!«

Lisa war seit ihrer Geburt schwachsinnig, wuchs in den denkbar traurigsten Verhältnissen auf und gab der ganzen Stadt Anlaß, über sie zu reden, als sie sich als junges Mädchen in fast tierischer Weise den niedrigsten Leidenschaften hingab. Nachdem sie einige totgeborene Kinder zur Welt gebracht hatte, kam man auf den »vorbildlichen« Einfall, sie zu »verheiraten«. Der alte Korbmacher erklärte sich dazu bereit, nachdem man ihm das zerfallene Häuschen zu schenken versprach, und so wurden die beiden ein Paar.

In dem Hause des Korbmachers verbrachte Frieder die ersten zwei Jahre seines Lebens. Seine Mutter war mit dem beschränkten Ehepaar bald einig geworden. Um eine geringe Summe waren sie willig, das Kind in Pflege zu nehmen. Aber was für eine Pflege war das! In einer alten Kiste machte man ihm ein armseliges Lager zurecht, und dort in seinem Eckchen blieb er sich selbst überlassen, kaum, daß er die nötigste Nahrung erhielt. Elend und verwahrlost vegetierte das Kind dahin. Nie kam es hinaus an Sonne und frische Luft, ganz selten wurde sein armer, kleiner, unterernährter Körper gereinigt, und da die sozialen Verhältnisse der damaligen Zeit in keinem Vergleich zu den heutigen standen, so kümmerte sich niemand um das Kind. Ein Wunder war es, daß es in diesen zwei Jahren nicht zugrunde ging. Das schmerzliche Weinen des kleinen, mißgestalteten Mädchens im alten verbogenen Kinderwagen vermischte sich oft mit dem kläglichen Wimmern des Knaben. Währenddessen saß die geisteskranke

Frau in einem Winkel der verwahrlosten Stube und lallte unverständliche Worte vor sich hin.

Nachdem Frieder zwei Jahre in dieser Atmosphäre zugebracht hatte, trat eine Wendung in sein Leben. Lisas Zustand hatte sich dermaßen verschlechtert, daß man sie in eine Irrenanstalt bringen mußte. Ihr Mann, der Korbmacher, wurde seinem Schicksal überlassen, während die beiden Kinder in einem Kinderheim untergebracht wurden.

Wieder suchte Frieders Mutter, deren Interesse an ihrem Kinde keinesfalls größer geworden war, nach einem neuen Kosthause, wo sie für die günstigsten Bedingungen ihr Kind unterbringen konnte. Monate vergingen, ohne daß sie ein einziges Mal nach ihm gesehen hätte. So wuchs Frieder auf wie ein Blümchen in einem dunklen Winkel, ohne Sonne, ohne Licht. Liebeleer war seine Kindheit, allen im Wege, wurde er von jedem herumgestoßen. Im großen und ganzen kümmerte man sich nicht viel um ihn, und so entwickelte er sich viel langsamer wie andere Kinder. Er wurde fast drei Jahre alt, bis er laufen lernte, und es dauerte noch länger, bis er sprechen konnte. Das Kind machte in jeder Hinsicht einen ungepflegten Eindruck, und doch sehnte es sich schon damals so sehr nach ein wenig Liebe und Wärme. Niemand aber verstand dieses Sehnen. So war es wohl beschlossen, daß dieses kleine Pflänzchen verkümmern sollte . . .

Wirklich, fast schien es so, und doch war das Auge Gottes Tag und Nacht über ihm, auch ohne daß es davon wußte. –

Auf dem Hof eines Waisenhauses war es. Lärmen und Schreien schallte über den Platz. In wildem Spiel tobten Knaben verschiedenen Alters auf dem Hof herum, bis schriller Glockenton zum Wiederbeginn der Schulstunde rief. Stoßend und drängend stürmten die Knaben, je zwei und zwei, die ausgetretenen Treppen hinauf und verteilten sich in den zwei Klassenzimmern. Der Unterricht begann. Die beiden Lehrer schienen nicht viel Freude an ihren Schülern zu haben. Die Kinder saßen größtenteils uninteressiert in den Bänken. Aus schläfrigen Augen blickten sie gelangweilt auf das Pult, von wo aus der Lehrer unterrichtete, oder suchten eine heimliche Beschäftigung unter der Schulbank. Nur einzelne aufgeweckte Knaben beantworteten flink die Fragen des Lehrers. In der Klasse der Elf- bis Vierzehnjährigen schlug der Lehrer soeben zornig mit seinem Stock auf das Katheder.

»Faule Bande«, herrschte er die Kinder an, »ich werde euch eure Feierstunde kürzen, wenn ihr nicht aufmerkt!«

In den vordersten Reihen machte ein größerer Knabe eine halblaute Gegenbemerkung, die von unterdrücktem Kichern der Nächstsitzenden beantwortet wurde. Der Lehrer, darüber in Zorn geratend, sprang von seinem Sitz hoch und stürzte auf die Schüler los, um mit seinem Stock blindlings dreinzuschlagen. In seinem Eifer merkte er nicht, daß sich die Tür geöffnet hatte und der Direktor der Anstalt eingetreten war. Vor sich her hatte er einen schmächtigen, hohlwangigen Knaben in die Klasse geschoben, dessen ungepflegtes Haar ihm wirr um den Kopf und fast bis auf die Schultern herabhing. Sein Anzug war zerrissen, und die Schuhe hatte sicher schon ein Erwachsener ausgeweitet, denn sie hingen dem Knaben wie kleine Kähne an den Füßen. Strümpfe trug er nicht. Mit geducktem Kopf und angstvoll aufgerissenen Augen blickte er auf den noch immer zornig dreinschlagenden Lehrer. Bei jedem Schlag zuckte sein abgemagerter Körper zusammen, als gelte er ihm. Endlich gewahrte der Lehrer den Direktor. Die Schüler waren aufgestanden und schrien dem Leiter der Anstalt ihr »Guten Morgen, Herr Direktor« entgegen.

»Lassen Sie sich nicht stören, Herr Fröhlich, fahren Sie ruhig mit dem Unterricht fort!«

»Man hat seine Last mit der Klasse, Herr Direktor.«

»Schicken Sie mir die Schlingel, die nicht gehorchen, nach der Stunde in mein Arbeitszimmer, ich werde mich dann weiter mit ihnen unterhalten.«

»Jawohl, Herr Direktor.«

Die schon gestraften Kinder entfärbten sich, fingen an zu zittern, und ein Kleinerer unter ihnen begann zu schluchzen. Sie alle fürchteten den Direktor. Er war ein kleiner, korpulenter Herr, der sich zwar für einen großen Pädagogen hielt, der aber keine andere Erziehungsmethode kannte als Strafe, und diese immer, ob gerecht oder ungerecht, anwandte. Die Lehrer hatten bald gemerkt, welches System bei ihrem Vorgesetzten am beliebtesten war, und richteten sich danach, um vor ihm in Gnaden bestehen zu können. Lehrer, die eine andere Meinung hatten, konnten sich in diesem Hause nicht halten.

Die Schüler standen noch immer.

»Sitzen!« donnerte der Direktor sie jetzt an. Lautlose Stille herrschte, als er zu ihnen sprach: »Hier ist ein neuer Schüler, er wird wie ihr hier im Waisenhaus erzogen werden. Nenne dem Lehrer und den Mitschülern deinen Namen!«

Der Knabe bewegte die Lippen, aber niemand konnte ihn verstehen.

»Sprich laut, sprich deutlich!« schrie ihn der Direktor an. »Es versteht keiner ein Wort.«

»Frieder Zöllner«, flüsterte das Kind und hob schon angstvoll die Schultern in Erwartung eines Schlages. Und wirklich klatschte die breite Hand des Direktors ihm mitten ins Gesicht, daß das schmächtige Kind an die Wand taumelte.

»Ich will dich lehren, deinen faulen Mund zu öffnen! Auf der Stelle sagst du uns noch einmal deinen Namen!«

»Frieder Zöllner«, sagte der Knabe. Vor Schmerz und Scham rannen ihm die dicken Tränen über das blasse Gesicht. Der Direktor entfernte sich. Frieder erhielt seinen Platz zugewiesen. Er war einer der Jüngsten der Klasse. Die Schulstunde wurde fortgesetzt. Frieder aber saß gebückt in seiner Bank.

Die mageren Hände fest zusammengepreßt, versuchte er gewaltsam das krampfhafte Schluchzen, das so tief von unten heraufkam, zu unterdrücken. Sein kleines Herz tat ihm so weh, er hätte laut hinausschreien mögen und durfte doch nicht, nur seine Schultern zuckten von Zeit zu Zeit wie im Krampf. Plötzlich stieß der hinter ihm sitzende Knabe ihm die Faust in den Rücken. »Feigling« flüsterte er ihm zu.

Bis zum elften Lebensjahr war Frieder von einem Kosthaus zum andern gewandert, und weil es seiner Mutter darauf ankam, so wenig wie möglich für ihn zu bezahlen, so war die Verpflegung auch danach. Schwere Arbeiten, die weit über seine Kräfte gingen, wurden ihm auferlegt. Selten bekam er genug zu essen. Entbehrung, Frost und Hunger waren seine ständigen Begleiter. Scheu und verschlossen, in steter Furcht vor Strafe, schlich er umher.

Ahnte wohl niemand das tiefe Weh seiner Seele? Wußte niemand von der großen Sehnsucht nach Liebe in seinem kleinen Herzen? Sah niemand die große Gefahr, die lauernd wie ein grimmiges Tier sich seiner noch wenig berührten Kinderseele nahte? Die Bitterkeit! Wie ein Abgrund klafft sie in dem Herzen manch eines Menschen, der eine unverstandene, einsame Kindheit durchlebte ... Muttertränen, die im Verborgenen geweint werden, sind wohl mit brennenden Tropfen zu vergleichen, aber Kindertränen, die aus unverstandenem Herzen emporsteigen, sind nicht minder brennend und werden einst wie eine große Anklage vor Gott, dem Allmächtigen, stehen.

Eines Tages war Frieders Mutter verschwunden. Niemand wußte, wo sie geblieben war. Man nahm an, daß sie sich der Zahlungspflichten für ihr Kind entziehen wollte. Die Pflegeeltern desselben weigerten sich, Frieder auch nur eine einzige Stunde länger zu behalten, und so wurde er ins Waisenhaus gebracht, wo wir seinen Eintritt miterlebten.

Er trug nun wie die andern Kinder die graue Anstaltskleidung. Seine Haare wurden ihm kurz geschoren. In mancher Beziehung ging es ihm jetzt besser als zuvor. Er hatte wenigstens sein geregeltes Leben, hatte, wenn auch ein hartes, so doch sauberes Bett. Schläge war er gewöhnt, so fand er sich bald zurecht in dem Ton des Hauses. Wegen seiner körperlichen Schwäche war er beim Spielen und Turnen nicht gewandt, ja oft recht ungeschickt und mußte sich aus diesem Grund von seinen Kameraden manches gefallen lassen. Aber all ihre Püffe und Schläge waren ihm nicht so schmerzlich wie der Hohn und Spott, mit dem sie ihn zu aller Zeit überhäuften. Vom ersten Tage an war ihm der Spottname »Feigling« geblieben, und die Mitschüler sorgten dafür, daß er oft genug angewandt wurde. So wurde Frieder immer verschlossener und zog sich furchtsam und scheu von den anderen zurück. In den Freistunden drückte er sich einsam in den Ecken herum und sah mit sehnsüchtigen Augen den spielenden Kindern zu. Wie gerne hätte er sich unter sie gemischt, aber er fürchtete ihre rauhe Art, war er doch viel zu schwach, sich gegen sie zu wehren. Hin und wieder forderte ein gutmütiger Kamerad ihn auf, sich an den Spielen zu beteiligen. Doch wenn er es dann schüchtern wagte, höhnten die andern: »Was will der Feigling, der heult ja bei jedem kleinen Windstoß; dich können wir nicht brauchen!« – Und furchtsam schlich Frieder zurück in seinen Winkel. – So stand er immer abseits, und mit der Zeit senkte sich in seine Augen der tiefe Schein einer grenzenlosen Sehnsucht. Er hätte nicht vermocht zu sagen, was ihn quälte – hatte er doch noch nie wirkliche Liebe und Fürsorge kennengelernt – aber er spürte, daß ihm etwas fehlte, und sein kleines Herz verzehrte sich fast in Sehnsucht nach dem, was er nicht einmal mit Namen nennen konnte. –

Die Mahlzeiten im Waisenhaus wurden in einem großen Saal gemeinsam von Knaben und Mädchen eingenommen. Aus dem Mädchenflügel kamen in langer Reihe je zwei und zwei der elternlosen Mädchen und nahmen an langen Tischen gegenüber den Knaben ihre Plätze ein. Keinem der Kinder war ein Übermaß an Körperfülle anzusehen. Die Portionen waren genau bemessen, fast kärglich zu nennen. Des Morgens zum Frühstück gab es dünnen, widerlich schmeckenden schwarzen Kaffee, dazu ein Stück grobes Brot.

Eine Vergünstigung erhielten die Kinder, die Geburtstag hatten. In ihren Becher Kaffee wurden ein paar Tropfen magere Milch gegossen, dazu gab es an Stelle der Brotschnitte ein Wasserbrötchen. Diese Geburtstagszugabe empfanden die Kinder festlich – und der Direktor des Hauses fühlte sich in seinem moralischen Empfinden sehr gehoben ob dieser Einführung.

Am Weihnachtstag war es, am Morgen des Heiligen Abends, wo eine Feier für die Waisenkinder vorbereitet war. Schon am frühen Morgen waren die Kinder voll freudiger Erwartung. Einige fingen an, Erinnerungen aus den Weihnachtstagen, die sie noch im Elternhaus verlebt hatten, auszukramen.

»Als mein Vater und meine Mutter noch lebten, da war

es schön«, erzählte ein Dreizehnjähriger. »Schon Tage vorher war die Tür des guten Zimmers verschlossen. Am Heiligen Abend durften wir auf ein Klingelzeichen hinein – da leuchteten die Lichter am Weihnachtsbaum und wir sangen ein Lied – und dann erhielten wir die Geschenke, – ach, es war so schön!« –

Ehrfurchtsvoll hatten die andern ihn umstanden und seiner Weihnachtsschilderung gelauscht. – Und ein anderer seufzte: »Ach ja, als die Eltern noch lebten.« – Ein ganz ungewöhnliches Schweigen herrschte plötzlich in der sonst immer lärmenden Schar.

Leise, ganz leise waren Erinnerungen durch die Seelen der Buben gezogen und hatten mit zarter Hand die Saiten der Herzen berührt, so daß liebliche Klänge ertönten. Der Dreizehnjährige drehte sich plötzlich mit einem Ruck herum und verließ den Raum, – er schämte sich seiner Tränen.

Abseits von den andern lehnte Frieder am Fenster. Seine Gedanken gingen andere Wege. Er hatte bisher weder Vater- noch Mutterliebe gekannt. In den Familien, wo er gelebt hatte, war wenig Harmonie zu finden, da wurde kein Familiensinn gepflegt. Er erwartete wenig von der Weihnachtsfeier am Abend. Aber etwas anderes bewegte ihn. Er hatte heute Geburtstag, er durfte die Geburtstagszugabe beim Frühstück erwarten: Milch im Kaffee, dazu ein Brötchen.

Einigemal hatte er es miterlebt, daß irgend eins der Kinder Geburtstag auf diese Weise feierte – und wenn er sonst in allem zurückstand, einen Geburtstag hatte er auch wie jeder andere. Sonst hieß es immer: »Ach, geh, du kannst ja nichts, du kannst nicht turnen, nicht springen, nicht boxen, wir können dich nicht brauchen.« In der Schule gehörte er auch nicht zu den Klügsten, und wußte er eine richtige Antwort zu geben, so war er oft viel zu schüchtern, um sich damit hervorzuwagen. Aber nun war etwas vorgekommen, das konnte ihm keiner streitig machen, auch nicht der große Max Kleist, dem es eine Lust war, wann und wo er Frieder fand, ihn zu necken und zu ärgern.

Er hatte Geburtstag heute.

Zwölf Jahre alt wurde er. Zwölf Jahre, und sah nicht größer und älter aus als ein zehnjähriges Kind – und war auch noch ganz Kind in seinem Denken und Handeln.

Geburtstag hatte er heute – und Milch bekam er zum Kaffee und ein Brötchen dazu. Er freute sich darauf wie ein kleiner König.

Die Frühstücksglocke schallte durch das Haus. Die Kinder saßen bald um die langen Tische. Der diensttuende Lehrer rief die Namen der Kinder, die heute ihren Geburtstag feierten. Außer Frieder trat noch ein blondhaariges Mädchen mit seinem Becher nach vorn, um sich seine Geburtstagsmilch zu holen. Stolz erhob Frieder seinen Kopf. Er hatte Geburtstag – das stand fest. – Wie einen kostbaren Schatz trug er den Becher heißen Kaffees, der ein wenig hell gefärbt war, durch die Tischreihen, um auf seinen Platz zu kommen. Da plötzlich stolperte er, – der große, boshafte Max hatte ihm ein Bein gestellt, und sein kostbarer Geburtstagskaffee ergoß sich über seinen Anzug. Ein schadenfrohes Gelächter schallte rings um ihn her – er aber stand da wie ein kleines Kind und weinte bitterlich, während ihm der letzte Rest auf die Füße sickerte.

Der Lehrer wurde aufmerksam: »Na, was gibt's denn da?« fragte er in den Lärm hinein.

»Ach, der ungeschickte Frieder hat seinen Kaffee ausgeleert, und nun steht er da und flennt wie ein Mädel«, antwortete Max.

Ärgerlich schimpfte der Lehrer: »Schäm dich, Frieder, man sollte nicht denken, daß du heute zwölf Jahre alt wirst. Setz dich auf deinen Platz, einen zweiten Becher Kaffee gibt es nicht.«

Gesenkten Hauptes setzte Frieder sich, aber noch immer rannen seine Tränen. Dahin war auch die Geburtstagsfreude.

Ach Frieder, so geht es manchmal im Leben. Während man noch meint, man habe irgend etwas Schönes fest in Händen, da kriegt man von irgend einer Seite einen Stoß, und das, was einem eben noch Glück bedeutete, liegt zerbrochen am Boden.

Während Frieder noch immer versuchte, seiner Tränen Herr zu werden, wurde schon das Zeichen zur Beendigung des Frühstücks gegeben. Die Schüler erhoben sich und verließen den Saal. Frieder saß noch immer wie vernichtet auf seinem Platz. Plötzlich vernahm er ein leises Geräusch neben sich, und als er aufblickte, sah er in zwei mitleidige blaue Augen, die aus einem lieblichen Gesichtchen auf ihn herniedersahen. Das blonde Mädchen, das mit ihm gleichzeitig Geburtstag hatte, stand neben ihm. In ihren erhobenen Händen hielt sie ihren Kaffeebecher.

»Da« sagte sie, »trink, ich habe ihn noch nicht angerührt, ich geb ihn dir gern, weißt du, es macht nichts, wenn ich auch keinen Geburtstagskaffee habe«, – – sie beugte sich dicht zu seinem Ohr, und obwohl sie flüsterte, war es doch wie ein Jubeln in ihrer Stimme, – »es macht nichts, wenn ich auch keinen Geburtstagskaffee habe, denn heute kommt meine Mutter, die holt mich nach Hause.«

Und ehe Frieder noch irgend etwas erwidern konnte, hatte sie sich schon herumgedreht und lief davon, daß ihre langen Zöpfe flogen. – Da saß Frieder und konnte es nicht fassen, daß er nun doch zu seinem Geburtstagskaffee gekommen war. Aber noch viel merkwürdiger und unbegreiflicher war es ihm, daß ihm jemand etwas schenkte. Das war das erstemal in seinem Leben. Und dieses neue Gefühl überwältigte sein armes, kleines Herz. Er konnte es nicht hindern, daß ihm die Tränen in den Becher rollten. Nie vorher aber hatte ihm etwas so köstlich geschmeckt wie dieser Kaffee.

Das blonde Mädchen war eine Halbwaise. Ihr Vater war vor einigen Monaten gestorben und sie war nur so lange im Waisenhaus, wie ihre Mutter, die nach dem Tode ihres Mannes erkrankt war, im Krankenhaus sein mußte.

Am Nachmittag dieses Tages, als die Kinder in ihren Schlafsälen warten mußten, bis es dunkel wurde, und man sie in den Eßsaal zur Weihnachtsfeier rief, stand Frieder wieder am Fenster und blickte traumverloren hinaus. Plötzlich bemerkte er eine einfache Frau am großen Eingangstor des Waisenhauses stehen. Einige Augenblicke später sah er das blonde Mädchen, das ihm ihren Kaffee geopfert hatte, aus dem Haus den Weg entlangstürmen. Er sah, wie die Frau die Arme ausbreitete, wie das Mädchen sich da hineinwarf, – wie die Mutter sich niederbeugte und ihr Kind herzte und küßte, und wie die Kleine mit ihren beiden Ärmchen die Mutter umschlungen hielt, als wollte sie sie nie wieder loslassen.

Da plötzlich ging es wie ein Riß durch Frieders Herz, und zum ersten Male in seinem Leben wußte er, was ihm fehlte: Mutterliebe. –

Als etwas später die große Schar der Kinder um den Lichterbaum versammelt war, – jedes Kind hatte einen Lebkuchen und zwei Äpfel bekommen, – da saß Frieder wie ein Fremder unter ihnen – und sehnte sich fast krank nach seiner Mutter. –

Zwei Jahre später.

Auf einem holprigen Leiterwagen sitzt Frieder neben einem schläfrigen Bauer, der träge die Zügel in der Hand hält, während die beiden braunen Pferde ruhigen Schrittes ihres Weges ziehen.

Es regnet in Strömen. Frieder schaut besorgt auf seinen ihm viel zu großen Konfirmandenanzug. Der Regen wird ihm doch nicht schaden? Auf seinen Knien hält er fürsorglich ein buntkariertes Bündel; sein ganzes Hab und Gut ist darin enthalten!

Ein Werktagsanzug, zwei Hemden, Strümpfe und ein halbes Dutzend große, bunte Schnupftücher. – Wie reich kommt er sich vor. Das gehört ihm nun, – sein unbestrittenes Eigentum. – Der Marktwagen verläßt die Stadt, auf holprigen, ungepflegten Wegen geht es weiter, der Regen hat etwas nachgelassen, dafür setzt ein ziemlich heftiger Wind ein, Wolkenfetzen eilen erregt am Himmel daher. Einige hungrige Raben sitzen schreiend auf den noch unbebauten Äckern. Es ist noch früh im Jahr, kahl und öde liegt das Land, nur von den waldbedeckten Hügeln strömt es aus wie Wärme und Schutz. Der Fuhrmann ist eingeschlafen. Schwer sinkt sein struppiger Kopf auf seine Brust, die Zügel entgleiten seinen Händen – die Pferde aber kennen ihren Weg auch ohne Führung.

Frieder sitzt zusammengesunken auf dem Kutscherbock. Seine Augen blicken in die Ferne; aber er nimmt wenig wahr von der Umgebung. Er durchlebt noch einmal im Geist die letzten Tage, die er im Waisenhaus zugebracht hatte. Zu großen Festlichkeiten war es nicht gekommen, aber feierlich und schön war sie doch gewesen, seine Konfirmation. Da stand er in der Kirche mit den anderen Konfirmanden, und noch jetzt fühlte er die Hand des alten Pfarrers auf seinem Haupt und hört seine Stimme: »Die Wege des Herrn sind richtig, und die Gerechten wandeln darin, aber die Übertreter fallen darin« (Hosea 14, 10).

So lautete sein Konfirmationsspruch.

Von den Wegen des Herrn hatte der Pfarrer oft genug in den Unterrichtsstunden gesprochen – und es den Buben und Mädchen, die nun bald ins Leben hinaustreten sollten, warm ans Herz gelegt, auf diesen Wegen zu wandeln. Die Stunden bei dem alten, väterlichen Geistlichen waren für Frieder Festzeiten gewesen. Der herbe, kalte Ton des Waisenhauses fiel hier weg. Die Worte des Seelsorgers waren einfach und schlicht, so daß selbst Frieder sie verstehen konnte, und wenn er auch nicht oft eine gute Antwort zu geben vermochte, so öffnete er doch sein junges, liebebedürftiges Herz weit und sehnsüchtig dieser Botschaft. Der alte Pfarrer mußte dieses wohl merken. Einmal hatte er Frieders Hand erfaßt und ihm lange und tief in die Augen geschaut und dabei gesagt: »Gott segne dich, mein Junge.«

Frieder wußte nicht, warum ihm plötzlich der Gedanke kam: »Wie eine Mutter, ganz wie eine Mutter...«, er kannte ja keine wirkliche Mutter, aber dann waren ihm die Tränen, die dummen Tränen, die so schnell bei ihm kamen, in die Augen getreten, und er hatte sich verlegen abgewandt.

Ja, von den Wegen Gottes hatte der Pfarrer so oft gesprochen. Frieder wollte gewiß auf diesen, und auf keinen andern gehen. Er war froh, daß die schweren Eisentore des Waisenhauses sich hinter ihm geschlossen hatten. Nie war er hier daheim gewesen; in den drei Jahren seines Dortseins hatte er sich niemandem angeschlossen. Bis zuletzt war er abseits gestanden, immer für sich allein. Aber in seinem Innern hatte er sich seine eigene Welt gebildet und zurechtgezimmert. Und jetzt ging's in die Fremde. Zu einem Kleinbauern im nächsten Dorf sollte er als Knecht kommen.

Wie würde es ihm wohl gehen? O, er wollte schon zur Zufriedenheit seines Meisters arbeiten. Er war ja nun kein kleiner Junge mehr. Stolz blickte er auf seine langen Hosen. Schade, daß seine Stimme noch solch hellen Klang hatte. Die andern großen Knaben im Waisenhaus hatten zum Teil schon Stimmbruch gehabt und waren stolz auf die tiefen Töne, die sie hervorbrachten. Aber das würde bei ihm schon auch noch kommen. Verstohlen einen Blick auf den Fuhrmann werfend, faßte er nach seiner Oberlippe. Nein, mit dem besten Willen konnte er noch nichts von einem Bart entdecken. Aber das war wohl nicht die Hauptsache. Fleißig und brav wollte er sein, dann würde er den Meister schon zufriedenstellen. Er schaute den Wolken am Himmel nach, und plötzlich faltete er, einem innern Impuls folgend, die Hände über seinem Bündel und betete halblaut: »Lieber Gott, hilf mir, auf deinen Wegen zu wandeln.«

Da war der Fuhrmann aufgewacht.

»Was hast du gesagt?« fragte er.

Frieder aber wurde rot und wagte nicht zu sagen, daß er eben ein Gebet gesprochen hatte. Der aus seinem Schlaf jäh erwachte Kutscher brummte verdrießlich: »Es geht dir wohl nicht schnell genug, bis wir da sind?«

Aber nun dauerte es auch gar nicht mehr lange, da sah man schon den Kirchturm des Dorfes, und bald fuhr der Wagen durch die breite Dorfstraße. Es war ein freundliches Dorf. Vor den sauberen Häusern standen alte Lindenbäume, darunter grün gestrichene Bänke. Es mußte im Sommer schön sein hier.

Plötzlich hielt der Wagen. »So, jetzt gehst du da rechts hinunter. In zehn Minuten bist du beim Geierfritz«, belehrte ihn der Fuhrmann. Frieder nahm sein Bündel, drückte seinen Hut in die Stirn und sprang vom Wagen.

»Ich dank auch schön.«

»Ja, ist schon recht«, und schon fuhr der Wagen weiter. Frieder aber stapfte tapfer drauflos, hinein ins Leben. Bald stand er vor dem kleinen, aber blitzsauberen sächsischen Bauernhaus. Ein Spitz kläffte ihm wütend entgegen. Ängstlich ging Frieder einige Schritte rückwärts, bis ein Pfiff den Hund zurückrief. Als er zögernd in den Hof trat, öffnete sich die Tür und ein noch ziemlich junger, aber groß und kräftig gewachsener Mann trat aus dem Haus.

»Na, wo willst du denn hin?« fragte er.

»Zum Bauer Geier«, antwortete der Junge etwas zaghaft.

»Ah, da bist du wohl der neue Knecht?«

Frieder reckte sich so hoch er konnte: »Ja, der bin ich.« Der Mann lächelte. Freundlich aber lud er Frieder ein, ins Haus zu kommen. Er trat mit ihm in eine große helle Stube, in der eine junge blonde Frau nähend am Fenster saß.

»Schau, Hanna«, rief er, »hier ist unser neues Knechtlein. Komm, Frieder, so heißt du doch wohl, tritt nur ein.«

Frieder war schüchtern an der Türe stehengeblieben.

»O großer Gott«, rief die Frau und schlug die Hände zusammen, »dieses blasse, schmächtige Kerlchen, ein Knecht?«

Frieder wurde blutrot, aber bald merkte er, daß die Bäuerin es gut und freundlich meinte.

»O weh, o weh«, fuhr sie fort, »da sieht man, wie so ein Armes im Waisenhaus verpflegt wird.« Sie drückte ein zweijähriges Bübchen, das neben ihr auf der Erde spielte, leidenschaftlich an sich. »Daß es nur dir nicht einmal so geht, mein Goldschatz.« Dann aber sprang sie auf.

»Da red' ich nun, ich geschwätziges Weib, dabei steht das arme Bürschlein da, verfroren und hungrig. – Ich will ihm doch rasch was Warmes zu essen richten«, – und sie eilte in die Küche. Vorher aber winkte sie den noch immer schweigenden Frieder an eine Wiege heran, wo ein liebliches Kind in den Kissen lag und schlief.

»Das ist unser Töchterchen, unser Kleines«, flüsterte die

Mutter, »vier Wochen ist's grade alt.« Ein Leuchten ging über ihr Gesicht, dann aber verschwand sie endgültig in der Küche.

Als Frieder am Abend in seinem Bett lag, – er teilte die einfache Stube mit einem alten, schwerhörigen Knecht, dem einzigen, der auf dem Gehöft war –, da faltete er seine Hände noch einmal; aber man hörte kein Wort von seinen Lippen kommen. Sein Herz war ja so voll. Was hatte er heute alles erlebt. Und wie gut, o wie gut hatte er's getroffen!

Der Bauer hatte ihn in der ganzen Wirtschaft umhergeführt. Voll Stolz hatte er ihm den Stall mit den sechs Kühen und zwei Pferden gezeigt. Die Schweine, die Hühner, alles mußte Frieder sehen; und gar nicht wie ein Kind hatte ihn der Bauer behandelt, und doch war er so freundlich, so väterlich gewesen, ohne viel Worte zu machen. Aber Frieder war ja keine Freundlichkeit gewöhnt, und so tat ihm diese Art so wohl. – Und die Bäuerin! – Wie hatte sie ihm immer wieder die Tasse vollgeschenkt mit guter, süßer Milch. »Trink, Junge, trink, du mußt dicke, rote Backen bekommen.«

Und der kleine, zweijährige Hans hatte sein Patschhändchen zutraulich in Frieders Hand geschoben und ihm eine Menge erzählt, wovon Frieder zwar kein Wort verstand, aber er war doch schon gut Freund mit dem kleinen Kerl geworden. – Nun lag Frieder da, in seinem sauberen Bett, in den rot und weiß gewürfelten Kissen. Der alte Knecht schnarchte schon lange. Frieder aber konnte nicht einschlafen. Zum ersten Male in seinem Leben war er wirklich glücklich.

Das war sicher Gottes Weg, der jetzt anfing.

Ein reges, frohes Schaffen begann für den Jungen. Es hieß morgens früh heraus und dann gab's den ganzen Tag zu tun im Stall, auf dem Hof, im Haus und bald auch auf den Äckern. Das Land wurde bearbeitet und für die Saat vorbereitet. Da hieß es: Augen und Ohren auf! Für Frieder, der klein und schmächtig war, bedeutete es oft eine große Anstrengung; aber tapfer hielt er sich dazu – und unendlich froh machte es ihn, wenn der sonst wortkarge Bauer ihm ein Wort des Lobes gönnte.

Ja, überhaupt der Bauer! Das war einer! – Wie ruhig und sicher ging der seinen Weg. Nie hörte man ihn fluchen oder schimpfen, stets gleichmäßig ging er mit seinen Leuten um.

Jeden Morgen sammelte er seine kleine Hausgemeinde in der großen Stube um sich, und während die Bäuerin, Grete, die alte Magd, die schon zu Kindeszeiten der Bäuerin auf dem Hofe gewesen war, der schwerhörige Knecht und Frieder um den großen, eichenen Tisch saßen, las er mit lauter, deutlicher Stimme, damit es auch der Knecht verstehen konnte, ein Kapitel aus der Bibel vor. Der kleine dicke Hans saß derweil auf dem Schoß der Mutter und hatte ganz ernsthaft die Händchen zusammengelegt.

Selbst die Wiege, in der das Kleinste lag, war an den Tisch gezogen, als ob niemand bei der Andacht fehlen dürfe.

Zuerst hatte Frieder bänglich umhergeschaut. Wie paßte so etwas Feierliches in den Alltag mit seiner vielen Arbeit? War nicht der Sonntag da für die Kirche und Gottes Wort? Jetzt aber war ihm diese Morgenandacht etwas so Liebes, – es schien ihm, als sei es unmöglich, mürrisch und unzufrieden an die Arbeit zu gehen, wenn der Bauer vorher so schön gebetet hatte. Ja, der Bauer! Der ging ganz sicher auf Gottes Wegen.

Eines Abends hörte Frieder unfreiwillig ein Gespräch mit an. Er saß in der großen Stube. Das Abendessen war beendet. Die Magd war dabei, in der Küche das Geschirr zu waschen, der alte Knecht war schon zur Ruhe gegangen und auch Frieder hatte den Bauersleuten »gute Nacht« gesagt. Als er aber das Zimmer verlassen wollte, fiel sein Blick auf einen bunten Kalender. Er schlug ihn auf und einige Bilder darin fesselten ihn so, daß er sich noch einmal gemütlich auf die Ofenbank setzte und sich in das Heft vertiefte. Nebenan lag die Schlafstube der Bauersleute. Die junge Frau hatte gerade nach den schlafenden Kindern gesehen. Der Bauer war ihr gefolgt. Sie hatten wohl schon eine Weile miteinander gesprochen, ohne daß Frieder irgendwie darauf geachtet hatte. Plötzlich hörte er seinen Namen nennen. Er hob den Kopf und sah, daß die Türe zum Nebenraum nur angelehnt war, und er hörte die beiden sprechen. »Nun ist der Bub, der Frieder, schon ein halbes Jahr da, aber er macht sich wirklich, das muß ich sagen.«

»So, das freut mich aber recht, daß du mit ihm zufrieden bist. Mir war's immer angst, er könnte dir keine große Hilfe sein, weil er doch gar so schmächtig ist.«

»Nun ja, Frau, – er leistet natürlich nicht das, was man von einem ausgewachsenen Knecht billig erwartet; aber fleißig ist er und willig, er tut, was er einem von den Augen absehen kann.«

»Ja, das tut er. Sogar in der Küche will er helfen – und du solltest nur sehen, wie gut er mit den Kindern ist. Der Hansel ist ganz närrisch auf ihn, und selbst die Kleine lacht und kreischt vor Vergnügen, wenn sie ihn sieht. Wenn er nur auch ein bißchen kräftiger werden wollte; – aber es schlägt nichts an bei ihm.«

»Na, na, Mutter, nun mach's nicht gar so arg. Ich finde, er hat schon recht runde Backen bekommen, und einen guten Appetit bringt er gewöhnlich auch vom Feld mit heim. Du kannst auch nicht verlangen, daß so ein Waisenhäusler sich gleich mästen läßt wie deine Gänse. Aber alles was recht ist, fleißig und zuverlässig ist er, wie nur einer, an mir soll's nicht liegen, der kann Jahre hier auf dem Hofe bleiben. Wenn er so bleibt, schick ich ihn mal nicht weg.«

Dann war das Gespräch verstummt.

Frieder saß da, sein Herz klopfte laut, und bis unter die Haarwurzeln war er blutrot geworden. Jetzt stand er leise auf und ging auf Zehenspitzen hinaus. Die Tür zog er behutsam hinter sich zu. Es durfte um alles niemand merken, daß er gelauscht hatte. Als er aber draußen im halbdunklen Hausflur stand, konnte er nicht anders, er warf die Arme in die Luft und machte drei, viermal einen Luftsprung, daß es im ganzen Haus dröhnte. Er merkte gar nicht, daß die Magd in der offenen Küchentüre stand und ihm zuschaute. Als sie ihn aber anrief: »Hast du deinen Verstand verloren?« und sich dabei vielsagend an die Stirne faßte, da lief er beschämt davon.

Wohin nun? Er mußte in seiner Freude etwas unternehmen. Also heraus aus dem Haus. Ein sternklarer, herrlicher Sommerabend war es. Der Mond sandte märchenhaftes Licht auf den alten gemütlichen Bauernhof. Bäume und Sträucher – und hinten die Hügel des Erzgebirges hoben sich wie Silhouetten vom Himmel ab. Silberhell plätscherte das klare Wasser aus dem alten hölzernen Brunnen vor dem Haus. Frieder setzte sich auf den Brunnenrand und schaute hinauf zu den Sternen. Er merkte nicht, daß das Wasser über seine Hand in den Ärmel lief, – – was hatte der Bauer gesagt?

»Wenn er so bleibt, schick ich ihn mal nicht fort.« –

Er durfte hier bleiben? Er hatte mit einem Male eine Heimat? Er wurde nicht weiter wie bisher herumgestoßen? O, er hätte alles umarmen mögen, den Brunnen, den Gartenzaun, das liebe alte Haus mit dem tief herabhängenden Dach, welches wie eine warme Mütze das Haus bedeckte, die Scheune, den Stall, – wo sollte er nur hin mit dem Übermaß seiner Freude? ... Nicht mehr heimatlos sein, – zu Hause, zu Hause ... Er sprang auf, es ging nicht mehr, er mußte sein Glück jemand mitteilen. Zum Stall eilte er. Licht brauchte er nicht. Er fand sich gut im Dunklen zurecht. Da stand die braune Liese, sein Lieblingspferd. Es kannte ihn schon und wieherte freudig. Frieder schlang beide Arme um den Hals des klugen Tieres, lehnte seine Wange an dessen Kopf und flüsterte: »Du, ich darf hierbleiben, ich brauch nicht mehr fort.«

Und plötzlich drückte er einen Kuß auf die Nase des Pferdes, dann aber schämte er sich dieses Tuns und schlich auf Zehenspitzen aus dem Stall, hinauf in seine Kammer.

Auch heute ließ ihn das Glück lange nicht zur Ruhe kommen. Bei all der Freude und all dem Angenehmen der letzten Monate war er nie eine geheime Angst losgeworden, daß es ganz plötzlich ein Ende haben könnte, daß er wieder hinaus müßte in die Kälte, in die Härte, in die Lieblosigkeit, die bisher sein Leben so bitter gestaltet hatten. Oft hatten seine Augen flehend, ja angstvoll an dem Gesicht des Bauern gehangen wie in stummer Bitte: »Schick mich nicht wieder fort, laß mich hier, wo ich es zum ersten Mal in meinem Leben ein wenig gut habe.«

Und heute hatte er die Bestätigung erhalten, daß all sein Mühen, seine Anstrengung, sein Fleiß nicht vergeblich war. Der Bauer hatte es gemerkt. Er war zufrieden mit ihm.

Es war gut, daß der alte Knecht so schwerhörig war. In dieser Nacht wäre er sonst reichlich gestört worden. Selbst im Traum bewegte das Erlebte den Jungen. – Was flüsterte er eben vor sich hin? »Ich darf hierbleiben, ich werde nicht fortgeschickt!«

Frieders Eifer ließ nicht nach. Wenn möglich, strengte er sich nach diesem Tag noch mehr an wie vorher. Mit einer Lust ging er an seine Arbeit, daß der Bauer oft vor sich hin schmunzelte: »Nun schau mir einer den kleinen Kerl an, der leistet doch schon allerhand.«

Schön waren dann die Sonntage nach solch arbeitsreichen Wochen. Am Morgen ging, wer abkommen konnte, in die Kirche; am Nachmittag machte man einen kleinen Spaziergang durch die Felder oder saß gemütlich auf der Bank vor dem Hause. Alle nahmen teil an solchen Feierstunden. Alle gehörten zur Familie.

Der Bauer saß mit seiner Frau auf der Bank unter dem großen Birnbaum, er rauchte sein Pfeifchen, und sie scherzte mit ihrem Töchterchen, das nun schon die ersten Gehversuche machte. Grete, die Magd, saß im Garten und las in der Bibel oder im Kalender. Wilhelm, der Knecht, spielte Sonntag nachmittags mit einer nicht zu hemmenden Leidenschaft Ziehharmonika. Dabei war er so unmusikalisch wie der Spitz, der seine unmelodischen Töne mit langgezogenem, jammervollem Heulen begleitete. –

Die junge Frau rang oft die Hände: »Ich bitte dich, Mann, das ist ja nicht zum Aushalten, es wird einem ganz übel davon.«

Er aber lachte aus vollem Halse, und während er gemütlich Rauchwolken in die Luft blies, antwortete er: »Laß ihm doch die Sonntagsfreude, es gehört bei ihm nun einmal zu einem Festtag.«

Wenn es aber gar zu schlimm wurde, winkte er dem alten Knecht und forderte ihn auf, mit ihm zu kommen, daß sie sähen, wie die Kartoffeln oder der Weizen stände.

Wenn sie dann außer Sicht waren, rief die Bäuerin: »Frieder, schnell, trag den Jammerkasten ins Haus, daß der Wilhelm nachher nicht wieder anfängt zu spielen, und versteck ihn ja gut, daß er ihn so schnell nicht mehr findet.« Aber Wilhelm fand ihn jedesmal, und am nächsten Sonntag saß er eben wieder vor dem Haus und musizierte auf seine Art.

So ging die Zeit dahin. Wieder war es ein Sonntagnachmittag. Frieder saß auf einem Baumstamm und schnitzte an einer Flöte für den kleinen Hans, der sein unzertrennlicher Freund geworden war. Frieder spielte mit ihm, trug ihn auf seinen Schultern und pflückte ihm die kleinen Hände voll Blumen; er hob ihn hoch zu den Obstbäumen, daß der kleine Kerl sich selbst die reifen Früchte pflücken konnte, kurz, seine freie Zeit gehörte fast ausschließlich dem Söhnchen seines Dienstherrn, und dieser war sich seiner Würde schon bewußt und kommandierte seinen Untergebenen hin und her.

Heute wollte er eine Flöte geschnitzt haben. »Aber eine richtige«, betonte er.

Der Bauer hatte mit Wilhelm einen Gang durch die Felder unternommen, und Grete hatte sich in die Küche begeben, um einen guten Sonntagskaffee zu kochen.

Die Bäuerin saß mit der kleinen Erna auf dem Schoß auf der Bank vor dem Haus. Das Kind spielte still mit einer Puppe, während die Mutter das Tun Frieders und ihres Buben betrachtete.

Plötzlich rief sie: »Aber Hansel, nun laß den Frieder mal in Ruh. Du quälst ihn ja direkt mit deinen vielen Wünschen.«

»Nein«, begehrte der Kleine auf, »Hans will eine Flöte, Frieder macht eine.«

Die Flöte war auch gerade fertig geworden. Jubelnd sprang das Bübchen in die Höhe, als Frieder dem kleinen Instrument wirklich einige Töne entlockte.

Nun hatte Hans seine Flöte und war einige Augenblicke zufrieden. Frieder betrachtete ihn lachend, wie er sich bemühte, auch zu blasen. Da rief ihn die Bäuerin zu sich:

»Frieder, sag, hast du denn gar kein Verlangen, einmal ins Dorf zu gehen?«

Er war aufgestanden und trat zu der Frau.

»Schau, da sind doch auch andere Burschen in deinem Alter. Du könntest dich doch am Sonntagnachmittag mit ihnen vergnügen.«

Bei ihren Worten hatte Frieder den Blick ängstlich zu ihr erhoben. »Muß ich?« fragte er.

»Ob du mußt? – Nein, was bist du für ein merkwürdiger Junge.« Sie schüttelte den Kopf. »Kein Mensch sagt, daß du mußt, aber so ein Bursche sehnt sich doch auch einmal unter andere Jugend.«

Frieder blickte träumerisch in die Ferne. Bilder aus seiner Vergangenheit stiegen in ihm auf. Endlich erwiderte er: »Sie sind alle so anders als ich, ach nein, ich will nicht zu ihnen, laßt mich lieber hier; bei euch ist's so – so« – er suchte nach Worten –, »ihr seid so, – wie – eine Mutter.«

Die Bäuerin lachte: »Dummer Bub, ich bin doch auch eine Mutter.« Sie drückte ihr kleines Mädchen an sich und schaute dem kleinen Hans, der sich seit einer Weile mit seiner Flöte in den Händen an ihre Knie lehnte, innig in die Augen: »Gell, ihr beiden, ich bin doch eure Mutter? Wie soll's denn auch anders sein! Und«, sie senkte ihr Haupt auf die Kleine in ihrem Arm, »wenn dann bald noch unser ganz Kleines da sein wird, das wird erst eine Freude sein!«

Frieder sah zu ihr auf. Ehrfurcht und Staunen lag in seinem Blick.

Plötzlich faßte die Bäuerin Frieders Hand: »Hast du deine Mutter nie gekannt?« fragte sie in warmem Ton.

Frieder schluckt ein paarmal: »Ich habe sie einigemal gesehen, als ich noch in Kost war, aber nun schon mehr als acht Jahre nicht.«

»Lebt sie denn noch?«

»Ich weiß gar nichts von ihr.«

Wie traurig Frieders Stimme klang. Der jungen Frau Herz wurde voller Mitleid: »Armer Junge«, sagte sie. – Als sie am Abend mit ihrem Mann zur Ruhe ging, erzählte sie ihm von diesem Gespräch.

»Du mußt dich unbedingt erkundigen, ob seine Mutter noch lebt«, ereiferte sie sich, »ich glaube, der Junge sehnt sich nach ihr.«

»Kleine Mutter«, lächelte der Bauer, »ja, ja, ich will es tun.« –

Es war, als ob in Frieders Herz an jenem Sonntag eine Glocke getönt hatte, deren Klang er in früheren Zeiten dann und wann schon leise zu vernehmen glaubte: »Mutter.« Er erinnerte sich plötzlich wieder an das Erlebnis im Waisenhaus, an seinen Geburtstag und an den verschütteten Geburtstagskaffee. Ach, richtig, das blonde Mädchen hatte an jenem Tag seine Mutter erwartet – in der Freude ihres Herzens war sie gekommen, ihn zu trösten. Und was war das für ein Wiedersehen gewesen, als die Mutter kam, um ihr Kind nach Hause zu holen.

Richtig, damals hatte er sich so sehr nach seiner Mutter gesehnt. Oft hatte er sich ausgemalt, wie es sein müsse, wenn sie plötzlich käme, um ihren Jungen zu holen. Warum kam sie nicht? Manchmal, wenn die andern Knaben im Waisenhaus längst den festen Schlaf der Jugend schliefen, lag Frieder wach und starrte mit weitgeöffneten Augen in die Dunkelheit. Seine Seele aber machte sich auf und suchte die Mutter.

»Mutter, wo bist du? – Weißt du nicht, daß du ein Kind hast, ein schmächtiges, blasses Kind, das in heißer Sehnsucht nach dir ruft? – Hast du mich denn ganz vergessen, Mutter? Kommst du nie und breitest deine Arme aus, daß dein liebehungriges Kind seinen Kopf an dein Herz legen kann? Mutter, Mutter, wo bist du?« Immer und immer wieder war sie über ihn gekommen, diese Sehnsucht – und nun hatte die Bäuerin wieder daran gerührt, und die Glocke im Herzen des Jungen fing an zu klingen. Acht Jahre hatte er seine Mutter nicht mehr gesehen, und vorher nur so kurz und flüchtig, daß er sich nur ganz schwach erinnern konnte, wie sie aussah. Er versuchte nun, sich selbst ein Bild von ihr zu machen – und unwillkürlich gestaltete es sich ähnlich wie ihm die Bäuerin erschien, – oder nein, sah sie so aus wie die Mutter des kleinen Mädchens im Waisenhaus? Es war ein Zusammenschmelzen dieser beiden Frauengestalten, die ihm in seinem Leben als Mütter begegnet waren. –

So sah er von nun an das Bild seiner Mutter vor sich. Und die Sehnsucht in seinem Herzen wurde immer größer.

Er fing an, sie vor sich selbst zu entschuldigen. »Sie kommt sicher nicht zu mir, weil sie arm ist, sie hat vielleicht selber nicht das Nötigste zum Leben, oder sie ist vielleicht krank und liegt irgendwo in einem Krankenhaus. Ganz sicher denkt sie oft an mich, und sehnt sich nach mir – o wenn ich doch wüßte, wo sie ist – wenn sie nur nicht etwa gestorben ist. O lieber Gott, laß sie nicht gestorben sein!«

Und Frieder fing an, seine Mutter zu lieben, seine Mutter, die er nicht kannte. Er sprach aber nie zu jemand von dieser Sehnsucht. Nur wenn er die Bäuerin ihre Kinder herzen sah, dann wäre er oft am liebsten zu ihr gegangen und hätte gesagt: »Ich habe auch eine Mutter.« Weil das Bild seiner Mutter, wie er es sich malte, Ähnlichkeit mit der Bäuerin hatte, so liebte er in dieser Frau seine Mutter. Er war glücklich, wenn er etwas für sie tun konnte, besonders jetzt, wo die schwere Arbeit ihr mühsam wurde. Er sprang herzu, wenn sie vom Brunnen die schweren Kübel mit Wasser hob und nahm sie ihr ab, – und in seinen Augen war ein so tiefer inniger Schein, daß die Bäuerin oft ganz erstaunt war.

Eines Nachts wachte Frieder auf und hörte unruhiges Hin- und Herlaufen im Hause; es wurden Türen geschlagen, und er hörte die Stimme des Bauern und auch eine fremde Stimme. Als er sich aber verwundert nach dem Grund fragen wollte, war er schon wieder eingeschlafen. Er war so müde. Es hatte viel Arbeit gegeben.

Am nächsten Morgen stand er in aller Frühe am Brunnen und ließ den frischen Wasserstrahl über Kopf und Hals laufen. Als er aufblickte, sah er den Bauern vor der Haustüre stehen. Wie sah er nur heute aus? So festlich kam er Frieder vor.

Wie er sich noch besann, rief der Bauer ihn heran: »Du, Frieder, komm mal mit, ich will dir was Feines zeigen!« Ehe der Junge noch antworten konnte, hatte sein Herr ihn gepackt und zog ihn ins Haus hinein. – Nanu, was sollte Frieder in dessen Schlafstube? – Der Bauer gab ihm einen gelinden Stoß, so daß er beinahe über die Schwelle gestolpert wäre.

Verlegen blieb Frieder an der Tür stehen. Da lag die Bäuerin im Bett und lächelte so innig, so unbeschreiblich froh. In ihren Armen aber lag ein winzig kleines, krebsrotes Menschlein.

»Na, geh nur näher ran«, ermutigte der Bauer den Jungen. »Was sagst du dazu? Ein Bub ist's, ein Sohn, ein Prachtkerl, das gibt mal einen tüchtigen Bauern.«

Frieder schaute seinen Herrn verwundert an. Der war ja ganz aus dem Häuschen – und die Bäuerin – die sah – ja wahrhaftig, die sah fast so aus wie die Maria auf dem schönen, bunten Bild in der Wohnstube, wo sie mit dem Jesuskind im Stall zu Bethlehem war und der Joseph auf beide herniederblickte. – Tatsächlich, so sah die Bäuerin aus.

»Ja, siehst du, Frieder«, sagte sie jetzt, »das ist nun unser allerkleinstes. Ist das nicht eine Freude? Schau, das ist doch das Aller-allerschönste für eine Mutter, wenn sie so ihr Kindlein an ihr Herz drücken darf. Das ist ein Stück von ihr selbst, das hat sie unendlich lieb, das kleine, liebe Menschenkindlein – dafür ist sie bereit, ihr Leben zu lassen, es ist halt ihr Kind.«

In seliger Mutterfreude hatte sie gesprochen – und Frieder stand da und wagte kaum zu atmen, es war ihm, als stände er in einer Kirche, als höre er eine Predigt, er merkte gar nicht, daß er seine Hände gefaltet hatte. Als er dann das Zimmer wieder verließ, tat er es auf Zehenspitzen, und als er die Türe behutsam schloß, seufzte er laut: »O Mutter!«

Der Bauer aber war schon vorher wie ein Bub aus dem Zimmer gerannt, hatte Wilhelm, den Knecht, gesucht und schrie ihm in die tauben Ohren: »Wilhelm, du kannst heute eine ganze Stunde lang Ziehharmonika spielen!«

Der Alte sah ihn verständnislos an: »Es ist heut' doch nicht Sonntag.«

»Nein«, schrie der Bauer zurück, »aber wir haben einen Jungen gekriegt; also spiel drauf los, nur geh hinters Haus, daß es die Frau nicht hört!«

Einige Wochen später rief der Bauer Frieder zu sich. »Hör mal, Junge, ich habe dir etwas zu sagen. – Ich habe mich erkundigt, – deine Mutter lebt noch und wohnt in Talheim. Am nächsten Sonntag gehst du mal zu ihr.«

Kurz und bündig hatte der Bauer gesprochen und verließ darauf die Stube. Frieder aber stand wie angewurzelt.

Am Sonntag! – Zu seiner Mutter! – Zur Mutter? – Er konnte es nicht fassen. Sollte es Wirklichkeit sein? In Talheim war man in drei Stunden! Den Weg würde er gut finden. – Aber war es denn Wahrheit? – Er durfte zu seiner Mutter? – Sie lebte? – Wie würde er sie finden? – –

O er mußte ihr etwas mitbringen. Und heute war es erst Dienstag. Wie furchtbar lang war doch eine Woche. –

Noch immer stand er da und zählte wahrhaftig an seinen Fingern die Tage bis zum Sonntag: »Mittwoch – Donnerstag – Freitag.« Da kam die Bäuerin herein. Er stürzte ihr fast entgegen: »Ich darf zu meiner Mutter, am Sonntag – zu meiner Mutter!«

Sie streichelte ihm über das erhitzte Gesicht: »Ich weiß es schon, Frieder, und ich freue mich mit dir.« –

In den kommenden Tagen malte er sich immer aus, was er ihr mitbringen sollte. Er bekam ja jede Woche ein paar Pfennige Taschengeld. Das hatte er sich alles erspart – es war ein ganz nettes Sümmchen geworden; dafür konnte man schon etwas kaufen. Ein schönes, buntes Tuch oder eine Schürze? – Aber nein, sie war ja vielleicht krank, – dann brachte er am besten eine Flasche Wein. – Er verwarf auch das wieder. Nichts war ihm schön genug für die Mutter. Endlich entschied er sich dafür, ihr das Geld, alles, was er sich erspart hatte, zu bringen. Sie sollte sich dann selbst kaufen, was sie wollte. O wie würde sie sich freuen! Vielleicht würde sie vor Freude weinen. Die Grete, die Magd, hatte damals auch vor Freude geweint, als die Bäuerin den kleinen Jungen bekommen hatte. Frieder hatte erst gemeint, sie habe Zahnweh, und wollte sie trösten, da hatte sie ihn halb lachend, halb weinend angefahren: »Du bist ja blöd, ich heul' doch vor Freud'.« Ja sicher, die Mutter würde auch vor Freude weinen, er aber wollte sie dann trösten und sagen: »Mutter, weine nicht, ich sorge von jetzt an für dich, du sollst es jetzt gut haben, all mein erarbeitetes Geld bringe ich dir.« O wie malte er sich alles aus. –

Endlich war der Sonntag gekommen. Das ganze Haus

nahm teil an Frieders großem Erlebnis. Die Bäuerin hatte ihm ein Säcklein mit Mehl, geräuchertem Fleisch und gedörrtem Obst für seine Mutter gegeben. Der Bauer schüttelte ihm zum Abschied die Hand, als ob er eine Weltreise machen sollte, und beschrieb ihm noch einmal genau den Weg. »Und komm dann auch wieder heim«, sagte er, »du kannst ja dann öfters zu deiner Mutter gehen, aber komm heut' nicht zu spät zurück.«

Grete winkte ihm mit dem Schürzenzipfel nach, und Wilhelm hatte ihm schon ein paar Tage vorher versprochen, daß er spielen werde: »Nun ade, du mein lieb Heimatland« – aber kein Mensch konnte die Melodie herausfinden.

Hansel, mit dem kleinen Schwesterlein an der Hand, begleitete den scheidenden Frieder ein Stück – er selber aber kam sich unendlich wichtig vor. Drei-, viermal drehte er sich um, nahm seinen Hut ab und winkte zurück. – Jetzt war es so weit – er ging zur Mutter, zu seiner Mutter. –

Was sind drei Stunden Weg für einen lebensfrohen jungen Burschen? Herrlich war der Weg – an prächtigen Weizen- und Kornfeldern ging's vorüber; Frieder prüfte alles mit Kennerblick. Dort drüben lag der Fischweiher. Man erzählte allerlei Schauergeschichten von ihm. Es sollte sich dort ein junges Paar ertränkt haben. Dort lag das Gut des alten, geizigen Baron. Frieder schritt leichtfüßig vorbei. Was kümmerte ihn der Baron und sein Reichtum? Nun ging's hinein in den kühlen, herrlichen Fichtenwald. O diese erzgebirgischen Wälder: diese Ruhe, diese Harmonie, die von ihnen ausgeht! – Der Weg stieg jetzt merklich an, Frieder verlangsamte den Schritt; am liebsten wäre er gerannt, nein geflogen – er konnte es kaum erwarten, bis er zu seiner Mutter kam. Ob sie wohl ahnte, daß ihr Sohn kam? Immer höher stieg er den Berg hinan. Nun führte ein gerader, schöner Weg oben auf der Höhe des waldigen Hügels Talheim zu. Er mochte zwei Stunden gegangen sein, als er heftigen Durst verspürte. Richtig, hier oben, mitten im Wald, war ein Wirtshaus, da könnte man einkehren und sich erfrischen. –

Er zögerte ein wenig, nein, er wollte durchhalten, sonst kam er noch zu spät zur Mutter – und das Geld gehörte ihr, ihr ganz allein. Er wollte nichts davon ausgeben. Die eine Stunde würde er schon noch aushalten. Und die Mutter würde sicher einen guten Kaffee kochen. Frieder macht einen Luftsprung vor Freude. – Sein Schritt beschleunigte sich wieder. Bald hatte er's geschafft. – Vor Talheim stand er noch einmal still, wischte sich mit seinem roten Taschentuch den Schweiß von der Stirn und den Staub von seinem Anzug, dann ging's weiter. Gleich im ersten Haus fragte er nach seiner Mutter. »Marie Zöllner?« wiederholte fragend die von ihm angeredete Frau. »Ja, richtig, die wohnt seit einigen Jahren hier und geht in die Strumpffabrik. Du willst wissen, wo sie wohnt?« Umständlich beschrieb sie ihm den Weg. Als sie ihn aber neugierig nach seinem Woher und Wohin fragen wollte, da lief er schon eilig weiter, er wollte keine Zeit verlieren. Unterwegs mußte er noch einmal nach dem Weg fragen, aber dann fand er doch die Straße. Dort hinten, am äußersten Ende, das mußte das Haus sein, da mußte sie wohnen. Standen dort nicht zwei Frauen? – Und plötzlich überfiel den armen Frieder wieder seine alte Schüchternheit. Wo waren all seine Pläne und Vorsätze? – Was sollte er sagen und wie sein Kommen erklären? – Vielleicht kannte die Mutter ihn gar nicht wieder. Aber nein, nun wollte er nicht mutlos werden, und er brachte ja auch allerlei mit in seinem Säcklein.

Langsam hatte er sich dem letzten Haus genähert. Er konnte nun den beiden Frauen ins Gesicht sehen. Und plötzlich wußte er es genau: die mit den rotblonden Haaren, das war seine Mutter. Allerdings sah sie so ganz anders aus, als wie er sie sich ausgemalt hatte. Aber jetzt redete die andere Frau sie mit »Marie« an. Kein Zweifel, es war seine Mutter.

Frieder trat noch einen Schritt näher. Seine Mutter schaute hoch, sah ihn an – und erkannte ihn. Da konnte Frieder sich nicht mehr halten. Er eilte auf sie zu: »Mutter!« Aber keine Mutterarme öffneten sich, um ihn an ihr Herz zu ziehen, kein Muttermund fand ein Wort des Willkommens.

»Was«, sagte die andere Frau höhnisch, »du hast einen Sohn? Das hast du mir ja gar nicht gesagt!« –

Und da geschah es, daß Frieders Mutter – sie war es wirklich – frech log: »Ich weiß nicht, was der will, ich kenne den Burschen nicht; komm, ich erzähle dir drinnen weiter, was ich dir vorhin sagen wollte.« Und sie drehte dem Jungen den Rücken und ging vor der andern her ins Haus, dessen Türe sie laut krachend zuwarf. –

Da stand er nun, der arme Junge, und rührte sich nicht von der Stelle. Mit weit geöffneten Augen starrte er auf die geschlossene Tür. – Das – das war doch nicht möglich, nein, das war einfach ausgeschlossen. Die Türe mußte sich jeden Augenblick wieder öffnen – und die Mutter mußte herauskommen und sagen: »Komm nur, das war nichts anderes als ein dummer Scherz.« Sicher, sie würde gewiß gleich kommen. – Aber sie kam nicht. Frieder wartete vergebens. Er stand da, gut zehn Minuten, und starrte auf die Tür, bis ihn die Augen schmerzten; aber noch viel, viel mehr schmerzte sein Herz, sein armes, enttäuschtes, liebehungriges Herz – »Mutter – meine Mutter!« –

»Sie kommt nicht«, flüsterte er, und langsam, ganz langsam drehte er sich um, wie im Traum setzte er einen Fuß vor den andern, er merkte selbst nicht, was er tat. Aber auf seinem Angesicht spiegelte sich ein Kampf wieder, ein heißer, schwerer Kampf. Frieder, o Frieder, was geht in dir vor? Was ist das für ein Zug, der sich plötzlich in scharfer Linie um Mund und Augen legt? O weine, schluchze, schreie, aber sei nicht so still, so unheimlich still. Frieder, weine doch, laß deinen Tränen freien Lauf, rufe nach der Mutter, vielleicht hört sie dich, und ihr Herz wird doch noch weich ...

Doch der Junge schweigt, aber das ist ein unheilvolles Schweigen, es ist wie die Stille vor dem Sturm. Er stolpert einige Schritte vorwärts, dann aber bleibt er stehen – und beginnt zu lachen. Aber es ist ein Lachen, das wie Schluchzen tönt, ein Lachen der Verzweiflung, – es ist wie das Lachen eines Irrsinnigen. Plötzlich kehrt er um und läuft einige Schritte zurück – sein Gesicht ist entstellt, die Augen treten aus den Höhlen, die Zähne hat er zusammengebissen, daß sie knirschen. Er reißt mit einem Ruck den Leinenbeutel aus der Hosentasche und schleudert mit voller Wucht sein Geld, all sein erspartes Geld, was er der Mutter bringen wollte, auf die Erde, daß der Stoff zerreißt und einige Geldstücke davonrollen.

»Da hast du's«, schreit er auf, »pfui Teufel, nimm's doch, nimm's doch!« Und er spuckt auf das Geld und schreit auf wie ein verwundetes Tier. Den Sack mit den Lebensmitteln der Bäuerin wirft er auch zur Erde. Mit beiden Füßen stampft er darauf herum, – es ist, als ob er den Verstand verloren hat. Ein Glück, daß die Straße menschenleer ist.

Ganz ermattet hält er endlich inne. Was nun? – Er muß zurück nach Hause.

Ja, Frieder, du hast ein »Zuhause«. Geh hin zu den guten Bauersleuten. Klage ihnen dein Leid, sie werden dich verstehen.

Aber Frieder ist nicht zugänglich. In ihm tobt noch immer ein Sturm, ein Orkan; in seinem Herzen sind alle grünenden Bäume geknickt, und keine Blume der Freude blüht mehr.

Nach Hause? denkt er. Ich habe ja in Wirklichkeit keine Heimat, bin ja nur geduldet.

Ein zweites Mal wendet er sich und geht zurück. Geld und Lebensmittel läßt er liegen. Er ist so matt, so sterbensmüde, daß er umsinken könnte – jetzt macht sich der lange Weg, den er zurückgelegt hat, geltend, und Hunger und Durst quälen ihn. Es wird ihm schwindelig. Schwarze Kreise tanzen vor seinen Augen. Er muß gehen und etwas essen. Aber er hat ja nun kein Geld mehr.

Wieder lacht er auf, ein bitteres, haßerfülltes Lachen. »So dumm, ich habe mich geplagt für das Geld, nichts soll sie davon haben, dieses – dieses Weib! Und er taumelt zurück, liest sein Geld vom Boden auf, wirft den Sack über die Schultern und geht, um ein Wirtshaus zu suchen.

Frieder, denkst du nicht an Gottes Weg? An deinen Vorsatz, keinen, keinen als diesen zu gehen? Aber Frieder sieht und hört nichts, sein Herz ist voll Bitterkeit und Haß, kein Licht scheint auf seinen Pfad.

Eine Stunde später verläßt er das Wirtshaus. Sein Kopf ist glühend heiß, sein Schritt unsicher – in seinen Augen ist ein unheimliches Flackern. Der lange, mühsame Heimweg liegt vor ihm. Heiß brennt die Sonne auf ihn hernieder. Die Landstraße staubig, kein Baum spendet kühlenden Schatten. Auf dem Hinweg hat er das alles nicht bemerkt, jetzt scheint es ihm unerträglich, er murrt und seufzt und verwünscht den Weg, die brennende Sonne, – überhaupt alles, alles, sich selbst nicht zuletzt.

Endlich erreicht er den schattigen Wald. Aufatmend bleibt er stehen. Dicke Schweißtropfen bedecken sein Gesicht. Quälender Durst plagt ihn, – er kann es kaum erwarten, bis er das Waldwirtshaus erreicht, noch hat er ja Geld.

– Bald sitzt er dort an einem Tisch. Einige rohe Fuhrknechte gesellen sich zu ihm. Als sie merken, daß der Bursche nicht ohne Geld ist, haben sie ihn bald eingesponnen, und Frieder, der ohnedies nicht mehr ganz nüchtern ist, und bei dem der ungewohnte Alkohol sofort wirkt, zahlt eine Runde nach der andern.

Er kommt mit den Fuhrleuten in ein lautes Gespräch.

»So, so, Knecht bist du?« sagt einer. »Das ist ein Hundeleben, ausgenutzt wird man von den Bauern, und die Bezahlung für die Schufterei ist miserabel.«

Und sie reden so lange auf den Jungen ein, bis dieser es selbst glaubt. Ja, ja, er wird auch ausgenutzt. Er muß weit über seine Kraft arbeiten – und die Bauersleute sind nur aus dem Grund freundlich zu ihm, weil sie an ihm eine billige Arbeitskraft haben. Aber er ist nicht mehr so dumm. Er wird sich das nicht mehr gefallen lassen, er wird aufmucken und sich wehren.

Und die Trinkgenossen merken, wie er gesprächiger wird, nützen seine Stimmung aus, schüren das Feuer, hetzen ihn auf gegen seinen Dienstherren – und lassen ihn für sie bezahlen.

Es ist Abend geworden. Der Bauer und seine Frau sitzen in der traulichen Stube. Die Kinder schlafen schon. Grete, die Magd, ist noch ins Dorf zu ihrer Base gegangen, und Wilhelm sitzt auf der Ofenbank und ist eingenickt.

»Nun wird der Frieder wohl bald wieder heimkommen«, sagt die Frau.

Der Bauer blickt von seiner Zeitung hoch, schaut auf die Uhr und nickt.

»Was wird der Junge für eine Freude gehabt haben«, fährt nach einer Weile die Bäuerin fort.

»Ja, er war schon einige Tage ganz aus dem Häuschen.« –

»Na, und die Mutter erst, die wird doch überglücklich gewesen sein.« –

Der Bauer hat sich schon wieder in sein Blatt vertieft, aber er nickt doch zustimmend. Die Frau spinnt weiter an ihrem Gedanken. Mütter sind nicht so schnell fertig, wenn es sich um solche Angelegenheit handelt.

»Du, Mann«, sagt sie nach einer ganzen Weile, »ich muß dir mal etwas sagen. Ich hab' ja bis jetzt nichts darüber geredet, aber gefragt habe ich mich allewweil, warum die Mutter sich all die Jahre nicht um den Jungen gekümmert hat. Ich begreife so etwas nicht.«

»Ja, wer weiß, was die Ursache war«, antwortete der Bauer.

Wieder ist's lange Zeit still, dann kommt ein tiefer Seufzer aus der Brust der jungen Frau. »Wenn er nur keine Enttäuschung erlebt.«

»Aber Mutter, was machst du dir nur für unnötige Sorgen.«

»Ich weiß nicht, ich habe so eine bange Ahnung.«

»Ach was, ihr Frauen grübelt zu viel.«

Sie schweigt, aber ihr Herz ist ihr plötzlich unendlich schwer. –

Die Uhr schlägt acht. Wilhelm erhebt sich schwerfällig von der Ofenbank und legt dem Bauer die Bibel hin. Das bedeutet: Ich will ins Bett. – Inzwischen ist Grete auch wiedergekommen. Die Sonntagabend-Andacht kann beginnen.

»Daß der Frieder noch nicht da ist«, meint die Magd.

»So müssen wir diesmal ohne ihn lesen«, antwortet der Bauer und schlägt die Bibel auf. Er liest die Geschichte vom verlorenen Sohn. Als er fertig ist, sieht er, wie seiner Frau Tränen über die Backen laufen. – Wilhelm und Grete haben ihre Kammern aufgesucht. – Da fragt er sie: »Aber Mutter, was hast du denn?«

»Ich weiß es selber nicht«, schluchzt sie, »aber mir ist so bang um den Frieder.«

Da tut er etwas ganz Seltenes. Er legt seinen Arm um ihre Schultern und küßt sie. –

Die Uhr schlägt zehn. –

Sonst liegt um diese Zeit längst alles in tiefem Schlaf. Der Bauer ist nun zum drittenmal vors Haus gegangen und schaut, ob der Junge noch nicht kommt.

Ängstlich besorgt sieht ihm seine Frau entgegen, als er die Stube wieder betritt. »Kommt er noch nicht?«

»Weißt du, was ich glaube«, sagt ihr Mann, »die Mutter hat ihn nicht fortgelassen. Die haben in der Wiedersehensfreude Zeit und alles vergessen. Er wird morgen in aller Frühe kommen.«

»Meinst du?« fragt die Frau etwas ungläubig.

»Ja, gewiß. – Komm jetzt zu Bett, wir wollen nicht länger warten.«

Das Haus liegt stille da. Die Ruhe der Nacht hat sich darüber gebreitet. –

Durch den dunklen Wald aber taumelt ein junger Mann. Hin und wieder stolpert und fällt er. Mühsam richtet er sich wieder auf und versucht weiterzukommen. Es ist Frieder, völlig betrunken. Keinen roten Pfennig hat er mehr.

Seine Trinkgenossen haben schon dafür gesorgt, daß er nicht zu viel heimzuschleppen hat. Wirre Laute gibt er von sich, Flüche und Verwünschungen kommen von seinen Lippen. Am Gute des alten Barons taumelt er vorbei. Er ballt die Faust: »Ja, ihr Reichen, ihr habt's nicht nötig zu schuften, euch geht's gut, was fragt ihr nach unsereinem?« Die Saat ist schon aufgegangen in seinem Herzen. Am Fischweiher bleibt er stehen. Es ist Mitternacht. Unheimlich ragen die Wipfel der Bäume in den nächtlichen Himmel. Irgendwo schreit ein Käuzchen. Mit gläsernen Augen stiert Frieder in das Wasser: »Am besten ist, ich stürze mich hinein.« – Aber plötzlich packt ihn das Grausen. So gut ihn seine unsicheren Füße tragen, entflieht er diesem unheimlichen Ort.

Die Bäuerin liegt schlaflos. Der Junge kommt ihr nicht aus dem Sinn. Ihr Mann neben ihr schläft schon längst tief und fest. Plötzlich ein Poltern, ein Lärmen, ein heftiges Schreien. Mit einem Ruck richtet sich die junge Frau hoch. Der Bauer erwacht davon. Mit bebenden Händen umklammert sie seinen Arm. »O Gott im Himmel, der Frieder!«

Er fühlt, wie ihr Herz klopft in rasenden Schlägen. »Sei still, ich schaue sofort nach ihm.«

Als er hinauskommt, fällt er fast über ein schweres Bündel, das vor seiner Türe liegt. Es ist der Sack mit Lebensmitteln, den der Junge vor das Zimmer geworfen hat. Der Bauer steigt hinauf in die Kammer. Da liegt Frieder schlafend vor seinem Bett auf der Erde. Ein übler Branntweingeruch entströmt seinen Lippen. Behutsam hebt ihn der Bauer hoch und entkleidet ihn. Als er ihn zu Bett gebracht hat und das Zimmer verlassen will, sieht er seine Frau totenblaß und bitterlich weinend in der Tür stehen.

Von diesem Tag an war Frieder nicht wiederzuerkennen. Eine unheimliche Veränderung war mit ihm vorgegangen. Mürrisch und launenhaft ging er seinen Weg. Verdrossen und langsam tat er die Arbeit, unfreundlich und verbissen war sein Benehmen seinen Hausgenossen gegenüber.

An jenem Morgen nach der großen Enttäuschung war er spät aufgewacht. Sein Kopf schmerzte ihn heftig, seine Glieder waren wie zerschlagen, und er konnte sich eine ganze Weile nicht zurechtfinden. Langsam erinnerte er sich der Geschehnisse des vergangenen Tages. Als er in seinem Bett liegend ein Bild nach dem andern an sich vorüberziehen ließ, – sein frohes Erwarten, die Mutter zu finden, – dann die furchtbare Enttäuschung, – sein Benehmen auf der Straße, – ja, wie war er denn überhaupt nach Hause gekommen? An den Heimweg konnte er sich nicht erinnern, da stieg ihm die Schamröte ins Gesicht, er fühlte, wie die Tränen ihm hochstiegen; – aber dann kam der Trotz wieder, – die Bitterkeit, – und die weiche Regung schwand. Haßerfüllte Rachegedanken sammelten sich an – und es fehlte nicht viel, so hätte er seiner Mutter geflucht. – Er schlug sich vor die Stirn: »Ich blöder Mensch, das hätte ich doch im voraus wissen müssen. – Sie hat sich all die Jahre nicht um mich gekümmert. Woher sollte jetzt plötzlich ihr Interesse kommen?«

Er merkte, daß er weit länger als sonst geschlafen hatte. Die andern waren sicher längst an der Arbeit. Aber es war ihm ganz gleichgültig. Für wen sollte er sich auch plagen?

Die Bauersleute waren sich einig geworden, ihn ausschlafen zu lassen. Als sie das Bündel vor ihrer Türe näher besichtigt hatten, und noch alles, was die Bäuerin eingepackt hatte, unangerührt, nur in einem merkwürdig zerstörten Zustand sahen, wußten sie alles. Es bedurfte für sie keiner weiteren Erklärung.

»Also doch«, sagte die junge Frau, »armer Junge!« Sie schüttete den Inhalt des Bündels in den Schweinetrog. – Sie waren gerne bereit, Geduld mit ihm zu haben, rechneten auch damit, daß er diese Enttäuschung erst überwinden müsse, aber sie erschraken doch über die Veränderung, die mit ihm vorgegangen war. Weder der Bauer noch seine Frau quälten ihn mit Fragen. Stillschweigend gingen sie auch über sein spätes Heimkommen im betrunkenen Zustand hinweg. Sie wollten ihm so gern wieder zurechthelfen. Aber es war vergebens.

Wilhelm, der ihn treuherzig nach seinen Erlebnissen bei seiner Mutter fragte, erhielt überhaupt keine Antwort. – Frieder verließ die Kammer und warf die Türe derartig ins

Schloß, daß selbst der taube Knecht, der sonst nie etwas hörte, erschrocken in die Höhe fuhr.

Grete ging es noch schlimmer. Sie hatte oft eine scharfe Art, aber bisher hatte Frieder es nie verkehrt aufgefaßt. Als sie aber höhnisch sagte: »Na, deinem Benehmen nach mußt du dich ja glänzend amüsiert haben bei deiner Mutter«, da goß er ihr den Eimer Wasser, den er gerade vom Brunnen geholt hatte, direkt vor die Füße.

»Du gemeiner Kerl!« schrie sie erbost und wollte hinter ihm her, aber er war schon draußen.

Die Bäuerin fragte sich oft besorgt: »Was ist mit dem Jungen geschehen? Ein heiterer, lieber Bub ist von uns gegangen, und ein unzufriedener, mürrischer Knecht ist zurückgekommen.«

Wirklich, so war es. Alles Kindliche war von ihm abgefallen, ein gänzlich veränderter Mensch war er geworden.

Am meisten bedrückte es seinen Dienstherrn, wie ablehnend Frieder jetzt an den Andachten teilnahm. Am liebsten wäre er ferngeblieben; aber er wußte, daß der Bauer das nicht geduldet hätte. So saß er da mit verbissenem Gesicht, ja oft mit höhnischem Gesichtsausdruck. Oft ruhte der Blick der Bäuerin voller Sorge und Angst auf ihm, und sie betete in ihrem Herzen: »O Gott, führe du ihn wieder auf den richtigen Weg.« – Sie glaubte fest daran, daß Gott selbst ihn in ihr Haus geführt hatte, und fühlte genau wie ihr Mann die Verantwortung für ihn.

Aber Frieders Herz verstockte mehr und mehr. Er sah das Gute nicht mehr, woran er sich sonst erfreut hatte. Er hielt sich selbst immer wieder die Enttäuschungen seines Lebens und die trüben Erfahrungen seiner frühesten Kindheitsjahre bei den Pflegeeltern und im Waisenhaus vor. Mit einer Art Wollust verbohrte er sich in diese Gedankengänge. Das hatte natürlich eine derartige Wesensveränderung zur Folge. – Und die täglichen Andachten?

Ha, er lachte darüber. – Wo war denn der Gott der Liebe, von dem die Bibel sprach? Um ihn hatte er sich wahrhaftig noch nicht gekümmert. Er hatte mit angesehen, daß er herumgestoßen und vernachlässigt wurde. – Jetzt wollte er auch nichts mehr von Gott wissen. Gottes Wege? – Er hatte ja diese gehen wollen, aber Gott hatte sich noch nie um ihn gekümmert, also Schluß damit. –

Frieder, denkst du nicht mehr daran, wie froh du warst, als du hier in diesem Hause eine Heimat fandest? Denkst du nicht mehr an die Abendstunde unter dem Sternenhimmel, wo du vor Freude und Dankbarkeit nicht aus noch ein wußtest und deinen Jubel in den Pferdestall trugst, weil du dir Luft machen mußtest, und das Glück dir schier das Herz sprengen wollte? War es nicht Gott, der Gott der Liebe, der dich hierher geführt hat? Aber Frieders Herz blieb unberührt. Kam wirklich eine weiche Regung, so unterdrückte er sie. – Wenn er wie früher am Sonntagnachmittag aufgefordert wurde, mit den andern einen Spaziergang zu machen, oder alle vor dem Haus unter den schattigen Bäumen saßen, da sonderte er sich ab. Oft brannte sein Herz vor Sehnsucht, er hätte zu der Bäuerin eilen, vor ihr niederfallen und sie bitten mögen: »O helft mir, helft mir doch, ich finde mich ja nicht mehr zurecht!« Aber er tat es nicht, sein Herz verfinsterte sich immer mehr in Bitterkeit und Trotz.

Einmal, als er mit der Bäuerin allein war, sah diese ihn traurig an und sagte: »Frieder, sei doch nicht so ungerecht, mach doch nicht uns dafür verantwortlich, daß du so enttäuscht worden bist. Du weißt es doch, daß wir es gut mit dir meinen.«

Aber er stieß trotzig hervor: »Ihr wißt, warum ihr mich halten wollt. Einem andern müßtet ihr mehr bezahlen, aber mit einem Waisenkind kann man es ja machen.«

Der Frau traten die Tränen in die Augen. »Aber Frieder,

wie kannst du so reden; das darf ich ja gar nicht meinem Mann sagen.«

»Wenn ich euch nichts mehr recht machen kann, so könnt ihr's sagen, ich kann ja gehen, ich bin das Herumgestoßenwerden gewöhnt.« Bitter stieß er diese Worte hervor und ging hinaus.

Draußen aber lehnte er den Kopf an die Mauer und weinte bitterlich. Er fühlte ja genau, wieviel Geduld und Liebe man ihm entgegenbrachte; aber er hatte den rechten Weg verloren und fand nicht mehr zurück.

Der Bauer hatte jetzt oft Ursache, über Frieders Leistungen zu klagen, aber immer wieder ermahnte er ihn in Güte und Geduld. Einmal aber kam er dazu, wie er wütend auf das Vieh losschlug, als er einen Acker pflügen mußte. Da schwoll eine Zornesader auf der Stirn des Bauern, und er trat nahe vor den Jungen hin und sagte sehr energisch: »Wehe dir, wenn du noch einmal deine Wut an den Tieren ausläßt!«

Frieder antwortete nicht, aber sein Blick war noch düsterer als zuvor und seine Lippen preßten sich in Trotz zusammen.

Das Verhältnis zu den Kindern seines Dienstherrn hatte sich ebenfalls ganz geändert. Mit wieviel Freude hatte er sonst das Töchterchen auf seinen Schultern reiten lassen, und das Kind hatte laut kreischend vor Freude sich mit beiden Händchen in Frieders Haaren festgekrampft.

Unzertrennlich hing Hans an Frieder. – Jetzt war es, als ob die Kinder sich vor ihm fürchteten.

Frieder wußte selbst nicht, wie er es erklären sollte, aber wenn er die lachenden Kinder bei ihrer Mutter sah, und diese sie herzte und küßte, dann zog etwas Dunkles, Unheimliches in sein Herz. Er mißgönnte den Kindern die Mutterliebe.

Er hatte ja auch keine solche gekannt, so brauchten diese sie auch nicht. Frieder, Frieder, vor welchem Abgrund stehst du? –

Wieder war es Weihnachten geworden. Frieders sechzehnter Geburtstag. Ein trautes, familiäres Fest war es allen im Hause gewesen. Die Kinder jauchzten den Lichtern an der dunklen Tanne entgegen. Wahrlich Weihnachtsstimmung.

Nur Frieders Herz war unberührt geblieben. Er hatte sich in einen krankhaften Groll gesteigert. Jede Freude zerstörte er durch Mißtrauen. Sein Herz blieb arm und kalt.

Eines Abends war er wieder Zeuge eines Gesprächs zwischen den Bauersleuten. Der Bauer fragte seine Frau, warum sein kleiner Sohn heute so kläglich geweint hätte, er habe es schon aus der Ferne hören können.

Die Bäuerin wollte nicht recht heraus mit der Sprache. Endlich aber gestand sie doch, daß Frieder den Kleinen geschlagen habe.

»Das ist aber stark«, fuhr der Bauer auf, »jetzt habe ich bald genug. – Seine Arbeit verrichtet der Bursche nicht mehr zu meiner Zufriedenheit, mürrisch und verdrießlich läuft er den ganzen Tag umher, das Vieh mißhandelt er, und jetzt läßt er seine Launen sogar an den Kindern aus. Das geht nicht mehr länger so. – Entweder...«

Frieder hörte nicht mehr, was der Bauer hinzufügte, er hörte auch nicht, wie seine Frau einlenkte und für ihn bat, er ging hinauf in seine Kammer und packte, ohne zu überlegen, im Gefühl des Trotzes, des Verkanntwerdens und der Bitterkeit sein Bündel. Wilhelm schlief bereits, der merkte nichts. Auf Strümpfen schlich er die Treppe herunter, klinkte leise die Tür auf – und nun stand er draußen auf dem Hof. –

Kalter Winter war es. Spitz steckte schläfrig verfroren

den Kopf aus seiner Hütte, als er aber Frieder erkannte, zog er sich beruhigt wieder zurück.

Da stand er nun, der Junge mit dem trotzigen Herzen. Noch einmal wollte das Heimatgefühl in ihm wach werden und ihn zurückhalten. Wie manche schöne Stunde hatte er in diesem Hause verlebt, wie war er mit allem vertraut, mit dem Vieh, den Feldern, mit Haus und Hof, aber nein, er gehörte nicht mehr hierher, er war ja nur geduldet. Man würde ihn nicht vermissen, niemand, – oder vielleicht doch die Bäuerin? Sie war ja immer wie eine Mutter zu ihm gewesen. Aber es war, als ob das Wort »Mutter« nur alle Not aufs neue in ihm wachrief. Er faßte sein Bündel fester und schritt hinaus in die Kälte, in die Nacht, in eine ungewisse Zukunft. Wohin, wußte er nicht, der Junge mit dem verbitterten Herzen.

Wenn man von Stollberg nach Lugau und von dort nach Oelsnitz geht, treten die lieblichen Wälder des Erzgebirges mehr zurück, und die Gegend wird flacher und eintöniger. Den Fremden fällt es bei den ersten Atemzügen auf, daß feiner Kohlenstaub die Luft erfüllt, und bald sieht man auch die Kennzeichen der verschiedenen Kohlenbergwerke. Während die Frauen zum großen Teil in die hiesigen Strumpffabriken gehen oder Heimarbeit aus derselben erhalten, ist es traditionell, daß die Männer in die Gruben fahren und in schwerer, oft lebensgefährlicher Arbeit die Kohle ans Tageslicht befördern. Der Urgroßvater fuhr schon hinab in die Tiefe, der Großvater und der Vater ergriffen denselben Beruf, und der Sohn, kaum der Schule entwachsen, besteigt ebenfalls den Förderkorb. Im Laufe der Jahrzehnte hat es hin und wieder ein Grubenunglück gegeben, manch treuer Bergmann hat sein Leben dabei lassen müssen, aber seine Nachkommen wissen nichts anderes, als daß auch sie ihre mühevolle Arbeit unten in der

Erde zu tun haben. Zu den verschiedenen Tag- und Nachtzeiten sieht man sie kommen aus den Städten und Dörfern des Erzgebirges, um in den verschiedenen Schichten ihre Arbeit zu verrichten.

Sie gehen in kleineren oder größeren Gruppen, bis sich die Wege trennen und ein Teil der Bergleute zum »Hilfe-Gottes-Schacht«, die andern zum »Heiligen-Geist-Schacht« einschwenken.

Ob man den Bergwerken solch ernsten Namen beigelegt hat, weil das Arbeiten tief in der Erde ein Schweben zwischen Leben und Tod bedeutet?

In den frühesten Morgenstunden eines nebeligen Herbsttages war es. Von Niederwürschnitz kam ein Trupp junger Bergleute. In Rucksäcken oder Taschen trugen sie ihre kärglichen Mahlzeiten, in Emailflaschen irgend ein billiges Getränk. Die Leute im Erzgebirge leben sehr einfach. Sie sind Armut und Not gewöhnt, und ihre Lebensbedürfnisse sind gering. Aber vielleicht findet man gerade aus diesem Grund dort so gute, starke Charaktere. Arbeit und Entbehrung erziehen die Menschen. –

Lachend und scherzend zogen die jungen Männer ihres Weges. Es war Montag, und sie erzählten sich gegenseitig die Erlebnisse des gestrigen Tages. Sie waren nicht verwöhnt, und ein bißchen Freude und Zerstreuung machte ihnen so viel aus. Von einem Zirkus war die Rede. Einige hatten die Vorstellung besucht und amüsierten sich noch heute über das Erlebte. Aus den ersten Häusern in Lugau gesellte sich ein blasser junger Mann von achtzehn Jahren zu ihnen. »Glück auf!« grüßte er nach Bergmannsart, was die andern freundlich oder gleichgültig, je nach ihrer Einstellung, ihm gegenüber erwiderten.

»Warst du gestern auch im Zirkus?« fragte einer der Burschen.

Er schüttelte verneinend den Kopf.

»Da hast du aber was verpaßt.«

»Es wird wohl nicht viel Wichtiges gewesen sein.«

Nun begannen sie alle auf einmal, und einer lauter als der andere, von den Freuden im Zirkus zu berichten. Sein Gesichtsausdruck aber war so teilnahmslos, daß sie allmählich verstummten.

Nur einer meinte zuletzt: »Ihr wißt doch, daß der Frieder dafür nichts übrig hat.«

Ein anderer fragte neugierig: »Na, dann sag uns doch einmal, was du an den Sonntagen machst. In den Zirkus gehst du nicht, beim Fußballspiel bist du auch nie, und auf dem Tanzboden hat dich auch noch keiner gesehen.«

»Auf jeden Fall«, meinte ein anderer, »bekommst du auf diese Art mal kein Mädel. Willst wohl ein ausgefranster Junggeselle werden?«

»Das ist er doch heute schon«, fügte ein dritter hinzu. Ein lautes Gelächter folgte diesen Worten. Der junge Mann aber blieb gelassen und erwiderte nichts.

»Ah, vielleicht ist er fromm?« begann der nächste zu raten. Da aber warf ihm Frieder Zöllner einen Blick zu, der war so voller Hohn und Verachtung, daß der Bursche verstummte.

»Laßt ihn in Ruhe, er ist ein Duckmäuser«, bestimmte endlich der Älteste der Schar.

Das Gespräch hatte nun doch sein Ende gefunden, denn die Arbeitsstätte war erreicht. Mit dem gewohnten »Glück auf!« trennten sich die Burschen, und jeder ging an den Platz seiner Pflicht.

Hier war Frieder Zöllner vor zwei Jahren gelandet. Ereignislos war die Zeit dahingegangen, ein Tag wie der andere – in seinem Wesen hatte er sich nicht verändert, er war immer noch so verbittert wie in jener Nacht, als er heimlich das Haus seiner Wohltäter verließ. Zwei Jahre ohne besondere Erlebnisse, – und doch, was lag darin an verborgenem Kampf, an innerem, von niemand gesehenem, aber um so heftigerem Aufbegehren und Sichauflehnen? –

Der Groll in Frieders Herzen war lawinenhaft gewachsen und äußerte sich in einem mürrischen, unfreundlichen Wesen. Kein Wunder, daß er auch hier keinen Anschluß, keinen Freund fand. Es blieb ein einsames Wandern auf steinigem Pfad. Den besten Freund und Führer hatte er bewußt verworfen. Nie mehr hatte er ein Gotteshaus besucht – und kamen Augenblicke, wo er es deutlich fühlte, daß seine Seele mehr brauchte, als was er ihr bot, täuschte er sich darüber hinweg und lehnte jeden göttlichen Einfluß ab.

Unendlich schwer war ihm die Umstellung von der Landarbeit zum Bergwerkdienst geworden. Wie sehnte er sich oft hinaus aus der dunklen Grube in die gesunde, freie Luft da draußen; wie gerne wäre er hinter dem Pfluge hergegangen, oder hätte sonst irgend eine Arbeit draußen auf dem Lande verrichtet – aber es war vorbei, er selbst hatte sich seinen Weg gewählt. Es gab kein Zurück. Wenn er in mühevoller, schwerer Arbeit unter der Erde seine Gedanken wandern ließ, dann sah er immer und immer wieder das Haus des Bauern Geier vor sich – und ein Heimweh durchschüttelte ihn oft, daß er hätte laut aufschreien mögen. Er hatte längst erkannt, daß er den guten Leuten unrecht getan hatte, er war zu ehrlich, um sich dieser Erkenntnis zu entziehen; aber er schämte sich zurückzugehen. Ein fanatischer Groll, der sich bis zum Haß gesteigert hatte, richtete sich ausschließlich gegen seine Mutter. Wie oft hatte er in Zeiten besonderer Bitterkeit die Stunde seiner Geburt verflucht.

An Sonntagen, während seine jungen Kollegen ihren Vergnügungen nachgingen, unternahm er lange, einsame Spaziergänge. Auf diesen erschloß der junge Mensch sein

Herz der Schönheit der Natur. Das war nun seine einzige Freude. Stundenlang konnte er in den Bergen herumsteigen, die dunklen und doch so traulichen Wälder durchstreifen, oder im Sommer wer weiß wie lang an irgend einem Wiesenrand im hohen Grase liegen und in die ziehenden Wolken blicken. Wenn er dann in den Gräsern rings um sich her das Leben und Treiben der Insekten betrachtete, so kam er aus dem Staunen und Wundern nicht heraus, – eine neue, schöne Welt tat sich ihm auf. Menschen gegenüber wurde er immer verschlossener, aber die Welt da draußen in Wald und Flur belebte seine Seele.

Er hatte damit den Schlüssel zur Gotteserkenntnis in seinen Händen, aber er schloß die Pforte nicht auf, und das Paradies blieb ihm verschlossen. Einige Male war er schon, von heißer Sehnsucht getrieben, in die Nähe seiner alten Heimat gewandert. Auf einem waldigen Hügel, zwischen ihn verbergenden Sträuchern sitzend, hatte er hinabgeblickt auf das Gehöft des Geierfritz. Das ihm so bekannte Bild des Sonntagnachmittags trat wieder vor sein Auge – und mit zusammengepreßten Händen konnte er dort stundenlang verweilen und den spielenden Kindern zuschauen. – Ach, hätte der Bauer und seine Frau geahnt, daß Frieder in ihrer Nähe war und unglücklich und verzweifelt auf sie herniederblickte, wie gern hätten sie ihn zu sich gerufen und ihm zurechtgeholfen. Einmal drangen die ihm wohlbekannten Töne der Ziehharmonika an sein Ohr, – es war Frieder, als seien es Klänge aus der Heimat, und er legte heimwehkrank den Kopf ins Gras und ließ seinen Tränen freien Lauf.

Eines Sonntagnachmittags lag er wieder dort an seinem versteckten Örtchen; den Kopf in die Hände gestützt, träumte er vor sich hin, unverwandt auf das Bauernhaus zu seinen Füßen blickend. Plötzlich wird er aufgeschreckt durch ein Schnuppern und Schnüffeln in nächster Nähe, und als er aufblickt, sieht er seinen alten Freund Spitz, die Nase suchend auf der Erde, daherkommen. Jetzt entdeckt ihn der Hund, stutzt einen Augenblick, erkennt ihn, springt mit einem Freudengeheul auf ihn zu, um wie toll an ihm hochzuspringen. Frieder umarmt das treue Tier und drückt es immer und immer wieder an sich, während der Hund ihm Gesicht und Hände in ungezügelter Freude leckt: »Du guter, alter Spitz, hast du mich denn wieder erkannt, du treues Tier?«

Und es ist, als ob der Hund ihn versteht, er heult vor Freude auf. Dann aber stürzt er wie wild davon den Hügel hinunter. Als Frieder ihm nachschaut, sieht er auf dem waldigen Weg seinen ehemaligen Dienstherrn kommen. Der Hund springt freudig an ihm hoch, als wollte er ihm von seinem Fund erzählen. Dann kommt er schwanzwedelnd wieder zurück, aber als er den Platz erreicht, wo Frieder soeben noch gelegen hat, ist dieser leer. Frieder hat fluchtartig den Ort verlassen, um dem Bauern nicht begegnen zu müssen. –

Bei einer alten, mißmutigen Witwe hatte Frieder sich ein einfaches Zimmer gemietet. Die Mahlzeiten nahm er in den Bergwerkkantinen ein. Seine Kameraden forderten ihn hin und wieder auf, mit ihnen die verschiedenen Wirtschaften zu besuchen, aber er lehnte entschieden ab. Seine einmalige Erfahrung mit dem Alkohol hatte ihm genügt, er empfand einen Ekel vor solchem Leben, und noch heute schämte er sich, wenn er daran dachte, daß ihn der Bauer damals betrunken vor seinem Bette liegend gefunden hatte.

Seine Arbeitskollegen – Freunde besaß er ja nicht – verspotteten ihn seiner Einstellung wegen; aber er hatte so wenig Fühlung mit ihnen, daß ihr Hohn ihm wenig ausmachte. Sie ließen ihn auch bald links liegen und nannten ihn unter sich einen verschrobenen, unausstehlichen Tropf.

Seine Wirtin sorgte dafür, daß sein kahles Zimmer, in dem nur die allernötigsten Möbel standen, aufgeräumt war, sonst kümmerte sie sich nicht um ihn. Es war ihr die Hauptsache, daß sie ihre Miete regelmäßig erhielt.

So ging die Zeit dahin. Frieder war zum Mann herangewachsen. Sein verschlossenes, finsteres Wesen ließ ihn älter scheinen als er war. In dem Haus, wo er wohnte, nannten die Leute ihn nur den Stummen. Keiner konnte sich rühmen, schon einmal ein Gespräch mit ihm gehabt zu haben. Meistens ging er ohne zu grüßen an seinen Mitbewohnern vorüber, er mochte mit niemand verkehren. Eines Tages geschah es, daß er aus seinem im vierten Stock gelegenen Zimmer herunterstieg, um einige Besorgungen zu machen. Auf der Teppe begegnete ihm ein junges Mädchen. Er kannte sie nicht, fand es daher auch nicht nötig, sie zu grüßen. Sie aber sagte ein lautes und freundliches »Guten Tag«. Unfreundlich und kaum verständlich erwiderte er den Gruß, und in seiner mißtrauischen Art dachte er gleich übel von ihr: »Aufdringliches Ding, suchst wohl Bekanntschaft, aber da kommst du bei mir nicht an.« Er sah nicht, daß das Mädchen stehengeblieben war und ihm verwundert und fragend nachschaute. Am nächsten Tag begegnete er ihr ein zweites Mal – und wieder sprach sie ihn an, und es war, als habe sie direkt auf ihn gewartet.

»Guten Tag! – Tatsächlich, ich täusche mich nicht. Sie sind es!«

Frieder blickte auf. Was wollte dieses Mädchen eigentlich von ihm.

»Ich glaube, wir kennen uns«, fuhr das Mädchen lebhaft fort.

Da fuhr er sie beinahe an: »Ich weiß nicht, was Sie wollen, Sie sind mir vollständig unbekannt«, und schon setzte er den Fuß auf die Treppe, um weiterzugehen.

Aber das Mädchen ließ sich nicht einschüchtern: »Waren Sie nicht damals vor – warten Sie, es sind etwa neun Jahre her, im Waisenhaus in L.?«

»Ja, das stimmt«, erwiderte schon etwas zugänglicher der junge Mann, »aber ich wüßte nicht . . .«

»Habe ich mich so verändert?« fragte lächelnd das Mädchen. »Wissen Sie nicht mehr von jenem Weihnachtstag, wo wir beide Geburtstag hatten?« . . . Nun schwieg sie verlegen.

»Ja«, staunte da Frieder, »sollten Sie etwa das blonde Mädchen sein, das mir . . . mir . . .« Da konnte er auch nicht weiter. Er fühlte, wie ihm das Blut in die Schläfen stieg, und er schämte sich noch heute der Tränen, die er um den vergossenen Geburtstagskaffee geweint hatte.

Da half sie ihm lachend über seine Verlegenheit hinweg. »Ja, wir waren damals noch rechte Kinder.«

Er schaute sie groß an. Tatsächlich, das war sie, das blondzöpfige Mädchen mit den großen, freundlichen Augen, nur daß sie die dicken Zöpfe wie eine Krone um ihren Kopf gelegt hatte.

»Ich habe sehr oft an Sie gedacht«, platzte er heraus.

»Und ich habe den kleinen Jungen, der an seinem Geburtstag so unglücklich war, auch nicht vergessen.«

Er meinte, er müsse sich entschuldigen: »Liebe Zeit, man war damals doch recht kindisch, es ist inzwischen Schlimmeres passiert, als ein ausgegossener Kaffee wert ist.«

Sie aber sagte treuherzig: »Es war damals doch ein großes Leid.«

»Wie kommen Sie überhaupt hierher?« lenkte er ab.

Gerade öffnete sie den Mund, um zu erzählen, als sich die Korridortür, vor der sie standen, auftat, und eine große, ältere Frau im grauen Haar mit freundlichem Gesichtsausdruck zu ihnen trat: »Ich muß doch sehen, mit wem mein Dorle so lange plaudert«, sagte sie.

Da schmiegte sich ihre Tochter an sie und erzählte: »Denk, Mutterchen, das ist der kleine Junge aus dem Waisenhaus, ich habe dir doch schon einige Male davon erzählt, wie er so traurig war, als die großen Buben ihm seinen Geburtstagskaffee ausschütteten. Ich habe ihn gestern gleich erkannt.« – Frieder stand ziemlich verlegen da.

Die Mutter des jungen Mädchens merkte dies und tadelte liebevoll ihre Tochter: »Aber Dorle, der junge Mann wird sich bedanken, wenn du ihn einen kleinen Jungen nennst.«

Sie trat auf Frieder zu und reichte ihm freundlich die Hand. »Wollen Sie nicht ein Weilchen hereinkommen? Als alter Bekannter meiner Tochter sind Sie mir herzlich willkommen.«

Er wußte nicht recht, ob er zusagen sollte, – aber diese Frau hatte so etwas liebevoll Zwingendes in ihrer Art, daß er gar nicht anders konnte als eintreten.

»Wir sind erst vor zwei Tagen hier eingezogen«, erklärte Frau Tauscher, »Sie müssen entschuldigen, daß es noch nicht so gemütlich aussieht.«

Aber Frieder fand nichts, was zu entschuldigen gewesen wäre. Er sah sich in dem kleinen, aber sehr freundlich eingerichteten Wohnzimmer um.

Einige geschmackvolle Bilder hingen an den Wänden, ein mit blühenden Blumen und Hängepflanzen gefüllter Blumenständer stand vor einem Fenster, vor dem andern ein Nähtisch, und einige einfache, aber solide Möbelstücke vervollständigten die Einrichtung.

Frieder wurde auf das rote Plüschsofa genötigt, und die Frau erzählte, daß sie nach dem Tode ihres Mannes eine Wäschenäherei angefangen habe, um sich und ihr Kind zu ernähren, daß ihre Tochter seit ihrer Schulentlassung ihr tüchtig dabei helfe, und nun seien sie nach Lugau gezogen und hofften, auch hier ihren Lebensunterhalt zu verdienen.

So natürlich und einfach erzählte die Frau, und als sie von ihrer Tochter sprach, ruhte ihr Blick mit unendlicher Liebe auf ihrem Kind, man fühlte, hier war ein inniges Freundschaftsverhältnis zwischen Mutter und Tochter.

Frau Tauscher forderte ihre Tochter auf, das Abendbrot zu bereiten. »Sie trinken doch sicher eine Tasse Tee mit uns«, lud sie Frieder freundlich ein. Der aber stand eilig auf: »Nein, nein, vielen Dank, ich muß jetzt wirklich gehen.« Man überredete ihn auch nicht zu bleiben, aber als Frau Tauscher ihn aufforderte, öfters wiederzukommen, da sagte er herzlich: »Ja, gerne komme ich wieder.«

Als er hinaufstieg in sein einsames, unfreundliches Zimmer, fragte die Tochter: »Du, Mutter, ist das nicht seltsam, daß wir ihn hier finden müssen?«

»Ja«, erwiderte die Frau, deren Leben auch nicht sturmlos gewesen war, die sich aber einen inneren Halt bewahrt hatte, »und ich glaube, wir haben eine Aufgabe an ihm zu erfüllen. Es scheint mir, daß er Schweres durchgemacht hat, der arme Junge.«

Von da an fand Frieder sich öfter ein im gemütlichen Heim dieser beiden. Er wurde nicht etwa lebhafter und gesprächiger, nie erzählte er von seinen Erlebnissen, aber es war da einfach ein Zug, dem er nicht widerstehen konnte. Woher sollte er auch wissen, daß Mutter und Tochter, ohne daß eine es von der andern wußte, jeden Abend für ihn beteten? Frau Tauscher fühlte, daß Frieder irgendwelche innere Lasten trug, sie sah es dem jungen Mann an, daß ein schwerer Kampf hinter ihm lag. Die tiefe Falte auf seiner Stirn, der finstere Ausdruck seiner Augen hatten ganz gewiß eine Ursache. Ein noch nicht ganz zwanzigjähriger junger Mann sah nicht ohne Grund so verbittert in die Welt. Aber sie drängte sich ihm nicht auf mit taktlosen Fragen. In ihrer mütterlichen, liebevollen Art lud sie ihn immer wieder ein – und der finstere, verschlossene Frieder sagte zu. Nirgend sonst schloß er sich an, aber bei diesen beiden Frauen fühlte er sich daheim, und es gab Stunden, wo er zugänglich war. Nur, wenn sie bei der Unterhaltung religiöse Fragen berührten, wurde er abweisend, ja schroff.

Zwischen Dorle und ihm war längst das steife »Sie« gefallen. »Ihr seid doch als Kinder zusammen gewesen und müßt jetzt nicht so fremd tun«, hatte die Mutter gemeint.

So hatte Frieder nach Jahren wieder einmal ein Plätzchen gefunden, wo er daheim war. Wenn er in seinen Freistunden gewöhnlich am Abend bei Tauschers saß, nahm Dorle oft ihre Laute und sang mit glockenreiner Stimme ein Lied. Dann saß Frieder ganz still, – die Augen geschlossen, und es war ihm, als fiele die schwere Last seiner Seele für eine Weile von ihm ab. – Aber es gab auch Stunden, wo die alte Bitterkeit in verstärktem Maße über ihn kam, dann war er launisch und unfreundlich. Mit rührender Geduld übersah Frau Tauscher diese Stimmungen, sie fühlte nur zu gut, daß dem armen Menschen Schweres begegnet war und wartete, daß Gottes Licht auch in sein Leben dringen würde.

Frau Tauscher sprach wenig oder gar nicht von ihrem Christentum, aber ihr Leben war ein Beweis wandelnder Liebe. Sie predigte durch ihre Taten in weit wirksamerer Art, als es durch Worte geschehen wäre.

Als sie mit ihrer Tochter nach Lugau gezogen war, hatte sie sich gleich dem Frauenmissionsverein angeschlossen, den eine Diakonisse leitete. Es dauerte gar nicht lange, und man konnte sich diese Abende ohne Frau Tauscher nicht mehr denken. Für jede der Frauen hatte sie ein freundliches Wort, die Traurigen verstand sie zu trösten, die Verzagten aufzurichten und es gab kaum eine Not, für die sie nicht einen Rat oder wenigstens inniges Mitgefühl gehabt hätte. Schwester Hannchen, die Leiterin des Bundes, war noch recht jung und daher sehr dankbar, an Frau Tauscher eine so gute Hilfe in ihrem Verein gefunden zu haben. – Mit Dorle aber verband sie bald ein inniges Freundschaftsverhältnis. Wenn diese in der Frauenstunde eines ihrer schönen Lieder sang, dann begleitete Schwester Hannchen sie mit ihrer prächtigen Altstimme. So wie ihre Stimmen miteinander harmonierten, so war es auch mit ihren Charakteren.

Frau Tauscher war sehr froh über diese Freundschaft. Unter den anderen Mädchen des Ortes hatte Dorle bisher niemand gefunden, dem sie sich anschließen mochte. Die leichtfertigen Ansichten ihrer Altersgenossinnen stießen sie ab. Wenn aber Schwester Hannchen von ihren Erlebnissen in der Gemeinde- und Krankenpflege sprach, dann konnte Dorle nie genug hören. Leise wurde auch in ihrem Herzen der Wunsch wach, anderen Menschen zu dienen.

Als sie diesen Gedanken zum ersten Male der Freundin offenbarte, antwortete diese: »O Dorle, das wäre zu schön; aber vergiß es nicht, daß man zu solchem Dienst von Gott berufen sein muß.«

Wieder war es Weihnachten geworden. Frieder wurde 21 Jahre alt. Nach wie vor ging er seiner Bergmannsarbeit nach. Nicht, daß er große Freude daran gehabt hätte, aber es blieb ihm nichts anderes übrig, er mußte ja verdienen, um zu leben.

Noch immer ging er abseits von allen andern seinen Weg. Man hatte sich längst an seine Art gewöhnt und ließ ihn gewähren. Seine einzige Freude und Abwechslung bestand in seinen Touren und Spaziergängen, die er unternahm, und seinen Besuchen bei Tauschers. Oft brachte er

Mutter und Tochter die herrlichsten Blumen oder frisches, duftendes Tannengrün von seinen Ausflügen mit. Wortlos überreichte er ihnen diese Sträuße, aber sie sollten seinen Dank ausdrücken für alle ihm erwiesenen Freundlichkeiten.

Frau Tauscher war ihm längst eine Mutter geworden, und Dorle nahm sich schwesterlich seiner an – er empfand dieses wohltuend, aber nie hätte er Worte gefunden, seinen Gedanken Ausdruck zu geben.

Und nun war es Weihnachten. Frau Tauscher hatte ein kleines Festchen im Familienkreis geplant. Dorle vollendete am gleichen Tage ihr zwanzigstes Lebensjahr. Unter dem strahlenden Lichterbaum saßen die drei. In kindlicher Freude hatte Dorle ihre Geschenke vor Frieder ausgebreitet. Auch er war bedacht worden. Und nun hatte die Mutter ein festliches Essen aufgetragen.

Die herkömmlichen neun Gerichte des erzgebirgischen Weihnachtsfestes standen auf dem Tisch. Es war ein gemütliches Beisammensein. Nach dem Essen schlug Frau Tauscher vor, man wolle jetzt ein Weihnachtslied singen. Dorle stimmte ihre Laute. In einem hellblauen, weichen Kleid saß sie unter dem lichterbedeckten Baum, den blonden Kopf mit den schweren Flechten gesenkt. Der Glanz der brennenden Kerzen umstrahlte sie. Es war ein liebliches Bild.

Frau Tauschers Blick ruhte voll Innigkeit auf ihrer Tochter. Plötzlich faltete sie die Hände. In ihren Augen schimmerten Tränen, und leise, fast als spräche sie nur zu sich selbst, begann sie zu erzählen:

»Nun sind es schon zwanzig Jahre her, daß an einem solchen Weihnachtsabend das Glück zu mir kam. Ich hielt mein kleines Mädchen, das uns der liebe Gott soeben geschenkt hatte, in meinem Arm, und Vater, der ja damals noch lebte, zündete an einem kleinen Tannenbäumchen ein paar Lichter an und trug es an mein Bett. Dann setzte er sich still mit gefalteten Händen neben mich, während draußen die Weihnachtsglocken klangen. Nach einer Weile fragte ich ihn: ›Wie soll denn unser Kind heißen?‹ – ›Ich habe eben darüber nachgedacht‹, sagte er, – ›Dora –, das heißt Gottesgabe‹. So nannten wir unser kleines Mädchen ›Dorle‹, und es ist mir bis heute wahrlich ein Gottesgeschenk gewesen.« Wie eine Weihnachtsmelodie waren diese Worte verklungen, – war nicht auch das Zimmer erfüllt mit Engelflügelrauschen?

Dorle saß noch immer still unter dem Weihnachtsbaum; ihr Blick ging in die Ferne; leise streiften ihre Hände die Saiten der Laute, daß zarte Töne erklangen. Wie oft hatte die Mutter ihr beim Schein der Weihnachtslichter die Geschichte ihrer Geburt erzählt – und jedesmal war ein heiliger Schauer durch ihre Seele gezogen.

So saßen die drei zusammen, jeder mit seinen Gedanken beschäftigt. Als die Mutter aber ihren Blick hob und zu dem schweigsam dasitzenden Frieder hinüberschaute, zog ein Erschrecken durch ihr Herz. Was war ihm? Finster stierte er zur Erde – eine scharfe Falte zwischen seinen Augen, die Fäuste geballt . .

Sie legte einem inneren Impuls folgend ihre Hand mütterlich auf die seine: »Frieder, was ist dir?«

»Nichts«, stieß er zwischen zusammengebissenen Zähnen hervor. Da kam ernste Trauer und tiefe Besorgnis über sie. Nicht im geringsten ahnte sie, daß ihre Schilderung in der Seele des jungen Mannes aufs neue eine Wunde aufgerissen hatte, die jetzt weit und schmerzlich klaffte. – Frieder zog Vergleiche. – Gottesgabe, dachte er, – ha, welch ein Hohn, dann war ich eine Teufelsgabe. Er erinnerte sich daran, daß der Direktor bei seinem Eintritt ins Waisenhaus im Aufnahmezimmer ihm kalt und gefühllos aus seinen Papieren vorgelesen hatte, daß er am Heiligen Abend im Gefängnis geboren sei. – Wo ist da Gerechtigkeit? Warum gibt es solche Unterschiede?

Über diese Fragen grübelnd saß er da und steigerte sich wieder einmal in eine grenzenlose Bitterkeit hinein.

Dorle hatte bis dahin in Gedanken versunken dagesessen. Sie hatte weder auf ihre Mutter noch auf Frieder geachtet. Nun begann sie leise zu singen: »Stille Nacht, heilige Nacht.«

Die Mutter setzte ein und sang die zweite Stimme dazu. Als der erste Vers verklungen war, fragte Dorle ahnungslos: »Aber Frieder, warum singst du denn nicht mit?«

»Ich kann Weihnachtslieder nicht leiden!«

Erschrocken sahen ihn die beiden Frauen an. Keine fand ein Wort der Erwiderung. – Aber das Herz der Mutter erzitterte. Welch dunkler, böser Geist sprach aus Frieder? Was für ein Geheimnis umgab ihn? Wenn er sich doch einmal aussprechen würde. – Aber er schwieg.

Endlich unterbrach Dorle die Stille: »Aber Frieder, wie kann man sich denn an Weihnachten freuen, ohne die alten lieben Weihnachtslieder zu singen?«

»Ich freue mich ja gar nicht.«

Er merkte nicht, wie undankbar und rücksichtslos er in diesem Augenblick war. Liebende Hände hatten sich geregt, um auch ihm eine Festfreude zu bereiten; aber er war so mit sich selbst beschäftigt, daß er nichts beachtete. Er merkte nicht, daß Frau Tauscher leise hinausgegangen war und Dorles Blick unendlich traurig auf ihm ruhte. Finster und unzufrieden saß er da. –

Dorle konnte sich sein Benehmen nicht erklären, sie suchte aber nach einer Möglichkeit, ihn umzustimmen. Wenn er keine Weihnachtslieder liebte, so wollte sie ihm ein anderes singen. Er hörte sonst so gerne die erzgebirgischen Volkslieder im Dialekt, die die Gegend, die Natur, die heimatlichen Gebräuche schilderten. So stimmte sie an: »Das Leben is a Büchel, der lieb' Gott selbst schreibt drein!« ...

Aber es war, als ob Frieder heute nicht imstande war, den Namen Gottes zu hören. Er sprang auf, stieß den Tisch, hinter dem er gesessen hatte, von sich, und höhnisch lachend verließ er das Zimmer, die Tür laut hinter sich zuschlagend und stieg hinauf in seine kalte, unweihnachtliche Kammer.

Frau Tauscher kam erschrocken zurück, um zu sehen, was es gegeben hatte. Da fand sie Dorle bitterlich schluchzend unter dem Christbaum sitzend. Sie nahm ihr Kind liebevoll in die Arme und versuchte sie zu trösten. Im Innern aber grollte sie dem jungen Mann doch ein wenig, daß er ihrem Kinde den Weihnachtsabend verdorben hatte.

Dorle aber, die sonst so ruhig und gleichmäßig in ihrem Wesen war, konnte sich heute nicht beruhigen. Lange saßen die beiden Frauen unter der dunklen Tanne. Ein einziges Lichtlein brannte noch. Zum ersten Male in ihrem Leben hatte Dorle ein Geheimnis vor ihrer Mutter. Sie schmiegte sich fest in deren Arm, aber es war ihr unmöglich, der Mutter zu gestehen, daß sie heute einen Blick in die Tiefe ihres Herzens getan und entdeckt hatte, daß sie Frieder liebte. —

Frieder war hinaufgestürmt in sein Zimmer. Kein Feuer brannte darin, kein Tannenzweig erinnerte an Weihnachten. Er entkleidete sich fröstelnd, ohne Licht anzuzünden, und legte sich zu Bett; aber er fand keine Ruhe. Der alte Kampf tobte wieder in ihm.

»Ein schöner Weihnachtsabend«, höhnte er. Aber es war ja immer so bei ihm gewesen. Wenn andere sich freuten, dann kam es ihm zum Bewußtsein, wie er abseits stand und entbehren mußte. Es war eben seine Bestimmung.

Horch, was war das?

In vollen harmonischen Tönen erfüllte es die Luft: »O du fröhliche, o du selige, gnadenbringende Weihnachtszeit!«

Es war der Posaunenchor, der am Heiligen Abend nach alter Sitte durch die Straßen zog, um Weihnachtslieder zu spielen, und nun öffneten sich alle Fenster und auf der Straße wurde es lebendig. Groß und klein, alt und jung sangen mit: »Christ ist erschienen, uns zu versühnen, freue, freue dich, o Christenheit!«

Nur einer lag freud- und friedlos in seinem Bett, die Decke über die Ohren gezogen, damit kein Ton ihn erreiche. Er wollte nichts wissen von der Weihnachtsbotschaft. Ihm galt sie nicht.

Als Frieder am nächsten Morgen erwachte, kam es ihm doch zum Bewußtsein, daß sein Benehmen gegen Tauschers ungebührlich gewesen war, und es tat ihm leid. Er wollte es gutmachen. Er ging in den Wald und band einen herrlichen Stauß aus Tannengrün und Stechpalmen. Wunderschön machten sich die kleinen roten Beeren der letzteren darin. Als Frau Tauscher mit ihrer Tochter aus der Kirche kam, hing an ihrer Türe mit einem Band gebunden der Strauß. Sie wußte, was er zu bedeuten hatte. Als die Mutter ihn in eine Vase stellte, sagte sie freundlich: »Er ist doch ein guter Junge!«

Dorle antwortete nicht, aber in ihren Augen lag ein warmer, tiefer Schein.

Es war seltsam, wie sie sich zu dem einsamen, jungen Menschen hingezogen fühlte. Zwar wußte sie nichts von den Leidenszeiten seiner Vergangenheit, aber sie ahnte, daß er Schweres durchgemacht hatte, – und nun, da sie merkte, wie er immer öfters aus seinem ungemütlichen Zimmer zu ihnen flüchtete und unter dem Einfluß der Wärme und Harmonie ihres freundlichen Heimes bald auch freier und froher wurde, da stieg heimlich die Frage in ihr auf, ob dies nicht ihre Lebensaufgabe sei. Längst war es ja ihr Wunsch, Armen, Kranken oder sonstigen hilflosen Menschen zu dienen. Einem solchen vom Leben enttäuschten, verbitterten Menschen ein sonniges Heim zu bereiten, ihn mit Liebe zu umgeben und zu pflegen, – das, so meinte Dorle, müßte doch die schönste Aufgabe sein. – Die Krankenpflege, ja, sie schien ihr noch heute ideal, – aber hatte Schwester Hannchen nicht selbst gesagt, daß man sich da unbedingt der Berufung Gottes gewiß sein müsse? Und war es nicht eigenartig, daß dieser Frieder ihnen ins Haus geführt worden war, – denn daß auch dieses göttliche Fügung war, daran zweifelte sie nicht.

So spann Dorle heimlich an dem Lebensfaden ihrer Zukunft und ahnte nicht, wie sie und auch Frieder so ganz anders geführt würden.

Es ist unbedingt eine der größten Gnadengaben Gottes, daß er den Schleier der Zukunft nicht vor uns lüftet.

Frau Tauscher war bald im ganzen Dorf bekannt durch die saubere und gewissenhafte Arbeit, die sie leistete. Viele Bestellungen folgten einander, und als sie zwei Jahre in Lugau wohnte, hatte sie so viel Arbeit, daß sie einige Lehrmädchen anstellen konnte. Ein emsiges, frohes Schaffen war es da unten in Tauschers Wohnung. Dorle, die sich zu einem schönen großen Mädchen entwickelt hatte, war der Mutter rechte Hand. Ruhig und bestimmt gab sie den Mädchen ihre Anordnungen und wußte sich Respekt zu verschaffen. Die Mädchen liebten Frau Tauscher, aber für Dorle schwärmten sie direkt. Sie hatte in ihrer sonnigen Art sich alle Herzen erobert. Froher Gesang schallte oft durch den Nähraum. Dabei ging die Arbeit noch einmal so flott.

Frieder weilte oft in dem fröhlichen Kreis. Zuerst hatte er sich zurückziehen wollen, als Frau Tauscher Lehrmädchen anstellte, aber sie hatte ihm so fein über diese

Schüchternheit hinweggeholfen – und dann war er es so gewöhnt, seine freie Zeit, sofern er sie nicht draußen in der Natur verlebte, bei Tauschers zu verbringen, daß ihm dieser Umgang gefehlt hätte. Es hatte ihn doch tief beschämt, daß Mutter und Tochter stillschweigend über das unliebsame Geschehnis an jenem Weihnachtsabend hinweggegangen waren. Eine tiefe Verehrung dieser Frau gegenüber stieg in ihm hoch. Dorle aber blieb ihm die Schwester. Sie zeigte ihm nie, daß sie mehr für ihn empfand. Still und heimlich verbarg sie die Liebe zu ihm in ihrer Brust.

Unter den jungen Mädchen war eine Achtzehnjährige, die voll sprudelnden Übermutes war, Hildegard Scholtz. Ihr Mund stand keinen Augenblick still, so daß Frau Tauscher sie oft ermahnen mußte.

Dann warf sie ihren schwarzen Kopf zurück und sagte mit lachenden Augen: »Aber bestes Frauchen, wir sind doch nur einmal jung!« – und alles lachte.

Sie machte sich keine Sorgen und fand auf jede Ermahnung einen schlagfertigen Witz. Ihre Mutter war früh gestorben und der Vater hatte bald wieder geheiratet, damit seine sieben Kinder versorgt waren. Hildegard war die Älteste, war aber früh selbständig und ließ sich von ihrer Stiefmutter, die wenig Verständnis für die Kinder zeigte, nichts sagen.

Frau Tauscher hatte großes Mitleid mit Hildegard und bedauerte sie oft in ihrem Herzen: »Es ist kein Wunder, daß sie so unerzogen ist, die Mutter fehlt ihr halt«, pflegte sie zu ihrer Tochter zu sagen.

Mütterlich sprach sie zu dem Mädchen und versuchte ihr zu helfen, wo sie nur konnte. Die Sonntage verbrachte Hilde meistens auf dem Tanzboden. Übernächtigt und blaß kam sie am nächsten Morgen zur Arbeit. Aber gleich fing sie an zu schwärmen: »Es war herrlich gestern, einfach herrlich, und ihr hättet nur sehen sollen, wie sich die Burschen beim Tanz um mich gerissen haben.« – Frau Tauschers Warnungen waren fruchtlos. Sie lachte übermütig und erklärte, so eine Heilige wie Fräulein Dorle könne nicht jede werden. – Ernstlich böse sein konnte ihr niemand. Wenn Frau Tauscher wirklich einmal erzürnt war, dann konnte sie ihren Kopf senken und eine derartige Zerknirschung markieren, daß alle andern hell auflachten. Sprach Dorle aber einmal ein ernstes oder tadelndes Wort zu ihr, dann sprang sie auf, warf ihre Näharbeit hin und umarmte sie stürmisch: »Mein liebstes, bestes Fräulein Dorle, machen Sie nicht solch ein ernstes Gesicht, sonst kriegen Sie nie einen Mann und müssen eine greuliche alte Jungfer werden.«

»Das scheint dir wohl das Schlimmste?« fragte lachend Dorle.

»Uh, entsetzlich, nur das nicht!« rief Hilde aus und rang in komischer Verzweiflung die Hände.

Die Zeit eilte dahin. Stunde um Stunde schwand unaufhaltsam in die Ewigkeit. – –

Frieder war zweiundzwanzig Jahre alt geworden. Ganz ohne Einfluß war der Verkehr bei Tauschers doch nicht gewesen. Er bemühte sich, seine Stimmungen wenigstens dort zu verbergen, und einmal war er sogar in der Kirche gewesen, als Dorle bei einem Kirchenkonzert ein Solo singen mußte. Wenngleich er auch jetzt noch ein stiller Teilnehmer an den meisten Gesprächen war, so wirkte der frohe Ton der Jugend in Frau Tauschers Heim doch ansteckend auf ihn, so daß er manchmal herzlich mit einstimmte in das fröhliche Lachen der andern. Die Arbeitszeit im Bergwerk war ganz verschieden eingeteilt. Manchmal fiel die Schicht auf die Nachtstunden. So saß er oft während der Arbeitsstunden der Nähmädchen in der Sofaecke, las irgend ein Buch aus Dorles reichhaltiger Bibliothek oder bastelte und schnitzte an irgend einer Arbeit. Hin und wieder richtete Frau Tauscher oder Dorle ein Wort an ihn, das er beantwortete. Im großen Ganzen aber war er schweigsam.

Für Hildegard aber war es unmöglich, stillzusitzen, wenn sie einen Burschen in ihrer Nähe wußte – und sie begann ihn zu necken: »Sie, Herr Zöllner, ich habe Sie gestern gar nicht auf dem Tanzboden gesehen, Sie können wohl nicht tanzen?«

»Ich mache mir nichts aus derartigen Vergnügungen«, antwortete er.

»Ach, du liebe Zeit, Sie sind wohl ein Betbruder?«

Dorle gab ihr einen Verweis.

»O weh!« rief sie. »Habe ich jetzt wieder etwas Ungeschicktes gesagt? Seien Sie mir nicht böse, Herr Zöllner, es tut mir aufrichtig leid.«

Frieder glaubte, sie mache sich lustig über ihn, wie es seine Arbeitskollegen taten, er blickte auf und sah, daß Hilde ihn treuherzig anschaute. Was hatte das Mädchen für schöne schwarze Augen. »Nein, nein«, lachte er, »ich bin Ihnen nicht böse.«

»Gott sei Dank«, atmete sie erleichtert auf, »ein Stein ist mir von der Seele gefallen.«

Von da an fing sie wieder und wieder ein neckendes Gespräch mit Frieder an und merkte triumphierend, daß der stille junge Mann gesprächiger wurde.

Mit Schrecken gewahrte Dorle, daß da ein Feuer entzündet wurde, und sie meinte schon Funken springen zu sehen von Herz zu Herz. Wirklich war es so, daß Frieder jetzt noch öfter zu Tauschers ging als vorher, und kaum war er dort, als ein Necken und Lachen mit Hildegard Scholtz losging.

Eines Montags war Hilde besonders blaß und müde.

»Ich will dir eine Geschichte erzählen«, sagte Frau Tauscher zu ihr. – Hilde faltete einen Augenblick die Hände und blickte spöttisch nach oben.

»Die Predigt kann beginnen.«

Aber Frau Tauscher ließ sich nicht beirren. »Du hast doch sicher als Kind einmal das Märchen von dem vergifteten Bach im Walde gelesen. Jeder, der davon trank, veränderte sich in ganz schlimmer Weise. Das Quellwasser sah so verlockend aus, das Bächlein plätscherte durch dunkle Wälder, liebliche Wiesen, über moosbedeckte Steine, an unzähligen blauen Vergißmeinnicht vorbei. Bunte Schmetterlinge gaukelten darüber hin, und die Vögel zwitscherten in den Zweigen ihre lieblichen Lieder. Es war verlockend und schön. Viele beachteten die Warnung nicht, sie tranken von dem Wasser, obwohl es vergiftet war, aber sie mußten auch die Folgen tragen. Einer bekam eine ellenlange Nase, dem andern traten die Augen aus den Höhlen, dem dritten wuchsen die Ohren schrecklich lang, jeder veränderte sich wieder anders.« Frau Tauscher schwieg.

»Und dann?« fragte eins der Mädchen.

»Ich meine«, fuhr die Erzählerin fort, »es ist dasselbe mit den Freuden dieser Welt, sie sind vergiftet, verderben Leib, Seele und Geist, und die Folgen dieses vergifteten Wassers machen sich bei jedem bemerkbar, der davon trinkt.«

Alle hatten aufmerksam zugehört. Sie spürten, daß es Frau Tauscher ernst war mit ihrer Erzählung. Nur Hilde war aufgestanden und hatte sich vor den Spiegel gestellt, indem sie sich aufmerksam betrachtete. Lachend zupfte sie ihre schwarzen Löckchen in die Stirn und sagte: »Ich finde, daß die Vergiftung bei mir noch nicht gewirkt hat, im Gegenteil, ich glaube, ich brauche gar kein besseres Schönheitsmittel anzuwenden.«

Die andern Mädchen lachten nun doch. Frau Tauscher aber sagte sehr ernst: »Du willst mich nur nicht verstehen, Hilde.«

Frieder, der während dieser Unterhaltung still dabeigesessen hatte, mischte sich in das Gespräch. »Liebe Zeit, Frau Tauscher, das Mädchen ist doch jung, lassen Sie ihr doch das bißchen Freude.«

Alle blickten ihn erstaunt an. So sprach er, der nie ein Vergnügen suchte, den man nie im geselligen Kreise gesehen hatte?

Hilde warf Frieder einen Blick zu – und die beiden verstanden sich. Aber jemand anders hatte diesen Blick auch aufgefangen. Es war Dorle, und ihr Herz wurde tieftraurig.

Am nächsten Sonntagnachmittag saß Dorle allein am Fenster, in dem Buche lesend. Die Mutter machte einen Krankenbesuch. Es klopfte an die Türe und Frieder trat ein. »Guten Tag, Dorle, bist du allein?«

»Guten Tag, Frieder, ja, die Mutter kommt aber bald zurück, sie besucht die alte lahme Frau Stölzel. Komm, setz dich her, soll ich Licht machen?«

Nein, Frieder wollte kein Licht, es war ihm lieber, jetzt in der Dämmerung zu sitzen. Eine ganze Weile blieb es still zwischen den beiden, aber dann fing er doch an: »Ich muß dir etwas sagen.«

Dorle war es gewöhnt, daß Frieder mit allerlei Sorgen und Nöten zu ihr kam, wenn ihm irgend etwas geflickt oder gewaschen werden sollte, wenn er dieses oder jenes anschaffen wollte und ihren Rat brauchte. Hin und wieder, wenn auch selten, hatte er auch über ernste Lebensfragen mit ihr gesprochen, – und sie hatte – zartfühlend wie sie war – manches von seiner Vergangenheit aus seinen andeutenden Worten ahnend vernommen. Heute aber legte es sich so seltsam schwer auf ihr Herz.

Frieder blieb noch eine Weile still, dan seufzte er laut und begann stockend zu sprechen: »Dorle, ich bin – jetzt alt genug – um – ans Heiraten zu denken.«

Wie gut, daß das Mädchen kein Licht angezündet hatte. Dämmerung hatte sich über das Zimmer gesenkt. Leise tickte die Wanduhr. Frieder blickte vor sich nieder zur Erde, und Dorle saß da, die Hand auf das stürmisch klopfende Herz gepreßt.

Frieder fuhr fort: »Schau, Dorle, du kennst mich nun schon jahrelang, du weißt, wie ich bin. Wenn das so weitergeht, dann werde ich – wirklich – wie – die andern immer sagen – ein verschrobener Mensch. Da – hab ich gedacht, – wenn ich – so eine frohe, sonnige Frau nähme, die – würde mich – auf andere Gedanken bringen.«

Mühsam und leise hatte Frieder gesprochen. Dem Mädchen aber war es, als drücke ihr jemand langsam aber fest die Kehle zu – und bei seinen letzten Worten war es ihr, als müsse sie aufschreien vor innerer Qual. Also doch Hilde, er konnte ja nur Hilde meinen.

Hildegard, dieses leichtsinnige, oberflächliche Mädchen Frieders Frau! Wie konnte sie dem schwermütigen, oft so bitter und herb fühlenden Frieder helfen? Würde sie durchhalten, wenn seine Stimmungen über ihn kamen wie dunkle unheilvolle Gewitterwolken? – Würde ihre Liebe stark bleiben, wenn er sie gerade am nötigsten bedurfte in der Zeit seiner furchtbaren Kämpfe? Sie wußte es, Hilde war dazu nicht imstande.

Aber sie, Dorle, sie hätte es können, sie fühlte die Kraft ihrer Liebe, sie hatte Einfluß auf ihn, sie hätte ihn umgeben mögen mit starker reiner Frauenliebe – aber sie wurde nicht begehrt. Ein Kampf, ein furchtbarer Kampf tobte in ihr; sie fühlte ihre Kraft entweichen, sie hätte weinen mögen wie ein Kind, – aber sie mußte sich ja überwinden. Ihre auf das wogende Herz gepreßten Hände glitten herab und sanken in den Schoß. Plötzlich fiel ihr Blick auf das Bild an der Wand über dem Sofa. Es stellte den sinkenden Petrus dar. Es war dunkel, sie konnte das Bild nicht mehr erkennen, aber es fielen ihr die Worte ein, die darunter standen: »Herr, hilf mir, ich versinke!«

Ihre Hände falteten sich, und obwohl ihre Lippen keine Worte formten, schluchzte ihre Seele: »Herr, hilf mir, ich versinke!«

Als dann Frieder weitersprach, konnte sie ihm, stille geworden, zuhören.

»Schau, Dorle, ich habe da an Hilde Scholtz gedacht. Das ist – doch ein so fröhliches Mädchen – die wäre sicher – die rechte Frau für mich. So wüßte ich auch, – wofür ich da bin, und sie – sagt sicher – ja.«

Dann war Frau Tauscher gekommen.

»Aber Kinder«, rief sie, »warum sitzt ihr denn im Dunkeln? Macht doch Licht!« Den Gesichtern der beiden sah sie an, daß sie über etwas Außergewöhnliches gesprochen hatten.

Als Dorle ihr dann am Abend erzählte, daß Frieder sich mit Hilde Scholtz verloben wolle, da ging es wie eine Enttäuschung durch ihr Herz. Ganz leise und heimlich hatte auch sie mit ihrer Tochter und Frieder ihre Pläne gemacht, aber sie sprach auch jetzt nicht darüber.

Frieder hatte mit Hildegard gesprochen. Etwas unbeholfen, aber ernst und feierlich hatte er sie gefragt, ob sie seine Frau werden wolle – und Hilde hatte lachend zugesagt. Frieder war glücklich. Jetzt würde auch sein Weg licht werden. Er hatte sich ja einen Sonnenstrahl in Menschengestalt eingefangen.

Jetzt verlebten die beiden ihre Freistunden miteinander. So oft wie möglich gingen Frieder und Hilde zusammen aus. Er, um sich mit ihr an der Schönheit der Natur, der sein Herz entgegenschlug, zu erfreuen, sie um sich mit ihrem Verlobten den Leuten zu zeigen. Ihre Freundinnen spotteten oft über ihn: »Was willst du mit diesem langweiligen Kerl, der spricht ja stundenlang kein Wort, und tanzen kann er auch nicht, – du paßt ja gar nicht zu ihm.«

Sie aber lachte schnippisch: »Ihr denkt wohl, ich werde bei ihm versauern. – Ha, ha, da irrt ihr euch gewaltig. Ich gehe nach wie vor meinen Vergnügungen nach.« – Frieder war blind für diese Abart. Wenn er in der dunklen Erde seine Arbeit tat, dann konnte er den Augenblick nicht erwarten, bis er sein lachendes Mädchen wiedersah – und seine Kameraden ließen es auch jetzt nicht an spöttelnden Redensarten fehlen.

Er fing an, sich seine Zukunft auszumalen. Liebliche Bilder vom eigenen Heim und Familienglück zeigte ihm seine Phantasie. Er glaubte nun, da er ein Lebensziel vor sich sah, auch neuen Lebensmut und neue Kraft zu verspüren. Ein Eifer und eine Freude kamen über ihn, daß er selbst staunte. Er wollte fleißig sein und sparen, damit er imstande sei, seiner jungen Frau ein behagliches Heim zu bieten. Als er zu ihr von seinen Plänen sprach, lachte sie: »Du, ich will aber noch nicht gleich heiraten – ich will doch noch ein wenig die Freiheit genießen.«

Er sah sie fragend und nicht ohne Traurigkeit an. Sie aber schmiegte sich an ihn und drohte ihm neckend mit dem Finger: »Frieder, Frieder, einen Brummbär heirate ich überhaupt nicht.«

»Aber Kind, ich habe doch gar nicht gebrummt.«

»Aber du machst grad so ein Gesicht!«

Da lachte er wieder und ward versöhnt.

Hildegard bestand darauf, ihrer alten Gewohnheit gemäß jeden Sonntag zum Tanz zu gehen. Ein einziges Mal begleitete Frieder sie, aber dieses Herumhüpfen kam ihm so geschmacklos vor, und der Bier- und Tabakgeruch widerte ihn so an, daß es ihm ein zweites Mal unmöglich war.

»Komm doch lieber mit mir in den Wald«, bat er seine Braut, »ich weiß ein Plätzchen, wo die ersten Maiglöckchen blühen.«

»Ach geh«, schmollte sie, »du mit deinem ewigen Spazierengehen, Blumen kann ich in jedem Laden für ein paar Pfennige kaufen, aber ich will tanzen.«

Ein ihm unerklärlicher Schmerz zog durch sein Inneres. Hilde aber ging nach wie vor zum Tanz und Frieder wußte nicht, wie die Stunden während dieser Zeit zu verbringen. In den letzten Wochen war er wenig bei Tauschers gewesen. Sie verstanden es und die Mutter sagte oft entschuldigend: »Er ist nun eben verlobt!«

An einem Sonntagnachmittag trat er unverhofft bei ihnen ein. »Ei, schau, der Frieder besucht uns wieder einmal«, rief Frau Tauscher, »schnell, Dorle, hole eine Tasse aus der Küche, Frieder trinkt gleich mit uns Kaffee.« Behaglich ließ er sich in der Sofaecke nieder. Frau Tauscher schnitt ihm ein großes Stück ihres gut geratenen, duftenden Napfkuchens ab.

»Wo hast du denn deine Braut gelassen?« fragte sie. »Du hättest sie doch gut mitbringen können.«

Frieder wurde verlegen. »Sie ist beim Tanz«, erwiderte er.

»Ach?« Mehr wußten beide Frauen nicht zu sagen. Jede dachte ihr Teil. Taktvoll aber umgingen sie dieses Thema. Man plauderte gemütlich von diesem und jenem, und Frieder fühlte sich wieder einmal so recht daheim. Er mußte doch öfter zu Tauschers gehen.

Es wurde zehn Uhr, als er sich erhob: »Jetzt muß ich aber gehen und Hilde holen! Sonst ist sie morgen wieder so blaß.«

Dorle leuchtete ihm die dunkle Treppe hinab. Als sie

ihm unten die Hand reichte, konnte sie ein leises Seufzen nicht unterdrücken; er aber achtete nicht darauf. –

Unter dem sternenbedeckten Himmel schritt er dahin. Weiche, blütenduftende Mailuft umwehte kosend seine Stirne. Es war ihm so wohl, so feierlich zumute. Welch ein schöner Nachmittag war das doch gewesen – und Hilde hatte sich gewiß auch amüsiert – liebend gedachte er ihrer. Der Groll, der heute mittag in seinem Herzen aufgestiegen war, als sie den Ballbesuch ertrotzte, war verflogen. Ich will ihr gern das harmlose Vergnügen lassen, dachte er, später, wenn wir erst verheiratet sind und gar ein Kind haben, dann geht es ganz von selbst nicht mehr. – Er lächelte vor sich hin. Hilde, kleines Ding, du hast mir doch schon viel Sonnenschein in mein Leben gebracht. – Er reckte die Glieder, nein, er wollte kein Sonderling, kein verschrobener Kauz werden. Das Leben schien ihm doch noch etwas Freude gönnen zu wollen. Er blickte hinauf zu dem Sternenhimmel. Es war ihm so frei ums Herz, und plötzlich erinnerte er sich an das Lied, das die Bäuerin, die Frau des Geierfritz, des Abends ihren Kindern vorgesungen hatte. Sie war am offenen Fenster gestanden und hatte mit den Kleinen, das Jüngste im Arm, hinaufgeblickt in die Pracht der Sternenwelt. Dabei hatte sie gesungen: »Weißt du, wieviel Sternlein stehen an dem blauen Himmelszelt?« Wie merkwürdig, daß er das nicht vergessen hatte. Wie hieß es doch in einem Vers? »Gott, der Herr, rief sie mit Namen, daß sie all ins Leben kamen, kennt auch dich und hat dich lieb.« Er wiederholte: »Kennt auch dich und hat dich lieb.« – Sollte es wahr sein? Sein Herz war in diesem Augenblick so weich, so dankbar gestimmt, daß er bereit war, es zu glauben. Es war ihm plötzlich, als sähe er deutlich durch sein ganzes Leben hindurch eine Spur göttlichen Eingreifens. Wohl hatten immer schwere Wolken über seinem Leben gehangen, und seine seelische Verfassung war jahrelang so gewesen, daß er glaubte, ihm sei nichts wie Unheil beschieden. In solcher Stimmung übersah er vollständig die gütige Hand Gottes, die das unheilschwere, drohende Gewölk immer wieder beiseiteschob und versuchte, ihm seine Liebesabsichten zu offenbaren. Hätte er sich nur einmal eingehend mit den Gedanken Gottes befaßt, es wäre ihm manche Trübsal erspart geblieben. –

Er war nun an dem Wirtshaus angelangt, wo der Tanz in vollem Gange war. Lachen und Kreischen und laute Schrammelmusik tönen durcheinander. Es ist Frieder wie Mißklang seinen augenblicklichen Gefühlen gegenüber. Eine ganze Weile steht er draußen. Hilde hatte ihm versprochen, um zehn Uhr zu kommen. Nun schlägt es vom Kirchturm schon ein Viertel vor elf Uhr. Er muß in den Saal gehen, sie zu suchen. Eine heiße Welle schlägt ihm entgegen. Tabaksqualm! Biergeruch! Erhitzte Menschen lachen und schreien durcheinander. Eben setzt die Musik wieder ein. Frieder steht an der Tür und seine Augen suchen Hildegard. Es dauert lange, ehe er sie in dem Menschengewimmel findet. – Da, zwischen den sich drehenden Paaren tanzt sie. Er erkennt ihr geblümtes Kleid. Mit heißen Wangen und leuchtenden Augen lehnt sie in den Armen ihres Partners. Frieder betrachtet den Mann. Er kennt ihn nicht, aber er sieht, daß er ein gemeines, brutales Gesicht hat. Heiße Angst um seine Braut steigt in ihm hoch. Wenn sie doch herüberblicken würde, sie käme gewiß gleich zu ihm – aber sie sieht ihn nicht. Der Tanz ist beendet. Hilde wird von ihrem Partner an ein Tischchen geführt. Er läßt ihr Wein bringen und sie trinkt in langen, durstigen Zügen.

Das tut ihr doch gar nicht gut, jetzt, wo sie so erhitzt ist, denkt Frieder besorgt und will sich einen Weg bahnen, um zu ihr zu kommen. Aber schon setzt die Musik wieder ein, und er wird von den tanzenden Paaren zur Seite gedrängt. Hildegard tanzt schon wieder. Ein anderer hat sie zum Tanz geholt. – Sie ist eine der Übermütigsten. Sie wirft ihren Kopf zurück und lacht, daß ihre weißen Zähne blinken.

Ein Prachtmädel ist sie, denkt Frieder, und mir gehört sie, mir ganz allein. Es will etwas wie Eifersucht in ihm aufsteigen.

Auch dieser Tanz ist beendet. Ehe aber der langsame Frieder bei ihr ist, drehen sich die Paare schon wieder, und mit Empörung sieht Frieder, wie der brutale grobe Mensch, mit dem sie vorher getanzt hat, seine Braut an sich drückt.

Jetzt ist aber Schluß. Als Hilde an ihren Tisch zurückgeführt wird, steht Frieder vor ihr.

»So Hilde, nun komm!«

Sie schmeichelt: »Ach, laß mich doch noch ein Weilchen, es ist jetzt gerade am schönsten.«

»Nein, es ist gleich elf Uhr.«

Als sie mit Bitten und Betteln nichts erreicht, schmollt sie: »Du gönnst mir auch gar kein bißchen Freude.«

Er aber bleibt fest: »Komm jetzt, es ist nun genug.«

Der Bursche neben ihr lacht höhnisch: »Du läßt dich zwingen? Du bist doch alt genug, um über dich selbst zu bestimmen.«

Frieder wendet sich und geht wortlos an ihm vorbei. Hilde folgt trotzig. Draußen will sie noch einmal aufbegehren, aber er erinnert sie ruhig an ihr Versprechen: »Du wolltest um zehn Uhr Schluß machen.«

Plötzlich entdeckt er, daß sie ihren Verlobungsring nicht trägt: »Wo hast du den Ring?« fragt er, und seine Stirne zieht sich in Falten.

»Ach, den habe ich vergessen wieder anzustecken. Ich tat ihn in die Tasche, aus Furcht, ihn beim Tanz zu verlieren.«

Wortlos schreiten sie durch den Abend. Beide sind unzufrieden. Frieder begleitet Hilde bis vor ihr Haus. Er mag jetzt sein einsames Zimmer noch nicht aufsuchen. So macht er einen Gang durch die menschenleeren Straßen des Ortes. Sein Herz ist ihm schwer. – War das nun das Glück, das langersehnte? Merkwürdig, daß ihm jetzt sein Konfirmationsspruch, an den er lange nicht mehr gedacht hatte, in den Sinn kam.

»Die Wege des Herrn sind richtig.«

Ja, hatte er denn überhaupt die Wege Gottes eingeschlagen? Hatte er in wichtigen Entscheidungen seines Lebens nach Gott gefragt? Frieder, merke auf, dies ist ein solcher Augenblick, wo die Hand Gottes sich aus den Wolken nach dir ausstreckt, um dir zu helfen. Greif zu! Aber da macht sich die andere, die finstere Macht, bemerkbar. Frieders Herz bäumt sich auf. – Ach was, hat Gott sich je in meinem Leben um mich gekümmert? – Ich brauche ihn jetzt auch nicht. – Aber glücklich fühlt er sich nicht bei diesem Gedanken. Traurig schläft er an diesem Abend ein.

Hildegard ging auch weiter zum Tanz. Nach jenem Sonntag hatte Frieder es ihr verbieten wollen.

»Ich bin kein Kind mehr, ich lasse mir nichts verbieten«, hatte sie da aufbegehrt. Um Streit zu verhüten, hatte Frieder nachgegeben. So ging sie denn sonntagnachmittags zum Tanz, und Frieder saß bei seinen Freunden Tauscher. Seit einiger Zeit arbeitete Hilde nicht mehr dort. »Ich verdiene in der Fabrik mehr«, hatte sie gesagt, und obwohl Frieder es nicht gern sah, war sie doch gegangen.

Eines Abends, nachdem die Lehrmädchen das Haus verlassen hatten, ging Frau Tauscher mit ihrer Tochter ein Stückchen hinaus, um den Feierabend in der Schönheit der Natur zu genießen. Arm in Arm gingen sie schweigend am Waldesrand entlang und empfanden wohltuend die Stille des Abends. Plötzlich unterbrach Dorle das Schweigen: »Mutter, ich möchte dir etwas sagen: Du weißt, daß ich schon des öfteren mit Schwester Hannchen über den Beruf einer Krankenschwester gesprochen habe. In letzter Zeit bewegt mich dieser Gedanke wieder stark. Hättest du etwas dagegen, wenn ich Krankenschwester würde?«

Die Mutter antwortete nicht gleich. Es war ihr, als hätte sie eine der entscheidendsten Lebensfragen ihrer Tochter zu beantworten. Sie blieb stehen und schaute ihrem Kinde tief in die Augen. »Ist es dir klar, daß es dein dir von Gott gewiesener Weg ist?«

Dorle fühlte den tiefen Ernst dieser Frage. Es war ihr nicht leicht, von dem zu sprechen, was in ihr vorging, aber sie wußte, daß die Mutter ein Recht hatte, Offenheit zu erwarten, und sie war ihres Vertrauens wert. Während sie weitergingen, offenbarte sie der Mutter die Kämpfe der vergangenen Wochen.

»Ich habe gemeint, der liebe Gott habe mir eine andere Aufgabe zugeteilt, – und Mutter, – diese Aufgabe hätte ich mit tausend Freuden erfüllt, – es schien mir das Schönste, das Höchste, – sieh, ich bin ja nun kein Kind mehr – –«

Es war ihr nicht leicht, weiterzusprechen. Die Mutter aber wartete geduldig. Endlich fuhr Dorle fort: »Nun ist es ganz, ganz anders gekommen. Es tut furchtbar weh, Mutter, – aber ich habe erkannt, daß es nicht nach Gottes Plan war, was ich meinte, besitzen zu müssen. Nun aber steigt lebendiger denn je zuvor der Wunsch in mir auf, Armen, Verlassenen, Kranken und anderen Hilfsbedürftigen zu dienen. Es ist mir wirklich, als ob der liebe Gott mich doch für diesen Dienst bestimmt hat, – und Mutter, – glaubst du nicht auch, daß man eigene Not viel besser vergißt, wenn man solchen, die noch viel schwereres Leid tragen, dienen kann?« Dorle schwieg.

Die Mutter aber, tief ergriffen von dem, was ihre Tochter ihr soeben anvertraut, zog sie an sich und sagte mit bewegter Stimme: »Du bist mein einziges Kind, aber wenn Gott ruft, dann muß auch die Mutter zurückstehen können. Geh also in Gottes Namen und diene den Kranken und Leidenden, – schenke ihnen deine Liebe, ich weiß, du wirst befriedigt sein in solchem Dienst. Noch eins, mein Kind, wenn du im Rückblick auf die vergangenen Wochen dich manchmal quälend fragen solltest: Warum muß ich durch solche Tiefen gehen, – so denke daran, daß du nun andere, die ähnliches erleben, besser verstehen kannst. Oft schickt uns Gott aus diesem Grunde Trübsalszeiten. Wir wollen niemals daran zweifeln, daß alles, was er zuläßt, irgendwie zum Nutzen für uns sein muß.«

Dorle fühlte, daß die Mutter tief in ihr Herz geblickt hatte, sie wußte aber auch, daß sie verstanden wurde, und daß die Mutter daher bereit war, das Opfer zu bringen und sie ziehen zu lassen. »Ich danke dir«, flüsterte sie bewegt, indem sie tief ergriffen die Mutter küßte. Schweigend gingen die beiden Frauen durch den sinkenden Abend heimwärts. –

Eines Sonntags war Frieder bei Tauschers, als die Mutter ihm die Neuigkeit mitteilte: »Denk dir, Dorle wird uns verlassen. Sie will Krankenpflegerin werden und geht nach Stollberg ins Krankenhaus.«

»Ja, wieso denn?« platzte Frieder ganz erschrocken heraus. –

Die Mutter antwortete: »Sie will eben den Kranken und Leidenden dienen.« – Frieder war sprachlos und konnte sich nicht zurechtfinden. »Ja, aber – aber«, stotterte er, »wer flickt mir dann meine Sachen, – und wem kann ich dann alles sagen, wenn – –« Er stockte.

Frau Tauscher lachte. »Dafür hast du doch deine Braut.«

Da wurde er ganz verlegen und drehte hilflos seinen

Ring hin und her. – »Ach ja, natürlich«, sagte er endlich. Merkwürdig, daß er den ganzen Nachmittag ein Gefühl hatte, als sei irgendwo ein Licht ausgelöscht – oder als sei ihm eine Freude verdorben worden. – Eine Erklärung aber fand er dafür nicht.

Frau Tauschers Gedanken gingen allerlei Wege, als sie in den kommenden Tagen Dorles Schwesternaussteuer nähte. Wie eigenartig ihr Kind doch geführt wurde. Als junges Mädchen hatte auch sie sich zu dem Beruf einer Krankenschwester hingezogen gefühlt, dann aber schien ihre Gesundheit nicht stark genug zu sein. Nun war es also ihrer Tochter beschieden, diesen schweren und doch hohen Beruf des Dienens zu ergreifen. Innige Gebete sandte sie während ihrer Arbeit zu Gott empor. – Ach, wie sehr wünschte sie, daß ihr Kind in der Erfüllung dieser neuen Aufgaben innerlich froh und zufrieden wäre. Gewiß, sie hatte sich die Zukunft Dorles auch anders gedacht, – aber wenn Gott sie rief, dann mußte sie gehorchen, und sie als Mutter wollte willig, nicht gezwungen, das Opfer bringen.

So zog Dorle Tauscher ein Vierteljahr später als freie Schwester in das Stollberger Krankenhaus.

Frieder stand kurz vor der Hochzeit. Hildegard hatte eingewilligt, aber nur mit Vorbedingung. »Wehe, wenn du mir nicht meine Freiheit läßt, ich will auch als Frau mein Vergnügen haben.« Frieder stritt nicht, er hoffte, daß Hilde von selbst vernünftig würde. Wenn wir erst verheiratet sind, wird sie so manche Pflicht zu erfüllen haben, daß sie gar keine Lust mehr an solchen Vergnügungen hat. Er sehnte sich nach dem Augenblick, wo er seine eigene Häuslichkeit hatte. Bei seinem sparsamen Leben hatte er sich eine ganz nette Summe erübrigen können, und in den nächsten Tagen wollten sie zusammen die Möbel kaufen.

In den schönsten Bildern malte er seiner Braut die gemeinsame Zukunft aus. »Denk dir, Hilde, wenn wir dann unser eigenes Gärtchen haben, wie fein wird das sein. Du darfst dir dann alles Gemüse für den täglichen Gebrauch pflanzen und schöne Blumen in allen Sorten dazu.«

Sie aber freute sich nicht daran. Enttäuscht blickte er ihr in die Augen: »Freust du dich denn gar nicht darüber?«

»Ach ja«, gab sie gezwungen zurück. »Ich dachte gerade daran, wie ich mir mein Hochzeitskleid nähen lassen soll.«

Er seufzte leise. Wie ganz verschieden waren sie doch. Selten nur ging sie einen Weg innerlich mit ihm. Aber er wollte weiter hoffen. Nach der Hochzeit würde es schon besser werden. Er wollte nun auch wirklich nicht länger warten. Jetzt, da Dorle fort war, sehnte er sich erst recht nach einem eigenen Heim. Es war doch merkwürdig, wie sie ihm fehlte.

Aber er hatte ja seine Hilde. Zärtlich zog er sie an sich.

»Meine kleine Frau«, flüsterte er ihr ins Ohr. Aber sie war heute widerspenstiger denn je. Sie entwand sich seinem Arm: »Soweit sind wir noch nicht!«

»Aber bald«, lächelte er. Er wollte nicht ungeduldig werden, sie würde sich mit der Zeit schon ändern.

»Hallo, Frau, wohnt hier der Bergarbeiter Zöllner?«

Frau Tauscher sprang erschrocken von ihrem Nähtisch auf. Ohne zu klopfen hatte ein Mann die Türe aufgerissen und war aufgeregt ins Zimmer getreten.

»Bei mir nicht«, antwortete sie, »aber hier im Haus im vierten Stock hat er sein Zimmer.«

»Hat er Angehörige?«

»Nein, das heißt, eine Braut hat er, – aber sagen Sie mir um Gottes willen, was ist passiert?«

»Er ist im Schacht verunglückt. Benachrichtigen Sie

gleich seine Braut. Er liegt im Stollberger Krankenhaus.«

Da war der Unglücksbote auch schon wieder weg.

Frau Tauscher lehnte bleich an der Türe. »Armer Mensch, – dein Leben führt dich durch viele dunkle Täler.«

Aber jetzt war keine Zeit zu verlieren. Es mußte gehandelt werden. Der Mann hatte auch gar nichts Gewisses gesagt. Hoffentlich lebte er noch. Wie würde Hilde diese Botschaft aufnehmen? Das arme Mädchen, so kurz vor der Hochzeit . . .

Frau Tauscher hatte ein Tuch umgelegt und war fortgeeilt. Es war um die Mittagszeit, Hildegard würde demnach zu Hause anzutreffen sein. Von zwölf bis ein Uhr hatten die Fabrikarbeiter Mittagspause.

Als sie in das Haus trat, hörte sie Hildes Stimme laut durchs Haus schallen. Sie sang einen gewöhnlichen Schlager.

Frau Tauschers Herz wurde schwer. Es stände dir besser, du sängest jetzt einen Choral, dachte sie.

Hildegard begrüßte sie lebhaft. »Das ist aber ein seltener Besuch.«

Frau Tauscher legte mütterlich besorgt den Arm um das Mädchen: »Du darfst jetzt nicht erschrecken, ich bringe dir eine traurige Botschaft.«

Hilde wurde nun doch bleich. »Was ist?«

»Frieder ist im Schacht verunglückt!«

»O Gott! – Ist er tot?«

Und dann weinte sie unbeherrscht auf: »Ich kann keine Toten sehen, nein, nein, ich kann ihn nicht sehen!«

»Aber Kind, ich bitte dich, es ist doch noch gar nicht gesagt, daß er tot ist!«

»Ach so, ich dachte . . .«

»Auf jeden Fall mußt du gleich zu ihm, ich werde dich ins Krankenhaus begleiten.«

»Wo denken Sie hin, Frau Tauscher, ich muß doch gleich in die Fabrik. Wir haben augenblicklich so viel Arbeit, daß ich nicht frei nehmen kann, und das wird einem gleich vom Lohn abgezogen; nein, nein, ich kann nicht mit.« Alles Zureden half nichts, sie blieb dabei, jetzt nicht gehen zu können.

Frau Tauscher versuchte ihr klarzumachen, daß ihr Platz jetzt am Krankenbett ihres Verlobten sei; aber es war vergebens.

»Es genügt, wenn Sie jetzt hingehen, Sie können mir ja auch heute abend Nachricht bringen, wie es ihm geht. Und wenn er schon tot ist, dann brauch ich gar nicht erst hin, ich kann nun einmal keine Toten sehen. – Liebe Zeit, da müßte ich schließlich noch ein schwarzes Kleid haben, das paßt mir gar nicht, wo jetzt die Fastnachtsbälle beginnen.«

Entrüstet hatte Frau Tauscher sich abgewandt. Das war doch zu stark. Nein, es war vergebliche Mühe, das Mädchen an ihre Pflichten, geschweige an ihre Liebe zu erinnern, die war hier gar nicht vorhanden. Hilde dachte nur an sich. Bekümmert eilte Frau Tauscher fort.

Ein langer Weg lag vor ihr. Von Lugau nach Niederwürschnitz, und von dort nach Stollberg, – sie mußte mehr als eine Stunde rechnen, und der Weg stieg ziemlich bergauf. Ein kalter Wind riß an ihren Kleidern. Ihre Hände erstarrten, aber sie fühlte es kaum.

Armer, armer Frieder, dachte sie, du hast deine Liebe einer Unwürdigen geschenkt. Wie furchtbar wird die Enttäuschung für dich sein, wenn das Erkennen über dich kommt. Es wäre vielleicht besser, Gott nähme dich vorher hinweg. Aber unsere Pläne sind nicht immer die seinen, und wenn er uns auch oft durch unbegreiflich schwierige Zeiten gehen läßt und manche Lebensfrage ein ungelöstes Problem bleibt, so weiß er doch, warum er es tut, und seine Gedanken sind höher denn die unseren. Manch einer hat für das Leid seines Lebens danken gelernt. –

Frieder lag tagelang besinnungslos. Man hatte ihn in ein Einzelzimmer gelegt. Der Arzt befürchtete, daß sich sein Zustand verschlimmere; er hatte überhaupt wenig Hoffnung, daß er mit dem Leben davonkam. Im Bergwerk hatte sich ein schwerer Steinblock gelöst und beim Niederfallen Frieder mitgerissen und ihm Kopf und Gesicht gequetscht. Wie ein Wunder, daß er überhaupt mit dem Leben davongekommen war.

Als Frau Tauscher an dem Unglückstag erhitzt und voller Sorge im Krankenhaus angekommen war, trat Dorle ihr im weißen Schwesternhäubchen entgegen: »Mutter, ich darf ihn pflegen, ich habe darum gebeten, und man hat es mir erlaubt.«

»Mein armes Kind«, sagte diese. – Da war es mit Dorles Selbstbeherrschung vorbei. Sie lehnte den Kopf an die Schulter der Mutter und schluchzte haltlos.

»Wenn er nur am Leben bleibt, ich will gerne ›Schwester Dora‹ bleiben, – aber er soll wieder gesund werden.« – Die Mutter verstand den Doppelsinn dieses Wortes. Leise, aber mit der Gewißheit einer gereiften Christin sagte sie: »Rufe mich an in der Not, so will ich dich erretten und du sollst mich preisen.«

»Ich hab's schon getan, Mutter«, antwortete Dorle und trocknete ihre Tränen, »aber nun komm, ich will dich zu ihm führen.«

Tagelang lag Frieder da, ohne die Besinnung zu erlangen. Unermüdlich saß Schwester Dora an seinem Bett und pflegte ihn mit zarter Hand. Der Kranke phantasierte in seinem Fieber, und all die Qual seines Lebens, all die Bitterkeit, der Groll, die ganze Last seiner Jugendjahre kam da zum Vorschein.

Dorle hatte während der Zeit ihres Dienstes im Krankenhaus schon an manchem Krankenbett gesessen, aber was sie hier durchmachte, übertraf alles, was sie bisher erlebt hatte. Mit zitterndem Herzen hörte sie den Phantasien des Kranken zu, nach und nach formte sich ein Bild aus den einzelnen, qualvoll hervorgestoßenen Worten, und sie konnte es nicht verhindern, daß ihr oft heiße Tränen über das Gesicht rollten. Die Pflege nahm sie körperlich und seelisch derartig mit, daß sie bald ihre frische Farbe verlor und der Arzt sie durch eine andere Schwester ablösen lassen wollte. Sie aber bat so inständig, den Kranken weiter betreuen zu dürfen, daß der Arzt es ihr schließlich gewährte.

Unter den Schwestern gab es ein Flüstern. Auch da fand man böse Gesinnung. »Das ist doch seltsam, daß sie sich so um die Pflege dieses Menschen reißt, irgend etwas steckt dahinter.«

Eine andere meinte: »Wenn's noch was Besseres wäre, aber nur ein gewöhnlicher Bergarbeiter.«

Dorle hörte von diesen Verdächtigungen, aber sie schwieg dazu und ging weiter treu und gewissenhaft ihrer Arbeit nach. Als ihre Mutter davon hörte, war sie nicht gewillt, auf die Ehre ihres reinen, tapferen Kindes auch nur den leisesten Makel werfen zu lassen, und sie ging zu dem leitenden Arzt und erzählte ihm, daß Frieder seit Jahren in ihrem Hause ein und aus gegangen war, und zwischen ihm und ihrer Tochter ein geschwisterliches Verhältnis bestehe. – Von da an hieß es: »Schwester Dora und ihr Pflegebruder«, und Dorle war ihrer Mutter dankbar für diese Lösung.

Endlich erwachte Frieder aus seinen schweren Fieberphantasien. Erstaunt blickte er um sich. Wo war er? Sein Kopf und Gesicht waren derartig verbunden, daß nur Augen und Mund zum Vorschein kamen. Nur mit großen

Schmerzen konnte er den Kopf ein wenig drehen. Stöhnend sank er zurück in die Kissen. Da beugte sich jemand über ihn. Ja, – war es denn möglich? Dorle – im Schwesternhäubchen? – Da befand er sich wohl im Krankenhaus? »Was ist passiert?« fragte er leise. – »Gott sei Dank«, flüsterte Dorle, »er kommt zu sich. Du darfst jetzt noch nicht sprechen, Frieder, du warst sehr krank.« – Da hatte er auch schon wieder die Besinnung verloren.

Jetzt aber wurde es langsam besser, und der Arzt brachte ihm bei, daß er schwer verunglückt sei und sich schonen müsse, weil der Schädel einige leichte Bruchstellen aufweise und das Gesicht arg gequetscht sei.

Als er Kraft genug hatte zu reden, war seine erste Frage: »Wann kommt Hilde?«

»Sie war schon hier«, antwortete Dorle freundlich, aber sie sagte ihm nicht, daß sie nach ein paar Minuten wieder gegangen sei mit dem Bemerken, es werde ihr übel von dem Geruch des Krankenhauses.

Frieders Blicke blieben auf einem herrlichen Strauß Maiglöckchen haften. »Wie lieb von Hilde, sie weiß, daß es meine Lieblingsblumen sind, die sind um diese Zeit aber noch sehr teuer.«

Ein glückliches Leuchten lag in seinen Augen. – Dorle ließ ihn bei dem Glauben. Sie war es selbst gewesen, die ihm die Blumen hingestellt hatte. –

Tagelang wartete Frieder vergeblich auf Hildegards Kommen. Dorle tröstete ihn, so gut sie konnte.

»Übrigens hat der Arzt gesagt, du dürftest noch nicht viel Besuch empfangen, solange du so schwach bist.« – Aber sie merkte doch, daß die Enttäuschung wuchs. Endlich, am Sonntag, kam Hilde lachend und lebenslustig. »Es geht dir ja schon wieder besser, denk, ich wollte dir etwas mitbringen, aber heut sind die Geschäfte geschlossen, und gestern habe ich es vergessen.« – Er aber war glücklich, daß sie wieder bei ihm war. Er hielt ihre Hand und blickte sie aus seinem unförmigen Verband innig an: »Mein Sonnenschein.« – Als er aber mit ihr von der Zukunft sprechen wollte und sich in Schwärmereien verlor über ihr Heim und das Gärtchen, da sagte sie nicht ohne Unwillen: »Na, nun mußt du erst wieder gesund werden, ehe wir ans Heiraten denken können. Jetzt aber kann ich nicht länger bleiben, ich kann den Karbolgeruch nicht ertragen.«

»Bleib doch noch ein bißchen«, bat er. Aber sie ließ sich nicht halten. Mit traurigen Augen blickte er ihr nach, bis die Türe sich hinter ihr geschlossen hatte. Wenn er geahnt hätte, daß sie unter ihrem Mantel das Tanzkleid trug und nun direkt auf den Tanzboden eilte . . .

Dorle trat ein. »Soll ich mich ein wenig zu dir setzen, Frieder?«

»Hast du heute nicht frei?«

»Ja, aber ich bleibe gerne bei dir«, sagte sie und strich ihm die Kissen glatt.

Als sie still neben seinem Bett saß, betrachtete er sie lange. Wie lieblich sah ihr Gesicht unter der blütenweißen Haube aus. Edel und fein war es geformt. »Schwesterlein«, flüsterte er.

Sie blickte ihn freundlich lächelnd an. »Ja, jetzt bin ich Schwester Dora geworden, es ist ein schöner Beruf.«

In diesen Tagen brauste ein gewaltiger Sturm durch Deutschlands Lande. Die Zeitungen verkündeten es, die Glocken läuteten es, einer sagte es dem andern, wie ein fressendes Feuer griff die Kunde um sich: Krieg! – Krieg! – Der Kampf 1870/71.

Deutschlands Söhne zogen mit flammender Begeisterung in die Schlacht, das Herz voller Freiheitsgedanken. Frieder lag indessen Woche um Woche im Krankenhaus. Nur ganz langsam setzte die Besserung ein. –

Kurz nach dem letzten Besuch Hildegards hatte der Postbote eines Tages einen Brief für den Bergarbeiter Friedrich Zöllner abgegeben. Freudig überreichte Dorle ihm denselben. Er war von Hildegard. Frieders Augen leuchteten auf. »Lies ihn mir vor«, bat er, »ich kann mit meinem dicken Verband so schlecht sehen.« Dorle hätte ihm diese Bitte am liebsten abgeschlagen, aber sie überwand sich. Warum zitterten ihre Hände so, als sie den Brief entfaltete. Ihre Augen überflogen die wenigen Zeilen. Mein Gott, was stand da! Das konnte doch nicht möglich sein! Ihr Herz begann in rasenden Schlägen zu klopfen. Sie fühlte, wie sie abwechselnd rot und blaß wurde.

»Warum liest du nicht?« fragte Frieder gereizt und ungeduldig, »so beeile dich doch.«

Aber Dorle konnte nicht, die Stimme versagte ihr – das Wort blieb ihr im Halse stecken. »Ich kann nicht«, flüsterte sie kaum hörbar, und ließ das Briefblatt auf die Decke des Kranken fallen. Dann verließ sie wankend das Zimmer.

Eine bange Ahnung erfaßte Frieder. Er nahm den Brief, hielt ihn nah vor die Augen, um die Schrift entziffern zu können, und las:

»Lieber Frieder! Ich habe mit dem Arzt gesprochen. Er sagt, du seist ganz entstellt in deinem Gesicht; das Nasenbein ist gebrochen und gequetscht – es wird nie wieder richtig werden. Du kannst mir nicht zumuten, daß ich mich mit so einem entstellten Mann verheirate. Darum löse ich unser Verhältnis. – Vielleicht heiratet dich Dorle, die ist ja ganz vernarrt in dich. Wir beide sind auf jeden Fall fertig miteinander. Hilde.«

Schwarze Kreise tanzen vor Frieders Augen. Er greift wie nach einem Halt suchend mit beiden Händen in die Luft, dann ist es ihm, als sinke er tief, tief in einen Abgrund. Als Dorle nach einer Stunde totenblaß aber doch gefaßt in das Krankenzimmer tritt, findet sie ihn in tiefer Ohnmacht. Sie nimmt den Brief, der noch auf der Bettdecke liegt, an sich, und ruft sofort den Arzt.

»Ich begreife nicht, woher dieser plötzliche Rückschlag kommt«, sagte er, »wir sind um Wochen zurück. Eine mir unverständliche Sache.«

Tagelang liegt Frieder wieder ohne Bewußtsein. Verzehrendes Fieber rast durch seinen Körper. Fast unerträglich aber ist es für Dorle, die noch immer nicht von seinem Bette weicht, mit anzuhören, wie er im Fieber Phantasien, Verwünschungen, ja Gotteslästerungen ausstößt. Oft sinkt sie weinend und betend an seinem Bett nieder. Es ist ihr, als ob finstere Mächte über ihn kommen und seine Seele foltern. Manchmal schluchzt er im Fieber wie ein Kind. »Mutter, Mutter, warum läßt du mich allein?« Dorle meinte oft, vor Weh vergehen zu müssen. Hätte sie nicht ihre Mutter gehabt, die so groß und stark das Leid mit ihrer Tochter trug, sie wäre unter der Last zusammengebrochen.

Endlich, endlich kommt Frieder wieder zu sich.

Angstvoll steht Dorle neben ihm. Wie wird es sein, wenn die Erinnerung über ihn kommt? Sie zittert um ihn. Sein Blick irrt unstet durchs Zimmer – dann bleibt er auf seiner Hand haften. Noch trägt er den Ring, das Zeichen seiner Verbindung mit Hildegard. Schreckhaft weiten sich seine Augen. Mit einem Fluch reißt er ihn vom Finger und schleudert ihn haßerfüllt in die Zimmerecke. – Kein Wort kommt dabei über seine Lippen.

Dorle fühlt, daß sie etwas sagen muß. »O Gott, steh mir bei, was soll ich tun, um ihm zu helfen!«

Sie tritt leise neben sein Bett, legt ihre Hand auf die seine, an der soeben noch der Ring steckte, und sagte: »Segnet, die euch fluchen, tut wohl denen, die euch hassen, bittet für die, die euch beleidigen.«

Er tobt nicht, er braust nicht auf, über seine Lippen kommt kein Fluch mehr, aber er blickt sie an – und eine große Erkenntnis kommt über ihn. Er weiß, daß er am Glück seines Lebens vorübergegangen ist.

Sie ahnt, was in ihm vorgeht, und senkt in keuscher Scheu ihres reinen Frauenherzens die Augen. In demselben Augenblick kommt der Arzt. »Ich glaube, es geht meinem Pflegebruder besser«, sagt Schwester Dora.

Frieder aber hat sie verstanden.

Nicht immer blieb er ruhig. Das Weh dieser tief einschneidenden Enttäuschung packte seine Seele und schüttelte ihn. Es kamen Augenblicke, wo er dem Wahnsinn nahe war. Dann konnte er flehend bitten: »Dorle, bring mir irgendeine Medizin, daß ich einschlafe und nicht mehr aufwache, sei barmherzig, mein Leben ist nutz- und zwecklos.«

Sie aber redete in rührender Geduld zu ihm wie zu einem kranken Kinde.

Die Kunde von Krieg und Sieg dringt auch in die Krankensäle. Frieder lehnt sich auf gegen sein ihm unerträgliches Geschick: »Warum kann ich nicht wie andere auf dem Schlachtfeld verbluten? Dann hätte mein Leben wenigstens dem Vaterland genützt.«

Als er nach langen Monaten zum ersten Male ohne Verband gehen darf und sich im Spiegel betrachtet, erschrickt er vor seinem eigenen Bild. Sein Gesicht ist bis zur Unkenntlichkeit entstellt, anstelle der Nase eine häßliche Narbe. Er wundert sich nicht, daß es die Menschen anwidert, ihn anzublicken, und es ist ihm klar, daß sein Weg noch einsamer als bisher sein wird.

Als der Krieg beendet ist und die Glocken Sieg und Frieden verkündigen, ist Frieder soweit hergestellt, daß er das Krankenhaus verlassen kann, aber in seinem Herzen ist nicht Frieden. Bitterkeit und Groll haben sich aufs neue tief eingenistet, und er trägt sie hinein in sein neues Leben.

In Lugau will er nicht bleiben. Hier erinnert ihn alles an die schrecklichen Erlebnisse der letzten Monate. Es ist ihm auch nicht möglich, bei Tauschers Heimatrechte anzunehmen. Er selbst ist ja am Glück seines Lebens blind vorübergegangen – also fort – in die Fremde. Er schnürt sein Bündel und eines frühen Morgens verläßt er Lugau, um sich eine neue Heimat zu suchen.

Hat er sie je gefunden? Ein rastloses unruhiges Suchen blieb sein ganzes Leben. Nirgends war er recht zu Hause. Nirgends fand er Anschluß. Sein entstelltes Gesicht, dazu sein mürrisches Wesen wirkten abstoßend. Es blieb ein einsames Wandern auf dunklem, steinigem Pfad. In Chemnitz lebte er einige Jahre, dann in Zwickau und zuletzt landete er in Dresden. Wo er arbeitete, hatte man ihn gern. Man schätzte seine große Pflichttreue und Gewissenhaftigkeit; man bezahlte ihn und hatte damit seine Pflicht getan. Daß er auch noch etwas anderes brauchte, danach fragte niemand.

Der Mensch lebt nicht vom Brot allein!

Die Zeit heilt Wunden. Auch Frieder konnte nach Jahren an Hildegard denken, ohne daß sein Herz haßerfüllt war. Wer weiß, ob sie miteinander glücklich geworden wären. – An Dorle dachte er wie an eine Heilige. Nein, sie hätte nie seine Frau werden können. Sie schien ihm viel zu gut, viel zu edel für ihn. Wenn nur diese innere Einsamkeit nicht gewesen wäre. Unsäglich litt er darunter. Vierzig Jahre noch schleppte er sich mit dieser inneren Qual, nur daß der Sturm sich langsam legte und einem leisen, plagenden Weh Platz machte. –

Er lebte sparsam und hatte sich mit der Zeit eine Summe zurückgelegt, daß er wenigstens im Alter sorgenlos leben konnte. Aber auch diese Hoffnung wurde zerstört. Alles, was er glaubte halten zu können, entglitt seinen Händen und lag zerbrochen vor seinen Füßen.

Der Weltkrieg 1914 brauste daher. Die Grundfesten der Erde erzitterten. Die Inflation folgte, und mit tausend anderen, die mühsam in jahrelanger, fleißiger Arbeit ein kleines Vermögen erspart hatten, verlor Frieder Zöllner alles, was er hatte. In seinem Greisenalter war er arm wie ein Bettler geworden. –

War das nun das Ende seines arbeits- und enttäuschungsreichen schweren Daseins? Was hatte es denn für einen Wert gehabt, zu leben?

Ich fand den alten Mann im elenden Stübchen, die Wände getüncht, – ein wackliger Tisch, – ein Stuhl, – ein Bett und ein Schrank, das war alles, was er hatte, und das gehörte nicht einmal ihm, sondern den Leuten, die ihm das Zimmer vermietet hatten. Es war strenger Winter. Seit Jahren hatten wir keine solche Kälte gehabt. Ich suchte vergeblich nach einem Ofen in diesem primitiven Raum.

»Oh«, sagte der Alte, er war damals über achtzig Jahre alt, »das ist nicht so schlimm; wenn ich es vor Kälte nicht mehr aushalten kann, dann gehe ich halt ins Bett.« Ich saß vor ihm, er duldete es nicht, daß ich stand, – er lehnte an der kahlen Wand und erzählte mir seine Lebensgeschichte. Nach jenem unglückseligen Ereignis im Bergwerk hatte sein Leben sich ziemlich ereignislos abgespielt, wenigstens ging er in seiner Erzählung kurz über die folgenden Jahre hinweg. – Wie tat er mir leid, der arme Mensch, aber war es nicht wieder Gottes Hand gewesen, die ihn bewahrt hatte vor dem Leid einer unglücklichen Ehe mit jenem oberflächlichen Mädchen? War das »unglückselige Ereignis« im Bergwerk nicht doch noch sein Glück geworden? Damals erkannte er natürlich nicht die Fürsorge Gottes, erst viel später kam er zur Einsicht.

»Die folgenden Jahre«, erzählte der Alte, »waren für mich Zeiten der Bitterkeit und der inneren Not. Ja, ja, man kann es äußerlich ganz gut haben, und doch innerlich fast zugrundegehen. Aber es war meine eigene Schuld. Gott war mir lang genug nachgegangen, aber«, schloß er mit einem Seufzer, »zuletzt habe ich doch noch – endlich – meinen Herrgott gefunden.«

Wie soll ich Worte finden, dieses Erlebnis zu schildern? Es ist das Größte, das Tiefste, das einem Menschen begegnet, wenn er seinen Gott findet.

War es über ihn gekommen, als er entdeckte, daß jeder, auch der Reiche und Vornehme, sein Kreuz zu tragen hat? – War ihm diese Erkenntnis dadurch aufgegangen, daß er bedachte, wie durch all sein Ringen und Schaffen und Wollen ein Strich gezogen wurde und ihm alles zerbrach, weil er seine Rechnung ohne Gott machte?

Die Liebe und Fürsorge Gottes war über ihn gekommen. Er war ein alter, zitternder Mann geworden. Noch immer waren die Spaziergänge im Wald und Feld seine größte Freude. Weite Spaziergänge konnte er nicht mehr unternehmen, da versagte seine Kraft.

Eines Tages aber war er an der Elbe entlang gewandert und hatte sich auf einer Wiese niedergelassen. Es war früh am Morgen. Der Tau der Nacht lag noch auf den Gräsern. Da hatte er ein kelchförmiges Blatt betrachtet, in dem klar und glänzend ein Tautropfen lag. An dem Stengel dieses Blattes war eine kleine Raupe emporgekrochen. Behutsam hatte sie sich über den Rand des Kelchblattes gebeugt und in durstigen Zügen den Tautropfen eingesogen.

Der alte Mann saß da – und plötzlich ging es wie ein warmer Strom durch seine Seele. Er konnte sich nicht erklären, was in ihm vorging, aber er sah plötzlich die Liebe und Fürsorge Gottes in der Natur, bis ins kleinste Lebewesen hinein. Ja, es war ihm klar, da war Gottes Liebe. Und plötzlich war es ihm, als höre er singen: »Gott im Himmel hat an allen seine Lust, sein Wohlgefallen, kennt auch dich und hat dich lieb.« Und während er dort saß, zog sein Leben wie ein Panorama an ihm vorüber. Er sah Bild für Bild, und weil sein Herz in der rechten Einstellung war, sah er nicht mehr das Häßliche, das Dunkle, nicht mehr die vielen Enttäuschungen seines Lebens, sondern die Licht- und Freudenzeiten. Hatte Gott ihm nicht genügend Beweise der Liebe entgegengebracht? Waren nicht immer gute, edle Menschen an seinem Weg gestanden, – von Gott dahingestellt, ihm zu helfen? Waren ihm nicht unzählige Tautropfen der Erquickung gereicht worden? Aber er hatte sie übersehen und mißachtet. Er war ja selbst schuld am Unglück seines Lebens, weil er Gottes Liebeshand von sich gestoßen hatte. –

Und was ihm die vielen, tief einschneidenden Erlebnisse seines Lebens nicht gesagt hatten, das wurde ihm in diesem Augenblick klar, das erkannte er an einem einfachen, alltäglichen Geschehnis.

Gottes Wege! Ja, er hatte sie verlassen und eigene gesucht. Daher die Not seines Lebens.

Über den alten Mann kam die große Erkenntnis seiner Schuld. Und mit gefalteten Händen saß er da und weinte über seine Vergangenheit. »Gott sei mir Sünder gnädig!« Mehr wußte er nicht zu beten, – aber die Antwort kam, einfach und schlicht, so daß er es fassen konnte, wie eine selige Gewißheit über ihn: »Gott im Himmel hat an allen seine Lust, sein Wohlgefallen, kennt auch dich und hat dich lieb.« Ja, er wußte es! Gott hatte ihn lieb! Die dunklen Schatten mußten weichen vor dem Licht der Sonne, die über ihm siegend und segnend aufgegangen war.

»Unsere Ehe wird geschieden…«

Es war in der Schweiz, im Kanton Aargau. Ich hatte dort eine Vortragsreihe zu halten. Die Abende waren gut besucht und die Zuhörer sehr aufgeschlossen.

Eine bleiche Frau von etwa fünfunddreißig Jahren, die an mehreren Abenden in einer der vorderen Reihen gesessen hatte, meldete sich bei mir zur nachmittäglichen Sprechstunde an.

»Ich bin seit zehn Jahren verheiratet«, sagte sie. »Wir haben ein eigenes Häuschen und unsere fünf Kinder einen schönen Garten, in dem sie sich tummeln und spielen können. Mein Mann hat eine gute Stelle in einem Reisebüro – aber wir denken ernstlich daran, uns scheiden zu lassen.«

Sie hielt inne und sah mich an, als wartete sie auf eine Entgegnung. Ich aber schwieg ebenfalls. Plötzlich befand ich mich mit meinen Gedanken in dem von ihr genannten Garten und sah die fröhliche Kinderschar vor mir. Aber bereits im nächsten Augenblick schob sich ein anderes Bild vor dieses. Ein neunjähriges Mädchen mit tieftraurigen Augen lehnte an der Wand des Arbeitszimmers in meinem ehemaligen Kinderheim und sagte in erschütterndem Ernst: »Unsere Ehe wird geschieden. Darum hat man mich hierhergebracht, bis alles geklärt ist. Ich weiß nicht, wem ich zugeschrieben werde, meinem Vati oder der Mama.« Und plötzlich stürzen dem Kind die Tränen über das Gesicht, und schluchzend fuhr es fort: »Ich habe doch beide lieb.«

Das war in der Zeit kurz nach dem Krieg gewesen. Die Eltern des Kindes hatten jung geheiratet. Es war eine

Kriegstrauung gewesen, sie kannten sich zuvor kaum. Bis auf wenige Urlaubstage, die der Mann zu Hause zubrachte, waren sie jahrelang getrennt. Als er aus der Gefangenschaft zurückkam, hatten sie sich nichts mehr zu sagen. Sie hatten sich vollständig auseinandergelebt. Wahrscheinlich waren sie sich innerlich überhaupt noch nie wirklich nah gewesen.

Hier aber saß eine Frau vor mir, die mir von äußerlich geordneten Verhältnissen erzählte: Eine gesicherte Existenz, ein eigenes Haus, gesunde Kinder, dazu in einem Land, das nicht heimgesucht worden war von den Schrecken zweier verlorener Kriege. Es war fast nicht zu verstehen!

Nachdem ich nicht antwortete, fuhr die junge Frau fort, und es war eine einzige verbitterte Anklage ihrem Mann gegenüber: »Das ist so kein Leben. Ich weiß, er liebt mich nicht mehr und vergleicht mich immer mit anderen Frauen. Es ist doch klar, daß ich, die ich rasch hintereinander fünf Kinder zur Welt brachte und meinen ganzen Haushalt und den Garten ohne ein Dienstmädchen in Ordnung halte, einen Vergleich mit den modernen jungen Mädchen in seinem Büro oder den aufgetakelten Damen, die an seinen Berufsfahrten nach Italien, Frankreich, Spanien oder sonstwohin teilnehmen, nicht aushalte. Aber als er mich vor zwölf Jahren kennenlernte, war ich ihm recht, so einfach und schlicht wie ich war. – Ich halte das Leben an seiner Seite einfach nicht mehr aus und habe ihm den Vorschlag gemacht, daß wir uns scheiden lassen wollen.«

»Ist er einverstanden?«

»Zuerst war er es nicht, aber in letzter Zeit scheint er sich damit abzufinden. Er kommt ja ohnehin nur noch nach Hause wie in eine Schlafstelle. Vielleicht hat er auch schon eine Freundin.«

»Sie glauben, daß er Ihnen untreu ist?«

»Ich habe keine Beweise – aber so etwas spürt eine Frau einfach.«

»Und Ihre fünf Kinder?«

Sie schwieg.

»Wünschen Sie denn in Wirklichkeit, daß die Scheidung zustande kommt?«

Die Frau brach in Tränen aus. Sie schluchzte: »Wenn ich ganz ehrlich sein soll: Ich hoffe im tiefsten Winkel meines Herzens, daß er sich besinnt und zu mir zurückkehrt. Aber wir finden nicht mehr zueinander. Die Kinder merken es bereits. Unser Reden miteinander ist entweder kühl oder gereizt. Wo einstmals Liebe war, herrscht heute Mißtrauen. Dabei waren wir beide einmal tätige Glieder unserer Kirchengemeinde, und« – sie sprach mit niedergeschlagenen Augen und leiser Stimme weiter – »früher haben wir auch zusammen gebetet.«

»Und jetzt nicht mehr?«

Sie schüttelte den Kopf.

»Ob es so zwischen Ihnen gekommen wäre, wenn Sie es beibehalten hätten?«

Sie antwortete nicht.

»Könnten Sie Ihren Mann nicht einmal bewegen, mit Ihnen zu den abendlichen Vorträgen zu kommen?«

»Er war an den drei letzten Abenden da. Die Themen interessieren ihn. Aber wir kommen getrennt, und jeder von uns macht sich allein auf den Heimweg.«

In diesem Augenblick glaubte ich zu wissen, was ich zu tun hatte. Aber ob es eine Hilfe war? Den Versuch wollte ich wenigstens machen. Zwei Menschen, die einmal miteinander die Hände gefaltet hatten, die – wenn auch getrennt – an religiösen Vorträgen teilnahmen – dieser Fall schien mir nicht hoffnungslos.

»Ich bin augenblicklich an einer schriftstellerischen Arbeit, in der ich Begegnungen mit Menschen schildere«, sagte ich zu der jungen Frau. »Ehe ich weiter mit Ihnen über Ihre Angelegenheit spreche, möchte ich Ihnen ein Kapitel daraus zum Lesen mitgeben. Bitte, nehmen Sie sich Zeit und Ruhe dazu. Es ist nicht erdichtet, was ich da geschrieben habe. Horst gehörte wirklich zu meinen Kindern. Gerne bin ich später bereit, mit Ihnen weiter zu sprechen. Für heute mag dies genügen.«

Fragend blickte die junge Frau auf die Manuskriptblätter, die ich in ihre Hand gelegt hatte. Ich glaubte, ihre Gedanken lesen zu können. Wie konnte ihr das in ihrer Lage helfen? Sie hatte offenbar mehr von mir erwartet.

Lange danach erzählte sie mir, daß sie bereits auf dem Heimweg in ihrem Unwillen beschlossen hatte, die Blätter gar nicht anzurühren. Zu Hause hatte sie die Mappe in der Tat beiseite gelegt. – Während sie die Kinder zu Bett brachte, war aber ihr Mann darauf gestoßen. Wie erschrak die Frau, als sie aus dem Kinderzimmer zurückkam und ihn, in das Manuskript vertieft, im Wohnzimmer sitzen sah! Nun würde er fragen, von wem es sei, würde herausbekommen, daß sie Hilfe suchend in meiner Sprechstunde gewesen war und dort über ihre Familienverhältnisse gesprochen hatte. Das würde nach allen Erfahrungen einen schönen Krach absetzen!

Leise schloß sie die Türe wieder und ging, nachdem ihre Schwester die Aufsicht bei den Kindern übernommen hatte, so schnell wie möglich aus dem Hause, um meinen Abendvortrag zu besuchen. Den ganzen Abend aber wurde sie die Angst nicht los, wie ihr Mann reagieren würde. Hätte sie wenigstens selbst die Manuskriptblätter zuerst gelesen! So wußte sie nicht einmal, was darin enthalten war!

Der Vortrag hatte schon begonnen, da erschien auch noch der Mann und setzte sich auf einen der letzten Plätze. Aber wie kam es nur, daß er nach Schluß vor der Eingangstüre auf seine Frau wartete?

Wortlos gingen sie miteinander nach Hause. Noch an demselben Abend setzte sich die Frau in einen Sessel im Wohnzimmer und nahm gleichfalls das Manuskript zur Hand. Sie mußte herausfinden, was ihren Mann bewogen hatte, auf sie zu warten. Und sie las:

Horst

Es regnete nicht, und doch waren die Steine naß, und von den Dächern tropfte es wie Tränen. Der erste Schnee war noch nicht gefallen, aber man fror, auch wenn man keinen Fuß aus dem Haus setzte. Es lag die bekannte Novemberschwermut über den Tagen. Der Nebel war so dicht, daß man zeitweise keine fünf Meter weit sah. Die Autos fuhren in angstvoller Langsamkeit. Gespensterhaft glühten die Lichtaugen durch den Nebel, um gleich wieder darin unterzutauchen. Der Kranken- und der Totenwagen fuhren täglich am Hause vorbei. Die junge lungenkranke Frau am Ende der Straße war nun doch gestorben. Erst vor kurzem hatte sie noch mit ihrem Mann hoffnungsvoll Pläne geschmiedet. Der schweigsame Alte aus der Nachbarschaft, den man vor ein paar Tagen ins Bürgerspital gebracht hatte, damit er seinen Lebensabend dort zubringe, war plötzlich von dort verschwunden und hatte sich vor den Zug geworfen. Undenkbar, daß er sich etwa im Mai das Leben genommen hätte, er, der sich wie ein Kind an den Weidenkätzchen, an der ersten Schlüsselblume, am Zwitschern der Vögel und Blühen der Obstbäume freuen konnte. Aber, so ein Novembertag hatte es in sich!

Auch über den Kindern unseres Heimes lag es lähmend und lastend. Die Jüngeren weinten wegen jeder Kleinigkeit, die Großen zankten sich und waren unlustig. Vom ersten Adventssonntag an würde es besser werden, wenn vorweihnachtliche Lieder durchs Haus schallten und man mit den Kindern über das kommende Fest sprechen und am Abend die Adventslichter anzünden würde. Aber damit konnte man doch jetzt noch nicht anfangen!

Wir hatten im großen Speisesaal gemeinsam zu Abend gegessen. Früh schon war das Licht eingeschaltet worden. Die Kinder, im allgemeinen zugänglich und zum Guten zu beeinflussen, hingen lässig und gereizt auf ihren Stühlen. Der draußen herrschende Nebel schien sich auf unser aller Gemüt legen zu wollen. Nein, das durfte nicht sein. Ich straffte und erhob mich, bewußt dieses Empfinden von mir weisend.

»So, Kinder, nun singen wir, und dann erzähle ich euch noch eine feine Geschichte. Nur die, die zu müde sind, dürfen gleich nach dem Abendgebet zu Bett gehen, denn für diese Geschichte muß man ganz wach sein.« – Das zog. Jeder wollte die Geschichte hören.

Ich hatte kaum zu erzählen begonnen, da läutete es draußen. Unwillig blickten die Kinder zur Türe. Es würde doch keine Störung den Abend zunichte machen?

Eine meiner Kindergärtnerinnen schob eine vermummte Gestalt in den Speisesaal. Mit ihr flutete eine Woge naßkalter Luft herein, Unwillen und Ärger bei den Kindern erzeugend. Die Geschichte!

Die junge Mitarbeiterin flüsterte mir ein paar Worte zu. Bittend sah sie mich dabei an.

»Aber Sie wissen doch, wir haben keinen Platz.«

Die vermummte Gestalt schob sich näher zu mir. Unter einer schäbigen Wollmütze und über einem abgeschabten, hochgeschlagenen Mantelkragen blickten zwei große, angstvolle Augen mich flehentlich an.

»Bitte, schicken Sie mich nicht fort. Lassen Sie mich wenigstens für eine Nacht hier. Es ist heute besonders schrecklich draußen.«

»Wo kommen Sie denn her?«

»Sie können ruhig du zu mir sagen. Ich bin erst siebzehn Jahre alt. – Ich komme von – heute von Ulm.«

Die Kinder wurden immer unruhiger. Bei den größeren Jungen drohte eine Streiterei auszubrechen. Die Geschichte! Ich mußte mein Versprechen halten. Kurz entschlossen wandte ich mich an die Helferin.

»Wir können ins Empfangszimmer für diese Nacht ein Feldbett stellen. Morgen sehen wir weiter. Nehmen Sie den Jungen jetzt mit sich und sorgen Sie dafür, daß er etwas Warmes zu essen bekommt. – Wie heißt du eigentlich?«

»Horst. – Horst Bisstau. – Ich danke Ihnen. – Oh, ich danke Ihnen.«

Ich begann meine Geschichte – aber immer sah ich die großen, angstvollen Augen vor mir. Welch ein Schicksal würde sich hier wieder vor mir auftun?

Horst blieb bei uns. Vorerst natürlich. Wir waren damals ständig belegt – überbelegt sogar. Auf den Landstraßen irrten ja noch Hunderte Heimatloser umher. Unser Haus war ein Kinderheim, in erster Linie ein Flüchtlingskinderheim. Sobald ich aber nach einer Möglichkeit sann, ein anderes Unterkommen für Horst zu suchen, sah ich seine Augen vor mir, diese ängstlichen Kinderaugen. Jawohl, es waren noch die Augen eines Kindes, und sie schienen in Abgründe von Leid und Not geblickt zu haben. Jedenfalls gehörte dieser junge Mensch nicht in ein Obdachlosenheim zwischen gestrandete Halbwüchsige. Ich wollte ihn davor bewahren. Wir mußten einen anderen Weg für ihn finden.

Er lief mir auf Schritt und Tritt nach wie ein treuer Hund.

»Bitte, was kann ich jetzt für Sie tun?«

»Im Schuppen ist Holz zu spalten. Wenn du das tun willst?«

»Ich bin fertig mit dem Holz. Haben Sie jetzt bitte eine andere Arbeit für mich?«

»Du kannst im Büro helfen, die tausend Arbeitsberichte, die wir geschrieben und vervielfältigt haben, zu falzen und in Briefumschläge zu stecken.«

»O ja – gerne.«

»Traust du dir auch zu, Adressen zu schreiben?«

»Wenn Sie einmal meine Schrift prüfen möchten?«

»Übrigens darfst du – natürlich nur, wenn du möchtest – Mutti zu mir sagen wie die anderen Kinder auch. Solange du hier bist, sollst du ja auch bei uns zu Hause sein!«

Er wurde bleich, und seine Lippen formten das Wort »Mutti« – aber es war kein Laut zu vernehmen. Dann kam er also ins Büro und schrieb mit tadelloser Handschrift Adressen. Überhaupt mußte er einmal gute Tage gesehen haben. Er war ein wohlerzogener, anständiger Junge. Was für ein Schicksal hatte ihn heimatlos werden lassen? In den nächsten Tagen wollte ich mir Zeit für ihn nehmen.

Am nächsten Morgen war großes Geschrei in der Bubenabteilung. Benno, einer der ausgelassensten, schwang, umringt von einer johlenden, spottenden Horde, über seinem Haupt ein schwarzes Heft, das ihm die anderen entreißen wollten. Immer wieder las er ein paar Brocken daraus vor.

» . . .lächelnder Morgen, bar aller Sorgen! – Blumengebinde, kosende Winde! – Heimatgesänge, liebliche Klänge!«

Jedem Reim folgte ein schallendes, hohnerfülltes Gelächter. – Ich betrat den Raum und blieb ruhig an der Tür stehen.

»Die Mutti –, still doch, die Mutti!«

»Was habt ihr da?«

»Gedichte! – Gedichte von Horst, Mutti. Du lachst dich

tot. Hör bloß: ›Trauliches Zimmer beim Lampenschimmer!‹«

»So ein Salm – so ein Schmalz!«

»Gebt mir das Heft. Ich finde es nicht schön, wie ihr redet. Wißt ihr denn, was in dem Horst vor sich geht?«

»Ach, der ist so anders, so komisch. Der ist doch eine Memme. Der heult ja nachts, wenn er meint, wir schlafen.« Seit einigen Nächten hatte man Horst ein Notbett im Aufenthaltsraum der Bubenabteilung aufgestellt.

Ich sah nicht ohne Sorge auf die Horde der vierzig mehr oder weniger robusten Schulbuben vor mir. Ja, die waren allerdings anders als Horst. Aber wer von uns wußte, warum er so geworden war? Gleich morgen wollte ich ihn zu mir rufen. Ich mußte mehr von ihm wissen, um ihm helfen zu können.

Und dann öffnete mir der Junge das Tor zu seinem Kinderland. Er tat es nicht fließend und selbstgefällig. Stokkend, oft übermannt vom Leid der Erinnerung, suchte er mühsam nach Worten. Und doch entstand vor mir sein Elternhaus und Familienleben, seine kleine und doch beglückende Welt, in der er mit seinen beiden Brüdern aufwuchs – bis zu dem Augenblick, da ein Treuebruch das Kindheitsparadies zerstörte und Horst vor den Trümmern seines jungen Lebens stand.

Die Eltern hatten in guten Verhältnissen gelebt. Horst erinnerte sich an eine schöne, gepflegte Wohnung im eigenen Häuschen außerhalb der Stadt, in der der Vater auf der Bank tätig war; an einen kleinen Garten, in dem im Sommer Unmengen von Blumen in allen Farben blühten; an einen Spielplatz, wo der Vater am Feierabend und des Sonntags mit seinen drei Buben tollte. Er erzählte vom Singen und Musizieren mit den Eltern und von gemeinsamen Ferienreisen ans Meer und in die Berge. Seine beiden jüngeren Brüder schienen robuster gewesen zu sein als er.

In den ersten Jahren seiner Kindheit war er oft krank. In der Schule kam er gut mit, obgleich er häufig fehlte. Er lernte spielend. Stundenlang saß er über seinen Büchern. Tiergeschichten waren seine größte Freude. – Vielleicht ging die Mutter mit ihm, dem Kränklichen, zu zart um. Er versteckte sich immer hinter ihr, wenn die Spiele seiner Brüder zu wild wurden. Es zog ihn auch nicht zu anderen Spielgefährten. Alles Laute und Lärmende tat ihm weh.

»Du darfst diesen Neigungen in ihm nicht zu sehr nachgeben«, warnte der Vater. »Er findet sich sonst im rauhen Leben nicht zurecht.«

Dann kam der Krieg. Der Vater bekam seinen Stellungsbefehl. Die Mutter schien untröstlich. Die beiden jüngeren Brüder sprachen von den künftigen Heldentaten des Vaters und wie er als Sieger heimkehren würde. So klein sie noch waren, sie ließen sich mitreißen von der Woge der Begeisterung. Horst stand im Garten. Das Spielzeug war seinen Händen entfallen, auch die Bücher hatten lange Zeit keinen Reiz mehr. Wie konnten die Blumen weiterblühen, wie kam es, daß die Vögel in den Zweigen noch zwitscherten, daß Nachbars Liese ihren roten Ball neckisch zu ihm herüberwarf – wo es doch Krieg war, wo der Vater vielleicht verwundet oder gar getötet wurde? – »Seid doch still!« rief er fast verzweifelt und mit tränennassen Augen den Brüdern zu, wenn die in wildem Spiel durch den Garten tollten und lachten und schrien wie zuvor auch!

Der Mutter folgte er auf Schritt und Tritt. Stundenlang konnte er neben ihr stehen, wenn sie eine Arbeit im Haus oder im Garten verrichtete. Er sprach kein Wort. Er schaute ihr unverwandt zu. Oft trafen sich ihre Blicke. Dann streichelte sie über sein Haar. »Ich weiß, mein Junge!«

Horst wartete von einem Brief des Vaters zum anderen. Dieser schrieb ihm einmal persönlich: »Stehe Deiner Mutter zur Seite. Du mußt für sie sorgen und sie beschützen. Nimm ihr an Arbeit ab, was Du nur kannst. Ich muß mich auf Dich verlassen können!«

Der Junge nahm diesen Auftrag ganz ernst und wuchs über sich selbst hinaus. Um dieses Auftrags willen überwand er seine Angst und war als erster aus dem Bett, wenn des Nachts die Sirenen aufheulten, weckte die Brüder und ging der Mutter zur Hand. Und doch blieb er in Herz und Gemüt ein Kind bis zu diesem Tag, an dem er vor mir saß, er, der siebzehnjährige Heimatlose, und mir die Tragik seines Lebens offenbarte. –

Höhepunkte waren es, wenn der Vater auf Urlaub kam. Dann fiel von Horst sichtbar die Last der Verantwortung ab. Er wurde für die wenigen Tage wieder ein fröhliches Kind und gab sich dem Spiel mit den Geschwistern und seiner Lieblingsbeschäftigung, dem Lesen, völlig hin.

Als aber der Vater nach dem Krieg aus der Gefangenschaft heimkehrte, fand er nicht nur eine völlig veränderte Frau, sondern auch einen verstörten, scheuen Jungen vor. Die beiden anderen Kinder stürmten ihm jubelnd entgegen, sich ganz der Freude der Heimkehr des Vaters hingebend. Horst ging ihm geradezu aus dem Wege. Zog der Vater ihn an sich, wohl wissend, wie gerade sein Ältester dann und wann einer besonderen Zärtlichkeit bedurfte, so stürzten ihm die Tränen aus den Augen, er entwand sich den Armen seines Vaters und lief davon.

»Der Junge ist zu weichlich«, sagte dieser nicht ohne Besorgnis zu seiner Frau.

Diese aber zuckte die Achseln. – Was war überhaupt mir ihr, der früher stets Heiteren? – Der aus der Gefangenschaft Heimgekehrte wartete eine Woche, zwei, drei Wochen. Nein, es war keine Täuschung. Sie war nicht mehr dieselbe. Der bis ins Herz getroffene Mann wehrte sich gegen eine immer stärker in ihm aufsteigende Vermutung.

Es war doch nicht möglich! Es konnte doch nicht möglich sein!

Tage bangen Beobachtens, Nächte schmerzhaften Grübelns, Augenblicke wild über ihn herstürzender Eifersucht zermarterten sein Herz. Er mußte Gewißheit haben. Aber wer konnte sie ihm geben? – Einen der vielen Verwandten oder Bekannten, die sich seiner Heimkehr herzlich freuten, vermochte er nicht zu fragen. Mit den Nachbarn stand man gut, aber freundschaftlichen Verkehr hatte man mit niemand von ihnen gepflegt. Die beiden jüngsten Kinder tollten harmlos um ihn herum. Niemals durfte er sie belasten.

Blieb nur Horst, sein Ältester. Was aber war aus dem anhänglichen, offenen Jungen geworden? Sollten es die Pubertätsjahre sein, die ihn so verändert hatten? Scheu ging er weiterhin dem Vater aus dem Wege, verstockt wich er aus, wenn dieser ihn in ein Gespräch ziehen wollte.

Was für unheimliche Wolken ballten sich über dem Häuschen am Stadtrand zusammen? Es war doch Friede, der schreckliche Krieg hatte ein Ende genommen. Hier aber zog ein Unwetter herauf, das eine Katastrophe verhieß, wenn es zur Entladung kam!

»Horst, komm zu mir!« Der Vater rief seinen Ältesten in sein Arbeitszimmer. Die Mutter war mit den beiden Kleinen ausgegangen.

»Ich muß erst – ich bin gerade dabei – ich – ich« – Der Junge suchte krampfhaft nach einer Fluchtmöglichkeit.

»Du kommst jetzt auf der Stelle zu mir.«

Zitternd stand der nun Fünfzehnjährige vor dem Vater, das Haupt gesenkt, die Hände auf dem Rücken verkrampft, als müsse er etwas mit Gewalt festhalten und vor der Preisgabe bewahren. Oh, er wußte es – er wußte es genau, jetzt kam der furchtbare Augenblick, den er seit Monaten fürchtete, vor dem er gezittert hatte, längst bevor der Vater aus der Gefangenschaft heimgekehrt war.

»Horst – ich weiß mir keinen anderen Weg, als offen mit dir zu sprechen. Du bist mein Ältester.«

Zutiefst erschüttert sah Horst, wie des Vaters Lippen zitterten, wie er seinen Kopf stöhnend in den Händen barg.

»Ich will mich hernach Schuft nennen, wenn ich deiner Mutter Unrecht tue – aber ich muß Gewißheit haben. Auf den Knien will ich sie um Verzeihung bitten, wenn ich sie falsch verdächtige. Aber ich muß wissen, woran ich bin. Sie ist so verändert, sie ist nicht mehr dieselbe. Horst, Horst – sage mir – ist es ein anderer Mann? – Hat Mama einen Freund gehabt in meiner Abwesenheit?«

– –

»Warum antwortest du nicht?«

Der Vater packte und schüttelte ihn. »Warum schweigst du? Junge, ich will die Wahrheit wissen. Rede – oder ich weiß nicht, was ich tue.«

Totenbleich ließ der Vater von ihm ab. »Du brauchst mir nicht mehr zu antworten. – Es ist edel von dir, deine Mutter schonen zu wollen. Aber ich weiß es jetzt!«

Wie ein gebrochener Mann hatte sich der Vater erhoben und war zum Fenster getreten. Horst stand wie zur Bildsäule erstarrt. Als er des Vaters Schultern zucken sah, ging er langsam, wie im Traum wandelnd, zu ihm hin und griff nach seiner Hand. Wie eine zersprungene Glocke klang seine Stimme.

»Du hast geschrieben, Vater, ich solle ihr zur Seite stehen, ich solle sie schützen. – Ich versuchte es. Sie ließ sich nicht schützen. Es war eine Zeitlang, als wären wir alle und als wärest du gar nicht mehr da. – Er, der Fremde, ist dann regelmäßig gekommen, nun aber schon lange nicht mehr. Aber ich glaube, sie geht zu ihm. – Vater, mir ist manchmal, als sei die Mama krank. Ich kann nicht anders – ich muß sie trotz allem liebhaben. Hab du sie doch auch lieb. – Vater – es muß doch wieder werden, wie es früher war.« –

Die Ehe wurde geschieden. An dem Tag, an dem die Mutter das Haus verließ, verschwand auch Horst. Seitdem irrte er heimatlos umher ...

Aus dem recht verworrenen Bericht des Jungen vermochte ich mir erst nach und nach ein Bild zu gestalten von dem Leidensweg, der hinter diesem überaus empfindsamen Kind lag. Gewiß, er war noch zu jung, um die tiefsten Zusammenhänge zu erfassen. Aber vor ihm stand wie in Flammenschrift geschrieben: »Ich bin schuld! Schuldig, daß die Eltern auseinandergehen, schuldig, daß die Brüder die Heimat verlieren. Ich bin schuldig, daß die Mutter unglücklich und der Vater verzweifelt ist – denn daß sie beide ihres Entschlusses nicht froh waren, spürte der feinfühlige Junge gar wohl. »Hätte ich dem Vater nichts verraten! – Hätte ich geschwiegen! Die Mutter wäre mit der Zeit bestimmt zur Besinnung gekommen und hätte zum Vater zurückgefunden. Hätte ich geschwiegen, dann hätte der Vater Geduld gehabt, wäre bereit gewesen, zu warten. – Ich bin schuld, ich bin schuld!«

Empfanden die Eltern nicht die qualvolle Angst, die die Seele ihres Ältesten zu verzehren drohte? Genügte es nicht, daß ihr eigenes Leben einen Riß bekommen hatte? Mußte nun auch das Leben ihrer Kinder angeschlagen werden? – Sie aber waren blind in ihrer Ichgebundenheit.

Horst verließ völlig aus dem Geleise geraten das Elternhaus. Es folgte ein zielloses, vom ersten Tage an durch Verzweiflung gekennzeichnetes Umherirren. Er war ja nicht der einzige, der in jenen Tagen auf der Landstraße lebte. So fiel er nicht mehr oder weniger auf als die vielen anderen, die die Woge einer unheilvollen Zeit über die Ufer jeglicher Ordnung hineingerissen hatte in ein Meer der Hoffnungs- und Ziellosigkeit.

Horst hätte genügend Kameraden finden und sich ihnen anschließen können. Es bildeten sich damals Banden, die vor keinem Verbrechen zurückschreckten. Aber Horst gehörte nicht zu ihnen. – Wovon lebte er in jener Zeit? Es war Sommer, und in den Wäldern fand man Beeren, auf den Wiesen Sauerampfer und andere Kräuter. Im Wald konnte man an verborgenen Stellen Feuer machen und Pilze braten. Man blieb zur Not am Leben – aber satt, wirklich satt wurde man nicht. Die Nächte brachte Horst ebenfalls im Wald, in verlassenen Scheunen, manchmal auch in einer Schlafstelle der Bahnhofsmission oder des Roten Kreuzes zu. Die vielen Heimatlosen machten es dort unmöglich, zu registrieren. Jede Stelle war froh, wenn sie weiterwanderten, nachdem man ihnen Obdach für eine Nacht, einen Becher Kaffee oder einen Teller Suppe gegeben hatte.

Angst, Hunger, Heimweh, Hitze und Frost, Einsamkeit und Sehnsucht waren die ständigen Begleiter Horsts. Nie würde er das Grauen vergessen, wenn er im Freien lag und ein Gewitter nahte. Immer hatte er sich vor Gewittern gefürchtet, aber nie war er ihnen so preisgegeben wie jetzt. Seine durch vieles Lesen stark angeregte Phantasie sah in den bizarren Gebilden der Wetterwolken dämonische Ungetüme, vernahm in der Stimme des Sturmes unheimliches Drohen. Hinter jedem Strauch und Baum schien irgendein Unhold darauf zu warten, sich auf ihn stürzen zu können. Von Angst gehetzt irrte er durch Tage und Nächte. Als es kälter wurde, bat er Bauern und Handwerker, ihnen helfen zu dürfen. Mancher stellte den wohlerzogenen Burschen gerne ein. Er war fleißig und willig. Sobald man aber von ihm verlangte, daß er sich polizeilich meldete, rückte er aus, von krankhafter Angst erfüllt, man könnte ihn zurück nach Hause bringen.

Wo aber war denn im Grunde genommen sein Zuhause? Vater und Mutter waren geschieden. Zu wem von beiden gehörte er? Es stand felsenfest bei ihm, er würde weder zum einen noch zum anderen gehen. Konnte er nicht bei beiden Eltern leben, wollte er sich lieber allein durchschlagen. Wo aber sollte dieser ziellose Weg enden?

So war er schließlich bei uns gelandet. Daß er sittlich nicht verkommen war, schien mir ein Wunder. Aus seinen Augen aber sprach stumme Anklage, Not und Verzweiflung. Begegnete er mir, so schienen sie zu flehen: »Stoß mich nicht wieder in die Nacht der Hoffnungslosigkeit.« –

Im Treppenhaus war großes Geschrei, dazwischen höhnisches Gelächter, das mich, aus Kindermund kommend, immer erschreckt. Eine ganze Schar unserer Jungen stürmte zu mir in den ersten Stock. »Mutti, komm bloß, es ist zum Totlachen!«

»Was ist zum Totlachen?«

»Der Horst kniet im Aufenthaltsraum und betet. Dann singt er wieder Schlager. Plötzlich bekommt er einen Lachkrampf, und dann wieder weint er dicke Tränen.«

»Aber Jungen, das ist bestimmt nichts zum Lachen.« Ich ahnte Fürchterliches.

Am anderen Tag mußte ich ihn in die Nervenheilanstalt bringen. Fest hielt ich den am ganzen Körper zitternden, angstvolle Schreie ausstoßenden Jungen umfangen, als ich mit ihm im Auto saß. Warum dies alles, o Gott – warum?

Rätsel des Lebens, nie werden wir sie hier ergründen. Ich konnte nichts anderes tun, als über unserem armen, völlig verwirrten Horst die Hände falten.

Im Zimmer des Professors, des leitenden Arztes der Anstalt, wurde mir gesagt, daß Horst schwerkrank sei. Es werde lange dauern, bis er geheilt sei, wenn es überhaupt je so weit komme.

Horsts irrer Blick tastete die schweren Eisengitter an

den Fenstern ab. Plötzlich stürzte er mit flehentlich erhobenen Händen auf den Professor zu: »Bitte, töten Sie mich nicht! Oh, töten Sie mich nicht!«

Es war ein väterlicher Mensch, der nun seinen Arm um die Schultern des Verstörten legte: »Armer Junge!«

Als ich mich erhob, um zu gehen, umklammerte Horst mich und rief verzweifelt: »Mutti, verlaß mich du nicht auch noch! Ich habe ja sonst keinen Menschen mehr auf der Welt.«

Ich sah die Treppenstufen nicht, die ich hinabzugehen hatte – meine Augen waren voller Tränen. Horst blieb zurück hinter vergitterten Fenstern und verschlossenen Türen . . .

Dieses Manuskript schickte mir Frau B. mit einigen Dankesworten zurück, ohne dazu Stellung zu nehmen.

Ein Jahr später war ich wieder zu einer Vortragsreihe in der gleichen Stadt in der Schweiz. Oft hatte ich inzwischen an »mein Ehepaar« mit ihren fünf Kindern gedacht. Wie mochte es ihnen gehen? Waren nicht alle Voraussetzungen bei ihnen geschaffen, ein glückliches Familienleben zu führen? Nie hatten sie Mangel leiden müssen, wenngleich der Alltag auch von ihnen Fleiß und Arbeit forderte. War es ihnen etwa zu gut gegangen? Aber wo fünf Kinder heranwachsen, geht es doch auch nicht ohne Not und Sorgen ab! –

Ob ich die junge Frau bei meinem Vortrag wiedersehen würde? Meine Augen suchten sie. Tatsächlich, da saß sie in einer der ersten Reihen und neben ihr der Gatte. Beide begrüßten mich mit beinahe vertrautem Lächeln. Da wußte ich, daß es gut geworden war.

Nach dem Vortrag traten sie beide zu mir. »Wir möchten Ihnen danken«, sagte der Mann und drückte mir die Hand. »Sie haben uns mit dem Bericht über Ihren Horst aus einer Not geholfen.« Er korrigierte sich selbst: »Nein – eine echte Not war es eigentlich nicht. Wir hatten uns nur vollständig verrannt. Und beide waren wir verstockt und unversöhnlich. Damit haben wir die Not selbst heraufbeschworen.«

»Als wir Ihr Manuskript gelesen hatten, schämten wir uns«, fuhr die junge Frau fort. »Es war uns klar, daß wir vor allem an unseren Kindern schuldig geworden wären, wenn wir nicht wieder zueinander gefunden hätten. Bitte, besuchen Sie uns doch in diesen Tagen. Sie müssen unsere fünf kennenlernen.«

Ich versprach es, und wir vereinbarten einen Termin. Nachdem sie sich verabschiedet hatten, kam Frau B. noch einmal zurück. »Und jetzt beten wir wieder miteinander«, flüsterte sie mir zu. Sie sah mich dabei aus frohen, verjüngten Augen an.

Dankbar blickte ich ihnen nach – die wieder gemeinsam, Seite an Seite, ihren Heimweg antraten.

Ev-Marie

Ich war im Nebenhaus zu Besuch und erlebte, aus dem Fenster blickend, ein Stück ihres 87. Geburtstags mit. Der Pfarrer war gegangen, jetzt kam der Bürgermeister und trug einen Geschenkkorb zu ihr hinein. Man sah immer wieder Kinder und Frauen aus dem Dorf mit Blumensträußchen. Dann erschienen der Lehrer und seine Schüler, die im Hausgang ein Lied sangen. Es wollte kein Ende nehmen.

»Kommen Sie doch auch mit!« sagte der junge Bauer zu mir, nachdem er seinen Arbeitskittel ausgezogen hatte und im Sonntagsstaat dastand. »Ich gehe jetzt auch, um ihr zu gratulieren.«

Er führte mich in die Stube der Greisin, die von einer Menge Blumen umgeben in einem Korbsessel am Fenster saß und jedem Eintretenden freundlich die Hand reichte, aber keineswegs aus dem alltäglichen Geleise gebracht schien durch all die Ehrenbezeigungen, die man ihr entgegenbrachte. Ich setzte mich einen Augenblick zu ihr und wunderte mich über ihre geistige Regsamkeit in solch hohem Alter und ihr gutes Gedächtnis. Sie mußte früher in ihrer Jugend einmal ein ansehnliches Mädchen gewesen sein. Jetzt strahlte aus ihrem Gesicht die reife Schönheit des Alters, besonders betont durch ihre gütigen Augen. Andere Besucher kamen, und wir verabschiedeten uns. Am Feierabend erzählte mir der Jungbauer ihre Geschichte.

Sie wird von allen im Dorf, auch von denen, die nicht mit ihr verwandt sind, die »Bäs Ev-Marie« genannt. Auch in den umliegenden Ortschaften kennt man sie unter diesem Namen. Als die Älteste von zwölf Kindern mußte sie der Mutter schon früh zur Hand gehen, zumal diese zu den eigenen auch noch drei weitere Kinder aufzog, die, aus mißlichen Verhältnissen kommend, nicht in der eigenen Familie heranwachsen konnten. Außer einem Jahr, in dem Ev-Marie in der Stadt in Stellung war – wobei »verdienen« klein und »dienen« groß geschrieben wurde –, hat sie das kleine Albdorf, in dem sie geboren und aufgewachsen ist, nicht verlassen. Nie aber ist ihr die Welt klein und eng erschienen. Stets hatte sie mehr Aufgaben zu erfüllen, als es Zeit und Kraft beinahe zuließen. Alle ihre Geschwister sah sie aus dem Haus und in die Fremde ziehen, zumindest aber in andere Häuser oder umliegende Dörfer. Auch sie hatte schon früh einige Male einen »Antrag« bekommen, aber sich nicht entschließen können, zu heiraten. Als älteste Tochter war sie von Kind an gewöhnt, zurückzustehen, den nach ihr Kommenden den Vorrang zu lassen, ihnen den Weg zu bahnen. Vielleicht hätte sie vor lauter Arbeit überhaupt zu heiraten vergessen, wenn die Eltern nicht gestorben wären und sie somit den Hof, der immerhin seine siebzig Morgen hatte, allein bewirtschaften mußte. Wohl waren ein Knecht und zwei Mägde schon seit einigen Jahren im Haus, aber Ev-Marie mochte das Empfinden haben, daß ein solcher Hof einen Herrn brauche.

Allerdings wunderte sich das ganze Dorf, daß sie ausgerechnet den Jakob nahm, von dem man doch schon damals wußte, daß er sich immer wieder dem Trunk hingab. Ev-Marie aber war ihren Weg gegangen, still und unbeirrt, auch nicht im geringsten Notiz nehmend von den Klatschmäulern, die sensationstriefend allerlei Behauptungen aufstellten: heiraten müsse sie, ein Kind sei unterwegs. Oder: ihr Hof sei verschuldet und das Geld des Jakob müsse sie vor der Versteigerung retten. Oder: sie habe der Mutter auf dem Sterbebett versprechen müssen, nun nicht länger ledig zu bleiben, sondern den nächstbesten Mann, der um sie anhalte, zu nehmen. – Nichts von alledem entsprach der Wahrheit.

In all den Jahren ihrer Ehe hatte sie, die Kinder so liebte und der Mutter geholfen hatte, die kleinen Geschwister großzuziehen, nie ein eigenes Kind herzen dürfen. Als es mit ihrem Mann jedoch von Jahr zu Jahr schlimmer wurde, als ihr Leben sich an der Seite eines Quartalssäufers abspielte, da hat sie manchmal geäußert: »Ich habe genug an diesem einen Kind, das ich versorgen muß.« Mit der Zeit sah sie ihren Jakob als ihr Kind an, das ihrer Liebe, ihrer Fürsorge, ihrer Geduld und zu tausend Malen ihrer Vergebung bedurfte.

Dabei kam sie sich jedoch nie bemitleidenswert vor. »Es ist mein Weg. Gott hat es zugelassen!« Sie wurde in der Schule ihres schweren Lebens ein tief in Gott gegründeter Mensch. Hatte man schon in ihrem Elternhaus gewisse christliche Hausregeln gepflegt, so wuchsen durch das Leid die Flügel ihrer Seele. Sie reifte aus.

»Laß dich scheiden von diesem Tagedieb!« rieten ihr die Angehörigen. »Der ist deiner Geduld und deiner Treue nicht wert und bringt dich frühzeitig unter die Erde.«

Dann blickte sie erstaunt auf. »Mich scheiden lassen? Wo ich ihm doch Treue gelobt habe? Treue in guten und bösen Zeiten! Nein, darüber brauchen wir kein Wort zu verlieren. Gott legt uns eine Last auf, aber er hilft uns auch. Außerdem – wenn mein Jakob nüchtern ist, kann ihn keiner einen Tagedieb nennen.«

»Prüf dich einmal«, sagte ein besonders fromm-sein-wollender Onkel, »ob du dir diese Last nicht selbst auferlegt hast. Mach nicht Gott für dein Elend verantwortlich. Du hast doch vor der Ehe gewußt, daß der Jakob trinkt. Du hättest ihn gar nicht heiraten dürfen.«

Bäs Ev-Marie gehörte nicht zu denen, die sich immerfort verteidigen und ihr Handeln rechtfertigen. Sie schwieg zu dieser Anklage. Hätte sie diesem Besserwisser etwa sagen sollen, daß sie ihren Jakob aus Liebe, jawohl, aus Liebe, geheiratet hatte, obgleich sie von seiner Gebundenheit wußte? Gerade weil sie ihn liebte, wußte sie, daß er eine Frau brauchte, die ihn trug, die ihn hielt, die bereit war, ihm immer wieder zu vergeben. Und sie war sich dessen bewußt: Jakob würde ohne sie noch viel, viel tiefer gesunken sein. Er würde es nicht fertigbringen, wochenlang ganz ohne Alkohol auszukommen. Wenn es dann plötzlich wieder über ihn kam, daß er total betrunken nach Hause kam, dann behandelte sie ihn wie einen Kranken, legt ihn ins Bett, kochte ihm starken Kaffee und umsorgte ihn in bewundernswürdiger Liebe und Treue. Nie duldete sie, daß Magd und Knecht unehrerbietig von ihm sprachen. Nie kam ein Wort der Klage über ihre Lippen, sie wußte, es war ihre Bestimmung, diesen Mann, den Gott ihr in den Weg gestellt hatte, in seiner Not zu tragen. Nie allerdings hätte sie einem anderen Mädchen den Rat gegeben, sich auf ein ähnliches Wagnis einzulassen. Sie trug oft schwer an der Last ihres Lebens. Aber sie wußte in ihrem Fall ganz genau, daß es der ihr vorgeschriebene Weg war, und ließ sich durch nichts und niemand irremachen. Treu stand sie ihrem Mann in sengender Sonnenglut auf dem Feld zur Seite oder an den naßkalten Herbsttagen, wenn es schon in der Morgenfrühe in der Dämmerung hinausging, um Rüben zu ziehen oder Kartoffeln zu ernten. Und wenn »das Laster« über ihn kam und er so betrunken war, daß er zu jeder Arbeit untauglich wurde, dann versorgte sie ihn erst liebevoll und zog daraufhin mit den Mägden und dem Knecht auf den Acker, ins Heu oder in den Wald zum Holzmachen. Gott allein wußte, wieviel Gebete aus ihrem bekümmerten und doch so liebevollen Herzen dann während der Arbeit für ihren Jakob zu ihm emporgesandt wurden.

Stets und trotz allem sah sie ihn als das Oberhaupt ihres Hauses an, dem sie sich willig unterstellte.

»Jakob, beim Schneider vorne liegt die Frau in Kindsnöten. Die Hebamme ist noch nicht gekommen. Sie haben nach mir geschickt. Darf ich schnell gehen?«

Und er brummte: »So geh halt!«

Der Schneider stand schon händeringend vor der Türe. »Gott sei Dank, Bäs Ev-Marie, daß du kommst. Es geht diesmal schneller, als wir erwartet haben. Und bis die Hebamme da sein kann, ist's vielleicht schon zu spät.«

Bäs Ev-Marie nickte dem Besorgten ermunternd zu, betrat das Schlafzimmer, in der die Frau in Nöten lag, und sprach dieser gut zu. »Schneidergret, jetzt verlier nur nicht den Mut. Du weißt, es ist nicht die erste Geburt, bei der ich geholfen habe.« In aller Seelenruhe band sie sich die weiße Schürze um, wusch und bürstete sich die Hände, hieß den Mann für ein gutes Feuer und heißes Wasser sorgen, schickte die beiden Kinder, die plärrend herumstanden, mit einem Kanten Brot, auf den sie liebevoll dick Butter strich, zur Nachbarsfrau und verbreitete vom ersten Augenblick an eine Atmosphäre der Ruhe in dem Hause, in dem Aufregung und Angst sich breitgemacht hatten, daß es alle wohltuend empfanden.

»Wie du das alles so kannst, Bäs Ev-Marie!« sagte die Schneidersfrau aus ihrem Bett heraus, nachdem sie den gleichmäßigen Bewegungen eine Weile zugesehen hatte. »Du strömst eine wohltuende Ruhe aus. Dabei hast du selbst nie ein Kind gehabt.«

»Vielleicht wäre ich dann nicht so ruhig«, lachte die Bäs zurück. »Aber die Hauptsache ist doch, daß du nicht allein gelassen wirst und ich dir helfen kann.« Als dann doch noch die Hebamme kam, war alles vorbereitet, und

Bäs Ev-Marie konnte die Schneidergret beruhigt verlassen.

Eine ganze Anzahl Kinder sprangen im Dorf herum, und etliche von ihnen waren inzwischen selbst erwachsen, bei deren Geburt die Bäs Hilfestellung geleistet hatte.

Mochte ihr Mann durch seine Trunkenheit oft auch noch so kritisch sein – wurde seine Ev-Marie in ein Haus zu irgendeiner Hilfeleistung gerufen, so hielt er sie nie zurück, es sei denn, daß er so betrunken war, daß seine Frau selbst es als ihre dringlichste und erste Pflicht betrachtete, bei ihm zu bleiben.

Mit der Zeit wurde es wirklich so, daß man in allen Unglücks- und Krankheitsfällen nach ihr rief. War es ihre ruhige Art oder das Wissen darum, daß sie selbst Schweres durchlebte, man brachte ihr jedenfalls größtes Vertrauen entgegen. Außerdem wußte man, daß Bäs Ev-Marie schweigen konnte. Das hatte ihr die Mutter beigebracht. »Viel größer als die Kunst zu reden, ist die, zu schweigen«, hatte sie oft gesagt, und Ev-Marie hatte es sich gemerkt. Wo wäre sie auch hingekommen, wenn sie diese Kunst nicht verstanden hätte, an den Tagen, an denen ihr Mann unter dem Einfluß des Alkohols sie mit unflätigen Worten überhäufte, von deren Anwendung er allerdings in nüchternem Zustande nichts mehr wußte!

Oft war es ein tränenreiches Schweigen, nie aber ein gekränktes und verbittertes. Hätte sie's nicht gelernt, an ewigen Quellen zu schöpfen, sie hätte nicht durchzuhalten vermocht, denn oft empfand sie selbst, daß es bis an die Grenze ihrer Kraft ging, was ihr zugemutet wurde. Wenn Jakob tobte, dann schwieg sie und umgab ihn noch mehr als sonst mit ihrer Fürsorge.

Die Leute im Dorf waren sicher, daß Bäs Ev-Marie das, was ihr anvertraut wurde, für sich behielt. Sie war eine schlichte, ungelehrte Frau, die nur die einklassige Dorfschule besucht hatte, und dies nur lückenhaft; denn in damaliger Zeit war es selbstverständlich, daß bei dringender Feldarbeit, in der Heu- und Kartoffelernte die Kinder von der Schule fernblieben, um mitzuhelfen. Was sie aber für die Anforderungen ihres mühevollen Daseins benötigte, das lernte sie in der Schule des Lebens. Und weil sie sich bewährte, trugen andere ihre Lasten zu ihr. »Bäs Ev-Marie, schnell, schnell! Der Bäckerpaul ist gegen einen Baum gefahren mit seinem Fahrrad! Er war wieder –«

Mit einem Blick auf den Jakob verstummte der Überbringer der schlimmen Botschaft. Aber die Bäs wußte genau, was die Ursache des Unglücks war. Der Sohn des Bäckers, noch ein junger Bursche, war ebenfalls dem Trunk ergeben und hatte seiner verwitweten Mutter schon viel Kummer gemacht. Allerdings hatte er von seinem Vater nichts anderes gekannt. Die Bäckerei war vollkommen zerfallen. Der Sohn arbeitete in einer Fabrik. Einen großen Teil seines Verdienstes vertrank er jedoch. Nun war er im betrunkenen Zustand gestürzt und lag, als Bäs Ev-Marie in die Bäckerei geeilt war, blutüberströmt auf der Ofenbank, wohin man ihn getragen hatte.

»Bäs Ev-Marie«, jammerte die alte Mutter, »was muß ich noch alles mit diesem Sohn erleben? Zu Tode hätte er sich stürzen können.«

Als die alte Frau aber nicht aufhörte, zu klagen, bedeutete die Bäs ihr freundlich, aber bestimmt, zu schweigen. »Alles Lamentieren hat keinen Zweck. Es muß ihm zuerst einmal geholfen werden. Bring Wasser und Verbandstoff. Hast du Arnika im Haus? Sonst soll deine Tochter zu mir heimlaufen und es holen. Rechts oben im Küchenschrank steht die Flasche. Auch das Johannisöl soll sie mitbringen.« Ruhig und umsichtig griff sie zu, gab ihre Anordnungen und verbreitete auch hier eine wohltuende Atmosphäre.

Muß ich selbst ein Leben an der Seite eines Trinkers führen, dachte sie, als sie sich auf dem Heimweg befand, um die Not der alten Frau und die Sorge um ihren Sohn zu verstehen und ihr helfen zu können? Immer sah sie das Positive und versuchte den tiefen Sinn allen Geschehens zu erkennen.

Aber nicht nur da, wo Menschen in Angst und Not gerieten, war sie zur Stelle. Es schien ihr Lebensbedürfnis zu sein, Freude zu machen, und immer hatte sie auch etwas zu verschenken. Buk sie ihr Brot, dann bekam gewiß der alte einsame Mann am Ende des Dorfes einen Laib davon ab, der ihm für beinahe die ganze Woche reichte. Trug sie ihre Eier hinunter ins Städtchen zum Markt, so wußte sie immer einen oder zwei, die gerade jetzt ein paar frische Eier nötig hatten. In ihrer Schürzentasche hatte sie stets ein paar gedörrte Birnen oder Apfelschnitze, um die ihr begegnenden Kinder zu erfreuen. Trotz der schweren häuslichen Bürde, die sie trug, konnte sich eigentlich niemand erinnern, sie je mißmutig und freudlos gesehen zu haben.

Sie wußte von einer verborgenen Kraftquelle! Sie nahm ganz einfach Gott beim Wort, der verheißen hat: »Ich will dich nicht verlassen noch versäumen.«

Einmal brachte sie ihrem Mann ein kleines Mädchen von drei Jahren ins Haus. »Jakob, die gehört den Fetzers am Schulhaus. Die Mutter ist ins Krankenhaus gekommen. Der Lehrer hat zwei der Buben genommen, der andere Nachbar die beiden Ältesten – du weißt, Verwandte sind nicht da. Ich hab' halt die kleine Anni mitgebracht und meine, wir könnten sie schon versorgen, bis die Mutter wieder gesund ist. Meinst du nicht auch?«

Der Jakob brummt etwas Unverständliches in seinen Bart, ließ seine Frau aber gewähren. Und merkwürdig: in den zwölf Wochen, während die Kleine im Haus war, hat er sich nie betrunken. Damals hat die Bäs Ev-Marie zum erstenmal bitterlich geweint, daß sie kein eigenes Kind hatte. Aber als es dann wieder bei ihm mit dem Trinken anfing, hat sie ihn weiter getragen, geliebt und ihm weiter vergeben. – Das kam von der verborgenen Kraftquelle.

Die Bäs Ev-Marie scheute sich aber auch nicht, zu sagen, wenn sie glaubte, daß irgendwo ein Unrecht geschehen sei. Einmal war das ganze Dorf in Aufregung. Ein alter Mann hatte sich im Walde erhängt. Blumen pflückende Kinder hatten ihn gefunden und waren schreiend nach Hause gelaufen. Da hat die Bäs den Pfarrer aufgesucht und vor ihm mit tränengefüllten Augen gesessen: »Herr Pfarrer, wissen Sie, woran der Gustel zugrunde gegangen ist? An der Einsamkeit. Nachdem seine Frau gestorben war, hat er das Leben nicht mehr ertragen. Wir alle sind an ihm schuldig geworden, denn wir haben uns nicht um ihn gekümmert. Sie auch, Herr Pfarrer. Wir sind ja nur ein kleines Dorf – es sollte doch nicht möglich sein, daß ein Mensch so allein gelassen wird, daß er über seiner Einsamkeit verzweifelt. Ich klage mich an, Herr Pfarrer. Ich bin manchmal, wenn ich auf den Acker ging, am Häusle vom Gustel vorbeigegangen. Wie gut hätte ich auch einmal zu ihm hineinschauen können! Ist es nicht furchtbar, wenn ein Mensch klagen muß wie der Mann am Teich Bethesda: ›Herr, ich habe keinen Menschen . . .‹ Ein freundliches Wort hätte vielleicht genügt, um den Gustel zu retten. Und dieses freundliche Wort haben wir, Sie und ich, nicht gesprochen.«

»Nun, nun, Bäs Ev-Marie«, hatte der Pfarrer die Erregte, über deren Gesicht jetzt Tränenströme liefen, zu beruhigen versucht. »Das kann man nun auch nicht gerade sagen. Als vor einem halben Jahr die Frau des Gustel starb, habe ich mich doch um ihn gekümmert. Und außerdem war doch jeden Sonntag Kirche. Da hätte er doch kommen

und sich durch die Predigt aufrichten lassen können.«
»Wenn Sie vor einem halben Jahr zum letztenmal ein persönliches gutes Wort zu ihm gesagt haben, Herr Pfarrer«, hatte die Bäs gesagt und war von ihrem Stuhl aufgestanden, »dann war das wohl doch nicht genug. Aber das müssen Sie verantworten, und mir steht es auch nicht zu, Ihnen einen Vorwurf zu machen. Ich jedenfalls fühle mich schuldig und kann nur bitten: Gott sei mir Sünder gnädig.

Da war plötzlich der Pfarrer sehr ernst geworden, hatte ihr die Hand gereicht und gesagt: Bäs Ev-Marie, es wird auch mir nichts anderes übrigbleiben, als einmal mit diesen Worten vor das Angesicht Gottes zu treten. Ich könnte zu Ihnen jetzt von mancherlei Arbeit und Verpflichtung reden, die ein Pfarrer zu bewältigen hat und daß ihm die Zeit zu allem fast nicht ausreicht, auch wenn er nicht auf dem Acker arbeitet wie ihr Bauern. Aber vielleicht müßten auch wir Pfarrer lernen, zu erkennen, was wichtig und was unwichtig, oder wenigstens nicht gar so wichtig ist.«

Die Beerdigung des Selbstmörders wurde zu einem ernsten Bußgottesdienst, an dem sich die Leute fragten, wie der Pfarrer dazu komme, zu tun, als sei er mitschuldig am Tod des Gustel. Jedenfalls war die Bäs Ev-Marie damals des Pfarrers Seelsorgerin gewesen, ohne es zu wissen. Er hatte aber auch das Herz auf dem rechten Fleck und nahm ihr das an ihn gerichtete Wort nicht übel, sondern lernte für sein Leben daraus.

Beide, der Jakob und seine Ev-Marie, waren schon alte Leute, als es auch mit ihm zum Sterben ging. Ganz allein waren die beiden, und der Jakob spürte deutlich, daß ihm das Letzte bevorstand. Da faßte er nach der Hand seiner treuen Lebensgefährtin. »Hast's nicht leicht mit mir gehabt«, sagte er. »Ich weiß...« und dann noch einmal: »Hast's nicht leicht mit mir gehabt!« Keine Bitte um Verzeihung, kein Wort der Reue, das ihr davon Kunde gab, daß er seine Schuld eingesehen hatte. Aber darauf wartete die Bäs nicht. Seine letzten Worte galten ihr dennoch als ein Geständnis, denn sie kannte ihren Jakob. Sie wußte, sie bedeuteten ebensoviel wie: »Es ist mir leid.« Sie hat dann noch die Hände über den seinen gefaltet und sich mit eingeschlossen, als sie betete: »Gott, sei mir Sünder gnädig.«

Als nach der Beerdigung sie eine Frau fragte: »Bist doch sicher froh, daß du jetzt von ihm erlöst bist?« da blickte sie ihr geradezu entsetzt ins Gesicht, wandte sich wortlos um und ließ sie stehen.

Kein Zeitungsreporter kam je, um Bäs Ev-Marie zu interviewen, keine Zeitschrift veröffentlichte ihr Tun – und dennoch ist sie eine Heldin des Alltags, die schlichte alte Bäuerin im kleinen Dorf auf der Schwäbischen Alb. – Und nächstens wird sie ihren 88. Geburtstag feiern.

Lieferbare Bücher von Elisabeth Dreisbach
im Christlichen Verlagshaus

Geschenkbücher

Best.-Nr. 112 516
Der Sand soll blühen, 220 Seiten

Best.-Nr. 112 540
… aber die Freude bleibt, 176 Seiten

Best.-Nr. 122 628
… als flögen wir davon, 268 Seiten

Taschenbücher

Best.-Nr. 297 001
Herz zwischen Dunkel und Licht, 141 Seiten

Best.-Nr. 297 002
Es wird ein Schwert durch deine Seele dringen, 188 Seiten

Best.-Nr. 297 003
Ganz wie Mutter, 159 Seiten

Best.-Nr. 297 004
Heilige Schranken, 271 Seiten

Best.-Nr. 297 005
… und alle warten, 235 Seiten

Best.-Nr. 297 006
Wenn sie wüßten …, 253 Seiten

Best.-Nr. 297 007
Glied in der Kette, 256 Seiten

Best.-Nr. 297 008
Steffa Matt, 190 Seiten

Best.-Nr. 297 009
Die Lasten der Frau Mechthild, 243 Seiten

Best.-Nr. 297 010
Des Erbguts Hüterin, 239 Seiten

Best.-Nr. 297 011
… und dennoch erfülltes Leben, 243 Seiten

Best.-Nr. 297 012
Der dunkle Punkt, 212 Seiten

Best.-Nr. 297 013
Die Versuchung der Chiara Frohmut, 240 Seiten

Best.-Nr. 297 014
Große Not im Kleinen Kaufhaus, 240 Seiten

Best.-Nr. 297 015
… und haschen nach Wind, 267 Seiten

Best.-Nr. 297 016
Was dein Herz wünscht, 240 Seiten

Best.-Nr. 297 017
… und keiner sah den Engel, 246 Seiten

Best.-Nr. 297 018
Lisettens Tochter, 256 Seiten

Best.-Nr. 297 019
Du hast mein Wort, 277 Seiten

Best.-Nr. 297 020
Daß Treue auf der Erde wachse, 256 Seiten

Best.-Nr. 297 021
Alle deine Wasserwogen, 254 Seiten

Best.-Nr. 297 022
Die zerrissene Handschrift, 248 Seiten

Best.-Nr. 297 023
In Gottes Terminkalender, 256 Seiten

Best.-Nr. 297 024
Kleiner Himmel in der Pfütze, 256 Seiten

Best.-Nr. 297 025
Eine Hand voll Ruhe, 205 Seiten

Best.-Nr. 297 026
Das verborgene Brot, 223 Seiten

Best.-Nr. 297 027
Was dir vor die Hände kommt, 256 Seiten

Best.-Nr. 297 028
Ich aber meine das Leben, 238 Seiten

Best.-Nr. 297 029
Liebe ist immer stärker, 206 Seiten

Best.-Nr. 297 030
Ein Freund wie du, 220 Seiten

Die Feierabendstunde
Best.-Nr. 297 562
Das letzte Licht, 48 Seiten

Best.-Nr. 297 571
Dennoch in Gottes Händen, 48 Seiten

Best.-Nr. 297 588
Vergebene Schuld, 48 Seiten

Best.-Nr. 297 599
Der entgleiste Posaunenengel, 48 Seiten

Stuttgarter Kinder- und Jugendtaschenbücher
Best.-Nr. 297 201
Das ausgeliehene Brüderlein, 96 Seiten

Best.-Nr. 297 214
Die Schuldkiste, 77 Seiten

Best.-Nr. 297 215
Jockeli, der Ausreißer, 80 Seiten

Best.-Nr. 297 289
Cornelia erlebt Oberammergau, 160 Seiten

Kassetten
Best.-Nr. 298 400
Was ich gab, ward mir gegeben, 2 Kassetten